Comme un tigre de feu

Du même auteur

Constantinople, Robert Laffont/Versilio, 2018 ; Pocket, 2019.

Baptiste Touverey

Comme un tigre de feu

Robert Laffont | Versilio

ISBN : 978-2-221-27839-0
Dépôt légal : février 2025
Éditions Robert Laffont – 92, avenue de France 75013 Paris
serviceclients@lisez.com

Pour Yasmina, mère des dragons

Ce roman est inspiré d'événements qui se sont déroulés dans la Chine du VIIe siècle. Pour autant, ce n'est pas un roman « historique ». Y chercher une scrupuleuse fidélité aux faits serait un exercice aussi vain qu'irritant. Même si beaucoup des protagonistes de cette histoire ont existé et que la trame générale de leur vie est respectée, certains noms, certaines dates même ont été changés, des péripéties, inventées, d'autres, omises ou transformées.

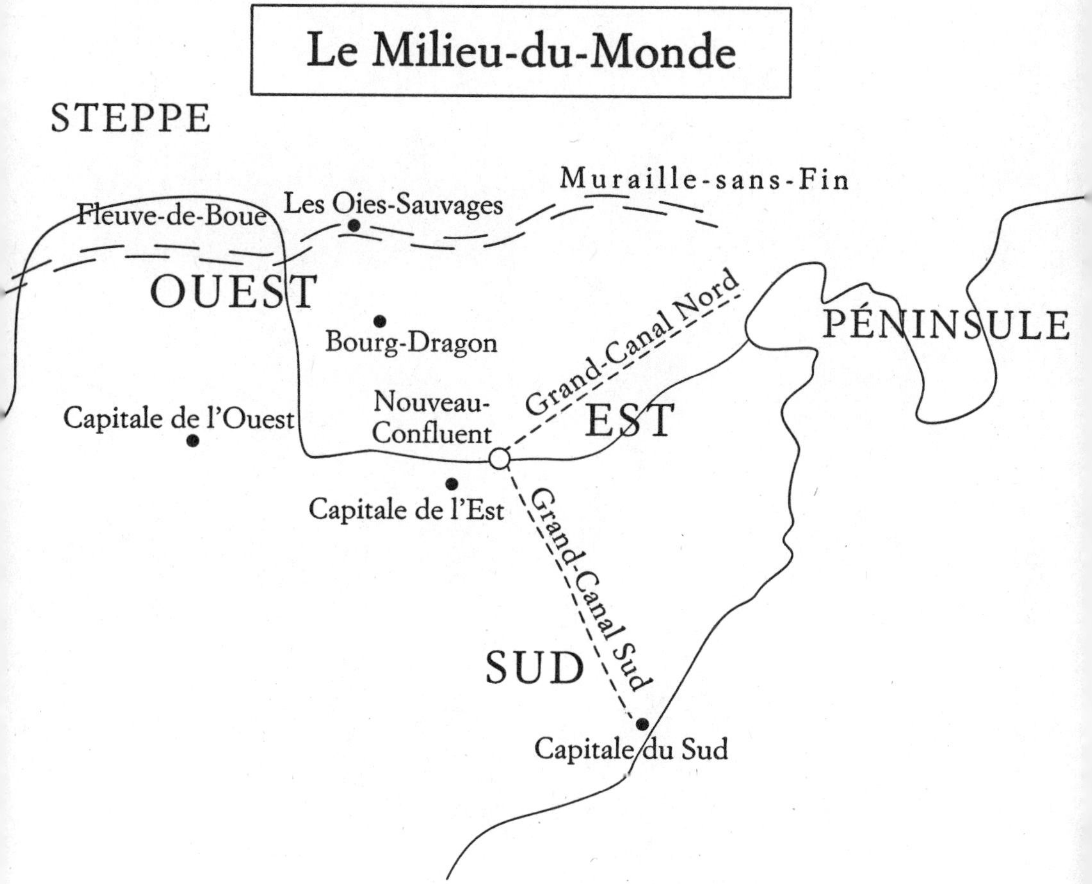
Le Milieu-du-Monde
STEPPE
Muraille-sans-Fin
Fleuve-de-Boue
Les Oies-Sauvages
OUEST
Bourg-Dragon
Grand-Canal Nord
PÉNINSULE
Capitale de l'Ouest
Nouveau-Confluent
EST
Capitale de l'Est
Grand-Canal Sud
SUD
Capitale du Sud

Les personnages

Au Milieu-du-Monde, le nom de famille précède le prénom. Par exemple, le prénom de Li Yuan est Yuan.

L'Empereur et son entourage

L'Empereur, second souverain de la dynastie nouvelle, fils du défunt « Réunificateur »
L'Impératrice, son épouse
Leurs deux fils
Wang Sichong, général surnommé le « Fauve-du-Couchant »
Wang Renze, fils de Wang Sichong

Le clan Li

Li Yuan, chef du clan
Dame Tou, son épouse
Li Huaji, leur fils aîné
Li Jun, leur fille
Li Shimin, leur fils cadet
Li Xuanba, leur troisième fils

Lu Cai, époux de Jun
Liu Wuzhou, lieutenant de Li Yuan

Le clan Cui

Le seigneur Cui, dit aussi le « Vieux Cui », chef du clan
Dou Jiande, paysan des domaines Cui
Son père et sa mère
Chan, fiancée de Dou Jiande
Gao Shida, chef d'une bande de hors-la-loi

Chez les nomades

Le Khagan, chef des nomades
Tardu, son fils aîné
Nivar, son fils cadet
Tulan, fils de Tardu
La princesse Yicheng, épouse du Khagan
Zhu, servante de Yicheng

Première partie

D'où vint tout le mal

(An 7 de l'ère des Grands Travaux, 611 après J.-C.)

« Ce que mon père, le Réunificateur, avait entamé, je l'ai achevé. Dissensions et invasions ont pris fin. La paix règne. Sujets du Milieu-du-Monde, gouverneurs comme secrétaires de dernier rang, nobles comme manants, hommes de l'Ouest, de l'Est ou du Sud, vous êtes conviés au Nouveau-Confluent. Rendez-vous-y, dans la mesure de vos moyens, pour le prochain équinoxe. Naviguant depuis la Capitale de l'Est, j'y inaugurerai le Grand-Canal. Je vous ordonne à tous d'oublier les querelles passées. Le temps de la réconciliation est venu. Une ère de prospérité commence. »

Proclamation du second Empereur
de la dynastie nouvelle,
envoyée dans chaque préfecture
du Milieu-du-Monde en l'an 7 de son règne.

« Il est évident que tout le mal vint des événements qui eurent lieu et des décisions qui furent prises lors de cette fatale inauguration. Si d'autres choix avaient été faits alors, des millions de vies auraient été épargnées. »

Annales du Milieu-du-Monde, VIII, § 65

1

Shimin

Les empreintes avaient beau, à chaque rafale, s'effacer un peu plus sous la neige, on discernait encore les contours de cinq coussinets, tout en rondeur, très différents des doigts effilés des loups. Et puis la bête semblait avoir attaqué seule, pas en meute. Quand Shimin le fit remarquer, son père le rabroua : « Et tu déduis tout ça en un instant, alors qu'on vient à peine d'arriver et qu'on n'y voit plus rien ? » Il essuyait avec une exaspération croissante son visage où s'accrochaient les flocons tombant du ciel sombre. Ses lèvres blanches, craquelées, tremblaient sous sa moustache couverte de givre, sans qu'on sache si c'était l'effet des bourrasques glaciales ou de la rage. Le grand frère de Shimin, long, très fin, presque comique à côté de leur père si massif, ricana : « Shimin se croit au milieu des forêts du Sud, entouré de tigres.

— Mais il y a aussi des tigres dans l'Ouest ! s'indigna l'intéressé.

— Dans les parcs de l'Empereur, oui. Et nous en sommes loin. »

La vérité était que son père n'y voyait de toute façon plus très bien même en plein jour. Ces dernières années, lui qui passait, dans sa jeunesse, pour le meilleur archer du Milieu-du-Monde avait cessé de s'exercer au tir, alléguant le manque de temps, les comptes rendus bien trop circonstanciés que réclamait la Cour. Shimin le soupçonnait de ne plus être capable d'atteindre la moindre cible et de vouloir dissimuler cette infirmité nouvelle. Quant à Huaji, c'était l'aîné et, en tant que tel, il éprouvait sans cesse le besoin de se rassurer sur sa propre supériorité, de montrer que son cadet était un écervelé et lui, la sagesse incarnée. Cette prétendue supériorité, de l'avis de Shimin, se limitait au décompte de leurs années respectives : quinze dans un cas, onze dans l'autre. Pourquoi l'importance qu'on vous accordait était-elle à ce point déterminée par des écarts aussi insignifiants ?

Répliquer ne servirait à rien : tout le monde était trop excédé. Père, à l'évidence, attendait le premier prétexte venu pour laisser exploser sa colère. Un mot de plus et il accuserait Shimin d'être responsable de la catastrophe qui frappait la famille, de ce cadavre, à leurs pieds, que tous contemplaient avec consternation. L'enfant préféra donc se taire. Il savait qu'il avait raison, que c'était un félin ou un animal approchant, solitaire, plus gros qu'un loup en tout cas, qui avait sévi. Il le leur prouverait bien assez tôt. Il avait un plan.

En cet instant, du reste, qui était le plus à plaindre ? Sûrement pas lui, il en avait conscience. Non loin, en retrait, le régisseur du haras baissait les yeux et, malgré le froid mordant, à la lueur de la torche qu'il tenait dans sa main, on discernait de fines gouttes sur son front, qui n'étaient pas que de neige fondue. L'homme, emmitouflé sous un manteau de feutre brun, ignorait si le lendemain il occuperait encore son poste, si, dans un mois, il vivrait. C'était lui qui les avait avertis et il fallait reconnaître en sa faveur qu'il n'avait pas perdu de temps. Le message était arrivé en fin de matinée. Aussitôt, Père avait décidé d'aller constater en personne l'ampleur du désastre. Chaque occasion de s'échapper de la petite ville poussiéreuse et déprimante qu'on lui avait assignée en tant que gouverneur était bonne à prendre. Huaji devait l'accompagner, comme toujours, afin de s'instruire. Shimin avait insisté pour venir lui aussi : il adorait les beaux chevaux du haras impérial et cette histoire d'agression nocturne avait enflammé son imagination. Bien sûr, maintenant, devant la carcasse à moitié dévorée de l'un d'eux, l'horreur et le dégoût avaient un peu attiédi son enthousiasme. La victime valait une fortune. Un vrai gâchis. C'était l'un des très rares étalons du Couchant qu'on avait réussi à acheminer jusqu'au Milieu-du-Monde. La propriété de l'Empereur, l'une des pièces maîtresses de sa cavalerie, comme le rappelait la marque tatouée sur son épaule droite que le prédateur semblait avoir pris un malin plaisir à laisser intacte. La famille Li en avait la garde et elle avait manqué à ses devoirs.

Un remblai de terre, sur lequel on avait érigé des palissades, entourait le domaine. Des fortifications sommaires, mais suffisantes en temps normal pour décourager une attaque des nomades et rendre impossible l'intrusion d'un prédateur. À condition, il va sans dire, qu'on ne laisse pas dans un enclos à l'extérieur l'une des montures les plus précieuses du haras.

Quand ils furent tous rentrés au chaud, dans la grande salle du bâtiment où le régisseur vivait avec sa famille, celui-ci tenta de se justifier : ces chevaux du Couchant étaient nerveux ; dans l'étroitesse des écuries, ils ruaient, mordaient ; il était impossible de les garder enfermés tout l'hiver ; celui-ci avait déjà blessé plusieurs de ses voisins. « Je pensais qu'une nuit, seul, au frais, le calmerait. Ça n'était pas la première fois. Ça n'a jamais posé de problème. Et il faisait beau hier. »

Père, qui venait de s'asseoir en grimaçant devant la table basse, leva impatiemment la main et l'autre s'interrompit. « On en reparlera demain matin, après que tu nous auras servi de quoi manger et qu'on aura dormi. Mes fils, mes hommes, moi, on a tous faim et besoin de repos. » Pour se rendre au haras, on avait réquisitionné une escorte de dix gardes, tous attablés à présent autour d'eux et qui, dans leurs pantalons et leurs caftans de laine dégoulinants, emplissaient la pièce d'une odeur d'humidité rance.

Le régisseur eut le bon sens de faire apporter très vite des bols remplis à ras bord de vin de millet. Il l'avait trop fait chauffer, mais personne ne prit la peine de le lui reprocher. Père restait silencieux, renfrogné, tandis que Shimin, lui, prenait part à la conversation des gardes, l'animait même, expliquant à qui voulait bien écouter pourquoi, selon lui, ce n'étaient pas des loups qui avaient tué et dépecé l'étalon de l'Empereur. « Même pas des loups à visage d'homme ? » demanda un garde, ce qui lui valut un grognement de mépris de la part de Huaji. Contrairement à Shimin, il n'aimait pas se mêler aux soldats et, quand il leur adressait la parole, c'était en général pour leur rappeler la distance infranchissable qui existait entre eux, hommes du commun, et un noble comme lui, fils aîné du gouverneur Li Yuan. « Tu crois vraiment, imbécile, que les nomades vont s'amuser à tuer et à manger tout cru un cheval comme ça ? Ils auraient été trop heureux de le ramener chez eux, oui ! »

Les chevaux du Couchant étaient plus élancés, plus rapides, plus puissants que tout ce qu'on trouvait non seulement au Milieu-du-Monde, mais aussi dans la Steppe, chez les nomades. Seul un peuple lointain et mystérieux, d'au-delà la Steppe elle-même, un peuple situé à l'aboutissement des dangereux chemins caravaniers, là où le soleil disparaissait chaque soir, parvenait à les élever en nombre. Leurs marchands au long nez venaient chaque été les négocier à des prix fabuleux, l'équivalent du revenu annuel de plusieurs villages. Shimin avait souvent entendu son père dire qu'il échangerait volontiers un régiment entier contre deux ou trois de ces chevaux. Voilà pourquoi en perdre un, surtout d'une façon aussi stupide, en dehors de toute guerre, risquait d'avoir de lourdes conséquences pour le coupable.

L'affaire était d'autant plus malheureuse que la famille Li, comme tous les clans les plus éminents de l'Empire, avait reçu peu auparavant, sur un beau papier jaune, une convocation de l'Empereur : au prochain équinoxe de printemps, le gouverneur Li Yuan était censé se trouver au Nouveau-Confluent, au centre du réseau de canaux qu'on venait enfin d'achever. Déjà que Yuan n'avait aucune envie de s'y rendre, qu'il avait pesté en découvrant le courrier impérial, clamant qu'il n'avait pas que ça à faire. Alors si, en plus, pesait sur ses épaules la perspective de réprimandes devant toute la Cour… Ne risquait-il pas de trouver un prétexte pour ne pas y aller ? Ou alors de faire le voyage en équipage réduit, uniquement avec Huaji ? C'était ce que redoutait Shimin qui voulait absolument assister à cette inauguration du Grand-Canal, laquelle s'annonçait grandiose.

Le régisseur faisait tout pour amadouer les visiteurs. Il avait pensé à tuer un mouton dans l'après-midi en prévision de leur arrivée. Il l'avait préparé à la mode de l'Ouest, faisant cuire la viande, découpée au préalable en petits cubes, à l'intérieur de l'estomac de l'animal. Accompagné de galettes de millet bien croustillantes, c'était succulent. Sa femme et deux de ses filles assuraient le service. Elles se montraient prévenantes, trop, frôlant Li Yuan à chaque fois qu'elles revenaient apporter un plat nouveau ou remplir son bol de vin de millet. La femme était encore jeune et les deux filles avaient à peu près l'âge de Huaji. L'une d'elles se pencha à un moment à l'oreille de Père. Il n'était pas très dur de deviner ce qu'elle lui disait. Le régisseur avait dû leur donner des instructions très explicites. Elles proposaient au gouverneur de partager sa couche et de lui ouvrir leurs cuisses, à son gré, chacune à tour de rôle, dans l'ordre qui lui conviendrait, ou bien toutes en même temps. Elles en seraient très honorées. Pourvu qu'il fasse preuve de clémence envers le malheureux régisseur. Huaji, qui était déjà au fait de toutes ces affaires-là, avait expliqué à Shimin pourquoi les femmes se comportaient ainsi avec leur père. Le jeune garçon détourna les yeux à ce spectacle d'autant plus répugnant que Yuan, comme souvent, s'y prêtait de bon cœur : son large visage rougi par l'alcool s'était décrispé et se fendait d'un sourire lubrique. Il avait fait asseoir l'une des deux filles sur ses genoux. Il lui racontait ses exploits à l'arc et dans les guerres qu'il avait menées jadis aux côtés du Réunificateur.

Il semblait avoir oublié que le lendemain il lui faudrait peut-être condamner le père de la fille à être étranglé ou décapité. Il semblait surtout avoir oublié dame Tou, son épouse. Shimin en était ulcéré et, soudain assombri, il cessa de discuter avec les soldats. Si elle avait été là, jamais son père n'aurait osé agir comme il le faisait. Il avait bien trop peur d'elle. Mais elle était restée dans leur résidence du chef-lieu de la préfecture, avec Jun, la sœur aînée de Shimin, et Xuanba, le fils dernier né, qui avait six ans déjà, mais que dame Tou continuait de considérer comme un bébé qu'il fallait sans cesse dorloter.

La pensée de sa mère conforta Shimin dans son projet. Tous supposaient que la bête était loin à présent et qu'il ne servait donc à rien de la prendre en chasse, d'autant qu'entraîné par la battue, on risquait de pénétrer en territoire nomade sans même s'en être rendu compte. Eh bien, lui allait la traquer, la retrouver. Si c'était un tigre, comme il le pensait et l'espérait au fond de lui-même, il en rapporterait la fourrure à sa mère. Elle serait impressionnée. Elle détournerait un instant son attention de Xuanba pour le remercier, lui, Shimin, qu'elle négligeait beaucoup trop. Il l'imaginait déjà le féliciter : « Et c'est toi qui as tué ça, tout seul ? » Il rougirait, balbutierait. Il serait heureux. L'Empereur entendrait peut-être parler de lui. On serait obligé de l'amener à l'inauguration du Grand-Canal, avec son fabuleux trophée.

Évidemment il existait une autre possibilité : qu'il serve de dessert à la bête.

Le plan de Shimin était simple : s'éclipser dès la fin de la nuit, à l'heure où la maisonnée dormirait, mais où rôdaient les fauves. On ne s'apercevrait pas tout de suite de son absence : d'abord parce qu'en général on se souciait peu de lui, ensuite parce que Père serait trop occupé à juger le régisseur. Shimin supposait qu'en dépit de sa fureur initiale et sauf accident, il ferait preuve d'indulgence. Huaji et lui en avaient discuté sur le chemin jusqu'au domaine. L'homme s'en tirerait avec cinquante coups de bâton, ce qui était rarement fatal. Si on l'avait condamné à mort, il aurait fallu le ramener en ville et l'y emprisonner en attendant que la Cour donne son accord pour l'exécution. Des mois, des années peut-être de procédure, puisque désormais, sous l'influence de la religion nouvelle, l'Empereur exigeait qu'on lui soumette trois fois le verdict dès lors qu'une vie était en jeu. Hormis, bien sûr, cas de haute trahison. « Bientôt il faudra aussi que je lui demande la permission de pisser », se plaignait Li Yuan qu'excédait la volonté de l'Empereur de tout contrôler. Mais lui-même n'agissait-il pas de la même façon dans sa famille ? Ne partait-il pas du principe que chaque membre du clan lui devait une obéissance absolue et qu'il pouvait décider de leur destin ? Jun, par exemple, qui allait avoir quatorze ans, n'était-elle pas censée épouser le fils d'une grande famille de l'Est, qu'elle n'avait jamais vu, qu'on disait malformé, alors qu'elle ne voulait même pas se marier ?

Shimin comprenait d'autant mieux l'exaspération de son père à l'égard de l'Empereur qu'il éprouvait la même à son égard à lui. « Tu serviras Huaji plus tard, quand, après ma mort, il sera devenu le chef des Li », s'entendait-il dire parfois. Or Shimin détestait obéir. Et à Huaji plus que tout. Que sa place dans sa famille, et donc au Milieu-du-Monde, ait été déterminée à jamais par le jour de sa naissance lui était insupportable. Et si ce rôle de cadet docile ne lui convenait pas ? Huaji succéderait un jour à Père. Xuanba resterait à jamais le favori, ou bien il entrerait dans un monastère de la religion nouvelle. Mais lui, Shimin, coincé entre les deux, que deviendrait-il ? Jun, bien entendu, ne comptait pas vraiment : c'était une fille et, une fois mariée, elle rejoindrait un autre clan.

Il n'avait pas le droit de quitter le domaine comme il s'apprêtait à le faire. Il était trop jeune. On était aux frontières de la Steppe, un endroit dangereux, même en temps normal, sans une bête à l'affût, prête à vous briser la nuque entre ses mâchoires. Mais il allait leur prouver de quoi il était capable. Il en était persuadé : on pouvait arracher le pinceau de la main des dieux pour écrire soi-même son destin.

*

Shimin n'était pas très grand pour ses onze ans. Mais il était agile et déterminé. Escalader la palissade de bois qui protégeait le domaine ne lui posa aucune difficulté. Ce qui l'ennuyait, c'était de devoir se passer de monture, car, bien sûr, impossible d'en sortir une de l'écurie et de se faire ouvrir la porte pour s'élancer au-dehors avec elle. Il irait à pied et, tout bien considéré, ce n'était pas nécessairement plus mal. Il avait remarqué qu'à la chasse, l'odeur et le bruit des chevaux donnaient souvent l'alerte au gibier.

Comme il l'avait prévu, la neige avait cessé de tomber au milieu de la nuit. Le vent ne soufflait plus. On voyait le ciel rempli d'étoiles s'effaçant peu à peu, à mesure qu'apparaissaient les premières lueurs de l'aube. Une belle journée s'annonçait. La veille, il avait repéré dans quelle direction partaient les empreintes que tous, par paresse, par manque d'imagination, s'obstinaient à attribuer à un gros loup. Elles descendaient le long d'une légère anfractuosité vers la rivière en contrebas du haras. Shimin s'y engagea tandis que le soleil émergeait dans son dos. Il s'était muni de son arc de la Steppe, d'un carquois contenant quinze flèches et de la petite épée qu'un forgeron de la ville lui avait confectionnée. Il aurait aimé disposer aussi d'une pique, mais Père estimait qu'il était trop jeune pour en manier une avec efficacité. De toute façon, il n'aurait pu gravir la palissade avec elle.

S'il débusquait la bête, les flèches seraient son meilleur atout et même sa seule chance de survie : on ne combattait pas au corps-à-corps un prédateur capable de déchiqueter d'un coup de croc la gorge d'un cheval. On l'abattait à distance, sans quoi on était perdu.

Shimin avait déjà chassé. Il avait déjà tué des lièvres, divers oiseaux, un cerf même quelques mois plus tôt, à l'automne, lors d'une grande chasse que son père avait organisée pour exercer les troupes de la préfecture. Personne ne tirait à l'arc aussi bien que lui.

Comme beaucoup des grands clans de l'Ouest, la famille Li était une famille de guerriers. Shimin avait appris très jeune à manier toutes les armes qu'il était capable de soulever. Et il lui semblait avoir su monter à cheval avant même de savoir marcher. Songer à cette époque lointaine, à ces premières années dont il n'avait que des images très vagues, éveillait toujours en lui des sentiments mêlés. D'un côté, il s'accrochait à ces souvenirs avec obstination parce qu'ils étaient les seuls à être heureux. De l'autre, le contraste entre cet âge d'or et sa vie présente ne pouvait que le désespérer.

Ses parents l'avaient attendu longtemps. Un seul fils ne suffisait pas en général pour assurer la perpétuation de la lignée. Les maladies, les accidents emportaient près d'un enfant sur deux, même dans les familles nobles. Après la naissance de Huaji, ses parents avaient donc voulu un autre garçon. Mais était venue Jun, une fille, puis, d'après ce que Shimin avait pu reconstituer de ce passé où il n'existait pas encore, une fausse couche et une autre fille, qui n'avait vécu que quelques mois, si bien que sa naissance à lui avait été accueillie avec joie et soulagement. Sa mère l'avait choyé, refusant de le confier à une nourrice. Il avait connu le bonheur d'une attention sans partage. Cela avait duré presque cinq ans. Jusqu'à la naissance de Xuanba.

Tout s'était effondré alors. Sa mère avait reporté sur le nouveau bébé une grande part de l'amour dont elle entourait Shimin. Il n'avait pas compris ce qui se passait, pourquoi soudain la source de toutes ses joies s'était tarie, pourquoi c'étaient des servantes ou des concubines de Père qui désormais s'occupaient de lui. Ou peut-être l'avait-il en fait très bien compris : six mois après l'arrivée de Xuanba, sa mère l'avait surpris au-dessus de son petit frère endormi, prêt à lui écraser la tête avec une grosse pierre ramassée dans le jardin de leur résidence. Elle lui avait interdit d'approcher de nouveau Xuanba et, par conséquent, de l'approcher elle, puisqu'elle passait tout son temps avec son bébé.

Li Yuan aussi s'était moins soucié de lui. Il avait désormais trois fils. Shimin n'était plus le remplaçant indispensable s'il arrivait malheur à Huaji. Xuanba ferait tout aussi bien l'affaire. Il avait donc fallu sans cesse se battre pour obtenir le même entraînement aux armes, les mêmes leçons d'histoire ou de calligraphie que Huaji. C'était d'autant plus injuste aux yeux de Shimin qu'il était bien plus doué que son frère aîné : avec une épée, un arc ou un pinceau, ses gestes étaient sûrs et précis. Or, personne ne semblait le remarquer : on considérait que seuls comptaient les progrès de Huaji, qu'une flèche qu'il tirait et qui atteignait la périphérie de la cible avait plus d'importance qu'un coup mis dans le mille par son frère cadet. C'était rageant.

Toutes ces pensées échauffaient son esprit quand il parvint à la rivière qui sillonnait le plateau herbeux recouvert de neige légère. Ses rebords étaient saisis par la glace et, au milieu, l'eau coulait, peu profonde. Elle était d'un vert de jade légèrement obscurci par de longues et fines traînées boueuses. Il la franchit sans difficulté : elle n'atteignait même pas la moitié de ses bottes en peau de daim. De l'autre côté, plus aucun indice clair : la tempête avait balayé les traces. Il y en avait de nouvelles, toutes fraîches, mais elles appartenaient à d'autres animaux qui étaient venus dans la nuit boire à la rivière. Shimin reconnut des empreintes qui, pour le coup, étaient sans contestation possible celles de loups, peut-être cinq ou six. Un peu plus loin, agrippé aux pentes de collines aplaties, s'étendait un bois de pins et de bouleaux, l'un des rares à subsister dans la région. Si, comme Shimin le supposait, la bête qu'il cherchait était bien un tigre, il ne pouvait être venu que de là. Les tigres ne se déplaçaient pas en terrain découvert, l'une des raisons qui les rendaient si dangereux et si rares dans ces régions aux vastes étendues dégagées. Son père et Huaji avaient raison sur ce point : on n'en avait sans doute jamais vu aussi loin à l'Ouest.

Avant de pénétrer dans la masse sombre et ondoyante du bois, Shimin sortit l'une de ses flèches et l'encocha sur la corde de son arc. Puis il avança à petits pas prudents, tous les sens aux aguets. Il le savait : au milieu de la végétation endormie par l'hiver, sans cheval, sans valet, sans personne pour l'épauler, il était presque plus une proie qu'un chasseur. Le jour s'était levé, la lumière rasante du matin faisait étinceler le tapis de neige à ses pieds et l'écorce blanche des bouleaux tout autour de lui. Il lui fallut plisser les yeux pour ne pas être aveuglé. Il s'efforçait de faire le moins de bruit possible, mais ses semelles crissaient sur la neige à chaque pas. S'il lui arrivait malheur, le retrouverait-on ? Père comptait sans doute, une fois le régisseur châtié, rentrer en ville avant le soir. Il y attendait depuis des mois un messager de l'Est, qui apporterait une réponse ferme et, espérait-il positive, de la part de la grande famille des Cui avec laquelle il voulait s'allier en y mariant Jun. Il s'agacerait de la disparition de son cadet, le ferait chercher. Peut-être se contenterait-il de laisser un ou deux hommes au domaine pour remettre la main sur lui. Mais que ramèneraient-ils ? Un corps affreusement mutilé, aux chairs mêlées d'aiguilles de pin, qui ferait honte aux ancêtres, qu'on n'oserait peut-être même pas enterrer dans le caveau familial, aux abords de la Capitale occidentale. On pesterait contre le petit mort irrespectueux comme on avait pesté contre le jeune garçon trop vif et indiscipliné qu'il avait toujours été. Est-ce que sa mère au moins serait un peu triste ?

Une odeur différente de celle du bouleau qui dominait jusqu'ici, plus âcre encore, lui agressa soudain les narines. Elle venait du tronc d'un pin juste à sa droite. Il s'approcha, se pencha, passa ses doigts sur l'écorce puis les respira. De la résine ? Non. De l'urine fraîche. Il n'aurait su dire si c'était celle d'un loup, d'un ours ou d'un tigre. Mais l'animal était là un peu plus tôt. Il devait donc avoir laissé des traces dans la neige. Effectivement, non loin du tronc rosé, Shimin repéra des empreintes. Un frisson le parcourut. Plus de doute possible, c'était un gros félin : un épais coussinet surmonté de quatre autres coussinets ressemblant à des pétales de lotus. Des pétales dissimulant, en l'occurrence, des épines aussi tranchantes que l'acier. La bête était tout proche, nécessairement, peut-être déjà en train de le guetter. Pourtant, hormis quelques oiseaux, des sittelles sans doute, qui voltigeaient entre les branches décharnées des bouleaux, il ne semblait y avoir rien de vivant dans ce bois. Shimin calma sa respiration qui s'était emballée. Il avait son arc bien en main. Il lui suffisait de suivre la piste laissée par l'animal et de le surprendre. Les cerfs étaient très gros aussi, couraient vite et il avait déjà triomphé de l'un d'eux. Il se le répétait comme une de ces invocations de la religion nouvelle, censée influer sur les événements, tentant d'oublier qu'un cerf ne risquait pas de vous foncer dessus pour vous dévorer. Ses intestins le tenaillaient. Il songea un instant à se soulager derrière un arbre. Mais c'était la dernière chose à faire. Autant hurler à pleins poumons pour signaler sa présence.

Le bois couvrait plusieurs collines et Shimin gravit le flanc de l'une d'elles. Il remarqua quelques chênes égarés dont la haute taille suggérait qu'ils remontaient à une époque très lointaine, d'avant peut-être les grandes épreuves qu'avait connues le Milieu-du-Monde. Tous les dix pas, il se retournait, inspectait du regard les troncs, les rochers, les touffes de fougères émergeant du manteau neigeux, tout ce derrière quoi pouvait se tapir un fauve à l'affût. Il avait déjà vu des tigres. Jamais en liberté, il est vrai. Seulement dans les ménageries de l'Empereur, dans la Capitale de l'Ouest ou dans la Capitale de l'Est. C'étaient des animaux terrifiants, mais fascinants, redoutés autant que révérés dans le Milieu-du-Monde.

La chance semblait de son côté ce matin-là. Un léger vent soufflait face à lui à mesure qu'il suivait les traces. L'animal ne serait pas alerté par son odeur.

Shimin se retourna et aperçut de la fumée au loin, venant du domaine. Un cuisinier devait être en train de préparer les galettes et la bouillie du matin, peut-être l'une des filles du régisseur, après avoir quitté la couche de Père. Celui-ci exigerait du riz. On en faisait acheminer pour lui du Sud lointain. Il ne semblait pas l'apprécier outre mesure. Mais c'était un plat de riches et il considérait qu'un homme comme lui, gouverneur de préfecture, cousin de l'Empereur, y avait droit le matin.

Shimin reprit son ascension, atteignit le sommet de la colline, redescendit un peu l'autre flanc et déboucha sur une clairière recouverte de givre et de rochers gris. C'est alors qu'il l'aperçut, allongé sur l'un d'eux. Il avait failli le prendre pour un tas de neige. Il se prélassait au soleil, à cinquante pas à peine de lui. Un animal que Shimin ne reconnut pas tout de suite, une fourrure blanche striée de noir, magnifique, éblouissante. Il fallut qu'il s'étire pour que le garçon comprenne à quoi il avait affaire. C'était bien un tigre, mais blanc, une rareté. L'Empereur lui-même n'en possédait pas.

Shimin n'osait plus respirer de peur de briser ce moment de grâce immobile.

Il avait entendu parler de ces tigres albinos : il en naissait très peu et, la plupart étant abandonnés par leur mère, ils n'atteignaient presque jamais l'âge adulte. Or, celui-ci avait survécu, grandi, jusqu'à devenir cette bête splendide.

Le fauve ignorait que Shimin l'avait au bout de sa flèche et qu'à cette distance, il ne manquait jamais la cible. Dans un instant, il l'aurait abattu. Il deviendrait un héros, le garçon qui, à onze ans, avait terrassé un gigantesque tigre blanc. On parlerait de lui dans tout le Milieu-du-Monde. Cela pourrait aider Li Yuan à regagner la faveur de l'Empereur et lui-même, celle de son père, peut-être même l'affection de sa mère. Tout ce qu'il avait à faire, c'était laisser partir cette flèche qui irait droit dans le cou de l'animal.

Mais Shimin n'arrivait pas à se décider. Lui, à qui l'on reprochait toujours son impétuosité, hésitait. Le tigre blanc avait tué un étalon du Couchant. En rapporter la dépouille à l'Empereur serait le meilleur moyen de compenser cette perte. Contre un cheval exceptionnel, un fauve comme on n'en avait jamais vu au Milieu-du-Monde. Shimin s'imaginait déjà, incliné devant l'Empereur, déposant à ses pieds la peau blanche aux rayures noires, magnifique. Non seulement son père serait obligé de l'amener à l'inauguration du Grand-Canal, mais il y brillerait, il éclipserait Huaji et Père lui-même.

En même temps, ce fauve avait été rejeté par sa mère et il avait survécu malgré tout, il était devenu grand et fort. Il était un miracle. Shimin sentait confusément qu'il n'avait pas le droit de le tuer.

Une solution serait de retourner avertir son père de ce qu'il avait trouvé, qu'on organise une battue, qu'on ramène le tigre vivant. Elle ne satisfaisait pas complètement Shimin non plus. Huaji et Père allaient le traiter d'affabulateur et, ensuite, si la battue réussissait, en accaparer toute la gloire.

Soudain le vent tourna, cessa de lui faire face, arriva dans son dos. La bête se redressa, elle l'avait senti. Il sembla à Shimin qu'elle le regardait. Même si elle fonçait sur lui, il aurait le temps de l'abattre, du moins le croyait-il. Raffermissant sa prise sur son arc, il s'apprêtait à livrer ce duel mortel. Or, son adversaire s'éloigna nonchalamment, vers l'autre côté de la clairière, comme s'il ne craignait rien, comme s'il avait deviné tout ce qui se passait dans l'esprit du petit garçon malheureux, son soulagement à l'idée de ne pas avoir à le tuer.

*

Shimin ne parla à personne de sa rencontre avec le tigre blanc. Qui l'aurait cru ? On était revenu en ville et Li Yuan avait envoyé à l'Empereur un récit détaillé des événements, attribuant la mort de l'étalon du Couchant à une bande de loups. Dans l'espoir d'atténuer l'inévitable colère que susciterait une telle perte, il y avait joint un décompte précis de toutes les bêtes du haras, qui étaient en augmentation depuis l'année précédente.

Le régisseur avait survécu à ses cinquante coups de bâton. Avant qu'on les lui inflige, Shimin avait entendu son père ordonner à Liu Wuzhou, son lieutenant favori : « Ne me le tue pas. Je n'ai pas le temps d'en trouver un autre. »

L'homme avait crié dès le troisième coup, hurlé au cinquième, puis n'avait cessé de pleurer, quand il ne s'évanouissait pas. On dut le ranimer à deux reprises en jetant un seau d'eau glacé sur son corps ensanglanté. Sauf instruction de l'Empereur ordonnant expressément de le faire étrangler, il resterait régisseur.

Plus tard, sur le chemin de retour, Li Yuan expliqua à ses deux fils : « Juger les hommes, c'est ce qu'il y a de plus dur. Il faut tenir compte de tant de choses…

— Et les batailles ? intervint Shimin. Gagner des batailles, ce n'est pas plus dur encore ? »

Huaji émit un sifflement dédaigneux.

« Les batailles, ce n'est pas tous les jours, répondit Yuan d'un ton grave. Et j'espère que vous en connaîtrez le moins possible. »

Ce n'était pas le désir de Shimin, qui rêvait d'égaler un jour les exploits militaires ayant fait la réputation de son père et de ce grand Empereur qu'avait été le Réunificateur. Il se garda cependant de l'exprimer. Parfois il savait quand se taire.

Du reste, Père n'avait pas complètement tort, Shimin le voyait bien. Chaque jour surgissaient de nouvelles affaires à juger, comme si les hommes étaient incapables de ne pas sans cesse se voler, se tromper ou s'assassiner. Les différends étaient parfois ridicules, parfois délicats ou insolubles, notamment quand le coupable était étranger, riche marchand du Couchant, qui n'était censé pouvoir être condamné que par le chef de sa communauté, ou, pire, nomade et donc, souvent, insaisissable.

Peu après leur retour en ville, une famille se présenta à la résidence des Li : un fermier des environs à la tête couverte d'un bandeau sanglant, sa femme et quatre petits enfants s'accrochant à sa robe sale de chanvre. Ils accusaient une bande de cavaliers d'avoir dérobé cinq de leurs moutons dans la nuit. Le père avait voulu les en empêcher et avait reçu un coup de sabre. Nomades ou non ? Dans l'obscurité, c'était impossible à dire, mais l'homme en était persuadé : ils venaient de la Steppe. Il avait cru reconnaître leur langue.

« En es-tu sûr ? lui demanda Père. Et que disaient-ils ?

— Des insultes et puis de m'écarter, pardi !

— Ça pourrait tout aussi bien être l'un des nôtres qui veut se faire passer pour un nomade. »

La plupart des gens à l'Ouest maîtrisaient les deux langues.

« Si tu ne m'amènes pas les coupables, je ne peux rien faire pour toi. »

On était au cœur de l'hiver et les tribus nomades devaient manquer de bétail, expliqua plus tard Yuan à ses deux fils. Rien d'étonnant à ce que certaines se tournent vers les fermes des cultivateurs, en dépit des traités. Le Khagan ne pouvait pas contrôler chaque homme de chaque tribu. Yuan, de son côté, ne pouvait pas envoyer une troupe dans la Steppe pour cinq moutons.

L'Empereur actuel avait eu beau renforcer la Muraille-sans-Fin, celle-ci, en dépit de ce que son nom suggérait, n'était pas infranchissable : de longues fortifications plus ou moins élevées et efficaces alternaient avec de simples fossés, voire avec rien du tout. Quelques forteresses se dressaient à intervalles irréguliers. À certains endroits, on avait jugé le relief suffisamment escarpé pour se dispenser d'y ajouter la moindre défense. Parfois Yuan vitupérait contre cette construction aussi coûteuse en vies qu'inutile, puisque, si elle gênait les incursions nomades, elle était très loin de les arrêter. « Le seul vrai rempart que je connaisse, ce sont les hommes », disait-il. Or, au lieu de les employer à veiller le long de la Muraille-sans-Fin, l'Empereur avait préféré les envoyer mourir par dizaines de milliers sur les chantiers de son cher Grand-Canal.

Quand Shimin n'observait pas son père rendre la justice et administrer sa préfecture au nom de l'Empereur, il sortait chevaucher dans la campagne enneigée ou bien s'exerçait aux armes. Chaque jour, il allait au moins une fois retrouver sa mère dans le pavillon réservé aux femmes. Elle devait avoir trente-cinq ans. Elle était grande. Ses pommettes hautes signalaient, comme chez beaucoup d'habitants de l'Ouest, une ascendance nomade. Il lui manquait quelques dents. Pour Shimin, c'était la personne la plus magnifique du monde.

Xuanba se trouvait toujours non loin. Elle lui apprenait elle-même à lire et à écrire, ce qu'elle n'avait jamais fait pour Shimin. Elle parlait aussi beaucoup avec Jun de son futur mariage avec le fils du seigneur Cui, dont Père attendait toujours la réponse. Jun était le membre de sa famille dont Shimin se sentait le moins proche. D'abord, c'était une fille. Ensuite, elle ressemblait beaucoup plus à Père qu'à Mère : des traits épais, sans grâce. Enfin, elle se moquait souvent de lui, sans la méchanceté de Huaji, il est vrai. Huaji et elle, d'ailleurs, s'appréciaient beaucoup, discutaient longuement des poèmes qu'ils avaient lus ou des menus conflits entre les différentes concubines de Père. Shimin avait l'impression que le seul à s'intéresser à lui, à ses progrès à l'arc et à l'épée, était Wuzhou, le fidèle bras droit de son père, qui lui donnait des conseils, l'encourageait. Celui-ci avait une quarantaine d'années. Contrairement à Père, qui s'épaississait d'année en année, lui était resté très sec. Sa bouche ressemblait à celle d'un cheval.

Un soir, un courrier de l'Est arriva enfin. La réponse du clan Cui. Père fit rassembler toute la famille dans la grande salle. Il affichait un large sourire en brandissant la lettre dans sa grosse main. Il la déplia, puis, à mesure qu'il lisait à voix haute le contenu du message, Shimin vit ce sourire se crisper, s'effacer, se transformer en une grimace affreuse :

« Mon cher Li Yuan,

Rien ne m'aurait fait davantage plaisir que d'unir nos deux familles. L'Ouest et l'Est réconciliés à travers nos deux enfants : c'est mon rêve autant que le vôtre. Je suis hélas dans l'obligation de décliner votre offre pour une raison qui dépasse ma volonté. D'après les renseignements que vous m'avez fait parvenir, votre fille est de l'année du Dragon. Mon fils, voyez-vous, est de celle du Tigre. Vous savez aussi bien que moi que ce sont là deux signes incompatibles. Ce mariage serait condamné au malheur par le Ciel lui-même. Ni vous ni moi, je crois, ne le souhaitons. De toute manière, je suis convaincu que vous trouverez pour votre fille beaucoup mieux à l'Ouest. »

Suivaient quelques compliments d'usage.

En achevant sa lecture, Père était très rouge, ses lèvres tremblaient. Shimin jeta un coup d'œil à Jun qui échangeait des regards et des sourires discrets avec Huaji. Xuanba, assis sur les genoux de Mère, lui demandait de sa petite voix irritante ce qui se passait.

Il se passait, songea Shimin, qu'il n'y avait pas mieux qu'un mariage avec un Cui ou l'une des trois autres grandes familles de l'Est, que Père y avait cru jusqu'au bout et qu'on l'éconduisait sous un prétexte absurde. Il se passait que cette lettre, sous ses dehors polis et désolés, était une insulte. L'Est avait été vaincu, soumis par l'Ouest. Mais, vingt ans après la guerre, les rancœurs n'étaient pas éteintes. L'Est n'avait pas pardonné.

« Eh bien, nous irons tous à l'inauguration du Grand-Canal », déclara brusquement Père.

Shimin sentit son cœur s'emballer. Après la mort du cheval du Couchant, Père avait décidé de faire le déplacement en petit équipage, afin de garder profil bas. Or, voilà qu'à son plus grand bonheur, il changeait d'avis.

« Nous partirons à cheval. Pas de piétons, que des cavaliers. On perdra moins de temps. Et, au besoin, nous pourrons nous replier rapidement.

— Nous aurons tous l'air de nomades, répliqua Huaji.

— L'Empereur et nous avons les mêmes ancêtres. Si nous sommes des nomades, il l'est aussi.

— L'Empereur passe de moins en moins de temps à l'Ouest, continua Huaji. Et son épouse est du Sud. C'est elle qu'il écoute. C'est elle qui lui dit…

— Tais-toi maintenant, lui cria Père. J'ai pris ma décision. »

Shimin était au comble de l'allégresse : il irait au Nouveau-Confluent ! Et, une fois n'était, hélas, pas coutume, son aîné venait de se faire rabrouer.

« Yuan, intervint Mère, réfléchis. Crois-tu vraiment que ce soit une bonne idée ? Ne laisse pas la colère…

— Parce que les Cui seront là, avec tout leur faste ridicule ? la coupa Père. Mais justement, c'est parce que *toutes* les grandes familles seront là – de l'Ouest, du Sud et de l'Est – qu'il faut rappeler que les Li sont aussi une grande famille, qui n'a pas à avoir honte de ses origines. Nous irons tous, en force, sans baisser la tête devant qui que ce soit. »

2

Jiande

Dou Jiande était le fils aîné d'un paysan et paysan lui-même. Il aurait dû le rester. Ce ne fut pas le cas. À l'hiver de ses dix-sept ans, son existence prit un tour singulier – le jour où il demanda Chan en mariage.

Pour des paysans de l'Est, ses parents étaient plutôt riches. Sa famille possédait, en plus de son bout de champ, une trentaine de mûriers blancs et un grand élevage de vers à soie. Personne dans le village n'en avait autant. C'était le résultat de spéculations heureuses menées par son grand-père et son père au moment de la Réunification, vingt ans plus tôt. Comme tout le monde à l'Est, ils maudissaient bien sûr le Réunificateur et les gens de l'Ouest, qui avaient mis fin à leur indépendance. Ils les haïssaient le plus sincèrement du monde. Pourtant, il fallait l'avouer : sa famille avait bien profité des troubles.

Son grand-père était alors trop vieux pour aller combattre, son père, déjà assez riche et malin pour se faire exempter, Jiande, trop jeune. La plupart des autres familles du village, en revanche, envoyèrent leurs hommes se faire massacrer par les généraux du Réunificateur. Comme elles manquaient de bras pour labourer leurs champs et payer leurs impôts en grains, elles durent s'endetter. Le père et le grand-père de Jiande leur accordèrent des prêts. Ils ne prenaient pas d'intérêts aussi faramineux que les monastères de la religion nouvelle. En revanche, ils demandaient un gage : les mûriers blancs de ces familles. Et si elles ne les remboursaient pas à temps, ils en devenaient les nouveaux propriétaires. À la fin de la guerre, ils possédaient la moitié des mûriers blancs du village et, dans les années qui suivirent, on put faire construire un modeste bâtiment pour élever les vers à soie recueillis sur ces mûriers.

Dou Jiande avait grandi au milieu des calculs de son père, de son obsession des petits profits qui, cumulés, en formaient de gros. Il lui semblait que ce père n'avait jamais rien fait qui n'ait été intéressé. S'il rendait une visite à un voisin, c'était pour en tirer des informations utiles. S'il donnait une vieille bêche à une pauvre veuve qui venait de casser la dernière qu'elle avait, c'était en espérant s'en faire une obligée et lui demander un jour quelques services, de l'espionnage par exemple, afin d'apprendre discrètement la situation de telle ou telle famille. S'il laissait son verrat saillir la truie d'un autre villageois, il exigeait la moitié des porcelets. Même quand son propre père mourut, il s'arrangea, sous des motifs fallacieux, pour faire contribuer l'ensemble du village aux frais des funérailles. Il aurait eu les moyens de prendre une ou plusieurs concubines. Il ne le fit jamais, non par une affection démesurée pour la mère de Jiande, mais parce que cela aurait impliqué des dépenses qui lui auraient semblé insupportables. L'hiver, quand beaucoup des villageoises tissaient jusque tard dans la soirée, il envoyait sa femme chez des voisines afin d'économiser l'huile des lampes. Il se justifiait toujours par la même phrase : « Tout ça, je le fais pour toi, mon fils, pour notre famille. » Son rêve était d'être nommé un jour chef du village.

La première partie de la vie de Jiande s'était tout entière écoulée dans ce village, aux quelques allées boueuses, saturées d'odeurs de fumier, au sein d'une communauté qui comptait une centaine de feux, peut-être cinq cents personnes aux visages tous familiers. Il travaillait avec son père dans leur champ où l'on plantait en général du millet et du soja au printemps. Il aidait à l'élevage des porcs et des poulets. Sa mère et Chan s'occupaient des vers à soie.

Chan n'était pas sa sœur, même si sa mère l'avait toujours considérée comme sa fille. Ses parents faisaient partie de ces malheureux qui, appauvris par les guerres de Réunification, s'étaient endettés auprès du père et du grand-père de Jiande, puis, ne pouvant les rembourser, avaient dû leur abandonner leurs mûriers blancs. Cette fois, il y avait eu une condition : il leur restait une fille à charge qu'ils n'avaient plus les moyens de nourrir. Il avait été convenu que la famille de Jiande l'élèverait, en échange de quoi elle travaillerait pour eux jusqu'à ce qu'elle soit en âge de se marier.

Chan fut la seule personne à échapper aux froids calculs du père de Jiande. Quand elle arriva dans sa nouvelle famille, elle n'avait que quatre ans, était petite, chétive, hors d'état de travailler bien dur avant longtemps et la mère de Jiande, de toute façon, l'aurait interdit. Elle s'en était tout de suite entichée. Elle la préserva de la dureté de son époux, la prit sous son aile aimante, se comporta avec elle non seulement comme si elle avait été sa vraie mère, mais avec presque plus de tendresse encore : par exemple, après qu'elle lui eut appris à s'occuper des vers à soie, et alors que ses doigts novices restaient encore maladroits à dérouler les fils des cocons, elle prétendit qu'elle se débrouillait merveilleusement, mieux qu'elle encore, afin de justifier qu'on lui accorde les mêmes portions de bouillie de millet qu'à son propre fils. Jiande ne sut jamais si son père était vraiment dupe.

Il ne savait pas non plus pourquoi sa mère avait agi comme ça avec Chan. Il avait une hypothèse, bien sûr, qu'il ne lui avait jamais soumise. Elle aurait fait ressurgir trop de tristesse. Sa mère avait perdu une petite fille jadis. Une fièvre venue des marais. Il se rappelait les traits congestionnés de la minuscule créature quand elle toussait la nuit, pas très loin de lui, et le soulagement – l'affreux soulagement – qui l'avait envahi lorsque la toux avait enfin cessé. Il était très jeune alors, quelques années de plus que la morte, mais il n'oublierait jamais le chagrin de sa mère. Tout le monde convenait que ses parents avaient échappé au pire : si lui aussi avait été atteint, s'il avait succombé, ils se seraient retrouvés sans héritier mâle. Mais la mère de Jiande n'avait guère été sensible à ce genre de consolations. Elle était demeurée longtemps prostrée et son père avait dû plusieurs fois la battre pour qu'elle cesse de négliger son travail.

Ce n'était qu'à l'arrivée de Chan qu'elle avait recommencé de sourire. L'atmosphère triste et endeuillée de la maison s'était allégée. C'était comme si la petite disparue était revenue après avoir erré dans les champs alentour quelque temps.

Il était impossible à Jiande de dire quand il était tombé amoureux de Chan. En fait, il ne croyait pas être jamais tombé amoureux d'elle. D'aussi loin qu'il s'en souvînt, il l'avait toujours aimée. Enfant déjà, elle était la plus jolie fille du village. Un visage lumineux entouré de cheveux très noirs, épais et magnifiques. De grands yeux aux pupilles sombres et douces à la fois, sous des sourcils un peu trop fournis mais bien dessinés. Un nez ressemblant à une cerise double, qu'on avait envie de croquer. Des dents presque toutes bien alignées. Et, par-dessus tout, une voix merveilleuse qui faisait s'arrêter quiconque passait devant l'entrepôt des vers à soie et l'entendait chanter. Dès qu'elle avait grandi, que son corps menu avait pris quelques discrètes rondeurs, elle avait attiré l'attention de plusieurs garçons. Jiande ne comptait pas le nombre de fois où il s'était battu pour elle, à cause d'une remarque à son propos qu'il jugeait déplacée. Tous pensaient qu'il défendait l'honneur d'une servante, ce que Chan était officiellement.

Le jour où tout commença pour Jiande, il était arrivé dans l'entrepôt, échaudé par l'une de ces bagarres, justement, les poings en sang. Le fils d'un voisin avait fait les frais de sa colère. Pas pour une insolence. Au contraire. C'était un type gentil. Mais il venait d'avouer à Jiande vouloir épouser Chan. Il avait parlé à ses parents, qui acceptaient qu'elle rejoigne leur famille sans dot. Et il aurait souhaité que Jiande joue les intermédiaires.

Quand celui-ci passa la porte de l'entrepôt, Chan était seule. C'était l'hiver. En cette saison, on chauffait l'intérieur au bois afin que les vers ne meurent pas de froid. On les entendait grignoter les feuilles de mûrier cueillies au printemps. Chan était en train de filer la soie. Dès qu'elle l'aperçut, elle voulut savoir pourquoi il était dans un état pareil. Au lieu de lui répondre, il lui demanda d'une voix basse, pour ne pas perturber les vers : « Chan, et si tu m'épousais, moi ? »

Il ignorait tout de ses sentiments à elle et il ne lui avait jamais dit qu'il l'aimait. Ils étaient proches, elle avait de toute évidence beaucoup plus de complicité avec lui qu'avec n'importe qui d'autre. Mais jamais il n'avait osé aborder un tel sujet. C'était comme s'il attendait, comme s'il pensait qu'il avait le temps et qu'il y aurait toujours un meilleur moment pour le faire.

Chan lui sourit. Et ce sourire était ce qui lui était arrivé de plus beau dans la vie. Il devait connaître de grands moments plus tard, mais rien n'équivaudrait jamais au sourire de Chan ce jour-là. Ce sourire qui voulait dire : « Oui, bien sûr. Mais pourquoi as-tu mis si longtemps à te décider ? »

Ses mots furent plus raisonnables que son sourire :

« Je veux bien, Jiande. Mais tu sais que ce n'est pas mon avis qui compte.

— Mon père, j'en fais mon affaire », lui affirma-t-il.

Il fut pris d'un élan qui lui fit la quitter aussitôt, sans même la serrer dans ses bras, pour aller annoncer à son père qu'il allait l'épouser. Sa tête débordait d'idées de bonheur. Jusqu'à cet instant, il ne s'était jamais rendu compte à quel point il désirait Chan. Il voulait que le mariage ait lieu au plus vite. C'était une froide journée d'hiver, ensoleillée, mais quelques oiseaux chantaient, lui sembla-t-il, dans les branches décharnées des arbres.

Il trouva son père dans la cour de la ferme en train de nourrir les truies et les porcelets.

« Ils sont gourmands, lui lança celui-ci dès qu'il le vit. Tu les gâtes trop, Jiande. Le minimum pour le moment, d'accord ? Ils se referont une santé au printemps. Et pourquoi as-tu couru comme ça ? »

Il lui dit, il lui demanda la main de Chan, dont il était le gardien. La réponse le pétrifia : « Si tu veux coucher avec elle, fais-le. Mais tu ne l'épouseras pas. Et ne la mets pas enceinte : ta mère a besoin d'elle dans l'entrepôt. »

Jiande ne comprenait pas. Il balbutia : « Tu ne serais pas heureux que j'épouse Chan ?

— Cette pauvresse ? Mais je peux t'avoir beaucoup mieux. Beaucoup mieux. Une fille avec une dot. »

*

Pendant plus d'une lune[1], Jiande n'adressa pas la parole à son père. Sa mère tenta de jouer les conciliatrices, en vain. Chan n'osait les regarder en face ni l'un ni l'autre, elle avait l'impression de les avoir trahis. Elle ne sortait presque plus de l'entrepôt et ne se joignait au reste de la famille qu'aux repas, baissant les yeux, muette. Jiande allait la voir tous les jours, il la rassurait. Ils se retrouvaient devant les étalages où les gros vers aveugles dévoraient les feuilles de mûriers que Chan renouvelait jour et nuit. Tous deux les observaient enfler jusqu'à avoir la

1. À un ou deux jours près, une lune équivaut à l'un de nos mois actuels.

peau aussi tendue qu'un tambour, puis muer, prendre une transparence crémeuse et se mettre à former leur cocon de soie.

Jiande avait commis l'erreur de rapporter à Chan les propos de son père. « Il a raison, Jiande, avait-elle dit tristement. Je n'ai rien à donner à ta famille en échange. Tu ferais mieux de me prendre comme concubine. »

Il n'en était pas question. Au Milieu-du-Monde, tout homme avait droit à autant de concubines qu'il pouvait se le permettre, mais même l'Empereur devait se contenter d'une seule épouse. Jiande voulait que Chan soit cette femme qui resterait unique pour lui jusqu'à la mort de l'un ou de l'autre, il désirait l'épouser en bonne et due forme.

Jiande ne parlait donc plus à son père, mais à côté de cela, il faisait son travail, mieux qu'avant encore. Il plantait des fèves, récoltait les choux d'hiver et les poireaux, soignait les jujubiers, vérifiant le bon état de leur toile protectrice, entretenait la porcherie, cueillait le long de la rivière les pains de grenouille, ces plantains d'eau dont sa mère ne dédaignait pas assaisonner ses bouillons. Il voulait montrer qu'il restait un fils exemplaire.

Le problème était que son père n'agissait jamais sans espoir d'un quelconque profit. Or, Jiande n'avait rien à lui offrir en échange de Chan. Que le spectacle de sa fureur muette, de son désespoir. Son père estimait sans doute qu'ils passeraient, comme tant des lubies de la jeunesse. C'était un homme patient, terriblement patient. Attendre que Jiande renonce à Chan ne représentait pour lui qu'une contrariété négligeable.

Jiande, de son côté, se consumait de désir. Jusqu'à ce que son voisin lui avoue son intention d'épouser Chan, il vivait en parfaite intelligence avec elle, sans guère se poser de questions. Une fois certains mots prononcés, c'était comme si une digue avait cédé et que déferlait sur des terres paisibles et sûres le Fleuve-de-Boue lui-même. Jiande ne se reconnaissait plus. Il n'avait soudain qu'une obsession : Chan. Il n'osait plus la toucher. Alors qu'ils s'étaient toujours taquinés sans penser à mal, il éprouvait une forme de réserve, de timidité maintenant face à elle.

Il serait injuste d'affirmer que cette période ne fut que souffrance. Ils partageaient aussi des moments merveilleux. Ils parlaient de leur amour brusquement révélé. En un sens, malgré l'incertitude de l'avenir, ils étaient plus heureux qu'ils ne l'avaient jamais été. Parfois ils descendaient à la rivière en contrebas du village qui irriguait les champs et traversait un petit bois de gingkos où, en cette saison, personne ne les dérangeait.

Chan l'incitait presque à profiter d'elle. Jiande refusait systématiquement. Il en mourait d'envie et il refusait. Cela aurait signifié céder à son père, lui donner raison sur la façon dont il convenait de la traiter. Il acceptait seulement qu'elle chante pour lui des airs qui le ravissaient.

Les jours passaient et rien ne se passait, et rien ne semblait devoir se passer. Jiande se rendit un matin au monastère de la religion nouvelle le plus proche, qui possédait l'un des seuls moulins de la région. Il y fit moudre de la farine de millet et profita de l'occasion pour donner quelques salaisons de porc aux moines, leur demandant d'intercéder en sa faveur auprès de l'Éveillé[1]. Sur le chemin de retour, il décida de retourner ses propres armes contre son père : la patience, l'obstination. De guetter lui aussi l'occasion favorable.

Elle vint étonnamment vite. L'Éveillé l'avait-il entendu ? Jiande le crut. Après tout, ce sage d'un pays lointain, mort mille ans plus tôt, n'avait-il pas, selon certains, refusé la béatitude suprême afin de continuer de veiller sur les hommes comme lui ? Un messager du seigneur Cui arriva un après-midi au village et annonça que l'Empereur avait convoqué tous les grands clans du Milieu-du-Monde. Ils devaient se

1. En sanskrit, l'Éveillé se dit « Bouddha ».

rendre au Nouveau-Confluent pour le prochain équinoxe. Le seigneur Cui voulait une escorte importante et requérait à cette fin un jeune homme par village lui appartenant.

Les Cui, la plus illustre des familles de l'Est, avaient un nom plus prestigieux que celui des Empereurs eux-mêmes, qui, à cause de ça, ne les avaient jamais beaucoup aimés. C'étaient les maîtres du village de Jiande (et de centaines d'autres). De bons maîtres, estimait ce dernier, raisonnables et justes, qui surveillaient de près ce qui se passait chez eux, de bien plus près que les agents de l'Empereur, trop peu nombreux à l'Est pour rien y contrôler sans l'aide des Cui.

Quand il eut vent de cette convocation, un projet germa presque aussitôt dans son esprit. Il alla trouver celui à qui il n'avait plus adressé la parole depuis un mois. Ils étaient aux pieds de quatre mûriers blancs dont le père de Jiande vérifiait qu'ils n'avaient pas souffert du gel.

« Père, tu sais ce que je veux. Quelque chose que tu es le seul à pouvoir me donner. »

L'autre s'était accroupi pour examiner les racines des arbres. Il leva des yeux méfiants vers son fils. « Encore cette vieille histoire ? Encore Chan, cette femme-renarde qui t'a jeté un sort ?

— Ne la traite pas comme ça ! »

Pour arriver à ses fins, Jiande devait garder son calme. Il reprit donc d'une voix adoucie : « Oui, je veux que tu me laisses épouser Chan. Et en échange, je peux te donner ce que tu veux toi.

— Il n'y a rien que tu ne tiennes de moi. Quoi que tu me donnes ou croies me donner, ça m'appartient déjà. Retourne travailler. »

Jiande s'attendait à une réponse de ce genre.

« Il y a quelque chose pourtant que tu désires, que je ne possède pas, mais que je pourrais t'obtenir. »

D'un mouvement du menton, le père l'invita à poursuivre. Il avait pris un air ennuyé, celui qu'il adoptait toujours pour dissimuler un intérêt souvent bien réel et faire baisser le prix de ce qu'il convoitait.

« Tu as entendu le messager des Cui ?

— Comme tout le monde, oui.

— Je vais accompagner le Vieux Cui au Nouveau-Confluent. »

C'était ainsi qu'on appelait familièrement le chef du clan : le Vieux ou le Vieux Cui.

« Impossible, Jiande ! Il y a trop de travail ici.

— Laisse-moi finir, Père. D'abord, il n'y a pas tant de travail à faire en ce moment. Et c'est bien pour ça que l'Empereur convoque les grandes familles, juste avant l'arrivée du printemps, avant les semailles. Il sait que ça ne perturbera pas trop la vie des champs. »

Le père laissa échapper un léger froncement de sourcils. Jiande l'avait intrigué. Il fallait pousser son avantage.

« Ce ne sera pas comme quand le Vieux Cui vient ici quelques heures seulement, un jour tout au plus, ou quand on se déplace à sa résidence. Il ne vous reçoit jamais très longtemps et on repart. Si je fais partie de son escorte, je serai pendant plusieurs jours près de lui. Il faut une bonne demi-lune pour se rendre au Nouveau-Confluent. J'aurai la possibilité de lui parler.

— Il t'apprécie, c'est vrai. Je ne sais pas pourquoi, mais c'est un fait. »

Le père de Jiande connaissait sans doute très bien l'origine de cette inclination. Le Vieux Cui lui avait dit une fois, en présence de Jiande, qu'il avait de la chance d'avoir un garçon aussi dégourdi, et que lui, le chef de la plus noble famille de l'Est, l'échangerait volontiers contre son propre héritier. Il plaisantait, bien sûr, mais à moitié seulement, et sa remarque était pleine d'amertume : le seul fils qui lui restait, le seul à avoir survécu à la guerre perdue contre le Réunificateur, était faible de corps et d'esprit.

Jiande poursuivit : « Tu dis que je n'ai rien qui ne soit aussi à toi. D'accord. Est-ce que le Vieux n'a rien qui pourrait t'intéresser ? »

Le visage fin du père esquissa un léger rictus. Jiande crut voir une lueur d'estime dans son regard.

« Père, je peux t'obtenir ce qui te manque. Tu es l'homme le plus riche de notre village, il est normal que tu en sois le chef officiel. Je plaiderai ta cause auprès du Vieux Cui. Je le convaincrai. »

L'autre était devenu pensif, il avait mis sa main devant sa bouche pour cacher le sourire qui s'y élargissait malgré lui. Jiande avait touché juste. Il le tenait.

« Décroche-moi le titre de chef de village et tu pourras épouser Chan, lui lança enfin son père. C'est d'accord. »

3

Yicheng

Yicheng le sentit avant même de le voir. Une odeur écœurante où se mêlaient l'alcool et d'autres ingrédients plus indéterminés. Il avait dû vomir juste avant d'entrer dans sa yourte. Maintenant il s'approchait d'elle en titubant, il n'avait même pas pris la peine de bien rabattre la porte de feutre épais et un vent glacial s'engouffra à l'intérieur. Quelques flocons parvinrent jusqu'à la couche où Yicheng était allongée. Il devait être très tard : le poêle s'était éteint et ne réchauffait plus rien.

Elle avait enfin réussi à s'assoupir. Elle espérait que cette nuit, cette nuit au moins, elle y échapperait. Il éructa : il avait heurté le joli meuble d'acajou sur lequel brûlait l'encensoir de bronze, un cadeau de l'Impératrice, et sans doute tout renversé. Le lendemain, Zhu, sa servante, devrait nettoyer. « Ah, te voilà. » Il était au-dessus d'elle. Instinctivement, elle se recroquevilla. Dans la pénombre, elle voyait son visage buriné, si laid. Il sentait bien le vomi. Allait-il s'effondrer sur le lit, sans rien entreprendre, s'endormant aussitôt comme cela lui arrivait parfois ? Alors elle pourrait se dégager et, malgré les probables ronflements, s'assoupir de nouveau ou, à défaut, au moins rester seule, en paix, avec ses pensées. Mais il rejeta brusquement les peaux de loups qui la couvraient, entrouvrit sa robe de soie et lui palpa la poitrine.

Il voulait davantage. Elle poussa un petit cri qu'elle regretta. Elle savait que ça l'excitait. D'ailleurs il eut un murmure appréciateur. Sa main râpeuse glissa le long de son corps, écartant la soie, la dénudant un peu plus. Il s'arrêta au pli du genou et, la saisissant à cet endroit, l'attira vers lui, jusqu'au rebord de la couche, qui n'était elle-même qu'un rudimentaire support de bois sur lequel on avait entassé des dizaines de peaux de bêtes.

« Allez d'abord fermer ma tente. Je suis gelée, lui dit-elle.

— Je vais te réchauffer », l'entendit-elle répondre.

Que pouvait-elle faire ? Il était son époux. Il était un Khagan, une sorte de roi à sa façon, même si son royaume ne comprenait ni villes ni parcs, rien qui vaille vraiment la peine de vivre, et qu'il ne régnait que sur des nomades.

Il n'y avait qu'une solution pour que cela cesse : qu'elle tombe enfin enceinte. Yicheng avait entendu plusieurs femmes du campement qui attendaient un enfant déplorer que leur mari ne les approche plus. Oh, comme elle ne s'en plaindrait pas, elle. Plusieurs fois elle avait songé à simuler une grossesse. Mais elle était scrutée par trop de monde sans arrêt pour qu'on ne découvre pas très vite la supercherie et elle n'osait imaginer ce qui se passerait alors : la honte s'ajoutant à toutes les avanies qu'elle avait déjà souffertes.

Au début, on avait mis sa stérilité sur le compte de sa jeunesse. Elle n'avait que douze ans quand elle était arrivée ici, dans la Steppe. Puis, à mesure que les années passaient, que les chamans s'épuisaient en vaines incantations, tandis que son ventre restait désespérément plat, il était devenu évident pour tous que quelque chose n'allait pas en elle. Avant de l'épouser, le Khagan avait eu des fils avec d'autres femmes, qui étaient des adultes désormais. La faute venait donc d'elle. Il ne la répudierait jamais, bien sûr. On ne répudiait pas une princesse du Milieu-du-Monde, même si elle était incapable de vous donner des enfants.

Il se défit de son pantalon en émettant un grognement et, toujours debout au bord de la couche de Yicheng, lui souleva le bassin avec une force qui l'étonnait toujours chez un homme aussi vieux, plus qu'à moitié saoul qui plus est. Puis il se fraya un chemin en elle. La douleur lui fit serrer les cuisses, ce qui l'agaça. « Pas de ça ! » lui ordonna-t-il. Elle se sentit obligée de s'excuser : « Pardon. » Il décida de se coucher résolument sur elle, entre ses jambes, appuyant de tout son poids, si bien qu'elle ne pouvait plus du tout bouger et à peine respirer. Il pesait si lourd. Le poignard de chair allait et venait.

Un chien aboya dehors, des voix s'élevèrent, peut-être celles de Tardu et Nivar, les fils du Khagan, qui revenaient de la même beuverie que leur père. Ils risquaient de l'entendre. Elle se mordit les lèvres. Le campement interdisait toute intimité véritable.

Presque chaque soir le vieux Khagan, ses fils et les guerriers les plus importants se réunissaient, autour d'un feu quand le temps le permettait ou, lorsque la neige ou la pluie tombait trop dru comme cette nuit-là, autour d'un poêle, dans la yourte de l'un d'eux. Yicheng assistait souvent aux débuts de ces festins, quand on se contentait de dévorer des brochettes de mouton, des bosses de chameau, des gâteaux frits et du yaourt. Mais une fois qu'on apportait le koumis, ce lait fermenté et alcoolisé, elle préférait s'éclipser. Le spectacle des nomades ivres s'interpellant d'une voix pâteuse dans leur langue informe lui répugnait par trop. La plupart des autres femmes restaient. Elles n'avaient aucune décence. Elles dansaient au son des tambours et des luths à quatre cordes, badinaient, si l'on pouvait appeler ainsi les grossièretés qu'elles échangeaient avec des hommes qui n'étaient même pas nécessairement leur mari. Des disputes éclataient parfois et le sang coulait.

Au début, Yicheng se forçait à rester jusqu'au bout. Mais, dès qu'elle avait compris que le vieux Khagan, après l'avoir rejointe et s'être contenté en elle, lui racontait en général tout ou presque de ce qui s'était dit, elle avait résolu de ne plus s'infliger ces réunions presque animales où, l'esprit échauffé, on ne faisait guère attention à ce qu'on proférait.

Quand il eut fini (cela ne durait jamais trop longtemps), il roula sur le côté. Elle avait envie de s'éloigner de lui, mais elle s'obligea à maintenir son corps frêle et parfumé contre cet autre corps qui n'avait peut-être jamais pris un bain.

« De quoi avez-vous parlé ce soir ? » lui demanda-t-elle à l'oreille. Puisqu'elle était réveillée, autant satisfaire sa curiosité. La veille, il lui avait appris que ses fils voulaient qu'il reçoive des ambassadeurs de la Péninsule. Une information très intéressante. Bien entendu, il avait refusé. Jamais il ne donnerait audience à des ennemis du Milieu-du-Monde.

Tardu et Nivar avaient-ils renouvelé leur requête ?

Le vieux Khagan se taisait. « Alors ? » insista-t-elle. Aucune réponse. Au grondement qui emplit peu à peu la yourte, elle comprit qu'il s'était endormi.

*

Le lendemain, la tempête avait laissé place à un temps magnifique. Yicheng fit atteler sa jument grise et ordonna à sa servante de l'accompagner. Les deux femmes montaient l'une derrière l'autre sur la même selle. Emmitouflées dans des peaux de martres, elles s'éloignèrent du campement, gagnèrent les hauteurs. Quand elles furent hors de portée des oreilles indiscrètes, Yicheng demanda : « M'aiderais-tu à m'échapper si je te le demandais ? »

En contrebas, les yourtes, une centaine en tout, formaient un cercle assez peu régulier au milieu de l'étendue blanche, au bord du grand lac où le Khagan aimait passer l'hiver. De la fumée sortait du centre des toits. On apercevait tout autour les troupeaux de moutons, de chèvres et, surtout, de chevaux, souvent blottis les uns contre les autres, en grappes, pour se tenir chaud.

Comme Zhu ne répondait rien, Yicheng poursuivit : « Je ne peux plus continuer.

— Comment voudriez-vous faire ? soupira l'autre.

— Et si nous prenions les chevaux les plus rapides et cassions les jambes des autres avant de nous enfuir dans la nuit ?

— Casser les jambes de dix mille chevaux ? »

Il n'y en avait sans doute pas autant au campement en cette saison, mais tout de même des milliers, c'est vrai.

« Il faudrait faire vite, être très efficaces. »

Elle se retourna vers Zhu et pouffa. Zhu se joignit à elle, d'un peu plus mauvaise grâce que d'habitude. Elle se lassait de ce petit jeu, alors que Yicheng, elle, n'aurait pu s'en passer. Régulièrement, elles évoquaient la façon dont elles pourraient fuir la Steppe, bien qu'elles sachent toutes les deux qu'elles ne le feraient jamais. Pour aller où ? Si Yicheng retournait à la cour du Milieu-du-Monde, on la renverrait immédiatement au Khagan. Elle était part d'un traité, un inestimable gage de paix entre deux peuples. Tout au plus y gagnerait-elle de perdre Zhu, ce qu'elle ne pouvait se permettre.

Quand elle était arrivée chez les nomades, à douze ans, Yicheng était accompagnée de trois domestiques. L'une était morte de maladie dès la deuxième année. Une autre avait justement tenté de s'enfuir, avec un marchand du Couchant, la quatrième année. L'homme avait promis de la ramener de l'autre côté de la Muraille-sans-Fin. Bien sûr, les nomades les avaient rattrapés. Yicheng avait supplié qu'on laisse la vie à sa servante. Elle était toute prête à lui pardonner sa défection, pourvu qu'elle reprenne sa place auprès d'elle. Mais son époux le Khagan avait été inflexible : « Comment veux-tu qu'on te respecte, femme, si tu ne punis pas ? Épargne cette chienne et aucun de tes serviteurs ne t'obéira jamais plus. » Yicheng ne pouvait lui expliquer à lui à quel point elle la comprenait, cette « chienne » qui avait voulu la quitter, quitter la Steppe. Elle avait dû la voir se faire piétiner par des dizaines de chevaux lancés au galop, sous les insultes des nomades.

Depuis, il ne lui restait que Zhu, la seule personne de son entourage à parler sa langue, à la comprendre, avec qui elle pouvait évoquer sa terre natale et s'autoriser à rêver de projets impossibles. Zhu était un peu plus âgée qu'elle, vingt-cinq ans déjà, assez jolie, moins qu'elle, cela allait sans dire. Plusieurs guerriers nomades avaient cherché à l'épouser. Yicheng le lui avait interdit. Si Zhu se mariait, elle irait habiter avec son époux, elle ne serait plus en permanence à ses côtés. Cette idée lui était insupportable.

Elles se dirigèrent vers l'endroit que Yicheng affectionnait, très en retrait du campement, au-dessus de falaises tombant à pic dans le lac, mais qu'on pouvait redescendre en suivant un discret sentier à peine visible, qui menait à une petite crique charmante.

« Nous pourrions ne pas rentrer au Milieu-du-Monde, reprit Yicheng.

— Évidemment, acquiesça Zhu sans grande conviction. À quoi pensez-vous ?

— Je t'en prie, Zhu, fais semblant d'y croire ! »

Elle avait besoin d'imaginer un horizon qui ne soit pas complètement fermé.

« Allons vers le Couchant, au pays des beaux chevaux. Ou alors, non, demandons asile à la Péninsule. »

L'idée lui en était venue à l'instant, à cause de ce que le Khagan lui avait dit : ses fils Tardu et Nivar voulaient qu'il reçoive des émissaires de la Péninsule. Ce petit royaume indépendant avait appartenu jadis au Milieu-du-Monde, puis, à la faveur de la Désunion, s'en était affranchi. Même le Réunificateur n'avait pas réussi à le soumettre de nouveau.

« Vous pourriez. Et prétendre ensuite qu'on vous a enlevée. Et votre frère viendrait peut-être vous y chercher. »

À strictement parler, l'Empereur n'était pas le frère de Yicheng, mais son beau-frère. Qu'importait. Elle n'allait pas reprendre Zhu alors que celle-ci s'y mettait enfin, se laissait gagner par l'ivresse d'un avenir différent et inattendu.

« Si ça se trouve, on ne vous renverrait jamais ici. On oublierait. Ou bien on considérerait que le Milieu-du-Monde est assez puissant maintenant, qu'il n'a plus besoin de l'alliance des nomades. Nous retournerions dans le palais de la Capitale de l'Ouest. Ou dans celui de la Capitale de l'Est. Ou dans celui de la Capitale du Sud ! Dans lequel préféreriez-vous vivre ? »

C'était délicieux. S'ouvrir par la seule force des mots des espaces où respirer à pleins poumons une liberté qui ne viendrait jamais.

« J'aurais pu être Impératrice », soupira soudain Yicheng, quand Zhu et elle eurent atteint le sommet des falaises et se furent immobilisées un instant pour contempler l'immensité du lac face à elles. Il était si vaste que Yicheng avait cru qu'il s'agissait d'une mer la première fois qu'elle l'avait vu. D'ailleurs son eau était légèrement salée par endroits. Elle ne gelait pas et c'est bien pour cela que le Khagan y installait sa horde dès les premières neiges.

« À quelques années près, j'aurais pu être Impératrice », répéta-t-elle.

Mais le fils du Réunificateur avait choisi sa sœur aînée et, quand il était monté sur le trône, c'était elle qui était devenue Impératrice. Elle régnait désormais, à ses côtés, sur le Milieu-du-Monde, tandis que Yicheng, elle…

« J'étais trop jeune alors. Et puis la réputation de ma sœur l'attirait. »

Zhu se taisait. Ce qui n'était pas plus mal. Yicheng avait besoin de s'épancher, de se plonger dans les chemins qui n'avaient pas été pris, d'explorer l'enchaînement des événements qui l'avaient menée jusqu'ici, si loin de chez elle, de ressasser l'injustice de son sort.

« Oh, je ne crois pas que ma sœur puisse vraiment lire dans l'avenir, poursuivit Yicheng. Elle ne voit rien du tout. Elle devine. Mon père avait peur d'elle, tu sais ? Il a même songé à la noyer – quand elle lui a prédit que son royaume serait conquis par le Réunificateur. Je ne pense pas bien sûr qu'on l'appelait comme ça à l'époque. Il n'avait encore rien réunifié du tout... » Elle rit. « Elle l'a peut-être appelé le barbare de l'Ouest. C'est ce qu'il était pour nous. » C'était une drôle d'idée. Yicheng connaissait désormais les barbares, les vrais barbares, et les gens de l'Ouest, même s'ils n'étaient pas aussi raffinés que ceux du Sud ou de l'Est, n'en étaient certainement pas. Ils appartenaient clairement au Milieu-du-Monde et à sa civilisation sans égale.

Si au moins elle n'avait été condamnée, comme sa sœur, qu'à quitter la douce Capitale du Sud, ses canaux charmants et industrieux, sillonnés de barques chargées de riz... Elle aurait pu renoncer au climat sans hiver, au goût acide des litchis, à l'odeur du poisson grillé, aux potagers des faubourgs, aux lampes multicolores à l'entrée des cabarets et des maisons de thé, aux mœurs pacifiques. Il ne lui aurait pas été trop douloureux de vivre, par exemple, dans la splendide Capitale de l'Est, d'occuper un modeste appartement de son palais aussi colossal qu'élégant, dominant la ville, de profiter chaque année de ses festivals, les plus extravagants du pays, quand les rues se remplissaient d'une foule bariolée et de sons stridents, d'y assister à l'éclosion des pivoines. À vrai dire, même l'immense et austère Capitale de l'Ouest, Yicheng s'en serait accommodée : ses larges avenues venteuses restaient des avenues, ses épaisses murailles de terre tassée, des murailles, ses temples nombreux, d'agréables lieux de recueillement. Mais on l'avait envoyée très loin de tout cela, très loin de toute ville. On l'avait sacrifiée.

« Vous êtes Khatun », hasarda Zhu. Elle avait, malgré le froid, retiré son gant de cuir et posé sa main nue sur la sienne. Yicheng retira elle aussi son gant pour étreindre les doigts de sa servante – son unique amie.

« Khatun… Khatun… » répéta-t-elle amèrement. Ce mot ne voulait rien dire. Elle était la principale épouse du Khagan, celle qu'il visitait presque toutes les nuits et qui devait lui ouvrir ses cuisses, laisser ses mains tachetées par l'âge la tripoter sans douceur, tenter de ne pas vomir sous lui, tant son odeur de vieil homme sale l'écœurait. Elle aurait préféré être la dernière des servantes de sa sœur l'Impératrice, vider ses pots de chambre, plutôt que Khatun.

Cela aurait mieux valu que de traquer elle-même les puces et les poux qui, dans le camp, proliféraient en toutes saisons, à cause de la proximité du bétail, ou que de supplier sans cesse qu'on lui envoie des habits de soie, de l'encens et de nouveaux poèmes. Voilà à quoi on l'avait réduite : à lutter chaque jour pour rester simplement humaine.

Elles prirent le sentier qui descendait vers la crique. Celle-ci n'apparaîtrait qu'à la toute fin, à l'issue d'un ultime tournant le long de la pente. C'était ce qui la rendait si discrète et mystérieuse : elle était invisible de partout, sauf quand on s'y trouvait presque déjà.

Alors qu'elles arrivaient au dernier virage, Yicheng entendit des voix. Aussitôt, elle se retourna vers Zhu et posa un doigt sur sa bouche. Il n'y avait jamais personne d'autre qu'elles ici. Or, pas de doute : des gens parlaient.

Elle pourrait leur dire de repartir, de leur laisser la plage. Ils n'oseraient pas s'opposer à elle de peur qu'elle se plaigne au vieux Khagan. Néanmoins, l'idée que d'autres détiennent le secret de cette plage et puissent s'y rendre était très déplaisante.

Elle descendit de sa jument et avança : certaines des voix ne lui étaient pas étrangères et cela suscita en elle un certain malaise.

Quatre hommes. Deux chevaux. Une barque.

Parmi ces quatre hommes, deux qu'elle connaissait effectivement très bien et qu'elle identifia tout de suite : Tardu et Nivar, les fils du Khagan. Tardu, l'aîné, un peu plus grand que Nivar, tous deux le crâne rasé sur le devant, les cheveux tressés derrière, descendant jusqu'au milieu du dos, de l'or plein les oreilles. Ils étaient en tenue de cavaliers, cape et pantalon gris, ceinture verte pour Nivar, bleue pour Tardu.

Qui étaient les individus avec qui ils parlaient ? Eux n'avaient pas l'air de nomades. Du reste, il n'y avait que deux montures sur la plage. Ils étaient arrivés par l'eau, depuis un autre point du lac, grâce à la barque échouée non loin. Un rendez-vous prémédité.

Yicheng discernait tout cela depuis l'un des angles de la crique. Eux ne la voyaient pas. Ils semblaient absorbés dans leur conversation.

Soudain, l'évidence. Ce teint très pâle, ces traits qui n'étaient pas ceux de cavaliers de la Steppe, dénués de pommettes, leurs vêtements ressemblant à ceux du Milieu-du-Monde sans en être tout à fait : ils étaient de la Péninsule. Venus jusqu'ici, en plein hiver.

Malgré les instructions de leur père, Tardu et Nivar s'entretenaient avec des ennemis du Milieu-du-Monde. À la distance où elle était, Yicheng ne distinguait pas le sens des mots qu'ils échangeaient. Et impossible de s'approcher davantage sans être repérée.

On ne pouvait imaginer endroit plus discret, à proximité du campement, pour rencontrer des émissaires qu'on était censé avoir éconduits. Elle était témoin de quelque chose qui n'aurait pas dû avoir lieu.

Elle recula brusquement : Nivar venait de tourner la tête dans sa direction. « Qu'est-ce qui se passe ? » lui demanda Zhu restée sur la jument. Yicheng lui fit signe de se taire. Nivar l'avait-il vue ? Avait-il entendu Zhu ? Allait-il prévenir les autres ? Si elles tentaient de fuir, ils les prendraient en chasse et les rattraperaient. Tardu et Nivar comptaient parmi les meilleurs cavaliers de la Steppe. Ils leur intimeraient sans doute de ne parler à personne de ce qu'elle avait surpris, et surtout pas au vieux Khagan. Mais si Yicheng refusait ou s'ils ne lui faisaient pas confiance ? Nivar était un homme cruel. Tardu, elle ne savait pas trop. Au fond, elle les connaissait sans les connaître, l'un comme l'autre. Elle se doutait tout de même que Tardu ne portait pas le Milieu-du-Monde dans son cœur : ne l'avait-on pas contraint à y envoyer un fils comme otage ?

Ils seraient capables de les tuer pour les faire taire. Ils simuleraient un accident, les lanceraient, Zhu et elle, du haut des falaises bordant la crique. Jamais personne ne venait par là. C'était étrange comme cette idée l'horrifiait, alors qu'elle avait si souvent eu envie de mourir depuis qu'elle vivait dans la Steppe.

Elle attendit. Rien ne se passa. Elle avait enroulé la bride de sa jument autour de son museau pour l'empêcher de hennir. La bête se tint coite, indifférente à l'angoisse de sa maîtresse. On continuait à entendre les voix non loin. Poussée par la curiosité, Yicheng s'avança plus près.

Les quatre hommes s'étreignaient. Cette rencontre, qui n'allait pas tarder à prendre fin, ressemblait fort à une entente entre les deux fils du Khagan et la Péninsule. Une trahison vis-à-vis du Khagan comme du Milieu-du-Monde.

Le plus doucement et silencieusement qu'elles le purent, les deux jeunes femmes entreprirent de rebrousser chemin.

*

Avant que Yicheng ait eu le temps de rien lui dire, son époux s'était allongé sur elle sans un mot, remontant sa robe de nuit, puis s'imposant en elle. Il grogna. Il sentait le koumis et le fromage. Sa moustache épaisse lui irritait le cou. Dans ces moments-là, Yicheng se retirait comme en dehors d'elle-même. Elle tentait de dissocier sa conscience de ce qu'elle sentait et entendait, s'imaginait observer ce qui lui arrivait depuis le haut de la yourte, par exemple, comme un esprit aérien.

Le Khagan avait posé ses mains sur ses fesses qu'il pressait très fort. Qu'importait : ce n'étaient pas ses fesses. Son haleine chaude et épouvantable lui couvrait le visage. Qu'importait : ce n'était plus elle qui la respirait.

Quand Yicheng revint à elle, le Khagan ne bougeait plus, mais restait au-dessus d'elle, continuant à l'écraser de tout son poids. Avait-il terminé ? Il lui sembla avoir perçu un spasme le parcourir. Il ne s'était même pas retiré d'entre ses cuisses. Elle sentit son membre, qu'elle n'avait jamais vraiment vu, se ramollir peu à peu. S'était-il endormi ? Aucun ronflement.

« Je dois vous parler de quelque chose », hasarda-t-elle. Pas de réponse.

Il n'avait jamais été aussi lourd. Un long moment s'écoula. Puis elle fut prise d'un doute, d'un affreux doute.

« Vieux porc, vieux chien », murmura-t-elle. Toujours aucune réaction. « Vieux porc, vieux chien, vieille bique obèse ! Tes fils complotent dans ton dos et tu ne t'en aperçois même pas ! » dit-elle un peu plus fort.

Dans la pénombre, Zhu s'était approchée. Elle dormait sur une couche située dans un coin de la yourte. Elle la regardait, effarée.

« Que se passe-t-il ? » balbutia-t-elle.

Yicheng voulut se dégager, mais elle n'en avait pas la force.

« Viens m'aider, cria-t-elle à Zhu. Pousse-le. »

La servante n'osait pas.

« Fais ce que je dis. »

Zhu finit par s'exécuter. Le corps inerte du Khagan bascula de l'autre côté de la couche. Yicheng respira, puis se releva pour allumer une bougie et regarder l'impensable.

Le vieux Khagan gisait là, sur le dos, pantalon baissé. Pour la première fois, Yicheng vit son sexe flasque, entouré de poils, hideux. Aussitôt, elle le recouvrit d'une peau de loup. Il avait les yeux ouverts.

« Il est mort, Zhu. Il est mort.

— Mais c'est affreux ! » s'écria la servante.

Était-ce affreux ? Yicheng n'en savait rien. Les pensées tourbillonnaient dans sa tête, l'une chassait l'autre avant qu'aucune ne s'éclaircisse tout à fait. La panique. Trop de possibilités, soudain. Le vieux Khagan mort devant elle…

« Je ne sais pas, Zhu. Je ne sais plus rien. Mais je suis sûre d'une chose : il ne faut pas prévenir le camp tout de suite. Je ne veux pas qu'on comprenne qu'il est passé de l'autre côté en… en… Enfin, tu sais. Je préfère qu'on croie qu'il s'est éteint dans son sommeil. Jusqu'à demain matin, ne faisons rien. Recouche-toi. »

La peur de Zhu l'irritait, ne faisait qu'accroître sa propre épouvante. Elle aurait aimé avoir auprès d'elle quelqu'un qui la rassure, la conseille.

Elle éteignit la bougie et s'obligea à se recoucher auprès de cet époux qu'elle avait tant haï. Il était là et il était mort. Jamais plus il ne s'immiscerait entre ses cuisses. Il était là et il n'était plus là. Ce n'était plus que son cadavre qui allait refroidir, se mettre à exhaler une puanteur inédite. Yicheng était tétanisée. Elle sentait sa peau contre la sienne, encore chaude.

La nuit la plus longue qu'elle avait jamais vécue commença. Qu'allait-elle devenir ? Y avait-il la moindre chance qu'on la renvoie au Milieu-du-Monde ? Non loin d'elle, Zhu se tournait et se retournait dans sa couche, incapable elle aussi de trouver le sommeil. À un moment donné, Yicheng l'entendit sangloter.

Enfin, beaucoup plus tard, les coqs du campement chantèrent. Un jour nouveau. Elle avait vingt ans. Elle était veuve.

4

Shimin

Shimin chevauchait en tête du cortège Li, aux côtés de son père. Pour obtenir ce privilège, il avait dû promettre de bien se comporter : il ne serait pas trop remuant, ne poserait pas trop de questions, ne partirait pas seul au galop sans prévenir. La famille Li allait se retrouver parmi beaucoup d'autres familles éminentes du Milieu-du-Monde, qui la scruteraient. Un tel rassemblement était rare. Unique, même. Si unique, en fait, que personne ne savait précisément comment il allait se dérouler. Dans tous les cas, il était crucial d'y faire bonne figure, lui avait rappelé Mère le matin même. Elle avait accompagné cette exigence d'une caresse sur sa joue.

En y repensant, Shimin eut l'impression de la sentir de nouveau, douce et réconfortante. Il se retourna. Elle était là, la taille serrée dans son caftan de soie rouge, si majestueuse sur sa jument baie. Si belle. Sur sa monture, calé juste devant elle, se tenait le petit Xuanba, et, à sa droite, Jun, sans maquillage, habillée comme un garçon, avec son long manteau de laine mauve. Elle en avait relevé le capuchon : sans doute pour cacher la broche à cheveux que Mère l'obligeait à porter désormais et qui indiquait qu'elle était en âge de se marier. Même pour une fille de l'Ouest, elle détonnait : peut-être parce qu'elle avait longtemps été élevée comme un garçon. Elle montait à cheval presque aussi bien que Shimin, savait, elle aussi, tirer à l'arc, chassait et clamait haut et fort qu'elle ne voulait pas d'époux, ce qui faisait enrager Père.

Divers oncles et cousins étaient présents également. Et puis, bien sûr, il y avait les serviteurs, les porte-étendards et les gardes – une centaine en tout – qui les escortaient depuis leur départ de l'Ouest, une lune plus tôt.

C'était peu par rapport à d'autres cortèges qu'on commençait à discerner dans la plaine. Certains ressemblaient à de petites armées et Shimin sentait la nervosité de son père grandir. La veille au soir, il avait suggéré que les enfants Li restent à l'auberge. Sa proposition s'était heurtée à un tel tollé qu'il avait cédé et accepté d'emmener tout le monde. Mais, plus tard, il s'était ravisé et avait décidé de renvoyer Huaji à l'abri, à l'Ouest. « S'il devait arriver quelque chose… » Il n'avait pas achevé sa phrase, car, à ce moment-là, dame Tou lui avait fait signe de ne pas en dire plus.

Shimin était ravi de cette initiative : en l'absence de Huaji, il était comme le fils aîné. Et plus tard il pourrait le narguer, lui raconter le spectacle grandiose qu'il avait manqué.

Pour l'heure, la plaine débordait d'une joie bruyante. Ce n'était qu'une immensité vallonnée, où le jaune de la terre nue ne se mêlait pas encore au vert du millet, et elle aurait été d'une tristesse désespérante, au goût de Shimin, si elle n'avait été animée par cet amas grouillant de fer, de chair, de soie et de sons désaccordés, d'hommes à cheval ou à pied, de palanquins, de bœufs traînant leur charrette, pleine de grains, de fruits ou de paysans en liesse. Si surtout n'avaient émergé de cette cohue assourdissante des centaines de bannières. Elles appartenaient aux clans venus de l'Ouest, de l'Est et du Sud. Des clans qui, pendant quatre siècles, s'étaient entretués, incapables de se reconnaître aucune allégeance commune. Tous convergeaient vers ce qu'on appelait le Nouveau-Confluent.

Shimin ne se rappelait pas avoir jamais vu les bords du Fleuve-de-Boue couverts d'une telle foule. Il en était tout exalté. Les chemins déversaient leur trop-plein d'hommes et de bêtes dans les champs environnants, lesquels, heureusement, ne portaient pas les récoltes à venir, s'ébrouant à peine du long hiver.

Pour arriver jusqu'ici, la famille Li avait traversé la moitié du Milieu-du-Monde. Après avoir quitté la préfecture militaire que dirigeait Li Yuan, à l'Ouest, non loin de la Muraille-sans-Fin, on avait gagné la Capitale occidentale. On logeait alors chaque soir chez des alliés ou des obligés de Père. On avait ensuite bifurqué vers l'Est. À partir de ce moment-là, alliés et obligés s'étaient faits plus rares, puis inexistants, et il avait fallu se contenter de monastères et, quelquefois, de simples auberges. L'attitude des paysans avait changé aussi : ils ne saluaient plus les Li le long de la route, ils s'écartaient avec crainte.

Shimin avait eu l'impression que beaucoup, encore, regrettaient leur indépendance perdue. L'Est prétendait être le berceau du Milieu-du-Monde, sa région la plus civilisée. Certes, le Sud, où une partie de sa population avait émigré jadis, affichait un raffinement au moins égal, mais ce qui était sûr, c'était que le Sud comme l'Est s'accordaient à prendre l'Ouest de haut, à y voir, sous prétexte que c'était la zone la plus proche de la Steppe, une contrée mal dégrossie, tout juste bonne à enfanter des guerriers, mais incapable de produire un poète passable.

Quatre siècles à vivre chacun de son côté, quatre siècles à se renforcer dans l'idée qu'on représentait plus que les autres l'essence même du Milieu-du-Monde. Quatre siècles absurdes, si on y réfléchissait, puisque tout en craignant et haïssant ses voisines, chaque région gardait la nostalgie d'un Milieu-du-Monde uni, où Est, Ouest et Sud n'obéissaient qu'à un seul homme. Tout aussi absurde, d'ailleurs, cette rancœur qui subsistait depuis que cette union avait été enfin réalisée. L'Ouest ne s'était pas comporté en conquérant destructeur. Le Réunificateur avait pris soin de conserver trois capitales, une pour chacun des grands royaumes d'autrefois, et son fils, l'actuel Empereur, passait sans cesse de l'une à l'autre. Certains prétendaient même que sa préférée était non pas l'immense Capitale de l'Ouest, aux avenues rectilignes, mais celle de l'Est, plus élégante, plus centrale et, surtout, mieux approvisionnée.

« Ça ne sert à rien d'avancer plus, déclara soudain Père. On va prendre position là-haut. » Il indiqua de son gros doigt boudiné une colline à leur gauche.

C'était à ce genre de décision qu'on se souvenait que Li Yuan avait jadis commandé des armées. Une fois sur le sommet de la colline, le regard embrassait tous les environs. Shimin en resta comme hébété. Il comprenait enfin le sens de cet interminable voyage : on lui en avait parlé avant le départ, quand le printemps semblait bien loin encore et qu'au réveil, dans les chambres de leur demeure de l'Ouest, les bouches exhalaient de la fumée blanche en bâillant, puis aux étapes du soir, à mesure que le climat se faisait plus doux et les capes en peaux de martres ou de loups, moins nécessaires, mais il le voyait à présent – de ses yeux écarquillés, qui piquaient à force de refuser de se fermer.

« Tu reconnais le Fleuve-de-Boue, n'est-ce pas ? » Le plus grand, le plus large de tous les fleuves, le père nourricier du Milieu-du-Monde. Les Li étaient installés sur sa rive nord. Malgré sa taille démesurée, le relief vallonné l'avait caché jusqu'ici. Comme il avait caché la beauté subjuguante du Nouveau-Confluent, ce chef-d'œuvre enfin achevé, pour lequel les hommes avaient collaboré avec les dieux. Un peu en aval, deux rubans verts partaient de l'eau bourbeuse du fleuve, l'un se dirigeait vers le nord, l'autre, un peu plus loin, vers le sud. Des canaux coupés d'écluses savantes, aux abords plantés de saules.

Hormis sur quelques tronçons, comme celui qui s'étendait devant eux, le Fleuve-de-Boue était indomptable, dangereux, tantôt bordé de bancs de sable sournois, tantôt animé de rapides infranchissables. On avait donc créé des cours d'eau artificiels pour suppléer le manque de voies navigables. Ces canaux qui se rejoignaient au Nouveau-Confluent formaient le Grand-Canal. C'était, de l'aveu de tous, la construction la plus prodigieuse jamais réalisée. Le rêve fou d'un homme devenu réalité. Dressé sur ses étriers, Shimin se dit qu'effectivement il excusait toutes les contrariétés, toute la poussière du mois écoulé. Un symbole en même temps qu'un instrument, songea-t-il, prenant plaisir à se répéter des paroles qu'il avait beaucoup entendues ces derniers temps et dont le sens ne lui était pas toujours très clair. Grâce à lui, après quatre siècles de désunion, le Milieu-du-Monde allait entrer dans une ère nouvelle et enfin pouvoir « prendre du repos ». C'étaient les mots mêmes de Père, la veille.

« Yuan ! Yuan ! » La voix de Mère. Elle trahissait un regain d'inquiétude. Shimin se retourna aussitôt. Elle indiquait à Père la plaine en contrebas. Shimin regarda et ce fut comme si le ciel jusqu'ici radieux prenait une teinte sombre : les Cui étaient là, tout près, leurs bannières discernables entre toutes. Ils prenaient place entre la colline, le bord du Fleuve et celui du canal nord. Eux aussi avaient fait le déplacement, bien sûr. Ils étaient au moins cinq fois plus nombreux que les Li.

5

Jiande

Dou Jiande suivait le cortège du seigneur Cui, traînant sa charrette derrière lui, à pied, parmi des centaines d'autres, avec une lenteur insupportable. Au point qu'à plusieurs reprises il avait eu maille à partir avec les deux jeunes hommes qui le devançaient. Comme lui, des paysans envoyés par leurs parents accompagner le seigneur Cui et tenter, par la même occasion, de réaliser quelques bonnes affaires en écoulant les surplus de poires, de fèves et de porc fumé. Ses genoux avaient heurté l'arrière de leur carriole. Des insultes avaient été échangées et le crachat vengeur de l'un d'eux avait failli l'atteindre au visage. Jiande avait fini par s'excuser et ils avaient continué le trajet en bonne amitié.

Le chemin n'avait pas été très long : le fief des Cui était situé à quinze jours de marche. Mais il avait été pénible. En regardant autour de lui, Jiande comprenait mieux pourquoi : aucun cortège n'était plus imposant que le leur et aucun ne comportait d'aussi gros palanquins.

Ils suivaient le Grand-Canal par petites étapes. Le soir, Jiande tentait d'approcher le seigneur Cui, de lui parler. Celui-ci l'accueillait toujours volontiers, y compris à sa table, où ses conseillers le regardaient de haut. Mais Jiande ne trouvait jamais l'occasion de lui adresser la demande qu'il était venu lui faire. Il attendait le moment opportun, celui où le vieil homme semblerait de bonne humeur. Or, ces jours-ci, il ne semblait jamais de bonne humeur. Ce patricien d'une soixantaine d'années, un peu gras, aux habits toujours somptueux et aux grandes poches sombres sous les yeux, qu'on disait brisé par la perte de tous ses fils sauf un, le plus incapable, tenait de longs discours brillants et amers devant une assistance qui, à une ou deux exceptions près, n'osait jamais le contredire. Le seigneur Cui n'appréciait guère le lait (qu'il ne digérait pas), la viande de mouton (dont le goût, trop fort, ne pouvait satisfaire que des palais grossiers), les impôts (trop élevés), les litchis (trop sucrés), les grands travaux (dispendieux d'hommes et d'impôts) et même la religion nouvelle (contraire à toutes les valeurs ancestrales du Milieu-du-Monde). Il détestait, en fait, sans oser l'énoncer de manière totalement explicite, la nouvelle dynastie et tout ce qu'elle représentait. À ses yeux, elle n'était qu'une famille de l'Ouest qui avait fait main basse sur les contrées plus civilisées de l'Est et du Sud, mais qui restait pétrie de réflexes barbares.

Quand ils arrivèrent enfin au Nouveau-Confluent, ils aperçurent l'une de ces familles de l'Ouest, justement, installée sur une colline. On ne pouvait pas se tromper : ce n'étaient que des cavaliers, tous armés, même les enfants. On distinguait plusieurs cavalières. Des plaisanteries parcoururent les rangs. Jiande se doutait de ce que le seigneur Cui allait penser en les apercevant, les remarques cinglantes qu'un tel spectacle n'allait pas manquer de lui inspirer : des femmes qui ne connaissaient pas leur place.

Tandis que le cortège Cui s'immobilisait enfin, soulagé de pouvoir détendre ses bras douloureux, Jiande pensa à sa propre mère. Elle ne ressemblait pas aux viragos de l'Ouest. Mais elle n'était pas non plus une de ces créatures évaporées et délicates qui, disait-on, peuplaient le Sud et ne s'exprimaient qu'en citations poétiques. Elle ne montait pas à cheval, s'opposait rarement à son père ; cependant elle travaillait aussi dur que lui. Elle aidait aux champs, elle avait surtout la haute main sur l'élevage des vers à soie. C'était elle qui veillait à ce que la température de l'entrepôt n'augmente ou ne baisse jamais brutalement, que le sol en reste toujours propre. C'était elle qui, plusieurs fois par lune, plongeait les cocons dans un bain de vapeur, puis en dévidait les fils d'une finesse bouleversante – et plus solides que le fer pourtant. Dans cette tâche, elle était aidée par Chan, il est vrai. Chan qui, un jour, dirigerait elle-même l'ensemble de ces délicates opérations. Quand elle serait devenue sa femme, qu'ils occuperaient ensemble le petit pavillon intégré à la grande ferme familiale et, plus tard, le bâtiment principal lui-même.

Mais si Jiande voulait que cela devienne davantage qu'un rêve vague et lointain, encore fallait-il qu'il obtienne du seigneur Cui le titre de chef de village pour son père. Il décida de laisser sa charrette sous la garde des deux paysans avec qui il avait eu une altercation quelques jours plus tôt et il courut au palanquin du seigneur Cui, à l'autre bout de la longue file immobilisée. À vrai dire, il se serait bien passé de cette charrette remplie des produits de fin d'hiver. Mais son père y tenait et il n'avait pas voulu le contrarier sur ce point. Sans charrette il se serait senti infiniment plus libre ; à certains moments, il lui semblait avoir emporté son village derrière lui.

« Dou Jiande, tu vois ce clan de l'Ouest là-haut ? » lui demanda le seigneur Cui quand il l'aperçut. Son palanquin était posé sur le sol et, penché par la fenêtre, il indiquait la colline du doigt. « Ce sont mes bons amis les Li. Mon fils a failli épouser leur fille. Tu imagines : mon sang se mêlant à celui de ces animaux ? »

Jiande n'avait jamais entendu parler des Li. Mais il savait que l'Ouest, au cours de la Désunion, avait, plus qu'aucune autre région du Milieu-du-Monde, subi des invasions venues de la Steppe et que ses grandes familles descendaient souvent de lignées nomades. Il ne retint des propos du

Vieux Cui que l'idée d'un mariage et, estimant que cette occasion en valait bien une autre, il se lança : « Seigneur, il y a quelque chose que j'aimerais vous demander. Moi aussi il y a une fille que je désire épouser. »

Sa situation n'avait rien à voir avec celle qui venait d'être évoquée. Qu'importait, il raconta tout, le plus sincèrement du monde. Cela faisait longtemps qu'il s'était rendu compte que le seigneur Cui n'appréciait rien plus que la franchise. Il lui donna donc la vraie raison pour laquelle il voulait que son père devienne chef de village. Il lui parla de Chan, de ses beaux cheveux noirs et de sa voix sans égale.

Quand il eut fini, il releva la tête qu'il avait baissée pour s'adresser au seigneur Cui : celui-ci avait le front plissé et le fixait avec des yeux tristes.

« Si je ne nomme pas ton père chef de village, il ne te laissera pas épouser cette Chan, c'est ça ?

— Non.

— Rien que pour ça, je n'ai aucune envie de lui accorder cette faveur. Ton père, Jiande… »

Il s'interrompit, vit que Jiande était devenu blême, soupira, sembla réfléchir. « Je ne devrais pas te dire ça : je n'aime pas beaucoup ton père, Jiande, même si, dans son genre, c'est quelqu'un de remarquable.

— Je ne peux pas faire que ce ne soit pas mon père. »

Il parut apprécier cette réponse, esquissant un sourire d'approbation. « Non, tu ne peux pas. Comme je ne peux pas faire que mon fils ne soit pas mon fils, qu'il ne soit pas malingre et stupide. » Le fils en question n'était pas du voyage. Le seigneur Cui l'avait laissé à sa résidence.

Il se pencha un peu plus à la fenêtre du palanquin et posa sa main sur le haut du crâne de Jiande qu'il caressa affectueusement. Deux de ses conseillers qui partageaient son palanquin le regardèrent faire avec réprobation.

Jiande attendait toujours la réponse à sa requête, que l'autre n'avait pas donnée clairement.

« J'ai un service à te demander », dit le Vieux Cui.

Jiande fut un peu désarçonné.

« Tout ce que vous voulez.

— Les sang-mêlé là-haut (du menton, il les indiqua de nouveau). Surveille-les pour moi, tu veux ? De leur point de vue arriéré, ils ont des raisons de m'en vouloir. Ils pourraient chercher à nous provoquer.

— Mais vous avez des gardes qui…

— Des paysans, comme toi. Et j'ai plus confiance en toi. Mon garçon, je t'observe depuis longtemps. Tu ne t'en rends pas compte, mais tu as du charme et de l'autorité. Les autres t'écoutent. Tu sais lire, écrire et compter, n'est-ce pas ? »

Jiande acquiesça. Il était toujours désorienté par cette façon de passer d'un sujet à l'autre en suivant des voies qui n'étaient évidentes que pour le seigneur Cui.

« Pourquoi ? » reprit ce dernier.

Jiande ne voyait pas du tout où il voulait en venir.

« Parce que j'ai appris.

— Mais qui t'a appris et pourquoi ?

— Un lettré qui s'est arrêté dans notre village un jour…

— À qui d'autre a-t-il appris à lire et écrire dans ton village ?

— Personne, il n'avait pas le temps, il…

— Mais il a eu le temps de t'apprendre à toi. »

Jiande demeura la bouche entrouverte et muette.

« J'ai entendu dire que tu t'étais bagarré pendant le voyage.

— Comment le savez-vous ?

— C'est mon rôle de savoir ce genre de choses. Tu t'es disputé avec deux autres garçons. Et comment cela s'est-il terminé ?

— On s'entend bien maintenant. Ils me gardent ma charrette. »

Le Vieux Cui hocha la tête d'un air entendu.

« Retourne à ta charrette. Surveille la colline et considère que ton père est à partir de maintenant le nouveau chef de ton village. Tu lui apprendras la bonne nouvelle à ton retour. »

Jiande se confondit en remerciements. L'horizon s'éclaircissait : dans une demi-lune, il retrouverait sa famille, il épouserait Chan.

Tandis qu'il s'éloignait, le seigneur Cui l'arrêta une dernière fois. « Dou Jiande, tu feras bien sûr ce que tu veux et j'espère que tu ne prendras pas mal ce que je vais te dire… » Il marqua une pause. Jiande était toujours étonné par sa peur de le heurter lui, un paysan, alors qu'il était le maître, le chef de la plus puissante famille de l'Est, qu'il ne lui devait rien et certainement pas le moindre égard. « Il se pourrait qu'en l'occurrence, ton père ait raison, reprit-il, que tu puisses trouver une femme très au-dessus de cette Chan et que tu regrettes ton choix plus tard. »

6

Shimin

Shimin fut le premier à voir les minuscules points noirs surgir sur le Fleuve-de-Boue, au loin, suivis d'autres points tout aussi minuscules. Une infinité de points noirs. « Les voilà ! » s'écria-t-il. Un frémissement parcourut la famille Li. Xuanba voulut que sa mère le prenne sur ses épaules. Père lui-même scrutait l'horizon, les yeux plissés. « Je ne vois rien. Je ne vois toujours rien », répétait-il, comme si c'était la faute de Shimin. « Moi, je les vois aussi. Et depuis longtemps », fanfaronna Jun. Sa voix de fille fut presque étouffée par les clameurs qui commençaient à s'élever de toutes parts.

Bien des bruits avaient couru ces derniers jours, à mesure que l'on se rapprochait du Nouveau-Confluent où l'Empereur, ce « Fils du Ciel » à qui chacun devait obéissance, avait fixé rendez-vous à son peuple. Certains craignaient, en dépit de toutes les assurances qui avaient été données, la résurgence des querelles anciennes et les règlements de comptes, ce qui expliquait sans doute que presque tous les cortèges soient bien pourvus en soldats et en armes. La plupart cependant parlaient d'une mise en scène comme on n'en aurait jamais vu. L'Empereur actuel lésinait rarement lorsqu'il s'agissait d'afficher sa puissance. Son père, le Réunificateur, qui était mort sept ans auparavant, avait été plus parcimonieux – avare, disaient certains – et beaucoup moins soucieux d'apparat. Il n'hésitait pas à se présenter devant ses ministres dans des robes élimées, les doigts maculés d'encre. Mais il pouvait se le permettre, jugeait Shimin en reprenant pour lui-même les arguments si souvent avancés par son père : n'avait-il pas accompli – en ne rechignant pas plus, justement, à tremper ses doigts dans l'encre qu'à ceindre son épée – ce que, pendant quatre siècles, des dizaines de monarques de l'Est, de l'Ouest ou du Sud n'avaient fait que rêver ?

Son fils avait hérité d'un Empire uni et pacifié. N'ayant plus de guerre à mener, il avait entrepris des travaux gigantesques. Les palais avaient surgi de terre dans les trois capitales, mais surtout dans la Capitale orientale, celle où il résidait l'essentiel du temps et où se dressait le plus majestueux d'entre eux. La Muraille-sans-Fin avait été restaurée et agrandie, signalant aux nomades que le temps des rapines et des invasions était terminé. Enfin, les divers canaux, souvent à moitié ensablés, qui sillonnaient le pays, avaient été dégagés, élargis, raccordés entre eux, prolongés. Tous convergeaient vers le Nouveau-Confluent.

En un sens, l'Empereur actuel avait poursuivi, par les pelles et les pioches, ce que son père avait amorcé par l'encre et les armes. Grâce au Grand-Canal, il avait fini de raccommoder les provinces déchirées de l'Empire. Aucune contrée ou presque, si reculée fût-elle, qui échappât à ses ramifications : il joignait entre elles les trois capitales, l'Est fertile et savant, le Sud délicat et luxuriant, l'Ouest guerrier. L'Empereur créerait bientôt une dépendance irrémédiable entre les ennemis d'hier, n'avait cessé de marteler Père depuis un mois, malgré ses propres réserves, à chaque fois qu'un membre de l'escorte osait remettre en question devant lui le bien-fondé de travaux si démesurés, évoquer les corps et les vies qu'ils avaient, disait-on, noyés ou broyés par centaines de milliers. Il était conscient de tout cela : même l'Ouest avait dû envoyer son contingent de bras robustes qu'on n'avait jamais revus. Mais, arguait-il, en permettant d'acheminer partout du grain, des métaux, du bois, des fruits sucrés, ainsi que des chevaux et des armées, le canal ne se contenterait pas de désenclaver, de développer les échanges et le commerce, il étoufferait les dernières ardeurs séparatistes. Il éviterait que se reproduise un jour la catastrophe de la Désunion.

Les points noirs descendant le fleuve s'épaissirent et leur forme s'épura. Ils devinrent des navires, une longue, interminable file, qui couvrait l'eau sombre, précédés de jonques par dizaines, par centaines. Le Fils du Ciel arrivait.

Shimin savait que l'Empereur et sa cour surgiraient sur des embarcations impressionnantes, mais il ne les avait pas imaginées aussi énormes : comment pouvaient-elles flotter ? Depuis la rive nord du Fleuve-de-Boue, on les voyait très bien à présent. « Le premier est le bateau-dragon », pérora Jun. C'était le plus monstrueux de tous. « Celui de l'Empereur. Construit entièrement en bois de cèdre », poursuivit-elle d'une voix vibrante d'émotion. Shimin était subjugué. Le navire était sans doute plus grand que leur demeure de l'Ouest, qui était pourtant elle-même la plus imposante de la ville. Plus long, plus haut. Il compta quatre étages.

« L'Empereur est là, dans le bateau-dragon, Jun ? demanda-t-il.

— À l'étage supérieur, s'il donne audience. Ce qui est le plus probable. Sinon, au deuxième ou au troisième étage, ce sont les appartements impériaux. »

Comment Jun pouvait-elle savoir tout cela ? Par Huaji sans doute. Huaji qui regretterait bien de ne pas avoir assisté à pareil spectacle.

« Ce qui est sûr, c'est qu'il n'est pas à l'étage inférieur. Celui-là est réservé à l'intendance, poursuivit Jun.

— Et l'Impératrice est avec lui ?

— Peut-être. À moins qu'elle ne soit dans le bateau qui est juste derrière. »

Lui aussi avait des dimensions colossales – mais moindres que le bateau-dragon. Une réplique féminine, en quelque sorte. À leur suite, venaient neuf autres bâtiments de trois étages. Ils accueillaient les princes impériaux, le harem, les fonctionnaires les plus importants, sans doute un bon nombre de moines – de la religion nouvelle comme de l'ancienne –, peut-être quelques ambassadeurs.

« L'un de ces navires – je ne sais pas lequel – est une gigantesque glacière flottante, où sont entreposés des poissons frais, des sorbets et même des melons de l'été dernier. »

Sur les rives du fleuve comme du canal, en contrebas, on se pressait pour observer de plus près ces palais flottants. Quelques paysans étaient tombés à l'eau. Mais ils semblaient savoir nager : ils riaient et ceux qui étaient à terre les aidaient à remonter en riant eux aussi. La bonne humeur avait fini de balayer les tensions et les fatigues. La splendeur de ce défilé fluvial rendait tout le monde joyeux, enthousiaste. Plusieurs cortèges se mêlaient déjà. Le rythme des tambours devenait de plus en plus frénétique.

À l'écart, sur leur colline, les enfants Li s'étaient tus, ils s'absorbaient dans le tumulte, dans le spectacle magnifique de la plaine en extase. Ils tentaient aussi de ne pas trop penser à la question qu'ils savaient ne pas pouvoir poser à haute voix : pourquoi leur père n'avait-il pas été convié dans l'un de ces navires ? En tant que cousin de l'Empereur, gouverneur d'une préfecture de l'Ouest, ancien héros des guerres de Réunification, il y aurait eu droit.

Shimin croyait connaître la réponse (il en avait discuté avec Huaji quelques jours plus tôt, avant de s'endormir, dans le lit qu'ils partageaient à l'auberge) : si Li Yuan avait été proche du Réunificateur, il l'était beaucoup moins de l'Empereur actuel. Il avait été un général efficace, apprécié. C'était maintenant un homme du passé.

Un nouvel Empereur, de nouveaux ministres, de nouveaux conseillers – plus jeunes. Telle était souvent la règle. Et c'était bien ce qui s'était produit sept ans plus tôt, à la mort du Réunificateur. Li Yuan avait peu à peu été marginalisé à la cour : ses amis et collègues avaient suivi le Réunificateur dans la tombe ou été disgraciés. Lui-même avait été relégué dans les préfectures les plus reculées et stériles de l'Ouest, aux marges de la Steppe. Il s'en plaignait parfois.

Plus tard, Shimin se demanderait s'il s'était vraiment fait ces réflexions à ce moment-là ou si sa mémoire ne le trahissait pas un peu, reconstituant les événements à l'aune de ce qu'il savait s'être produit ensuite.

Car une jonque vint alors accoster sur la rive non loin de la colline. Les hommes qui en sortirent attirèrent immédiatement son attention. Ils étaient une douzaine et tous déjà en selle. Des soldats.

Bientôt Shimin prit conscience que c'était vers eux qu'ils se dirigeaient. Son cœur s'emballa.

Il demanda à Père s'il connaissait ces cavaliers.

« Je crois que le premier est le général Wang. »

Wang Sichong, l'un des nouveaux généraux favoris de l'Empereur, avait la particularité d'être, comme le cheval qu'il montait, originaire du lointain Couchant. D'où son surnom, « Fauve du Couchant ».

Si ces hommes étaient menés par le général Wang Sichong, ils venaient, selon toute vraisemblance, du bateau-dragon.

« Que te veulent-ils ? » C'était Mère qui avait parlé. Shimin se tourna immédiatement vers elle, mais elle ne fit pas attention à lui : elle regardait Père, le visage sévère. Yuan haussa les épaules. Shimin vit les traits inquiets de Mère. Il aurait voulu se jeter dans ses bras, la réconforter, lui dire que, quoi qu'il pût arriver, lui, son fils cadet prendrait toujours soin d'elle. Il craignait que cette irruption d'une troupe en armes ait quelque chose à voir avec le cheval dévoré dans le haras deux mois plus tôt. Au courrier envoyé par Li Yuan, l'Empereur s'était contenté de répondre qu'il allait réfléchir à « la suite qu'il voulait donner à cette affaire » et en aviserait le gouverneur Li « en temps voulu ».

« Qu'il est laid ! s'exclama Jun.

— Tais-toi, lui intima Père. Et vous tous, pas un mot quand ces hommes seront là. »

Jun n'avait pas tort. Le visage du général Wang Sichong n'était vraiment pas beau, bien qu'il fût encore jeune (trente ans tout au plus). Des poils partout, drus et emmêlés, au lieu d'une barbe fine et élégante. Des cheveux ondulés et non pas droits. Pas bien noirs non plus, mais traversés de mèches presque rousses. Et au milieu de tout cela, un nez monstrueux. Le plus formidable qu'il eût jamais vu. Un nez énorme, même pour un homme du Couchant.

« Pas un mot sur ses origines surtout », crut bon de préciser Yuan.

Ils se turent. La troupe s'était immobilisée à vingt pas d'eux. Wang Sichong dominait tous les soldats de son escorte. Son grand cheval n'était pas la seule explication. Il avait une stature impressionnante, qu'un casque surmonté d'une plume de martin-pêcheur rehaussait encore. Il fit un bref salut de la tête, que Père rendit. Et il prononça cette phrase aussi attendue qu'effrayante : « Gouverneur Li Yuan, le Fils du Ciel veut vous voir. »

7

Yicheng

Peu à peu les flammes avaient fini de consumer la dépouille. Elle avait été placée en bordure du grand lac salé, sur le dos de l'étalon favori du vieux Khagan, sacrifié pour l'occasion.

Au Milieu-du-Monde, on n'aurait jamais toléré pareille abomination : le corps devait être rendu intègre aux ancêtres, tel qu'on l'avait reçu à sa naissance. On n'en était que le dépositaire provisoire. Les nomades, bien sûr, avaient une vision des choses toute différente. Et comment aurait-il pu ne pas en être ainsi ? Yicheng, malgré la répugnance qu'ils continuaient si souvent de lui inspirer, les comprenait de plus en plus : où seraient-ils allés honorer l'âme des ancêtres ? En quel lieu se recueillir et pratiquer les rites appropriés ? Où, surtout, être certain qu'aucune tribu ennemie ne viendrait profaner le repos des défunts ? Les nomades ne construisaient rien : pas de villes, pas de temples. Ils ne connaissaient que les étendues sans bornes, le mouvement perpétuel. Quand l'un d'eux mourait, on ne pouvait enterrer son corps au milieu d'un campement qu'on quitterait bientôt. On le rendait donc au Ciel.

Que se passerait-il à sa propre mort ? Elle se le demanda souvent au cours des deux lunes qui suivirent. Enfermée dans sa yourte pour la période obligée de deuil, elle imagina sa peau noircir, se détacher par lambeaux, ses cheveux s'embraser, elle se vit calcinée, réduite en cendres. Lui faudrait-il subir elle aussi cette coutume monstrueuse ? L'une des innombrables questions qu'elle aurait dû poser huit ans plus tôt et qu'on s'était évidemment bien gardé de soulever devant elle à l'époque – trop heureux sans doute de pouvoir tirer avantage de son inexpérience. Et de ne pas terroriser, plus qu'elle ne l'était déjà, une gamine de douze ans.

Pendant plusieurs jours, l'odeur de chair brûlée s'immisça jusque dans sa yourte et Yicheng dut sans cesse ordonner à Zhu d'allumer des bâtonnets d'encens.

Une page de sa vie se tournait. Au Milieu-du-Monde, son destin eût été tout tracé. Si elle avait été l'épouse d'un Empereur au lieu d'un Khagan, même une simple concubine, même une concubine qu'il n'eût jamais touchée, elle aurait rejoint un monastère pour le restant de ses jours.

Jamais elle n'aurait été tenue d'épouser le fils du défunt.

Ce n'était pas Tardu, le principal intéressé, qui le lui avait rappelé, mais son cadet, Nivar : « Ne sois pas trop triste, lui avait-il susurré le jour des funérailles, avec une grimace qui se voulait sans doute réconfortante quand il avait lu l'horreur sur son visage. Tu y gagneras. »

Vraiment ? avait-elle pensé. Une pratique apparemment courante chez les nomades. L'avait-on prévenue de cette abomination avant qu'elle arrive dans la Steppe ? Peut-être, mais elle avait oublié, voulu oublier. Nivar lui avait dit qu'il fallait simplement que Tardu le souhaite. Et bien entendu, il le souhaiterait. Elle était une princesse du Milieu-du-Monde. Quand la période de deuil s'achèverait, Tardu viendrait le lui annoncer.

Sentait-il aussi mauvais que son père ? Elle ne s'était que rarement retrouvée en sa présence sans que le vieux Khagan fût là aussi, emplissant l'espace de son odeur de fromage avarié. Se présenterait-il devant elle, le visage encore recouvert de sang ? Il se l'était tailladé, en signe de deuil. Le sang était censé remplacer les larmes – peut-être, avait songé Yicheng, parce que des larmes véritables, il n'y en avait pas beaucoup.

« Tu y gagneras », avait osé lui dire Nivar qui, l'après-midi même des funérailles, était parti à la tête d'une vingtaine de cavaliers annoncer en personne à l'Empereur que la Steppe avait un nouveau Khagan, son frère Tardu, et présenter ses respects en son nom.

Qu'y avait-il à gagner pour elle dans la Steppe ? Rien. La Steppe n'était pas son pays, ne le serait jamais, les nomades n'étaient pas son peuple, ces hommes et ces femmes qui, dans leur langue, se qualifiaient de « forts », seraient toujours pour elle des barbares dangereux et odieux.

Le lendemain des funérailles, elle dit à Zhu qu'elle devait envoyer un message à sa sœur. « Je vais la supplier de me faire revenir à la Cour. »

Zhu n'eut l'air ni d'approuver, ni de trouver une telle démarche vaine. Elle se dirigea vers le meuble d'acajou, sortit d'un tiroir un petit papier de soie – ce qu'on fabriquait de plus délicat, de plus cher et de plus discret en la matière au Milieu-du-Monde –, d'un second tiroir un pinceau et de l'encre.

Yicheng s'était installée sur un siège bas, devant une petite table. Elle se mit à tracer de minuscules caractères sur le papier. Elle s'efforça de trouver les termes les plus appropriés pour demander à sa sœur d'intervenir en sa faveur auprès de l'Empereur, de ne pas l'obliger à épouser Tardu. Cela aussi, Nivar, quand il serait arrivé à la Cour, devait – pour la forme – en demander la permission au nom de son frère. L'Empereur n'était pas censé refuser, bien sûr. Mais s'il le faisait tout de même, sous l'influence de l'Impératrice ?

Une fois l'encre séchée, elle roula le papier, y attacha un petit ruban vert et le tendit à Zhu.

« Fais vite. »

Zhu s'éclipsa sans un mot. Elle allait rejoindre, dans le campement, un nomade à leur solde, qui porterait le message à dix jours de cheval du lac, jusqu'à la Muraille-sans-Fin. Après quoi, la lettre de Yicheng, grâce au très efficace système de relais du Milieu-du-Monde, serait acheminée à bon port.

Deux lunes plus tard, elle reçut la réponse. Quand Zhu lui apporta le petit rouleau insignifiant qu'elle n'avait cessé d'attendre, une bouffée d'espoir presque douloureuse la fit un instant suffoquer. Et si on avait enfin entendu sa détresse ? Et si elle pouvait retourner au Milieu-du-Monde ?

Elle déroula le papier.

8

Lettre de l'Impératrice à la Khatun Yicheng

Ma chère sœur,

Nous quitterons bientôt la Capitale orientale pour inaugurer le Grand-Canal. Nous n'avons toujours pas reçu officiellement Nivar, qui est arrivé avec son escorte il y a une demi-lune ; il est bon d'apprendre la patience à ces êtres mal dégrossis. Je l'ai tout de même observé, cachée derrière un paravent, lors d'un banquet donné en son honneur, auquel l'Empereur et moi n'avions pas daigné assister. Je voulais me rendre compte à quel homme nous avions affaire. Tu connais mon don. En l'occurrence, inutile de savoir lire dans les visages pour constater que c'est un être violent, sans doute cruel et, malheureusement pour nous, intelligent. Tu avais parfaitement raison sur tous ces points.

J'ai suggéré à l'Empereur d'emmener les nomades sur le bateau-dragon. C'est là que nous leur donnerons audience avant de les relâcher et de leur laisser regagner la Steppe. Il serait dommage qu'ils repartent sans avoir assisté au grand rassemblement qu'a convoqué l'Empereur, qu'ils ne voient pas, n'entendent pas, tous ces gens, des dizaines, des centaines de milliers, qui leur donneront une idée de la puissance du Milieu-du-Monde, leur rappelleront notre irrémédiable supériorité : le nombre.

Du reste, cette audience ne sera qu'une formalité. Nous savons d'avance ce que Nivar vient faire ici. Lui, en revanche, ne se doute pas de la surprise que nous lui avons préparée. Je t'en informe, mais garde-toi d'en rien trahir avant son retour : nous allons rendre Tulan, le fils de Tardu.

Je t'entends déjà t'écrier que c'est une folie, qu'on ne saurait renoncer à un tel otage sans contrepartie. Mais parfois la folie est la sagesse même et la meilleure contrepartie, celle qu'on voit le moins.

Cela fait longtemps que Tulan vit à la Cour. À dix ans, il parle désormais mieux notre langue que son infâme idiome natal. Nous l'avons élevé comme un jeune prince du Milieu-du-Monde et je crois qu'il aime nos usages, notre raffinement, notre approche des choses. Comment pourrait-il en être autrement ? De retour chez lui, il saura y défendre nos intérêts, même sans en avoir conscience.

Tardu a beau être jeune encore, il n'est pas à l'abri d'un accident, d'une maladie ou d'un rival mal intentionné. S'il venait à succomber à son tour, son fils doit absolument être présent dans la Steppe. Tu connais la confusion qui règne chez les nomades en matière de succession. Tantôt le fils prévaut, tantôt le frère, parfois aussi l'oncle. Et mieux vaut alors, pour rallier à soi le plus de guerriers, se trouver sur place. Garder Tulan plus longtemps risquerait d'en faire pour de bon un étranger aux yeux de son propre peuple.

Une seconde raison dicte notre décision. Tu la découvriras bien assez tôt. Il suffit pour l'heure que tu saches qu'en rendant son fils à Tardu, nous voulons en faire notre obligé.

Il faut que je te laisse. Je dois retourner à mes carapaces de tortues. Figure-toi que ces derniers jours, elles m'ont joué un drôle de tour : le nom de Li Yuan, le chef du clan Li, y est apparu à trois reprises après que je les ai chauffées à blanc. À trois reprises ! Te rends-tu compte ? Les esprits se donnent rarement la peine d'être aussi clairs et insistants lors de mes séances de divination. Nous le convoquerons sans doute sur le bateau-dragon. Il aura nécessairement fait le déplacement au Nouveau-Confluent : tous les chefs des grandes familles y seront. L'Empereur ne l'aime pas. Il lui rappelle trop l'époque de son père, celle où l'on pouvait encore gagner une épouse en remportant un concours de tir à l'arc. On raconte que c'est comme ça que Li Yuan a obtenu la sienne ! Mais j'ai convaincu mon époux que cet homme avait un rôle à jouer à l'avenir.

De ton côté, ma sœur, le tien est de demeurer dans la Steppe. Pas un jour sans que je plaigne ton sort. Pas un jour non plus sans que je constate que tu es irremplaçable. La faiblesse que trahissait ta dernière lettre, ta demande folle de revenir au Milieu-du-Monde, tout cela ne peut être que passager, j'espère que tu en as conscience. Je t'enverrai toutes les robes, tous les bijoux, que tu souhaites. Mais tu resteras là où nous avons besoin de toi. Tu épouseras Tardu. Tu es désormais Khatun et ce, jusqu'à ta mort.

9

Shimin

L'après-midi était déjà bien entamé et la longue file de navires finissait de traverser le Fleuve-de-Boue lorsque la jonque aborda la rive légèrement en aval du promontoire où le clan Li se tenait. Elle venait du bateau-dragon et il était évident pour Shimin que son père allait en sortir et leur raconter pourquoi l'Empereur l'avait si soudainement convoqué. Le général au gros nez n'avait pas su ou pas voulu le dire.

Mais de l'embarcation émergèrent des nomades. Une vingtaine.

Impossible de les confondre avec des habitants du Milieu-du-Monde. Leurs habits où le cuir l'emportait sur la soie, leurs longs cheveux tressés au niveau de la nuque, derrière un haut du crâne rasé, leurs bottes, leurs épées courbes aux poignées quelquefois ornées d'or ou d'argent, leurs arcs les trahissaient tout de suite. Ils étaient juchés sur leurs petits chevaux si caractéristiques, lassos accrochés à la selle. L'un d'eux brandissait un symbole discernable entre tous et qui, longtemps, avait suscité terreur et consternation chaque fois qu'il était déployé au Milieu-du-Monde : l'étendard à la tête de loup.

Qu'est-ce que des nomades venaient faire au Nouveau-Confluent en un jour pareil ? Comment expliquer qu'ils sortent du bateau-dragon ?

« Le grand, au milieu, c'est le frère du nouveau Khagan », s'exclama Liu Wuzhou, le lieutenant de Père, qui se tenait non loin de Shimin.

La déception de ne pas voir Père fut oubliée, remplacée par une intense curiosité. Shimin ne connaissait le frère du nouveau Khagan que de réputation. On racontait des histoires terrifiantes à son sujet : qu'il aimait la chasse par-dessus tout et traquait avec de petites panthères domestiquées un gibier qui parfois courait sur deux jambes. Qu'il se souvenait de toutes les offenses et les faisait toujours payer, au besoin des années après les faits. Un jour l'un de ses oncles lui avait refusé une jeune fille razziée à une tribu ennemie et qu'il convoitait. Deux ans plus tard, ce même oncle avait mystérieusement disparu sans laisser aucune trace, lors d'une chasse justement, et Nivar avait récupéré la jeune fille. D'une façon générale, on lui attribuait – même sans certitude – les crimes les plus affreux.

L'attention de Shimin revint au groupe de nomades juste débarqués. La rive, à cet endroit-là, était comble, occupée par l'imposant cortège des Cui, et des cris – qui, pour la première fois de la journée, n'étaient pas de liesse – éclatèrent. De la colère, de la douleur. Les nouveaux venus avaient heurté sans grand ménagement ces gens agglutinés autour du canal. Une bousculade s'était ensuivie. Il semblait que certains avaient été piétinés.

Shimin remarqua que, parmi les nomades, se trouvait un enfant. Bientôt il le reconnut.

« Il y a Tulan, aussi !

— C'est impossible, répliqua sèchement sa mère.

— Shimin a raison », trancha Jun, d'un ton incrédule.

Évidemment qu'il avait raison. Il avait la meilleure vue de tous les enfants Li. Surtout, il connaissait bien Tulan. Même s'ils ne s'étaient croisés que cinq ou six fois dans leur vie, à la Cour, lorsque la famille Li s'y rendait pour rendre hommage à l'Empereur et recevoir de lui une nouvelle affectation. Les deux garçons avaient eu le temps de devenir amis. Tulan avait le même âge que Shimin. Ils adoraient tous deux les chevaux. Ils s'étaient entraînés au tir à l'arc ensemble. Très vite Shimin s'était dit qu'il s'entendait mieux avec le jeune otage du Milieu-du-Monde qu'avec ses propres frères. D'ailleurs, quand, un jour, à l'occasion d'une dispute avec Huaji, il avait déclaré à ce dernier lui préférer le fils de Tardu, son aîné n'avait pas eu l'air si surpris. Il lui avait répliqué : « C'est normal, Shimin, tu agis, tu penses comme un nomade. » Père avait dû intervenir pour les séparer.

Ce que Shimin n'avait dit à personne, c'était que, la dernière fois qu'il avait vu Tulan, à peu près un an plus tôt, ils s'étaient « affrérés » : que ce soit au Milieu-du-Monde ou chez les nomades, on pouvait, en effet, se lier comme à un frère à un homme qui n'était pas de son clan. Le rituel de la Steppe était le plus spectaculaire : on s'incisait la poitrine juste au-dessus du cœur, on recueillait le sang dans une coupe et l'autre le buvait. Voulant garder la chose secrète et craignant qu'on ne leur demande des comptes si on les surprenait, Tulan et Shimin s'étaient contentés du rituel adouci pratiqué au Milieu-du-Monde : une simple déclaration, à la dérobée, devant un autel de la religion nouvelle sur lequel, à côté de la statue de l'Éveillé, brûlaient des bougies et de l'encens. Ils s'étaient juré affection et assistance pour le reste de leur vie.

Qu'est-ce que Tulan faisait ici avec son oncle Nivar ? Quand Shimin le retrouvait à la Cour, sans y être ostensiblement prisonnier, il y restait discrètement surveillé : il y avait toujours quelques gardes aux alentours, pour s'assurer que le plus précieux des otages que détenait le Milieu-du-Monde ne soit pas enlevé ou tenté de s'enfuir.

L'agitation en bas ne cessait pas. Au contraire. La foule était furieuse, vociférait, commençait à brandir des bâtons. Un mot ressortait assez distinctement : « Barbares ».

« Rapprochons-nous, proposa Shimin, captivé par la scène.

— Tu ne bouges pas d'ici. » Mère avait parlé d'une voix impérieuse. Rude, trop rude. Shimin se retourna vers elle et fut surpris de la découvrir si pâle.

10

Jiande

Jiande avait vu les dos reculer en un instant : les deux paysans qui se trouvaient devant lui et avec lesquels il avait eu un accrochage quelques jours plus tôt avaient reflué brusquement et l'avaient projeté sur sa charrette. Eux-mêmes étaient allés s'étaler à côté de lui. Avant qu'il ne puisse reprendre ses esprits, la charrette était renversée et lui avec. Des dizaines de personnes les piétinaient. Jiande eut du mal à s'extirper de la cohue et poussa sans ménagement ceux qui étaient derrière lui. Tout le cortège Cui avait reculé d'un bloc, en désordre.

Jiande tenta de se rapprocher de sa charrette, mais un mur humain mouvant, apeuré, l'en séparait. On échangeait des insultes. Jiande avisa un petit homme aux jambes effroyablement maigres qui avait grimpé sur les épaules d'un autre. « C'est la faute des nomades », lui cria-t-on. Il se demanda ce que des nomades venaient faire ici, à l'inauguration du Grand-Canal.

Le cortège ne reculait plus. Jiande vit des gens qui avaient été projetés à terre se relever difficilement, le corps meurtri. D'autres restaient au sol, immobiles. Sa charrette était brisée, inutilisable. L'atmosphère festive s'était dissipée.

Profitant de l'accalmie, il se fraya un passage vers la rive, vers l'origine du tumulte, et découvrit une vingtaine de cavaliers tout juste débarqués d'une jonque.

Leur regard, leur maintien, tout exprimait chez eux le mépris des paysans qu'ils venaient de bousculer. Quand leur chef, qu'on distinguait à ses habits plus étincelants, à sa ceinture ornée de plaques d'or, à son insupportable assurance aussi, prit la parole, Jiande sentit un élan de fureur lui brûler les entrailles.

« Poussez-vous maintenant. Si vous ne vous écartez pas, nous vous sabrerons. » L'inconnu s'exprimait dans la langue du Milieu-du-Monde, mais avec un fort accent, qui ressemblait à celui de l'Ouest, un accent haï dans tout l'Est, celui des conquérants, celui des gouverneurs corrompus et tracassiers. Même s'il était de la Steppe, ce nomade, avec son escorte, incarnait tout ce qui avait rendu les gens de l'Ouest odieux : la brutalité, la certitude que la terre des autres lui appartenait et que la force pouvait bafouer la justice sans que cela ne prête jamais à conséquence.

La colère était un poison qui aveuglait même le plus sage des hommes, Jiande le savait. Mais ni son père, ni son grand-père n'avaient combattu les armées du Réunificateur et il en avait conçu une honte inavouée qui lui fit croire qu'il y aurait de la lâcheté à ne pas intervenir. Il s'avança hors des rangs Cui et vint se poster devant les nomades :

« Ici, vous êtes chez nous. »

Pourquoi avait-il parlé ainsi ? Il venait d'obtenir du Vieux Cui tout ce qu'il désirait : le titre de chef de village pour son père et, grâce à cela, Chan pour épouse. Il aurait dû rester à l'écart, ne pas se mêler de ce genre d'échauffourée. Être malin et raisonnable comme l'était son père. Mais l'attitude de ces étrangers le révulsait. C'était trop injuste de se faire traiter ainsi, encore rabaissés. Les gens de l'Est avaient suffisamment été humiliés comme ça.

L'autre ricana : « Tu parles comme un paysan. "Chez nous ! chez nous !" Qu'est-ce que ça veut dire ? La terre n'est à personne. Chacun la parcourt à sa guise. Nous autres la parcourons à notre guise. Nous passons où nous voulons. »

Jiande avait un couteau à la ceinture, qui ne lui avait jamais servi qu'à aiguiser des bouts de bois. D'un geste irréfléchi, il le dégaina.

11

Shimin

Shimin gardait les mains crispées sur ses rênes. Il vit le jeune paysan s'avancer vers les nomades et poignarder un cheval, lequel se cabra, déséquilibrant son cavalier. Ensuite, le chaos. De toute évidence, ni Nivar ni aucun de ses hommes ne s'attendaient à un geste pareil. Avant qu'ils aient le temps de réagir, une masse hurlante s'était ruée vers eux, assénant coups de bâton, de couteau, de poing. Des centaines contre deux dizaines tout au plus.

Plusieurs chevaux s'affaissèrent, peut-être mortellement blessés, ce qui fendit le cœur de Shimin : les chevaux étaient un bien si précieux. Ces misérables de l'Est ne savaient pas ce que c'était que de les élever et d'en prendre soin.

Nivar avait repris ses esprits. Il donna des ordres : une poignée de guerriers formèrent un cercle protecteur autour de Tulan. C'était d'autant plus nécessaire que plusieurs nomades avaient disparu déjà, broyés par la foule. Nivar tira son sabre et tenta une percée. En vain : il manquait de recul, tout comme il en manquait pour utiliser son arc ou son lasso. Et il n'avait pas ses fameuses panthères de chasse. Il devait se contenter de trancher les mains qui s'approchaient trop de sa monture. Les autres nomades se démenaient aussi. Mais combien de temps tiendraient-ils ? Ils reculaient. Ceux qui ne seraient pas déchiquetés par la foule se retrouveraient jetés à l'eau, noyés.

Au centre du fleuve et du canal, le lent défilé de navires continuait, indifférent aux troubles du rivage. Le gigantesque bateau-dragon, celui-là même où se trouvait Li Yuan, s'éloignait toujours plus.

Si son père avait été là, il aurait fait quelque chose. C'était une évidence pour Shimin. Il aurait chevauché jusqu'au lieu du tumulte et sa grosse voix aurait couvert les cris des uns et des autres, aurait imposé silence à tous. Mais il n'était pas là, au moment précis où on aurait eu le plus besoin de lui.

Bientôt, le cercle de guerriers entourant Tulan fut brisé à son tour : l'homme qui le flanquait à sa droite s'écroula, poignardé au bas du dos, puis entraîné par des bras hostiles.

Shimin se sentait effroyablement impuissant. En l'absence de son père et de Huaji, il était en théorie le chef de la famille. N'aurait-il pas dû réagir ? Mais il n'avait que onze ans. Et sa mère l'interdirait.

Tulan était son ami, son frère d'élection. Et ces nomades venaient du bateau-dragon. Des hôtes de marque. Des princes pour deux d'entre eux. La multitude hargneuse du bas l'ignorait sans doute. Il fallait que quelqu'un le leur dise. Sans quoi un acte aux conséquences peut-être incalculables allait être commis.

Les paysans s'étaient mis à lancer des pierres. L'une d'elles atteignit Tulan à l'épaule. Shimin hurla comme s'il l'avait reçue lui-même.

« Je veux m'en aller », dit, derrière lui, Xuanba, de sa petite voix à peine audible, toujours dans les bras de Mère. Shimin lui accorda un bref regard agacé. Il l'avait presque oublié.

« Tu n'es qu'un peureux.

— Ne t'adresse pas ainsi à ton frère, Shimin. C'est le seul ici à être raisonnable. » Mère avait parlé d'un ton autoritaire. Elle prenait la défense de Xuanba, comme toujours. Et cette pensée le mit hors de lui, plus encore que le spectacle de son ami Tulan blessé et en danger de mort. Il se dit qu'il préférerait être en bas, plutôt qu'ici.

Tulan saignait. Il évita de justesse un nouveau projectile. Mais une dizaine de paysans du clan Cui, munis de bâtons, parvinrent jusqu'à lui.

On ne pouvait laisser faire. Shimin, de nouveau, se retourna. Combien de personnes comptait le cortège du clan Li ? Une centaine. C'était beaucoup moins que celui du clan Cui. Mais les Li étaient en hauteur. Ils disposaient de plus de chevaux. C'étaient des hommes de l'Ouest – des guerriers. Ils savaient se servir d'un arc. Et il y avait la surprise. Li Yuan insistait toujours sur la surprise.

Il avait onze ans. Il était en colère. Son père les avait abandonnés au mauvais moment. Sa mère ne comprenait rien. Elle avait peur pour Xuanba.

Il avait onze ans. Mais son ami Tulan, moins encore, qui allait mourir, si on ne faisait rien.

Il prit une inspiration. « Le clan Li, avec moi ! » hurla-t-il de sa petite voix grêle. Mère lui pardonnerait. Il fallait qu'elle lui pardonne. Et il se lança en avant. Seul.

12

Yicheng

Tardu se montrait courtois, respectueux. Il avait pris soin de laver son visage, d'en effacer les affreuses traînées rouges qu'il avait dû y laisser deux lunes entières. Yicheng se surprit, tandis qu'il lui resservait lui-même du ragoût de chèvre aux pistaches qu'il avait fait préparer à son attention, à s'imaginer, palpée par ces mains qui n'étaient pas tachetées de vieillesse, étreinte par ces bras qui ne puaient pas. Il était venu la voir à l'issue de la période de deuil réglementaire, mais ne lui avait toujours pas annoncé qu'il comptait la prendre pour femme. Cela ne saurait tarder, bien sûr. Peut-être à la fin du repas. Elle savait qu'elle n'y échapperait pas.

Tardu lui semblait incroyablement jeune, dix ans de plus qu'elle au maximum. Et il sentait le musc. Il lui fit l'éloge de son père. Croyait-il, en affichant une telle pitié filiale, lui démontrer qu'il était plus civilisé qu'il n'y paraissait ? Elle eut envie de lui répliquer : « Votre père était un être répugnant ! Et c'était un lâche ! » Mais ce n'était pas le lieu. Elle pouvait bien le penser, elle n'aurait jamais le droit de parler ainsi.

« Je ne doute pas que vous serez un plus grand Khagan que lui encore. » Elle avait pesé chaque mot – dans cette langue qui, huit ans plus tôt, lui était incompréhensible, à peine humaine, mais qui, à présent, lui venait naturellement, y compris dans ses rêves. La première fois que c'était arrivé, elle en avait, au réveil, pleuré d'effroi, de dégoût. Les jours suivants, elle s'était jetée dans des conversations frénétiques avec Zhu.

« Je crois deviner ce que vous voulez dire. » Il la fixait de ses yeux sombres, de l'autre côté du plateau posé à terre où étaient étalés les restes de la chèvre, baignant dans leur sauce brune-verte. Il s'était installé en tailleur à même l'épais tapis de laine. Elle se tenait les genoux repliés, assise sur ses talons.

« Mon père devait beaucoup au Milieu-du-Monde », poursuivit-il. Elle sourit. Il savait manier l'euphémisme. Le Khagan défunt n'avait été qu'une marionnette aux mains du Réunificateur. Il n'était devenu Khagan que parce que le Fils du Ciel le jugeait plus docile que ses rivaux. Et il avait toujours cédé à toutes ses exigences. Il avait même accepté qu'on enlevât le jeune Tulan à Tardu, pour l'éduquer à la cour du Milieu-du-Monde (on avait sans doute considéré que Tardu était trop âgé déjà pour être façonné comme on l'entendait). Yicheng aurait dû se réjouir d'une telle soumission qui servait au mieux les intérêts de son pays. Mais comment admirer un Khagan veule et faible, terrifié à l'idée de déplaire à la Cour ? Comment oublier aussi que si on l'avait envoyée, elle, dans la Steppe l'épouser, c'était précisément pour atténuer, dissimuler, cet abaissement ? Elle avait honte pour lui et lui en voulait d'avoir été le prix de cette honte.

« Votre fils vous manque ? » Elle n'aurait pas dû lui poser une telle question. Mais elle eut l'impression qu'il avait suivi les méandres de son raisonnement. Il se saisit de la cruche de lait fermenté, remplit leurs deux coupes et l'invita à en boire avec lui. Elle détestait cette boisson. Elle s'était habituée au yaourt, au fromage frais et moins frais, pas à cette mixture écœurante. Elle porta la coupe à sa bouche, grimaça malgré elle. « Vous n'êtes pas obligée. » Il la lui reprit d'un geste étrangement délicat et la but à sa place. « Peut-être en aurais-je d'autres. De fils, je veux dire. »

Yicheng se sentit rougir. Elle baissa son visage. Elle songeait qu'elle n'avait pas réussi à donner d'enfants à l'ancien Khagan. Pas même à tomber enceinte. Peut-être était-elle, comme certains l'avaient suggéré, trop jeune ? La première fois qu'il était venu la voir sous sa yourte, elle n'était même pas encore tout à fait une femme. « Tulan restera mon aîné, continua Tardu. Sauf, bien sûr, s'il devait revenir trop transformé. »

Yicheng se souvint du petit enfant qui, des années plus tôt, avait quitté la Steppe pour le Milieu-du-Monde. Elle savait qu'il avait passé les trois quarts de sa vie loin de son père et – ce que Tardu ignorait, mais que la dernière lettre de l'Impératrice lui avait appris à elle – qu'il serait bientôt de retour, avec Nivar.

Elle détourna la conversation vers des sujets moins délicats. L'herbe des pâturages lui paraissait abondante en ce début de printemps, le bétail, plus nombreux que jamais. Se trompait-elle ? Lors des foires qui se déroulaient chaque année au nord de la Muraille-sans-Fin, là où la Steppe rencontrait la terre des cultivateurs, il y aurait sans doute beaucoup de chevaux à échanger contre les richesses du Milieu-du-Monde. Tardu le lui confirma et, comme elle s'apprêtait à poursuivre ses considérations sur l'avantage de ce commerce qui profitait aux deux Empires, il la coupa soudain : « Le Milieu-du-Monde a humilié mon peuple, vous en êtes consciente, n'est-ce pas ? »

Il lui sembla que le sang se retirait brusquement de son visage. Elle fut heureuse d'avoir fardé ses joues de rouge, à la mode de l'Est ; elle ne voulait pas qu'il la voie pâlir, qu'il lise en elle. Qu'y aurait-il lu, du reste ? Les pensées se bousculaient, contradictoires, confuses. Impossible d'en faire le tri.

Elle se rendit compte que décidément elle ne savait pas grand-chose du nomade assis en tailleur devant elle. Elle croyait le connaître un peu. C'était une erreur, une illusion. Voilà qu'il se révélait à elle, à peine intronisé Khagan, alors que les cendres de son père continuaient peut-être à tournoyer au-dehors, non loin d'eux, qu'elles n'avaient pas été emportées encore tout à fait dans les immensités désertes. Elle était touchée par cette confiance. Elle en était effrayée aussi.

La question qu'il lui avait posée n'en était pas vraiment une, se rassura-t-elle. Elle n'était pas obligée d'y répondre.

Une autre question qui, elle non plus, n'en était pas une, lui brûlait les lèvres. En l'énonçant, elle courrait un grand risque. Mais ne venait-il pas, lui, d'en prendre un en lui avouant son hostilité à l'égard du Milieu-du-Monde ? Elle était tentée de lui rendre la pareille. À moins que ce ne fût ce qu'il cherchait ? Il était peut-être en train de lui tendre un piège, de l'inciter à se découvrir pour mieux la confondre ensuite.

Elle le vit, qui ranimait lui-même la flamme du poêle. En arrivant, après en avoir fait retirer par l'un de ses valets le charbon qui, faute de bois, servait trop souvent de combustible, il y avait placé de petits fagots. Elle avait terriblement envie de faire confiance à un homme si attentionné.

Il allait reprendre la parole ; elle le prévint, se lançant, espérant ne pas signer son arrêt de mort : « Les voyageurs que votre frère et vous avez accueillis au bord du grand lac salé il y a deux lunes étaient originaires de la Péninsule, n'est-ce pas ? »

Il ne joua pas la surprise ou l'embarras, ne lui demanda pas comment elle pouvait être au courant ; il acquiesça de la tête. « Mon frère et moi pensons qu'un nouvel équilibre entre le Milieu-du-Monde et nous est souhaitable. »

Yicheng était soulagée et terrifiée. Soulagée qu'il n'ait pas l'air fâché contre elle. Terrifiée par ce qu'il lui avouait. Des siècles qu'on le cherchait, cet équilibre, songea-t-elle. Des siècles qu'il était sans cesse brisé, tantôt en faveur des nomades, tantôt en faveur du Milieu-du-Monde. Le Réunificateur avait fait du Khagan son obligé. On aurait pu en rester là. Mais, évidemment, on n'en resterait pas là. Tout serait remis en cause un jour, personne ne se faisait réellement d'illusions là-dessus. Ce jour était-il arrivé, déjà ?

« Vous savez pourquoi je suis ici », dit-il.

Elle avait presque oublié, en fait. Soudain, elle aurait voulu qu'il se taise.

« Dehors, j'ai fait apporter une baignoire de faïence pour vous. Je sais que vous aimez être propre et que la poussière du camp, en été surtout, ne vous est pas agréable. »

Elle ne s'était jamais plainte si ce n'est à Zhu. Tout au plus avait-elle dû quelquefois laisser échapper des grimaces lorsque le vent rabattait sur elle de la terre jaune et que celle-ci s'immisçait dans ses robes ou dans ses cheveux. Ces mines dégoûtées ou lasses, les avait-il surprises ?

« Il y a aussi un oreiller du Milieu-du-Monde. Celui que vous aviez s'est cassé, je crois, et n'a jamais été remplacé. »

Comment, là encore, savait-il cela ? Une nuit, des années plus tôt, le vieux Khagan, ivre, avait, d'un geste incontrôlé, envoyé son oreiller en porcelaine se briser contre le sol. Yicheng en avait conçu un grand chagrin. Elle aimait poser l'arrière de sa tête sur cette surface dure et fraîche, modelée pour l'accueillir. Cet objet, qui était comme un vestige de civilisation, elle l'avait apporté du Milieu-du-Monde et sa sœur avait toujours oublié de lui en faire parvenir un autre.

Il n'avait pas fini. « Vous aimez le thé et n'en avez plus reçu depuis longtemps. Un sac entier vous attend sur le seuil de votre yourte. »

Oui, elle adorait le thé, cette boisson typique du Sud, rare à l'Ouest et même à l'Est, introuvable dans la Steppe. Elle se sentit mise à nu. Ainsi, sous ses dehors indifférents, pendant toutes ces années, il avait fait attention à elle, l'avait observée. Il connaissait ses besoins et ses goûts. Depuis combien de temps la convoitait-il ?

« Vous êtes la femme la plus magnifique que la Steppe ait jamais accueillie. Vous êtes, je le sais, bien trop belle pour vivre parmi des gens comme nous. Mais je peux adoucir votre sort. Vous avez vécu comme une prisonnière ici. Vous pourriez être tout autre chose. »

Il leva la main pour lui signifier de ne pas l'interrompre.

« Vous étiez la Khatun de mon père. Mais l'étiez-vous vraiment ? Quand vous a-t-il écoutée, accordé de la considération ? Mon père ne vous a jamais comprise. Il vous prenait pour une petite créature fragile. Or, moi je le sais, il y a une force immense en vous. »

Elle l'ignorait et faillit lui rire au nez. Prétendait-il, à présent, lui révéler à elle-même qui elle était ?

« Sans cette force, vous n'auriez pas survécu. »

Il s'était relevé. Il était très grand et, en le suivant des yeux, Yicheng faillit basculer en arrière. Il la retint. Sa main ferme sur son épaule la fit frissonner. Il la retira aussitôt. « Ne craignez rien. Je ne vous contraindrai pas à m'épouser. Vous pouvez retourner chez vous, si vous le voulez. Je vous fournirai une escorte. »

Elle s'attendait à beaucoup de choses. Certainement pas à ça.

Il s'interrompit, la fixant, essayant sans doute de voir comment elle réagissait à cette information. Elle se força à ne pas y penser. Pas tout de suite. À ne pas croire à cette libération possible : la civilisation de nouveau, les jardins, les parfums, les fleurs.

« Mais si vous acceptez d'être ma femme – ce que je souhaite –, nous ferons de grandes choses, poursuivit-il de sa voix chaude et envoûtante. Je ne suis pas comme mon père. » Il s'inclina de nouveau, ajouta qu'il lui laissait jusqu'au coucher du soleil pour y réfléchir, puis, se retournant une dernière fois vers elle : « Serez-vous toujours un instrument dans la main des autres ? Ou bien voulez-vous devenir pleinement une Khatun, ma Khatun ? » lui demanda-t-il avant de soulever la lourde peau de mouton qui marquait l'entrée de la yourte et de disparaître dans le jour froid et éclatant.

13

Jiande

Si Jiande avait su ce que son geste entraînerait, il aurait ravalé sa fierté blessée et son goût aussi fervent qu'intempestif pour la justice. Jamais il n'aurait sorti son couteau.

À peine avait-il frappé que, derrière lui, une vague d'enthousiasme s'était levée, puis avait déferlé, l'emportant, emportant tout. On l'avait bousculé, dépassé. Très vite, il s'était retrouvé derrière beaucoup d'autres qui, à leur tour, voulaient l'imiter, donner une bonne leçon à ces arrogants nomades. Même s'il l'avait souhaité, il n'aurait pu se mêler de nouveau au combat : ils étaient trop nombreux devant lui à tenter d'atteindre les cavaliers.

À vrai dire, il ne le souhaitait plus et il se demandait ce qui lui avait pris. Un démon semblait s'être emparé de tous ces esprits. Et c'était lui, lui, Dou Jiande, qui avait déchaîné tout cela. Le monde était plus fluctuant et volatile qu'il n'en avait l'air.

Ces gens, à l'évidence, avaient tout oublié – le Milieu-du-Monde, son ordre, ses lois, ses châtiments parfois terribles. Seule existait leur haine des nomades.

Jiande avait été impliqué dans quelques bagarres au cours de sa vie. Jamais dans rien de pareil. Combien d'hommes gisaient morts, mourants ou atrocement blessés à quelques pas de lui ? Un paysan hurlait de sa bouche édentée, le bras tranché au niveau de l'épaule, aspergeant de sang les visages de ceux qui l'entouraient. Les nomades – leur chef surtout – se défendaient, bien sûr. Même s'ils allaient tous mourir. C'était inévitable à présent.

Il leur aurait bien crié à tous de reculer, de cesser ce massacre. Qui l'aurait écouté ? Les gardes Cui eux-mêmes avaient pris fait et cause pour les paysans du clan.

Jiande se dit qu'il devait aller prévenir le Vieux Cui de ce qui était en train de se passer. Le monde était devenu enragé. Le spectacle grandiose du Grand-Canal, le somptueux défilé des navires : volatilisés, renvoyés à un passé qui semblait incroyablement lointain, à une réalité différente.

C'est alors qu'il entendit le cri du petit nomade, le seul enfant du groupe : on venait de l'arracher à sa selle, on allait le déchiqueter. Son caftan de soie verte était maculé de boue, sa joue gauche, tuméfiée, son épaule saignait. Un grand nomade gisait non loin de lui, face contre terre, vêtements et corps en charpie. Sa mort avait dû être atroce. Le chef des nomades était trop loin pour intervenir et lui-même, encerclé de plusieurs adversaires.

Dans le dos de l'enfant, un paysan Cui, très maigre, aux bras noueux, lui tirait les cheveux en arrière, pour maintenir sa tête renversée. Il appelait ses compagnons à égorger « le petit porcelet ».

Entre deux sanglots, le petit porcelet en question les menaçait. On lui avait laissé les mains libres et il frappait tant qu'il pouvait, ce qui amusait beaucoup ses tortionnaires, bien plus grands, bien plus massifs que lui. Il parlait de son père, qui les retrouverait et les tuerait tous, eux et leurs familles. Les rires redoublèrent. Jiande s'étonna de comprendre l'enfant. Il s'exprimait dans la langue du Milieu-du-Monde – et sans aucun accent, lui.

L'un des paysans avait sorti un couteau grossier, dont la lame était rongée par la rouille. Il s'approchait du garçon. Jiande aurait voulu s'interposer, mais il était trop loin.

Il n'en eut, de toute façon, pas besoin.

La première flèche cloua la main de l'homme au couteau, qui lâcha son arme. Son hurlement fut aussitôt interrompu par une autre flèche, dans l'œil, celle-là. Ce fut ensuite au tour du grand maigre d'être touché – avec une précision inimaginable – dans le cou. Puis deux autres s'affaissèrent, le cou percé, eux aussi.

Jiande recula. On se bousculait autour de lui. Des paysans en fuite. La panique avait changé de bord.

Les nomades utilisaient leur arc mieux que quiconque, c'était bien connu. Dans une telle cohue, cependant, comment auraient-ils pu tirer ?

Quelqu'un décimait la forêt humaine. Le petit nomade avait disparu. Il n'était pas allongé parmi les cadavres. Échappé sans doute, espéra Jiande.

Enfin, à travers les rangs maintenant clairsemés, il aperçut un autre enfant. En hauteur, celui-là. Sur un grand cheval. Seul. D'un mouvement fluide, il ajustait une nouvelle flèche sur son arc.

14

Lettre de Jun à son frère Huaji

Père a eu le nez creux en te renvoyant vers l'Ouest ce matin : les choses ont bel et bien dégénéré, comme il l'avait craint. J'espère que ce courrier te rattrapera au plus vite. Tu dois être presque arrivé à la Capitale orientale et il faut que tu apprennes ce qui s'est passé aujourd'hui au Nouveau-Confluent. [...]

Nous sommes tous restés sidérés, Huaji. Tu sais comme Shimin peut être impulsif, mais là... Jamais je n'aurais imaginé qu'il agirait ainsi. Il s'est élancé en direction de la rive et de l'affrontement entre les nomades et les paysans Cui.

Son cri, personne ne l'a compris sur le coup. « Le clan Li, avec moi ! » Un ordre tellement fou, tellement inapproprié. Personne ne l'a suivi, tu t'en doutes bien.

Il s'est arrêté à mi-pente, a saisi son arc et, sans un regard en arrière, il s'est mis à décocher des flèches.

Les hommes tombaient les uns après les autres. Des hommes du clan Cui ! Tu mesures mieux que moi ce qu'il représente. C'est peut-être le plus puissant du Milieu-du-Monde. Au début, je suis restée comme fascinée. Notre petit frère en train de tuer tous ces gens. Je savais qu'il était doué avec un arc. Je l'ai vu s'exercer sur des cibles et abattre des perdrix en plein vol. Mais, là, c'était presque beau. Terrifiant et beau.

La bande de paysans Cui qui menaçaient le prince Tulan gisait sur le sol, celle qui entourait Nivar aussi. Tulan a réussi à se réfugier auprès de son oncle et les nomades survivants – une dizaine en tout –, à se rassembler.

Mère était blême. Elle a pris la tête de Xuanba dans ses mains et l'a maintenue pressée contre elle – pour qu'il ne puisse pas voir ce que Shimin était en train d'accomplir. Tout le monde se taisait.

Une situation pareille n'était pas censée se produire, Huaji.

Les risques étaient évidents. Quand la foule du bas verrait ce qu'un gamin était en train de lui infliger, elle se ruerait sur lui, le mettrait en pièces.

Combien de flèches Shimin avait-il dans son carquois ? Pas plus d'une vingtaine. Dix hommes déjà avaient été abattus – un homme par flèche ou peu s'en fallait. Dix autres mourraient sans doute. Mais ensuite ?

Je me suis tournée vers mère :

« Qu'est-ce qu'on attend ? » lui ai-je demandé. Il fallait qu'on intervienne, cela me semblait évident.

Elle n'a pas répondu. Elle a éructé à la place : « Le fou. Il nous met tous en danger !»

Ses lèvres tremblaient. Je ne crois pas que c'était de la peur. Elle était en rage.

Deux nouvelles flèches. Shimin ne s'arrêtait pas. Il visait à présent ceux qui s'approchaient trop du groupe des nomades survivants. Chaque flèche était mortelle. Chaque flèche créait un vide autour de celui qu'elle atteignait. Puis il s'est mis à tirer dans une autre direction. Dans le tas. Comme si ça l'amusait de gaspiller ses dernières flèches à créer un maximum de panique possible en bas, de faire détaler le plus possible de ces paysans de l'Est. C'est quand j'ai vu l'espace ainsi créé que tout m'est apparu clairement : il avait presque dégagé un passage entre les nomades et… nous !

Comment pouvait-il garder un tel sang-froid, discerner aussi vite, aussi bien, dans une telle confusion où viser exactement, deviner ce que cela allait provoquer ?

Et puis ce qui devait arriver est arrivé : une flèche est partie de la rive. Un garde du clan Cui. Ces gens ne pouvaient que finir par répliquer. La flèche a heurté le sol, trop bas, à plusieurs pas de Shimin.

Et j'ai compris alors : il avait aussi pensé à ça ! Les arcs du Milieu-du-Monde sont faits en mûrier la plupart du temps. Ils ont une portée bien moindre que les arcs de la Steppe – en nerfs et tendons, eux. Or, Shimin, comme tu sais, a un arc de la Steppe. Et il s'était positionné de manière à pouvoir faire des ravages dans les rangs Cui sans rien craindre lui-même.

Jusqu'à ce qu'ils se décident à monter vers lui, bien sûr, à venir le chercher.

Deux hommes se sont élancés – deux paysans armés de leur seul bâton. Ils n'avaient pas fait dix pas qu'ils étaient fauchés, l'un après l'autre.

Si ceux du bas s'emparaient de Shimin, ils ne se contenteraient pas de le désarmer et de le renvoyer auprès de nous après lui avoir tiré les oreilles. Il avait humilié les Cui !

J'ai entendu alors Wuzhou prononcer avec ce ton détaché qu'on lui connaît cette phrase qui m'a glacée : « Il n'a plus de flèches. »

Et, en effet, d'autres paysans flanqués de gardes s'étaient élancés à l'assaut de la colline et ils n'étaient pas abattus. J'ai crié à Shimin : « Reviens ! Mais reviens donc ! » Tu sais ce qu'il a fait ? Sans même se retourner, il a tiré son épée !

J'en ai eu le souffle coupé. Mes yeux ne se détachaient pas de cette image invraisemblable : notre petit frère, épée en main, refusant de reculer, attendant l'assaut de dizaines d'hommes se ruant sur lui.

On ne pouvait laisser faire. […]

15

Yicheng

Yicheng n'osait pas sortir de sa yourte. Elle ne s'était pas même encore levée depuis le moment où Tardu l'avait quittée. Zhu avait débarrassé les plats, remis les tapis en ordre et de l'encens à brûler. Après s'être ainsi affairée autour d'elle, sans un mot, elle l'avait laissée seule entre ces murs qui n'en étaient pas.

« Jusqu'au coucher du soleil », lui avait-il dit.

La veille, le matin même, il ne lui aurait pas fallu plus d'un instant pour se décider : elle aurait regagné le Milieu-du-Monde sans une hésitation, sans un regret. Elle aurait quitté la Steppe et consacré le reste de sa vie à tenter d'oublier les huit années qu'elle y avait passées.

La veille, le matin même, elle ignorait bien des choses.

Des aboiements de chiens, des pas d'hommes et de chevaux lui parvinrent. Le chant d'une petite fille interrompue par une mère fatiguée. Quelques rires, vite étouffés. Marcher à l'air libre lui aurait fait du bien, l'aurait aidée à éclaircir des idées et des sentiments qui s'embrouillaient toujours davantage à mesure qu'elle tentait de déterminer ce qu'elle voulait faire. Mais à chaque fois qu'elle s'apprêtait à rappeler Zhu, le courage l'abandonnait. Elle préféra rester seule, submergée par ses pensées, sans témoin de la panique qui peu à peu s'emparait d'elle.

Elle ne devinait que trop bien ce que Zhu lui dirait si elle la convoquait : que le Réunificateur aurait souhaité qu'elle demeure parmi les nomades, auprès de leur nouveau Khagan, surtout d'un nouveau Khagan comme Tardu. Mais le Réunificateur était mort, se répéta-t-elle, et le vieil homme à qui il l'avait livrée jadis aussi. Désormais elle était libre. Tardu lui laissait le choix – un choix qu'elle n'aurait pas dû avoir et qui l'affolait.

À quoi aspirait-elle ? Et était-elle seulement capable de vouloir au-delà de la vague rêverie, au point d'influer sur la réalité ? Décider pour soi de sa propre vie n'était pas facile, se rendit-elle compte, surtout quand on avait été habituée si longtemps à se conformer aux désirs d'autrui. Tantôt il était évident qu'elle devait profiter de la générosité de Tardu et rentrer chez elle, retrouver la douceur des palais, l'ombre réconfortante des jardins. Tantôt cela n'avait plus rien d'évident. Qu'est-ce qui l'attendait au Milieu-du-Monde ? Sa sœur lui avait clairement signifié qu'elle ne souhaitait pas son retour. Comment l'accueillerait-elle ? Yicheng avait toujours supposé que, si le miracle d'une évasion se produisait, elle reprendrait son existence légère et insouciante d'autrefois, de l'époque où elle était une enfant. Or, elle n'était plus une enfant.

Ces huit années au milieu des nomades avaient été huit années de malheur et de résignation. Aux yeux du vieux Khagan, elle n'avait été qu'un objet de plaisir et d'orgueil, un trophée. Mais ce passé ne présageait en rien l'avenir. Tardu le lui avait bien fait entendre : tout était changé à présent. Elle avait tellement envie de le croire. Et si peur en même temps de se tromper, d'être flouée une seconde fois.

Elle inspira et se releva enfin, alla chercher un miroir dans un coffret de bois laqué. Son visage lui apparut, légèrement brouillé, sur la surface métallique, mais jeune, beau. Ce n'était pas de la présomption de sa part ; on le lui avait toujours dit : elle était belle. Et, une heure plus tôt, elle avait encore pu constater l'effet qu'elle produisait sur Tardu. Il ne se serait jamais comporté comme il l'avait fait si ses traits avaient été moins harmonieux, son nez, moins fin, sa taille, plus épaisse. S'il ne l'avait pas désirée. Il s'était confié à elle, lui avait dévoilé des envies et des rêves dangereux, parlé comme jamais personne ne lui avait parlé, et puis, bien entendu, après la baignoire, l'oreiller, le thé, il lui avait offert le plus beau cadeau de tous : il lui avait rendu sa liberté. Pour lui plaire. En espérant que, librement, elle choisirait d'être sa femme.

Entre ses sourcils, il lui sembla apercevoir un pli qui n'y avait jamais été. Peut-être une première ride. Combien d'années conserverait-elle ce visage qui, entre toutes les princesses du Milieu-du-Monde, lui avait valu de gagner la Steppe et d'y épouser un Khagan ? Cinq ans, dix ans, peut-être. Après quoi viendrait la vieillesse déjà. Car sa peau blanche et lisse ne se renouvellerait pas comme, chaque printemps, les fleurs de paulownias. Elle n'aurait jamais qu'un printemps, elle, un printemps qui était déjà sans doute en partie passé.

Elle repensa aux paroles du Réunificateur, jadis, avant son départ. Il lui avait dit l'avoir choisie aussi pour son intelligence. Un jour, avait-il ajouté, elle prendrait la mesure du présent qu'il lui avait fait en l'envoyant chez les nomades. Elle n'avait pas compris sur le coup. Elle s'était demandé s'il ne se moquait pas d'elle.

Mais s'il avait été sincère ? Et s'il y avait tout de même du bon pour elle dans la Steppe ? Ces paroles vieilles de huit ans résonnaient à présent étrangement avec celles de Tardu : lui aussi voyait quelque chose en elle – une force, avait-il dit – dont elle n'avait jamais eu idée.

Si elle rentrait au Milieu-du-Monde, songea-t-elle, cette beauté, qui avait été sa malédiction, aucun homme ne la contemplerait plus sans doute. Elle rejoindrait un monastère. À moins que l'Impératrice sa sœur accepte de la prendre à son service. Elle deviendrait alors sa dame de compagnie, la suivrait d'une capitale à l'autre, s'éveillerait avec elle, se coucherait en même temps qu'elle. Sa vie serait douce, raffinée, plaisante, mais elle serait terminée.

Tardu lui proposait tout autre chose, lui. Il avait ouvert des perspectives inimaginables. Il avait ce pouvoir.

« Jusqu'au coucher du soleil. » C'était le temps de sa liberté véritable, comprenait-elle peu à peu. Quelques heures au cours desquelles tout était de nouveau possible. Mais après lesquelles tout redeviendrait rigide et clos. Son choix, elle le savait, la contraindrait pour le restant de ses jours. La liberté n'était qu'une respiration – une respiration étonnamment douloureuse – entre deux prisons. Car le Milieu-du-Monde – il aurait été illusoire, puéril, d'en douter – serait aussi une prison.

Il faisait grand jour encore lorsque la princesse Yicheng sortit de sa yourte. Elle traversa les allées encombrées de cavaliers et de bestiaux jusqu'à la tente de Tardu. Il fut surpris de la voir arriver si tôt et seule.

Elle lui annonça qu'elle acceptait d'être sa Khatun.

16

Shimin

Shimin leur hurla qu'ils n'étaient qu'un ramassis de lâches, des bouseux de l'Est. Rien à faire. Ils avaient renoncé à l'attaquer, s'arrêtant à mi-pente, comme retenus par une force invisible.

Une voix moqueuse, dans son dos : « Tu as eu besoin de deux flèches pour le premier. » Shimin se retourna. Jun n'était pas seule. Derrière elle, tout le clan Li s'était avancé, en ordre de bataille. Les hommes avaient leur arc en main, flèches prêtes à partir.

Shimin n'aurait su dire s'il était déçu ou soulagé par l'arrivée de ces renforts. « Je m'en serais sorti, je les aurais tous tués s'il l'avait fallu, plastronna-t-il en désignant avec son épée les paysans arrêtés dans leur élan, en contrebas.

— Je n'en doute pas. Mais ça n'aurait pas été une bonne idée.

— Rien de tout cela n'était une bonne idée. » Le ton de Mère était d'une dureté qui faillit le faire fondre en larmes. Il fit avancer son cheval vers le sien. Il avait envie de se jeter dans ses bras. Elle le gifla.

« J'ai sauvé mon ami Tulan, sanglota-t-il.

— Tu aurais dû laisser les nomades s'en occuper.

— Mais ils ne pouvaient pas !

— Shimin a raison, Mère. Tu l'as bien vu : ils étaient tous en train de se faire massacrer », intervint Jun.

Shimin fut reconnaissant à sa sœur de prendre son parti. Mais cela ne le consolerait jamais de la réaction de Mère. Elle aurait dû le féliciter.

Elle s'était mise à donner des ordres aux hommes – précis, nets. Plus d'effusion de sang. On se contentait de tenir le clan Cui en respect. Il fallait que l'affaire en reste là. En gage d'apaisement, on regagna le sommet de la colline.

Shimin eut l'impression d'être dépossédé de son combat. Sa mère continuait à le regarder, le front plissé, comme s'il était lui-même un ennemi. Il se mit à trembler. Des images lui revinrent. Ces silhouettes en bas qui tombaient les unes après les autres, les cris qu'elles poussaient. Il avait tué. Pas des animaux. Des gens qui avaient une mère eux aussi. C'était la première fois. Et c'était beaucoup pour une première fois. Il ne comprenait pas ce qu'il avait fait. Il avait eu tort. Mère disait qu'il avait eu tort.

Tout tourbillonnait dans sa tête. Tout était si clair, si simple et soudain il ne savait plus. L'effroi, l'horreur, un air irrespirable.

Sa sœur s'était de nouveau approchée de lui, le soutenait, l'aidait à ne pas tomber de selle. « Tu as bien fait, Shimin », lui murmura-t-elle à l'oreille. Elle ne voulait pas que leur mère entende. « Si j'avais été un garçon, j'aurais agi de la même façon. Et si j'étais aussi écervelée que toi. »

Mais de quoi parlait-elle au juste ? Il n'arrivait même plus à le concevoir. Le monde semblait se dérober sous lui, lui échapper. Il était au milieu de son clan. Sa mère, sa sœur, ses cousins l'entouraient. C'était tout ce qui comptait. Un socle sur lequel s'appuyer. On avait envoyé Xuanba en retrait, à l'abri, comprit-il, sentant ressurgir en lui un élan de jalousie. Il voulut vérifier, mais l'agitation en bas avait repris.

Nivar avait lancé un ordre. Les nomades s'élancèrent. Vers eux, le clan Li.

Shimin avait œuvré dans ce sens, il avait dégagé le passage. Mais il lui semblait que cette intention avait été celle d'un autre. Toutes les idées qui l'habitaient un instant plus tôt, dans la fièvre de l'action, lui apparaissaient pour ce qu'elles étaient : des aberrations. Un abîme le séparait de lui-même, de ce qu'il venait d'accomplir. Peu à peu il comprenait que si Jun et le reste de sa famille ne l'avaient pas rejoint, il serait mort : il aurait été taillé en pièces, démembré. Et sa mère aurait laissé faire. Cette pensée était la plus insupportable de toutes.

Il n'en était pas sûr, cependant. L'aurait-elle vraiment abandonné ?

Dès qu'il fit mine de vouloir de nouveau venir vers elle, d'un geste de la main, elle le repoussa.

Les nomades gravirent la colline. Onze en tout. Onze survivants.

Les rangs Li s'ouvrirent pour les accueillir. Pas d'embrassades, d'accolades. Les nomades les observaient avec perplexité. Ils avaient été sauvés par un enfant, qui sanglotait à présent, en retrait des autres. Shimin remarqua que Tulan n'osait pas s'approcher de lui ni même lui parler. Peut-être le regardait-il avec une espèce de crainte sacrée. Nivar non plus ne savait pas vers qui se tourner. Il cherchait le chef du clan Li et ne le voyait pas. Il reconnut dame Tou cependant, lui adressa un bref signe de tête. Il devait trouver inconcevable que ce soit elle qui donne des ordres à l'ensemble du clan.

Les gardes et les paysans en contrebas reculaient. Ils finirent par réintégrer la masse des Cui, toujours agitée. Dans l'espace laissé vide, des dizaines de cadavres.

Combien de temps s'écoula ensuite, dans cette atmosphère de guerre suspendue, où chacun restait en alerte, prêt à se ruer de nouveau sur l'autre ? Shimin n'aurait su le dire. En tout cas, à un moment donné, les rangs Cui s'écartèrent. Un jeune paysan, aux habits couverts de terre, soutenait un personnage bien plus somptueusement habillé, qui marchait avec difficulté sur d'imposants cothurnes aux bouts retroussés, un chapeau en soie noire magnifique sur la tête, aucune arme à la ceinture. Un vieillard. Les deux Cui entreprirent de monter vers eux. D'un geste, dame Tou commanda aux archers Li de baisser leur arme.

Quand ils furent à peu près à égale distance des Cui et des Li, le vieillard et son compagnon firent halte et la voix du premier s'éleva dans la plaine, étonnamment forte : « Vous avez tué au moins vingt des miens. »

Un simple constat. Tout le monde pouvait voir les corps percés de flèches le long du canal et l'herbe rougie autour d'eux. Mais ce constat évident semblait porter en lui une menace latente et terrible. Ainsi s'exprimaient les hommes de l'Est. Avec eux, pas besoin de longues phrases. Dans leur bouche, les mots se chargeaient d'un sens plus riche, plus suggestif et, au besoin, d'une force plus coupante qu'une épée. Shimin fut effrayé par les perspectives que laissait entrevoir la phrase toute simple qui avait été énoncée.

Dame Tou s'était approchée des deux Cui et arrêtée à quelques pas. Sur sa jument, elle les surplombait et voulut leur adresser la parole.

« Je ne te parle pas à toi, femme. »

Elle avança de nouveau et le vieillard qui venait de la rembarrer dut reculer brusquement, manquant de perdre l'équilibre – ce vieillard qui, apparemment, était le chef du clan Cui et qui reprit, d'un ton sans appel : « Livrez-moi le responsable. »

17

Jiande

Jiande retint son souffle. Il était seul aux côtés du Vieux Cui face à la femme de l'Ouest et à une centaine de cavaliers armés, auxquels venaient de se joindre les nomades survivants. Le Vieux Cui avait refusé de s'entourer de gardes : « À quoi bon ? » avait-il répliqué à ses conseillers quand Jiande l'avait informé de ce qui était en train de se dérouler. « Tu m'accompagnes », avait-il ajouté à l'adresse du jeune homme.

Jiande se serait bien passé de ce dangereux honneur. Le Vieux pensait que son nom valait mieux qu'une armée et constituait la meilleure des cottes de mailles. Mais il n'avait pas protégé ses paysans. Et il ne protégerait peut-être pas Jiande.

Sa grande crainte était qu'on le reconnaisse : il avait porté le premier coup.

Pour l'heure, heureusement, ce n'était pas à lui qu'on s'intéressait, mais au garçon qui avait abattu tant de monde. Qui était-il ? À ses côtés une fille qui pouvait avoir quinze ans et qui ne ressemblait à aucune fille que Jiande avait jamais vue : en selle, en pantalon d'homme, les joues rougies par le grand air, les cheveux couverts d'une capuche, une invraisemblable créature. Il songea à Chan, si différente et qui soudain se mit à lui manquer atrocement. La reverrait-il ?

« Le responsable que vous réclamez est mon fils », dit la femme de l'Ouest.

Mais elle-même, qui était-elle au juste ? Se pouvait-il qu'elle soit la chef du clan Li ?

Le Vieux Cui semblait contrarié par cette information.

« Pas l'aîné, vu son âge. Pas l'héritier de votre clan », répliqua-t-il enfin.

Ainsi, ce garçon était bien un noble, un personnage important.

« Non, confirma la femme en continuant à les toiser du haut de sa monture.

— Alors, je le répète, si vous voulez effacer l'outrage d'aujourd'hui, donnez-le-moi. »

La femme se retourna vers celui dont on débattait du sort. Jiande ne vit pas le regard qu'elle lui jeta. Était-ce de la détresse ? De la colère ? De l'indifférence ? Elle avait l'air d'hésiter soudain. Peut-être se disait-elle qu'elle pouvait bien sacrifier un fils, un fils parmi d'autres, si la paix du Milieu-du-Monde était à ce prix.

Ce fut l'arrogant chef nomade, en retrait jusqu'ici, qui rompit le lourd silence. « Li Shimin n'est pas responsable de ce qui s'est passé », dit-il avec son accent hideux. Il désigna Jiande du doigt : « Tout est sa faute. C'est lui qui a commencé par poignarder l'un de nos chevaux. »

Jiande aurait voulu disparaître. Il se sentit comme nu, exposé à pire que la mort : à la honte. Le Vieux Cui se tourna vers lui, surpris : « Est-ce vrai ? »

Jiande aurait pu prétendre que le nomade mentait ou le confondait avec un autre. Au lieu de quoi, se forçant à fixer le seigneur Cui sans baisser les yeux, il reconnut simplement : « Oui. »

Quand il vit un voile de déception s'abattre sur le visage ridé, il regretta sa franchise.

« Je vous dois donc un cheval », dit le Vieux Cui. Et Jiande le remercia intérieurement pour cette phrase. D'autant que l'Est manquait de chevaux.

« Et vous me remettrez ce paysan ? ajouta la dame de l'Ouest.

— Il n'a tué personne, contrairement à votre fils.

— Ils nous ont brutalisés, menacés », intervint Jiande. Il aurait voulu parler aussi du mépris qu'il avait perçu dans leur regard, dans leur attitude. Mais un autre cavalier venait de faire son apparition. La femme de l'Ouest le salua d'une exclamation stridente : « Yuan ! »

C'était un homme massif, aux traits marqués par l'âge et, sans doute, par d'anciens combats. Une cicatrice partait de son oreille droite et allait jusqu'à son nez épais. S'il était surpris par la situation qu'il découvrait, il ne le montrait pas. Il vint se placer entre la femme et le Vieux Cui, puis demanda à toutes les personnes présentes d'une voix puissante, faite pour éructer des ordres : « Qu'est-ce qui se passe ? »

La femme (ce ne pouvait être que son épouse, déduisit Jiande) lui parla à voix basse. Quand elle eut fini, l'autre descendit de cheval (difficilement) et avança vers le Vieux Cui. Jiande retenait son souffle, prêt à s'interposer au besoin.

« Savez-vous qui sont ces hommes que vos paysans ont attaqués ?

— Des barbares, répliqua le Vieux.

— Ce garçon est le fils du Khagan, que l'Empereur a décidé de rendre à son père. Ce cavalier, à ses côtés, est le frère du Khagan. Vos gens ont attaqué des ambassadeurs – des amis du Milieu-du-Monde, des alliés du Fils du Ciel qui, ce matin encore, étaient ses invités sur le bateau-dragon. Ils ont manqué tuer un enfant qui, un jour, pourrait bien régner sur la Steppe. Quand l'Empereur, que je viens de quitter, l'apprendra, comment pensez-vous qu'il réagira ?

— Les Empereurs passent, Li Yuan. Les dynasties passent. Les barbares passent. Les religions elles-mêmes passent. Le

Milieu-du-Monde demeure. Les Cui demeurent. Quand la dynastie nouvelle aura disparu, nous serons toujours là. Vous, vous aurez regagné vos tentes et vos troupeaux. »

Jiande admira la hardiesse du Vieux. Li Yuan aurait pu le briser d'un coup de poing. Pourtant son regard n'exprimait aucune colère. De la tristesse plutôt.

« Croyez-moi, Cui, mieux vaut en rester là. Rentrez chez vous. Je retourne chez moi. Et ces cavaliers repartiront dans la Steppe. Vous n'avez pas voulu de ma fille ; je ne vous donnerai pas mon fils. Et je ne vous réclame pas non plus ce paysan, vous en aurez besoin dans les temps qui viennent. »

Il s'interrompit un instant puis, indiquant la plaine en contrebas, où se tenait le cortège Cui :

« Combien d'hommes avez-vous perdus aujourd'hui ? »

Avant que le Vieux Cui ait pu répondre, il poursuivit : « L'an prochain, vous en perdrez mille fois, peut-être dix mille fois ce nombre.

— Vous comptez nous envahir de nouveau, Li Yuan ?

— Non, mais l'Empereur s'apprête à envahir la Péninsule. »

Jiande ne comprenait pas de quoi il parlait, mais il vit au visage du seigneur Cui qu'il s'agissait d'une chose très sérieuse.

« Vos paysans vont être réquisitionnés, enrôlés, envoyés au loin. Vos champs vont se vider. Je vous plains. Je vous plains vraiment. » Li Yuan semblait sincère.

Le Vieux Cui était ébranlé :

« Comment est-ce possible ? Pourquoi maintenant ?

— J'ai cru comprendre que les Péninsulaires avaient tenté de se rapprocher des nomades.

— Un prétexte ! Ce n'est qu'un pauvre prétexte.

— Oui. Mais l'Empereur compte lever la plus grande armée qu'a jamais vue le Milieu-du-Monde. Un million d'hommes.

— La Péninsule ne compte même pas autant d'habitants !

— Il pense que la conquête sera achevée en un été. C'est ce que tous ses ministres et ses généraux lui ont assuré. Croyez-moi, je ne me réjouis pas de sa décision.

— Li Yuan, jurez-moi sur vos ancêtres que ce que vous dites est vrai.

— Je vous le jure. L'Empereur veut réussir là où son père a échoué. »

Puis il lâcha, comme à contrecœur, cette phrase dont Dou Jiande se souviendrait : « Mais je ne pense pas que le Milieu-du-Monde puisse gagner cette guerre. »

Deuxième partie

Le miracle des Oies-Sauvages

(An 11 de l'ère des Grands Travaux, 615 après J.-C.)

« Sans cette guerre contre la Péninsule, la dynastie du Réunificateur se serait peut-être maintenue des siècles. »

Annales du Milieu-du-Monde, XI, § 3

« On a parlé de miracle. Mais ce qui se passa alors aux Oies-Sauvages tint à des raisons cachées, qui n'avaient rien de miraculeux. »

Histoire secrète de l'Empereur fou

18

Jiande

Jiande marchait sous la pluie. Ses habits étaient en loques. La veille, il avait eu la chance d'apercevoir un chien qui semblait s'être perdu dans les bois. Il était parvenu à l'attirer à lui et à lui inspirer suffisamment confiance pour qu'il s'assoupisse à ses pieds. Il en avait profité pour lui écraser la tête avec une grosse pierre. Son meilleur repas depuis des mois.

Son village ne devait plus être loin à présent. Son village qu'il n'aurait jamais dû quitter.

Deux ans plus tôt, il avait été enrôlé dans les armées de l'Empereur. Il savait lire, écrire, compter, avait des notions d'histoire et même de stratégie. On l'avait placé à la tête d'un régiment de deux cents hommes.

En y repensant, Jiande n'arrivait même plus à en sourire. Trop de douleurs, trop de désillusions.

Il n'avait alors aucune expérience de la guerre, mais il lui avait semblé vite évident que, sur ces deux cents hommes, quarante tout au plus étaient capables de se battre. Certains ne savaient pas même tenir une lance et leur épée était plus dangereuse pour eux-mêmes ou leurs camarades que pour l'ennemi, d'autres ne pouvaient marcher plus d'une heure sans vaciller sur leurs jambes rachitiques. Or, la route jusqu'à la rivière qui marquait la frontière avec la Péninsule était longue, bien plus longue que ce que s'était figuré Jiande.

Depuis l'aboutissement de la branche nord du Grand-Canal, un bon mois de marche.

Il se souvint qu'il était parvenu au point de rassemblement des troupes éreinté, mais sans avoir perdu un seul de ceux qui lui avaient été confiés. On y affluait de presque toutes les provinces du Milieu-du-Monde. Un spectacle terrifiant. Plus d'hommes et de bêtes qu'il n'en avait jamais vus, entassés les uns contre les autres, dans des baraquements mal conçus, souvent inachevés. Trop peu de tentes, de vêtements, de blé. Une eau saumâtre, imbuvable. La faim, la maladie avant même que rien n'eût vraiment commencé.

La saison était avancée déjà, l'été, bien entamé et peu propice aux grandes offensives : des pluies torrentielles avaient fait enfler la rivière et détrempé le sol.

L'Empereur commandait les troupes en personne. Lorsque Jiande l'avait appris, le courage lui était un peu revenu. Il l'avait aperçu un jour, cet Empereur : un grand et bel homme, à la barbe élégante et à la chevelure abondante, rabattue en plusieurs couches savamment superposées au-dessus de son large front.

En dépit de cette auguste présence, le désordre régnait, les instructions étaient contradictoires et Jiande ne savait jamais exactement ce qu'on voulait de lui. Il avait attendu.

Un cri d'oiseau. Il se retourna doucement, tira la fronde qu'il gardait à sa ceinture. La dernière arme qui lui restât – la seule, avait-il pensé, qui ne le ferait pas immédiatement identifier comme soldat. L'animal était dans des roseaux, invisible, inatteignable. Jiande étouffa un juron. Il n'avait pu conserver beaucoup de viande du chien tué la veille. Le feu prenait mal à cause de l'humidité. Il s'était contenté de cuire à peu près convenablement l'une de ses cuisses, avalée aussitôt. Le reste avait été abandonné à regret. La chair crue se conservait mal et devenait vite dangereuse. Jiande avait vu trop de ses camarades se vider de l'intérieur pour en avoir ingéré quelques bouchées. Là-bas aussi, à la frontière de la

Péninsule, les pluies empêchaient souvent le feu de bien prendre.

L'objectif de l'Empereur était apparemment de passer la rivière et de s'emparer des villes fortifiées qui se trouvaient de l'autre côté. Un pont mobile avait été construit à cet effet par le plus fameux ingénieur de la Cour, au milieu d'un des vingt-quatre camps, accolés les uns aux autres, où s'entassait toute la piétaille du Milieu-du-Monde. Par une nuit brumeuse (car on tablait sur la surprise), il fut traîné vers la rive, on l'y fixa, les premières lignes s'élancèrent aussitôt et allèrent tout droit se noyer dans les eaux tumultueuses : le pont était trop court.

Ce fut l'un des multiples contretemps de cette campagne.

Quand on avait enfin réussi à prendre pied sur l'autre rive et à mettre le siège devant la plus grande ville de la frontière, les vivres avaient cessé déjà de leur parvenir. Avant de se réfugier derrière leurs remparts, les Péninsulaires avaient pris soin de ravager leurs champs et les soldats du Milieu-du-Monde ne pouvaient compter que sur ce qui aurait dû arriver par le Grand-Canal – et qui n'arrivait presque plus. On avait commencé d'abattre les chevaux, y compris les beaux destriers de guerre.

La première fois que Jiande avait entendu l'un de ses hommes maudire l'Empereur, au bout d'une lune d'enlisement, il avait été horrifié et tenté de le punir. Puis il s'était habitué. Aujourd'hui, il aurait volontiers blasphémé avec lui.

Le Fils du Ciel avait exigé de ses généraux qu'ils ne prennent aucune initiative sans en référer directement à lui. Le moindre mouvement de troupe devait être approuvé par sa divine personne. Plusieurs occasions de pénétrer par surprise dans la ville avaient ainsi été manquées. Un soir de fin d'été, une brèche avait été ouverte. Jiande et son régiment s'apprêtaient à s'y engouffrer. Mais il avait fallu attendre l'autorisation de l'Empereur. Le temps qu'elle arrive, la brèche était colmatée.

Pendant toutes ces opérations, les Péninsulaires harcelaient les forces du Milieu-du-Monde. Leurs petits détachements effectuaient des sorties dévastatrices. Ils connaissaient bien le pays et tombaient à l'improviste sur les fourrageurs et les groupes isolés. Surtout, ils coupaient les rares lignes de ravitaillement.

Le Fils du Ciel aurait dû souhaiter leur extermination, mais il semblait plutôt les considérer comme de futurs sujets. Il avait interdit de s'en prendre à ceux qui se rendaient. Des commissaires, placés aux côtés de chaque général et tenant leur autorité directement de l'Empereur, étaient chargés de veiller à la bonne exécution de cet ordre généreux et absurde. Les fausses redditions s'étaient multipliées, les pièges et les guets-apens, les morts inutiles et rageantes.

Enfin, l'automne était arrivé et la formidable armée du Milieu-du-Monde s'était retirée. Sans avoir pris la moindre ville. On avait alors annoncé à Jiande qu'il était sommé au printemps suivant de se présenter de nouveau au chef-lieu le plus proche de son village. La conquête n'était qu'ajournée.

*

Lors de la deuxième campagne contre la Péninsule, Jiande n'atteignit même pas la frontière.

Il commandait de nouveau deux cents hommes. Pour moitié des recrues fraîches, puisque son régiment, comme tant d'autres, avait été décimé l'année précédente.

Entretemps, il était retourné à son village, avait fini de se réconcilier avec son père et, surtout, revu Chan.

« Si nous nous marions tout de suite, Jiande, ils ne pourront pas te demander de repartir te battre, lui avait-elle dit.

— Ils le pourront. Et si tu tombes enceinte… » Il n'avait pas achevé sa phrase. Il ne voulait pas lui dire que si elle accouchait d'un enfant et qu'il ne rentrait pas, cet enfant n'aurait pas de père.

Comme il regrettait de ne pas avoir écouté la jeune fille !

Au printemps, on lui confia plusieurs charrettes remplies de grains et traînées par des bœufs. Il devait les acheminer jusqu'à la frontière de la Péninsule. L'Empereur, tirant les leçons de son échec, voulait que ses troupes soient bien nourries. Il ne pouvait prévoir, bien sûr, qu'une inondation dévasterait les abords du Fleuve-de-Boue.

Il avait plu presque sans discontinuer depuis l'été précédent. Des digues cédèrent : les champs furent submergés, les récoltes, perdues.

Jiande traversait des paysages désolés. Ses hommes et lui étaient censés, tant qu'ils se déplaçaient dans le Milieu-du-Monde, vivre de ce qu'ils y trouveraient, garder leur précieux chargement jusqu'au point de concentration des troupes. Mais il n'y avait rien d'autre à manger. Et il fallait aussi nourrir les bœufs. Ils puisèrent donc dans les sacs de grains.

Bientôt, il ne leur resta plus rien et Jiande prit conscience qu'ils risquaient d'être mis à mort pour cela.

La solution s'imposa assez vite.

Tous avaient accepté de déserter. Beaucoup étaient originaires des zones inondées, ils s'inquiétaient pour leur famille. On tua les bœufs et Jiande répartit lui-même équitablement la viande qu'on en tira. Enfin, on se sépara, se jurant amitié et assistance si, par hasard, on devait se revoir un jour.

Les bois pullulaient de déserteurs en maraude. Jiande en croisa plusieurs, qui, en général, fuyaient dès qu'ils l'apercevaient. L'un d'eux l'assaillit. Il était si faible, si décharné, que Jiande le maîtrisa sans difficulté avant de le laisser repartir. L'homme n'irait sans doute pas bien loin.

La faim régnait. Le long des sentiers qu'il empruntait et qui longeaient les zones d'habitation, il dut plus d'une fois détourner la tête : certaines mères, à l'évidence, n'avaient plus assez de lait ou de force pour nourrir leurs nouveau-nés. Même les garçons.

Les horribles vagissements le poursuivirent longtemps. Il continua d'avancer. L'image de Chan était comme son étoile dans la nuit obscure : dès qu'il l'aurait rejointe, il ne la quitterait plus.

Son village ne tarderait pas à apparaître. Jiande se demandait dans quel état il allait le trouver. Mais il avait bon espoir. Son père était un homme prévoyant. Il avait l'habitude de conserver un quart de chaque récolte dans le grenier de la demeure familiale. Précisément pour ce genre d'éventualité. On ne devrait manquer ni de millet, ni de porc séché. La perspective d'une bouillie chaude agrémentée de tranches de lard le fit saliver et lui rendit un peu d'énergie.

Il n'avait aucune idée de l'aspect qu'il pouvait avoir. Mais il devait être effrayant, méconnaissable. Des lunes qu'il marchait, dormait, vivait dans la boue.

Une petite rivière traversait son village. Elle gagnait ensuite un bois de ginkos où elle formait une succession de vasques. L'été, Jiande s'y rendait souvent. Il y avait appris à nager. Il y avait vécu des moments délicieux avec Chan.

Ce n'était presque plus l'été, l'air était frais, l'eau, glaciale sans doute. Il décida néanmoins qu'il s'y arrêterait avant de se présenter au village devant ses parents et Chan. Il ne pouvait rien faire pour ses vêtements en loques et ses pieds meurtris, hideux à voir. En revanche, la crasse de sa peau, de ses cheveux, de ses ongles s'écoulerait dans l'eau verte.

Depuis qu'il reconnaissait les lieux, les collines vallonnées, les haies, les bois blondissant, il avait moins peur – de faire une mauvaise rencontre, d'être appréhendé comme déserteur. Ici, personne ne lui chercherait des ennuis. Son père était chef de village désormais. Lui-même le serait peut-être un jour.

Il avait vu le chaos qui régnait dans la grande armée impériale, un chaos qu'avait sans doute encore décuplé la crue du Fleuve-de-Boue. On ne saurait jamais qu'il ne s'était pas acquitté de la mission qui lui avait été confiée. Et si un jour un fonctionnaire lui demandait des comptes, il avait déjà pensé à des dizaines d'explications.

À chaque pas, malgré la faim qui lui donnait presque la nausée, il avait conscience de sa chance : au moins était-il encore en vie. Sur les deux cents hommes qu'il commandait deux lunes plus tôt et qui avaient déserté avec lui, combien pouvaient en dire autant ?

Les environs du village lui semblèrent moins touchés par les inondations que d'autres régions qu'il avait traversées. L'avantage de n'être pas à proximité immédiate du Fleuve-de-Boue. Le bois, en aval, était là. Jiande y pénétra. Il était si bon de retrouver les repères familiers. Les vasques débordaient presque, évidemment, et leurs eaux étaient moins limpides qu'à l'ordinaire. Il s'y plongea néanmoins avec délice, tout habillé. Le froid le saisit, puis il s'habitua. Il sentait la saleté le quitter enfin. Il se purifiait.

Il y avait du courant, mais Jiande était excellent nageur. Il s'immergea complètement à plusieurs reprises, se laissa porter avant de tenter, pour s'amuser, de remonter le flux. Il n'y réussit qu'un instant avant de se laisser aller de nouveau au fil de l'eau.

Il finit par caler ses pieds contre un rocher au milieu d'une des vasques et à s'immobiliser ainsi. Le courant venait lui masser les épaules. Il se sentait soulagé, presque heureux.

Il observait le ciel gris, à travers les feuillages qui jaunissaient déjà, quand une grosse branche vint le heurter par-derrière. Il voulut l'écarter : sa main toucha une matière plus molle qu'attendu. Il frémit. Ce n'était pas une grosse branche, mais un animal, noyé sans doute. Il se retourna et tomba nez à nez avec le visage boursouflé de sa mère.

*

Son père se balançait sous le grand tilleul de la cour. Des corbeaux, juchés sur ses épaules, plongeaient leur bec dans les deux cavités rougeâtres qui avaient été ses yeux. On l'avait dépouillé de ses vêtements et privé de ce qui, entre les jambes, en faisait un homme. Le sang avait éclaboussé son ventre et ses cuisses. Plusieurs phalanges manquaient à ses mains liées dans son dos ainsi qu'une oreille.

Dans la Péninsule, Jiande avait vu des milliers de cadavres : des soldats broyés par des pierres en bas de murailles qu'ils assiégeaient, d'autres, vidés de leurs entrailles par un coup de lance ou par la maladie, des morts de faim, des noyés, des brûlés, des camarades qu'il appréciait parfois et beaucoup d'inconnus. Les régions frontalières de la Péninsule, tout comme celles qu'il avait parcourues pour revenir chez lui, ressemblaient par endroits à d'immenses charniers à ciel ouvert. Quelques jours plus tôt, il avait aperçu un nouveau-né laissé à l'abandon, en lisière d'un bois : son visage avait été dévoré par un renard. Mais ce n'était rien. Il suffisait de se détourner. On pouvait oublier.

Le spectacle de ce cadavre-là ne s'effacerait jamais.

Jiande chassa les volatiles puis il coupa la corde. Ses mains, tremblantes, lui obéissaient à peine. Le village était désert, il s'en était assuré.

La ferme n'avait pas été brûlée. À cause de l'humidité sans doute. Mais on l'avait dévastée : les meubles étaient brisés, les sacs de grains, répandus au sol, souillés d'urine. Toutes les bêtes gisaient, éventrées ou décapitées. Une truie grosse avait été ouverte du groin à la queue : ses petits étaient écrasés autour d'elle. On avait abattu tous les mûriers. Des voleurs n'auraient pas agi ainsi. Qui alors ?

Jiande était incapable de réfléchir clairement. Son esprit lui évoquait une toile de chanvre déchiquetée et friable. Tout s'était écroulé autour de lui. Il cherchait désespérément Chan, ne sachant s'il devait espérer la trouver ou non. Il s'approcha en tremblant du rebord du puits, jeta un coup d'œil et fut presque soulagé de découvrir au fond un porc noyé, qu'on y avait jeté pour en empoisonner l'eau.

Il avait haï son père. Impossible de le nier. Il avait même parfois souhaité sa mort. Pour être libre enfin. Mais jamais il n'avait été sincère. Du moins ne le croyait-il pas. S'ils avaient eu leurs différends, si des mots violents avaient été proférés, ils avaient fini par se réconcilier. Les malédictions avaient été levées, effacées. Elles auraient dû l'être, en tout cas.

Il n'aurait jamais imaginé qu'on pût avoir si mal sans blessure vous déchirant le corps. Il tentait désespérément de s'empêcher de penser. Car quand il se laissait aller à imaginer ce qui avait bien pu se passer, la souffrance irradiait son esprit, paralysait ses membres. Il ne voyait pas comment il pourrait continuer de vivre.

Un peu plus tôt, il lui avait fallu un bon moment avant d'accepter le fait que le cadavre nu à la chair meurtrie qui l'avait heurté dans la rivière était celui de sa mère. Son premier réflexe avait été de s'éloigner au plus vite, de regagner la rive, ce qui n'avait pas été chose facile : la panique s'était emparée de lui, ses mouvements n'étaient plus coordonnés. Il avait bu plusieurs fois la tasse. Lorsqu'il était enfin sorti de l'eau, qu'il avait aperçu le corps qui continuait à dériver, il avait été tenté de le laisser s'éloigner, de l'oublier, de faire comme s'il n'avait rien vu, de se persuader qu'il s'était trompé.

Mais c'était bien elle, il le savait.

Il avait couru pour la rattraper, l'avait interceptée au niveau du goulot de la vasque, là où elle se déversait dans la suivante, et l'avait sortie de l'eau. Elle était effroyablement lourde.

Quand, plus tard, il avait pénétré dans la ferme familiale, il se doutait que son père n'était plus en vie. Il était impossible qu'il le fût et qu'il eût laissé faire ce qui était arrivé.

L'entrepôt des vers à soie avait été saccagé lui aussi. Les vers gisaient, secs et morts, répandus au sol. Des décennies de travail patient et méticuleux pulvérisées.

En retirant la corde du cou violacé de son père, Jiande espéra qu'il n'avait pas assisté à toute cette destruction, ni à ce qu'avait subi sa mère, qu'on l'avait tué avant. Mais il en doutait.

Les villageois avaient fui ou été emmenés, c'était difficile à dire. Pas d'autre cadavre, en tout cas. Et toujours aucune trace de Chan.

19

Shimin

« Moi, j'aimerais aller combattre dans la Péninsule ! »

Un silence embarrassé accueillit la déclaration de Shimin. Li Yuan se resservit des raviolis de porc qu'il avala bruyamment. Huaji émit un petit rire gêné. Les autres convives se jetèrent des regards mi-horrifiés, mi-amusés. Mère ne daigna même pas se tourner vers lui. Assise à l'autre bout de la grande table, elle n'avait pas prononcé un mot de la soirée et n'avait rien avalé. Comme presque toujours depuis le départ de Xuanba, elle ne semblait plus s'intéresser à rien. Elle se contentait, de temps en temps, de poser sa main sur celle de Jun, pour l'empêcher de porter à ses lèvres une nouvelle coupe de vin.

On venait d'évoquer l'échec de la seconde campagne : pire que le précédent, s'il était possible. Cette fois, une grande partie des troupes n'étaient même pas arrivées à la frontière avec la Péninsule et l'Est regorgeait de déserteurs.

Shimin trépignait depuis un moment de les entendre tous critiquer une guerre dont ils s'étaient soigneusement tenus à l'écart.

« Petit imbécile, lâcha Li Yuan. Cette guerre est une folie. Elle nous mène au bord du gouffre.

— Cela aurait été différent si tu avais accepté d'y participer », lança Shimin. Il ajouta en pensée : *Et si tu m'avais emmené.* Li Yuan avait fini par leur raconter ce qui s'était passé dans le bateau-dragon : l'Empereur, flanqué de l'Impératrice et du général métèque Wang Sichong, l'interrogeant sur la Péninsule et la campagne ratée qu'il y avait menée quinze ans plus tôt pour le Réunificateur, puis lui demandant de prendre la tête d'une nouvelle tentative de conquête, qui cette fois réussirait. Li Yuan avait refusé. Shimin n'en revenait toujours pas.

« Cela aurait été différent, oui, peut-être, si l'Empereur m'avait écouté, soupira Li Yuan, s'il ne s'était pas lancé dans une entreprise aussi destructrice qu'inutile.

— Ce n'est pas le moment de reparler de ça », intervint Mère.

On était dans la grande salle de la demeure qu'occupaient les Li. Une immense table était dressée devant eux, couverte de plats variés : pattes de poulet grillées, intestins frits, dés de mouton à la sauce brune, pâté de canard, poireaux aux pousses de bambou, soupe aux graines de lotus, pigeons rôtis à la broche… Un bon tiers des convives n'étaient pas des Li. C'était le mariage de Jun. Un grand jour.

« Quant à toi, je ne veux plus t'entendre », ajouta dame Tou à l'adresse de Shimin.

Li Yuan avait mis du temps à trouver un époux pour sa fille unique. Cette fois, il n'avait pas pris de risque, jetant son dévolu, grâce aux bons offices d'entremetteuses, sur un garçon de l'Ouest, un certain Lu Cai. Il était chef des gardes du corps du prince héritier et résidait avec lui dans la Capitale occidentale. Lu Cai venait d'un clan bien moins prestigieux que les Li ; il n'était pas apparenté, même de très loin, à l'Empereur. Mais il était bien en Cour, mieux que Li Yuan ; il avait l'oreille du prince héritier, disait-on, et, par son intermédiaire, Yuan espérait obtenir un meilleur poste, plus éloigné de la Steppe, et se faire un peu pardonner son refus de combattre dans la Péninsule, qui n'avait pas aidé à lui rendre les faveurs de l'Empereur. À vrai dire, c'était devenu son obsession : quitter la zone frontière et retrouver, dans le confort d'une capitale, un emploi plus approprié à ses états de service.

Shimin le voyait chaque jour s'absorber avec résignation dans la vérification scrupuleuse des comptes et dresser diverses listes : nombre des têtes de bétail, des rouleaux de soie, des réserves de grains, etc. La moindre incohérence donnait lieu à une demande d'explication, parfois à une enquête si l'écart était jugé trop important et des malversations soupçonnées. Son unique objectif était de faire rentrer les impôts pour alimenter une guerre en laquelle il n'avait jamais cru. La lassitude et le découragement l'avaient gagné, inévitablement. Au milieu de ses ennuyeux devoirs, le mariage de Jun représentait pour lui un espoir et une récréation.

Lu Cai avait obtenu un congé pour venir dans la préfecture des Li. C'était la seconde fois que Jun et lui se rencontraient. Jun n'avait pas l'air de beaucoup l'apprécier, même s'il était jeune et, pour autant que Shimin pût en juger, très élégant (il portait des bottes qui lui remontaient presque jusqu'aux cuisses). On le disait aussi homme de guerre prometteur.

Lors de sa première visite, après avoir échangé avec Jun, selon le rituel établi, des tasses d'alcool, il avait piqué deux épingles dans sa chevelure, signifiant par là qu'elle lui convenait. L'issue de cette première mise en présence ne faisait guère de doute : il était trop heureux de s'allier aux Li et d'empocher, au passage, une dot importante, faite de bijoux, de riches tissus et de terres. Devant lui, Jun, au grand soulagement de Mère, n'avait pas fait d'esclandre, se contentant de retirer les épingles juste après son départ.

En temps normal, le mariage aurait dû être célébré dans la famille du fiancé. Mais Cai n'avait plus ni père ni mère, juste quelques oncles et cousins. Il n'avait froissé personne d'important en acceptant que les festivités se déroulent chez les Li.

Depuis le début de la soirée, Jun, qu'on avait obligée à revêtir une robe de soie rouge aux motifs floraux, passait l'essentiel de son temps à ricaner avec Huaji et à boire. La veille encore, elle avait déclaré ne pas vouloir se marier et Père l'avait alors menacée de l'unir à un mort, comme cela se pratiquait quelquefois, pour certaines jeunes filles trop récalcitrantes. Quand elle avait répondu qu'elle préférerait encore ça, il l'avait giflée : elle épouserait Lu Cai et ferait en sorte qu'il n'oublie pas sa promesse de le faire venir dans la Capitale occidentale. Il avait ajouté qu'elle avait de la chance, car les parents de Cai étant décédés, elle n'aurait pas à les servir avec dévouement, qu'elle serait plus libre que la plupart des jeunes épouses du Milieu-du-Monde. Cet argument n'avait pas eu l'air de la consoler beaucoup.

Alors qu'on apportait des cuisines de nouveaux plats fumants, Jun reparla, à la grande joie de Shimin, du sujet qui fâchait. Elle demanda à son époux : « À propos, Cai, pourquoi n'êtes-vous pas parti guerroyer aux côtés de l'Empereur, dans la Péninsule ? Un brave soldat comme vous… »

Shimin sentit sa mère se raidir. Père éclata d'un gros rire forcé, censé renvoyer Jun à son statut de jeune étourdie. Cai ne parut guère troublé : « Mais je me trouve aux côtés du futur Empereur, ma chère, lui répondit-il avec aplomb.

— Il fait bien de ne pas prendre part à cette débâcle, renchérit Père.

— Tu aurais dû accepter, Père, de mener cette guerre », ne put s'empêcher de répéter Shimin.

Li Yuan se tourna vers Lu Cai :

« Mon cadet, comme tu vois, a la tête parfois un peu dure. Je lui ai expliqué cent fois pourquoi cette guerre était une erreur.

— Tu as dit que les généraux de l'Empereur étaient des incapables ! Qu'ils auraient dû faire ceci ou cela. Donc il y avait des choses à faire.

— Tu ne sais pas de quoi tu parles.

— Shimin a raison sur un point, intervint Jun. D'un côté, tu dis que cette guerre était une erreur dès le départ. De l'autre, qu'ils auraient dû s'y prendre autrement pour la gagner. »

Yuan parut pensif.

« Je ne sais… L'Empereur… » Il n'osait poursuivre, de crainte d'en dire trop devant Lu Cai, qui, s'il allait devenir un allié des Li, demeurait tout de même encore un étranger.

« Je doute que cette guerre ait été une bonne idée, oui. Le Milieu-du-Monde n'était pas prêt. Pas après la réfection de la Muraille-sans-Fin et la réalisation du Grand-Canal, qui nous ont coûté tant d'hommes, si peu de temps après les guerres de Réunification, qui ont emporté leur lot de victimes, elles aussi. Sans même parler des quatre siècles d'invasions et de dissensions continuelles. Pas alors que les familles de l'Est refusent toujours d'accepter que nous l'ayons emporté et donc de s'allier à nous. Ce dont le Milieu-du-Monde avait besoin, c'était de paix, de repos, de stabilité, de finir de se reconstruire et de se repeupler. Au lieu de ça, la guerre et une guerre dure pour un enjeu dérisoire. »

Shimin sentait qu'il y avait beaucoup de vérité dans ce que disait son père. Il avait quatorze ans et il comprenait de mieux en mieux certains enjeux restés obscurs jusqu'ici. Une part de lui-même ne voulait pas l'admettre, cependant.

« Ce n'est qu'une question de volonté, commença-t-il. Il faudrait… » Père fit comme s'il ne l'avait pas entendu.

« Et puis, oui, le coupa-t-il, aurait-on voulu la rendre la plus désastreuse possible pour le Milieu-du-Monde, cette guerre, qu'on ne s'y serait pas pris autrement. Un million trois cent mille hommes mobilisés, vous vous rendez compte ? (Il s'était de nouveau tourné vers Lu Cai, assis non loin de lui.) C'est beaucoup trop. Même si la moitié ne sert qu'à l'intendance et ne combat pas.

— Et pourquoi donc ? » demanda Cai.

Shimin vit Jun échanger un sourire avec Huaji.

« Au-delà d'un certain nombre, reprit Li Yuan, les soldats sont une charge plutôt qu'un atout – une masse d'inertie et de confusion. Aucune ligne de ravitaillement ne peut acheminer assez de vivres pour tant d'hommes si loin de chez eux. Nous nous en étions rendu compte, avec le Réunificateur. C'est pour cela que nous avions renoncé. Si au moins ces imbéciles avaient fait en sorte d'entamer leur campagne au printemps – c'est la seule période où, dans cette région, après le long hiver glacial et avant les pluies torrentielles de l'été, elles peuvent être menées à peu près correctement. Mais, non, ils ont franchi la frontière à un moment où on aurait déjà dû se trouver au cœur de la Péninsule.

— Vous devriez envoyer une lettre à l'Empereur, Li Yuan, le conseiller, dit Lu Cai. De mon côté, j'en toucherai deux mots au prince héritier.

— Cet Empereur n'aime pas la franchise, Cai, croyez-moi. Il n'est pas comme son père. Et j'ai bien peur aussi qu'il ne sache pas s'arrêter à temps. Le Réunificateur acceptait de passer par pertes et profits. Son fils ne supporte pas l'idée d'avoir échoué face aux Péninsulaires. Il va continuer à miser dans l'espoir de finir par l'emporter. Il va s'enferrer dans l'erreur. »

Shimin se demanda ce que cela signifierait pour le Milieu-du-Monde, et pour eux, la famille Li, un Empereur qui ne savait pas renoncer.

*

On ne parlait jamais de ce qui s'était produit trois ans plus tôt le long du Grand-Canal, de ce que Shimin y avait fait. Parfois il se demandait si cela avait seulement eu lieu. Ce qui finissait par le convaincre qu'il ne l'avait pas rêvé, c'étaient les chevaux qui étaient arrivés, un soir, menés par cinq nomades. Tous magnifiques. À la fois robustes et rapides.

L'un d'eux lui était spécialement destiné à lui, Shimin – et c'était le plus impressionnant du lot, un étalon du Couchant. Il avait été sélectionné par le Khagan Tardu en personne. Un cadeau sans prix. Shimin l'avait appelé Tonnerre-Prospère, avait tressé lui-même sa crinière et le montait tous les jours.

Il demandait souvent à sa mère de l'accompagner dans les longues excursions qu'il entreprenait avec lui, au milieu des prairies et des bois. Elle refusait systématiquement. Elle aimait chevaucher autant que lui. Elle était née au milieu des troupeaux et la vie en plein air ne pouvait que lui manquer. Elle lui disait pourtant d'y aller seul ou avec Huaji, qu'elle était souffrante. Une autre fois peut-être.

Elle lui parlait sans colère, sans agacement, mais sans chaleur non plus, d'une voix lasse. Elle ne lui avait pas pardonné, il le sentait bien et cherchait à comprendre pourquoi. Il en revenait toujours au même constat : oui, il avait désobéi ; oui, il avait mis le clan en danger ; l'issue, toutefois, avait été heureuse : son ami Tulan et une bonne moitié des nomades avaient été sauvés. Qu'est-ce que sa mère pouvait donc lui reprocher ? Elle aurait dû l'admirer, au contraire, ne l'en aimer que davantage.

Mais elle préférait pleurer l'absence de Xuanba.

Peu avant le mariage de Jun, il avait émis le souhait de servir l'Éveillé et Père avait alors décidé de le consacrer à la religion nouvelle. Mère avait tenté de s'y opposer. En vain. Huaji pensait que Père agissait ainsi pour complaire à l'Empereur et à l'Impératrice, deux fervents adorateurs de l'Éveillé. Et puis, si Xuanba se débrouillait bien, il pourrait un jour devenir abbé, un poste prestigieux.

Mère en avait été très affectée, comme Shimin ne l'aurait jamais cru possible, même dans ses cauchemars les plus implacables. Elle semblait chaque jour s'étioler un peu plus. La vitalité joyeuse qui l'avait toujours habitée, qui animait ses gestes, qui rendait si charmante la façon qu'elle avait de vous parler, s'était comme évanouie. Des rides nouvelles étaient apparues au coin de ses yeux et aux commissures de ses lèvres. Elle, qui ne s'était jamais plainte, s'était mise à soupirer beaucoup.

Outre les exercices violents, les chevaux et la chasse, Shimin appréciait les leçons d'histoire, la poésie et surtout la calligraphie. Il pouvait passer des heures, pinceau en main, à tracer des caractères en écriture régulière, cursive ou sigillaire. Juste après le départ de Xuanba pour son monastère situé en bordure de la Steppe, il avait composé des vers sur la tristesse d'une mère qui pleure son fils absent, il les avait recopiés lui-même sur un splendide rouleau de soie, et les avait offerts à sa mère. Elle lui avait adressé un sourire poli.

*

De plus en plus, quand Shimin songeait à sa mère, la colère se mêlait au chagrin. Et cette colère quelquefois lui donnait envie de tuer autre chose que des lièvres ou des cerfs. Il s'acharnait alors avec son épée ou sa lance sur les mannequins de paille qui, dans la grande cour de la résidence Li, servaient à l'entraînement des soldats. Il les frappait jusqu'à détacher leur tête grossière, leurs bras sans mains. Ou alors c'étaient les soldats eux-mêmes qui faisaient les frais de sa rage. Il avait désormais une taille d'homme, des épaules bien plus larges que la moyenne, un peu de barbe et le visage couvert de bourgeons rouges. Ses coups, quand il participait à l'entraînement de la petite garnison, étaient aussi admirés que redoutés. Un jour il avait blessé grièvement son partenaire d'exercice et Père avait menacé de lui interdire de continuer à se mêler aux soldats : la préfecture en manquait déjà cruellement. S'il les lui estropiait, les Li n'auraient plus qu'à ouvrir grand les portes de la ville quand le Khagan Tardu déciderait de l'attaquer. Shimin avait répliqué que les nomades ne leur feraient jamais de mal. Pas à eux, pas aux Li. « Oui, je sais que tu les aimes bien, toi, avait pesté Yuan. Parce que tu les connais mal. »

Shimin avait ravalé sa fureur. Mais peu à peu il s'était mis à en vouloir aussi à son père, à le tenir pour responsable de la marginalisation de leur famille. Si Yuan avait accepté de participer à la guerre contre la Péninsule, lui, Shimin aurait pu en être le héros et les événements auraient pris une tout autre tournure : il aurait vu ce qui échappait aux autres, trouvé les failles, les solutions. Il avait un don que personne ne voulait reconnaître. À la tête d'un régiment de cavaliers lourds, il aurait percé les lignes ennemies ; et ces villes qui ne tombaient pas, il aurait trouvé le moyen de les prendre.

Cette conviction avait été renforcée par un événement troublant, vertigineux.

Shimin s'était lié à un marchand du Couchant, qui était aussi médecin. Il s'appelait Kang Mozhi, un nom d'étranger typique, était petit, très velu (des poils bruns lui couvraient la nuque, l'espace entre les sourcils et même les mains – ce qui ne l'empêchait pas d'être déjà un peu chauve) et il avait le nez caractéristique des hommes de son peuple. Comme eux, il était contraint par les lois du Milieu-du-Monde de toujours s'habiller en noir.

Il prétendait savoir prédire l'avenir. Ce n'était ni le seul, ni le premier. Simplement lui recourait à un type de divination différent de tous ceux que Shimin avait, jusqu'ici, vu pratiquer. Il n'utilisait pas les carapaces de tortue, censées représenter le cosmos et ses mouvements futurs ; il lisait dans la paume des mains – un art que lui avait appris, selon ses dires, un sage à la peau foncée comme le charbon, dans une contrée très lointaine. Shimin était persuadé que Mozhi ne se vantait pas et qu'il pouvait véritablement lire l'avenir. Trois lunes plus tôt, n'avait-il pas réussi à rendre à Li Yuan sa vue d'autrefois en l'opérant au moyen d'une aiguille ? Père lui avait promis la mort en cas d'échec, mais la main du médecin n'avait pas tremblé au moment de retirer la fine pellicule qui recouvrait ses yeux.

Shimin refusa longtemps de laisser un homme à l'habilité si inquiétante examiner sa paume. La voyance avait beau être une activité répandue, elle était aussi une affaire dangereuse. Des forces obscures y avaient part.

Un jour, cependant, la curiosité l'emporta.

C'était un après-midi à la lumière irradiante. Après une matinée de chasse, Shimin était venu offrir deux lièvres fraîchement abattus à Mozhi. Quand il les lui tendit, dans la pièce ombragée où le marchand avait l'habitude de le recevoir, celui-ci lui saisit le poignet gauche – un geste parfaitement inapproprié dont il s'excusa immédiatement :

« Pardon, mon garçon, bafouilla-t-il. Je n'ai pas pour habitude de brusquer qui que ce soit et surtout pas le fils d'un gouverneur de préfecture. Cependant, si tu voulais bien…

— Je ne veux pas, répondit Shimin en ramenant sa main salie par le gibier ensanglanté hors de portée du marchand.

— En temps ordinaire, je n'aurais pas insisté. Mais, il y a trois nuits, j'ai rêvé d'une main ensanglantée comme la tienne. Si tu voulais bien…

— Et que faisait cette main ?

— Elle… Elle s'emparait du monde », répondit l'autre d'une voix hésitante.

Agacé, Shimin le quitta sans lui demander, comme il en avait l'intention à l'origine, de lui parler, une nouvelle fois, de sa ville natale. Quelques heures plus tard, cependant, il revint et lui présenta spontanément sa paume grande ouverte. Un intense désir de savoir le tenaillait.

Mozhi prit sa main, l'observa longuement, ses traits semblèrent parcourus de petits mouvements incontrôlables : ses yeux clignèrent plusieurs fois, son front se rida, se dérida, se plissa de nouveau, sa bouche eut une espèce de moue impossible à interpréter. Puis il demanda, d'une voix presque étranglée :

« Veux-tu savoir ? »

Avant que Shimin ait eu le temps de prononcer un mot, il se reprit : « Veux-tu *vraiment* savoir ? Ce n'est peut-être pas… »

Quand Shimin, l'interrompant, lui eut répondu d'un oui ferme, il s'éloigna précipitamment en direction de la porte ouvrant sur la petite cour, qu'il referma, jetant des regards alarmés autour d'eux. Shimin comprit qu'il vérifiait que personne d'autre que lui ne pourrait l'entendre, ce qui attisa sa curiosité.

« Tu régneras », lui annonça alors l'homme du Couchant.

Shimin crut qu'il lui prédisait un emploi prestigieux à la tête de plusieurs milliers d'hommes. « Sur une préfecture ? Je serai gouverneur comme mon père ? »

Mozhi, les yeux fuyants, secoua la tête.

« Sur quoi alors ? Un régiment de cavalerie ? »

Dans l'esprit de Shimin, cela valait mieux encore qu'une préfecture : c'était le plus grand espoir qu'il pût concevoir. Cette perspective l'enthousiasmait d'avance.

La réponse fut prononcée sur un ton gêné, hésitant, comme à contrecœur : « Sur toutes les préfectures, sur tous les régiments de cavalerie. Sur le Milieu-du-Monde – et au-delà. »

D'un commun et implicite accord, ils ne reparlèrent jamais de cette prophétie et Shimin, bouleversé, se dit qu'il ferait mieux de tout bonnement l'oublier, qu'elle était de toute façon invraisemblable. Il n'était que le fils cadet d'un gouverneur en disgrâce. Mais il était difficile de ne pas y songer de temps à autre, de ne pas s'y raccrocher quand la tristesse le gagnait et qu'il ne voyait plus d'issue à son malheur.

Un an après le mariage de Jun et son départ pour la Capitale de l'Ouest, l'état de santé de dame Tou empira encore. Elle maigrit, en quelques jours à peine ses beaux cheveux blanchirent, se clairsemèrent, plusieurs de ses dents se déchaussèrent. Un matin, elle ne parvint pas à se lever.

Elle réclama, d'une voix faible, son fils auprès d'elle. Shimin se rendit à son chevet. « Pas toi ! glapit-elle. Je veux celui qu'on m'a enlevé, celui qui est dans un monastère ! » Shimin battit en retraite, les mains tremblantes.

Plus tard, il voulut que Mozhi l'examine. L'homme du Couchant, qui décidément n'avait rien d'un charlatan, jugea d'emblée qu'il ne pourrait pas la sauver, juste prolonger sa vie de quelques lunes.

Ce diagnostic accabla Shimin et il l'aurait anéanti si, au même moment, n'était parvenue à la résidence Li une nouvelle inattendue qui raviva chez lui bien des espoirs tandis qu'elle confortait toutes les craintes de son père : l'Empereur, avant la troisième campagne qu'il comptait lancer contre la Péninsule, avait décidé de se rendre à l'Ouest avec une partie de sa Cour. Son but était de passer la Muraille-sans-Fin, de pénétrer dans la Steppe et d'y rencontrer « son frère », le Khagan Tardu, sans doute pour lui soutirer des cavaliers à même de l'aider dans sa conquête.

« Cet homme a perdu la raison, gémit Père quand il l'apprit. Ce n'est pas possible. Croit-il vraiment que les nomades vont l'aider ?

— Peut-être va-t-il s'arrêter chez nous, s'enthousiasma Shimin.

— Si c'est le cas, j'essaierai de le convaincre de faire demi-tour. »

Mais, après un court séjour à la Capitale de l'Ouest, l'Empereur évita soigneusement la préfecture des Li.

20

Yicheng

La Khatun Yicheng crut mourir. La chamane récitait ses incantations dans la yourte saturée d'encens tandis qu'allongée, les cuisses ouvertes, Yicheng tentait d'expulser la créature qui avait grandi dans ses entrailles. Elle aurait voulu dire à la femme, qui portait un costume couvert de plumes d'aigle, de se taire. Elle n'en avait plus la force. Elle ne pouvait plus rien articuler, juste hurler.

Ses hanches étroites n'étaient pas faites pour cela. Elle les maudissait. Comme elle maudissait la chamane, le Réunificateur, qui l'avait envoyée dans la Steppe, et Tardu, qui l'avait mise dans cet état et n'était même pas présent alors qu'elle allait sans doute succomber de souffrance. Il était parti au loin mater des tribus rebelles. Et, accessoirement, entraîner les troupes nouvelles qu'il avait constituées. Quand il reviendrait, il ne trouverait qu'un cadavre à brûler, elle en était persuadée. Et peut-être un enfant si elle parvenait à le faire sortir d'elle-même avant de mourir.

Dès que les contractions avaient commencé, elle avait envoyé un cavalier prévenir son époux. Il lui faudrait des jours pour rejoindre Tardu et celui-ci ne pourrait sans doute pas accourir tout de suite. Un délai bien trop long. Elle ne le reverrait donc plus. Entre deux spasmes, elle se dit qu'elle ne devait pas pleurer sur son sort, qu'elle avait été heureuse ces dernières années et que si cet enfant vivait elle serait comblée. C'était une pensée difficile à concevoir quand on souffrait autant. Mais elle tentait de s'y accrocher.

Son choix avait été le bon. Elle se le répéta, encore et encore, tandis que les vagues de douleur remontaient le long de son ventre gonflé et lui brouillaient l'esprit. Il fallait que, jusqu'au bout, elle se souvînt de cela au moins : quatre ans plus tôt, elle avait bien fait de rester dans la Steppe. Même si cette torture en était le prix, même si sa vie devait s'achever dans ce déchirement terrible. Tardu n'avait pas menti : il n'était pas comme son père. Et il avait tenu ses promesses. À ses côtés, elle s'était transformée. À ses yeux, elle n'était pas, comme elle l'avait été pour le vieux Khagan, une pauvre petite fille effrayée. Tardu voyait une femme en elle et une compagne. Il lui parlait, lui demandait conseil, la voulait sans cesse à ses côtés (sauf, bien entendu, quand il partait combattre) et il lui faisait confiance. Seul un enfant manquait à leur bonheur.

Zhu lui épongeait le visage. Yicheng avait froid pourtant. Une autre servante, nomade celle-là, l'encourageait, lui disait qu'elle distinguait une tête déjà, que c'était sans doute un fils. La chamane continuait ses chants censés attirer sur l'enfant la protection des esprits. Yicheng ne le voyait pas, mais elle savait que, dans un coin de la yourte, se tenait Nivar. Le frère de Tardu devait, en l'absence de celui-ci, s'assurer qu'on ne substituait pas un bébé à un autre. C'était arrivé, disait-on, par le passé et des lignées royales en avaient été bouleversées.

L'idée qu'un homme pût être présent dans un moment pareil – qui plus est Nivar – aurait révulsé Yicheng s'il lui était resté un peu de force pour l'être. On pouvait difficilement imaginer personne plus inappropriée en ces lieux. Mais ni Tardu, ni non plus Tulan, son fils, n'étaient là. Tous deux partis combattre. Nivar, le cadet, le plus insolent, avait, pour cette fois, été assigné au campement. Elle tourna la tête, tenta de l'apercevoir, mais il demeurait hors de vue, silencieux. Quelle impression pouvait bien lui faire un tel spectacle ? Heureusement, il n'avait pas pris ses effrayantes panthères avec lui. Elle n'aurait pas supporté leur présence sous sa yourte.

Elle avait été si joyeuse quand elle s'était aperçue, à l'hiver précédent, qu'elle était enceinte. Elle voulait tellement offrir un fils à Tardu. Car il fallait que ce fût un fils. Et cette première grossesse, attendue des années, débouchait sur ce supplice qui n'en finissait pas.

Personne ne semblait s'en inquiéter pourtant. La servante continuait de l'encourager, de lui dire de poursuivre ses efforts. Tout le monde agissait, autour d'elle, avec une désinvolture qui lui paraissait inconsciente.

Yicheng eut mal comme jamais elle n'avait eu mal – comme un condamné écartelé par quatre chevaux ne pouvait pas avoir mal : était-il possible que chaque femme, à chaque accouchement, endure cela ?

Les tourments se prolongèrent pendant des heures. Puis la chose pleura et, presque aussitôt, la douleur cessa. Alors Yicheng se sentit ridicule d'avoir tant crié. Elle s'assoupit.

À son réveil, Tardu était penché au-dessus d'elle. Elle s'imagina avoir dormi des lunes, mais quelques heures seulement s'étaient écoulées. Il lui expliqua qu'il était revenu plus tôt que prévu, en urgence, mais pas à cause de son message qu'il n'avait reçu qu'en chemin. Pour une autre raison.

Elle se redressa sur sa couche. Elle somnolait encore. Son ventre restait endolori. « Où est le… la… » Elle avait parlé dans la langue du Milieu-du-Monde, instinctivement. Tardu la comprit malgré tout. « Un fils, dit-il. Notre fils. » Et il désigna Zhu du doigt, qui, à quelques pas, berçait une petite forme endormie.

*

La nuit était tombée, il faisait plus frais. Tardu s'approcha d'elle et la prit dans ses bras.

Quand on l'avait offerte au vieux Khagan, Yicheng s'était sentie précipitée dans une sauvagerie à laquelle il lui avait semblé impossible de survivre plus de quelques lunes. Toute son enfance s'était déroulée dans des lieux protégés, raffinés, où l'on n'ignorait pas, bien sûr, la force brutale qui, souvent, prévaut, mais où l'on valorisait les mots, les saveurs, les parfums subtils. Ni son esprit, ni aucun de ses sens n'étaient faits pour la grossière violence de la Steppe. Jamais, avait-elle cru, elle ne s'habituerait à l'absence de tout ce qui, selon elle, justifiait son bref passage sur cette terre.

Dans les villes du Milieu-du-Monde s'offrait une myriade de loisirs et de distractions dont on avait peine à concevoir, une fois dans la Steppe, qu'ils ne fussent autre chose que des mirages : devenue Khatun, Yicheng avait dû renoncer aux promenades sur les canaux fleuris de la Capitale de l'Est ou de celle du Sud, aux banquets démesurés et succulents des jours de fête, aux concours de poésie. Mais ce qui lui avait le plus atrocement manqué était d'une nature différente, plus évanescente, c'étaient des détails : la grâce d'une main qui rajustait discrètement un chapeau, le timbre d'une voix qui, même dans la colère, restait harmonieux, un accord de cithare particulièrement réussi et provoquant des vertiges, ou bien encore certaines odeurs faisant accéder à des royaumes invisibles de délices.

Les villes du Milieu-du-Monde étaient figées, ancrées dans le sol où on les avait bâties. Rien ne pourrait jamais déplacer les remparts des trois capitales même d'un demi-pas. Mais tous ces amas d'êtres et d'édifices, malgré leur immobilité, étaient distincts les uns des autres : la Capitale de l'Ouest avait ses grandes avenues balayées de vents, ses quartiers parfois encore en friche, son immensité presque effrayante, la Capitale de l'Est, son incomparable palais surplombant rues et remparts, la Capitale du Sud, son climat si clément, son dialecte si pur.

Le campement des nomades changeait, lui, sans cesse d'emplacement, il occupait une étendue herbeuse après l'autre, déménageant à chaque saison, partant s'installer l'hiver sur des pâturages plus abrités, en bordure de lacs dont l'eau ne gelait pas, gagnant des contrées plus fraîches l'été. Et néanmoins il était toujours identique. Les mêmes tentes, les mêmes chariots, disposés selon le même ordre et toujours entourés, où qu'ils fussent, du même horizon de collines basses. Immuable dans le mouvement.

Yicheng n'était pas morte après son arrivée dans la Steppe, comme elle l'avait craint et peut-être aussi espéré, mais elle n'était pas parvenue non plus à oublier le monde d'où elle venait. Ses yeux avaient souffert des visages trop rudes des créatures nomades qu'elle voyait, tous dénués de l'arrondi élégant qui, seul, pour elle, faisait la beauté d'une femme. Ses oreilles s'étaient senties agressées par ces voix trop fortes qui semblaient hurler même pour dire les choses les plus insignifiantes. Et si son nez avait été épargné de l'odeur permanente de crottin, c'était uniquement grâce aux quantités colossales d'encens qu'on lui faisait parvenir du Milieu-du-Monde.

Son esprit, surtout, avait été éprouvé : elle avait eu l'impression qu'on l'enduisait d'une couche épaisse et visqueuse rendant toutes pensées délicates impossibles. Car à quoi bon choisir un mot plus évocateur, avoir une attention subtile, citer des vers célèbres, si personne n'était capable de rien apprécier ? Pour la première fois de sa vie, Yicheng avait perçu l'inquiétante proximité qui pouvait exister entre elle et n'importe laquelle de ces milliers de bêtes accompagnant partout les nomades. Elle n'était qu'un animal, elle aussi, s'était-elle rendu compte non sans horreur. Les croyances des chamans dans la migration et la perméabilité des âmes, dans la possibilité pour l'esprit d'un loup ou d'un ours de déteindre sur le tempérament d'un homme – et inversement – lui avaient paru beaucoup moins absurdes qu'autrefois.

Puis Tardu lui avait demandé de devenir sa femme – et, plus que sa femme, sa Khatun. À partir de là, sa vision sombre et désespérée de la Steppe s'était modifiée. Rien n'avait changé, ni les déménagements perpétuels, les paysages lassants, la puanteur, les plaisanteries vulgaires, ni la nourriture insipide ou écœurante, ni l'absence de raffinement. Et cependant tout était métamorphosé. Le fromage grossier était devenu revigorant, la langue rauque des nomades, puissante, leur goût des exercices violents, un signe de vitalité, l'absence de villes, un sain refus de l'inessentiel. Yicheng avait honte, à certains moments, d'avoir ainsi révisé un si grand nombre de ses perceptions, de ne plus souffrir autant que les premières années, de réussir à s'accommoder de ce qu'elle avait jadis jugé insupportable.

Elle n'avait pas regagné les palais et les jardins de son enfance, elle ne les retrouverait jamais. Mais on pouvait vivre, on pouvait même être heureux, sans palais et sans jardins. Elle aimait cet homme, qui se tenait auprès d'elle et venait de l'étreindre.

Et ils avaient désormais un fils.

Elle en voulait toujours à l'Impératrice. Elle n'avait pas oublié la lettre où elle lui ordonnait de rester dans la Steppe. Un barbare lui avait laissé le choix ; sa sœur le lui avait refusé. Ses échanges avec le Milieu-du-Monde s'étaient espacés. Elle n'éprouvait plus le même besoin de s'épancher et avait même omis de parler de sa grossesse. De toute façon, la Cour n'était désormais obnubilée que par une chose : la guerre contre la Péninsule. En apprenant les déboires que le Milieu-du-Monde y essuyait, Yicheng, loin d'en être catastrophée, s'était surprise à goûter une forme de satisfaction et presque de revanche.

Sa sœur avait toujours été privilégiée par le sort. Jadis, la chute de la vieille dynastie du Sud, dont Yicheng et elle étaient les rejetonnes, loin d'anéantir sa vie, lui avait ouvert la couche d'un futur Empereur. Depuis, elle prenait sa cadette de haut, ne la considérant tout au plus que comme un instrument à son service. Elle savait, dans ses lettres, manier la douceur et la séduction, mais Yicheng la soupçonnait de n'être au fond qu'un cœur de glace. Or, voilà qu'elle connaissait à son tour la tourmente : son époux adoré était humilié, tandis que celui de Yicheng… Elle se rappela soudain que Tardu n'était pas revenu pour elle.

« Pourquoi es-tu là, mon amour ? »

Il prit un air grave et elle le trouva plus beau que jamais.

« L'Empereur du Milieu-du-Monde arrive… dit-il seulement.

— Quoi, ici ? »

Sa sœur ne l'avait pas prévenue. Personne ne l'avait prévenue.

« Qu'est-ce que… » Elle se sentait lasse soudain, incapable d'achever sa phrase.

« Je ne sais pas. Me demander de l'aide contre les Péninsulaires, je suppose. On m'a annoncé qu'il passera la Muraille-sans-Fin d'ici trois jours. Il n'est accompagné que d'une faible escorte : cinq mille personnes dont un tiers tout au plus sont des soldats. »

Il s'interrompit, plaça son regard dans le sien et elle eut l'impression qu'il allait l'absorber tout entière.

« Le moment est venu », conclut-il.

Elle s'en voulut, mais un frisson qui n'était pas un frisson d'horreur la parcourut.

« Mes cavaliers sont prêts, poursuivit-il. Notre expédition punitive contre les tribus du Nord n'a fait que me le confirmer : rien ne peut plus nous résister. Tous les chefs rebelles ou presque ont fait leur soumission. Et, si j'avais eu un peu plus de temps, tous sans exception auraient ployé le genou.

J'y retournerai plus tard. Après avoir réglé notre nouveau problème, qui me tient bien autrement à cœur. »

Depuis quatre ans qu'il était Khagan, Tardu se préparait. Il avait fait fabriquer des armes, en toute discrétion, par dizaines de milliers. Les membres de sa tribu se vantaient d'être les meilleurs forgerons qu'eût jamais connus la Steppe. Yicheng devait avouer qu'ils maîtrisaient l'art du fer comme personne. Il avait aussi multiplié par deux le nombre de chevaux disponibles par guerrier. Enfin, il avait pris soin d'asseoir un peu plus son autorité sur les peuplades environnantes : par la force, mais surtout par la diplomatie.

Yicheng l'admirait, il aurait été absurde de le nier. Et, en même temps, elle savait bien contre qui étaient dirigés ces efforts.

Quand elle était arrivée dans la Steppe, douze ans plus tôt, le Milieu-du-Monde dictait sa loi à ses voisins, l'Empereur choisissait le Khagan qui lui convenait – en général le plus soumis –, il lui accordait le luxe de ses marchandises incomparables (et, parfois, quelques-unes de ses princesses), tout en le tenant toujours à l'œil : ses garnisons sur la Muraille-sans-Fin étaient bien défendues, ses troupes, disciplinées, on tremblait devant ses ambassadeurs.

Cette grandeur effrayante appartenait au passé désormais. Il avait suffi d'une guerre ratée.

Tardu ne l'écoutait pas quand elle suggérait que le Milieu-du-Monde, affaibli, n'était plus une menace pour les nomades. Il lui répondait que c'était justement le moment de frapper. Et elle savait qu'il avait raison.

Ce soir-là, elle n'essaya pas de le détourner de son projet. En vérité, une part d'elle-même vibrait du même enthousiasme que le sien. Le coup qu'il envisageait était magnifique – une revanche éclatante après tant d'années d'humiliations.

« Qu'il en soit ainsi, alors », lui dit-elle simplement avant de demander qu'on lui amène son enfant.

Plus tard, elle se fit toutefois apporter par Zhu de l'encre, un pinceau, du papier, et, tandis que les vagissements de son fils nouveau-né, qui peut-être un jour régnerait sur la Steppe, se faisaient entendre tout près d'elle, dans la yourte, elle écrivit un bref message à sa sœur, l'Impératrice, puis le confia à un cavalier de confiance.

21

Jiande

Jiande lui expliqua qu'il était le seul homme chez qui il pouvait trouver refuge, qu'il s'excusait, bien sûr, pour les risques qu'il lui faisait courir, mais que vraiment il n'avait réussi à penser à personne d'autre. Tous ceux qu'il avait connus étaient morts ou disparus.

Il se tenait prosterné, dans le grand jardin, derrière le pavillon ouest. C'était là, au moment où le Vieux Cui, comme à son habitude, marchait seul, au milieu de ses jasmins chéris, dans la lumière déclinante du crépuscule, qu'il avait surgi de derrière le grand pin. Le seigneur l'avait pris d'abord pour un voleur : la région en était infestée désormais et comment reconnaître dans cette créature décharnée, tremblante, à moitié nue, le garçon robuste et aimable qu'il avait vu pour la dernière fois un été plus tôt ? Il avait voulu appeler à l'aide. Jiande s'était jeté sur lui, lui avait plaqué la main sur la bouche et murmuré d'une voix rauque, presque inarticulée : « Seigneur Cui, je ne vous veux pas de mal. Je suis Dou Jiande. »

Il devait le croire mort, comme tant d'autres, partis s'engloutir dans la plus grande catastrophe qu'eût connue le Milieu-du-Monde depuis plusieurs générations. Il l'écouta raconter son histoire. À un moment donné, des serviteurs voulurent lui apporter des lanternes. Dès qu'il les entendit approcher, il leur cria de retourner dans le pavillon, qu'il préférait, ce soir-là, s'attarder dans l'obscurité. Seul. Si on le surprenait en pareille compagnie, on parlerait.

« Tu ne peux pas rester ici », lui dit-il d'emblée, quand Jiande eut fini son récit. Dans les vastes demeures du Milieu-du-Monde, grouillantes de serviteurs, de concubines et de parasites divers, expliqua-t-il, les secrets s'éventaient vite. Trop d'oreilles et d'yeux à acheter. Même un personnage aussi considérable que lui n'était pas à l'abri d'une dénonciation. Au contraire : à partir d'un certain degré de pouvoir et d'influence, on était plus exposé encore. Et les temps ne se prêtaient malheureusement que trop bien à la délation.

Il y avait néanmoins un service qu'il pouvait rendre à Jiande – si tant est que ce fût là un service.

« Je crois savoir ce qui est arrivé à ta famille », lui annonça-t-il.

Il lui demanda de se relever et de l'accompagner en silence. Ils traversèrent un bosquet de pins et de cyprès, puis se dirigèrent vers un petit étang couvert de nénuphars et cerné de bambous. Aucun serviteur n'oserait l'importuner de nouveau, mais on n'était jamais trop prudent. Il lui indiqua un banc, à l'abri des regards. Ils s'assirent côte à côte.

« Ce n'étaient pas des bandits », balbutia Jiande. Les mots sortaient difficilement de sa gorge.

« Non, confirma le Vieux Cui, ce n'étaient pas des bandits. »

Il lui apprit alors que ses deux cents hommes et lui n'avaient pas été les seuls à ne pas arriver à la frontière de la Péninsule. D'autres, beaucoup, avaient dû puiser en chemin dans les grains qu'on leur avait confiés puisqu'il n'y avait rien à se mettre sous la dent. Et tous ou presque étaient parvenus à la même conclusion, quand il ne leur en était plus resté : la désertion plutôt qu'un châtiment injustifié. Ils avaient été un demi-million à s'évaporer ainsi dans la nature. L'ensemble des domaines Cui étaient envahis de déserteurs.

« Vous pensez que c'est un groupe de déserteurs qui s'en est pris à mon village ? » l'interrompit Jiande.

Il tremblait. Il était affamé. Mais le seigneur préféra lui donner ce qui était plus essentiel encore pour lui, à ce moment précis : un début d'explication.

« Non. La plupart des déserteurs sont des bandits désormais. Ils tuent, bien sûr. Mais ils pillent surtout. Ceux qui ont fait ça étaient sans doute des soldats réguliers. »

Jiande l'ignorait évidemment – il avait marché à l'écart des routes les plus fréquentées pendant des mois et ne s'était pas entretenu avec qui que ce fût depuis que son régiment s'était dissous de lui-même : la seconde campagne contre la Péninsule n'avait pas été plus concluante que la première. Un nouveau fiasco. Le seigneur Cui la lui résuma en quelques phrases avant d'en arriver à l'information la plus susceptible de l'intéresser : l'Empereur avait accusé les déserteurs d'avoir sapé ses grands projets de conquête et décidé de sévir contre eux. Il avait chargé l'un de ses généraux, le sang-mêlé Wang Sichong, de leur donner la chasse.

Jiande hocha la tête. « C'est ma faute alors. Ma faute. » Sa voix se brisa. Ses épaules étaient secouées par des mouvements saccadés.

Il avait cru échapper à la justice de l'Empereur. Il avait cru que personne ne saurait, que personne, du moins, ne s'en inquiéterait. Et peut-être aurait-ce été le cas s'ils n'avaient pas été si nombreux à agir comme lui. Ou si, en dépit de toutes ces désertions, la deuxième campagne contre la Péninsule avait eu une issue heureuse.

Il avait oublié qu'au Milieu-du-Monde, la famille était tenue pour responsable des crimes de l'individu et qu'un père, une mère devaient payer pour la défection d'un fils.

« Tu n'as pas eu de chance, mon garçon. Les troupes impériales ne peuvent pas rattraper tous les déserteurs ou punir toutes leurs familles. Certains, certaines le sont. D'autres, non. Comme tu savais lire, écrire et compter, on t'a confié deux cents hommes. Tu n'étais donc pas un simple soldat. C'est ce privilège qui t'a rendu plus visible que beaucoup et t'a perdu. J'aurais souhaité que ta famille soit épargnée. Mais quelles troupes aurais-je pu opposer à l'Empereur ? Je n'ai pas eu mon mot à dire.

— Les villageois… Savez-vous ce qui leur est arrivé ?

— La troisième campagne. »

Comme Jiande ne réagissait pas tant cela lui semblait invraisemblable, le seigneur Cui poursuivit : « L'Empereur, ce fou, n'a pas renoncé à la conquête de la Péninsule. Et il lui faut des hommes. Il les prend où il peut. Tes voisins, les autres villageois, s'ils n'ont pas été tués, ont sans doute été enrôlés… »

Jiande avait à peine eu une pensée pour ses voisins jusqu'ici. Son esprit était tout rempli d'une autre.

« Il y avait cette jeune fille, dit-il d'une voix fiévreuse. Chan. Nous devions nous marier. Je vous en avais parlé.

— La fille à la voix d'or ? »

Jiande hocha la tête avant de reprendre : « Elle n'a rien à faire dans une armée, elle. »

Le Vieux Cui soupira. « En es-tu si sûr ? »

Jiande se prit la tête entre les mains : il avait compris. Il se mit à répéter que tout était sa faute.

Le Vieux Cui s'était relevé. Il s'apprêtait à le quitter. Avant de s'éloigner, il lui dit ces dernières paroles : « Tu es un hors-la-loi, Jiande, à présent. »

22

Shimin

Li Yuan en voulait d'autant plus au Fils du Ciel qu'il n'était pas un imbécile, qu'au contraire il avait toutes les qualités d'un grand monarque. Et néanmoins il n'avait pas voulu voir l'évidence : tandis que le Milieu-du-Monde perdait des centaines de milliers d'hommes dans une guerre inutile, compliquée d'une inondation catastrophique, le Khaganat, sous l'impulsion de son nouveau maître, avait prospéré, lui. L'Empereur ne pouvait-il se douter de ce qu'il en résulterait ? Li Yuan avait tenté d'avertir la Cour du danger, envoyé des rapports inquiets. Aucun n'avait obtenu de réponse. Pire : on n'avait rien trouvé de mieux à faire que d'aller se jeter dans la gueule des nomades. Aller solliciter l'aide d'un ennemi qu'on croyait toujours un allié !

« À quoi s'attendait-il donc ? À être reçu en maître, en ami ? »

Lorsque la nouvelle parvint à la résidence des Li, Shimin en ressentit une étrange satisfaction. Ce qui avait eu lieu au-delà de la Muraille-sans-Fin, ce qui continuait à s'y dérouler, était à la fois impensable et tellement excitant. Naguère, il aurait été horrifié. Plus maintenant. Plus après la prophétie de Kang Mozhi.

Li Yuan parcourait la grande salle de la maison comme un taureau dans un enclos trop étroit. Ses deux fils aînés étaient réunis autour de lui – mais pas Xuanba. Et c'était d'ailleurs l'une des données du problème. Il aurait fallu que Xuanba soit de retour, car dame Tou était au plus mal. Le moment était venu d'aller le chercher à son monastère, de lui permettre de voir une dernière fois sa mère, de permettre surtout à celle-ci de voir une dernière fois son fils préféré.

Et voilà que d'autres priorités surgissaient. Le Milieu-du-Monde était attaqué et attaqué en sa personne la plus précieuse. Shimin avait beau essayer de se rappeler des précédents dans l'histoire des anciennes dynasties, il n'en voyait pas : ce qu'avait fait le Khagan Tardu était inédit. Inédit et, d'après Père, tellement prévisible.

En un sens, cette conjonction de catastrophes convenait assez bien à Shimin : elle lui permettait de ne pas trop ressasser la mort prochaine de sa mère, d'oublier un peu à quel point il en était affecté. Tandis que Huaji se tenait debout, grave, les mains jointes, sans doute nouées sous les larges manches de sa robe, lui s'agitait, comme à son habitude. Il parlait de partir immédiatement pour le Nord. Arc au dos, poignard à la ceinture, il portait encore sa tenue de chasse, toute terreuse.

« Il ne s'agit pas de se précipiter », déclara Père.

Les bribes d'informations qui étaient parvenues jusqu'à la préfecture des Li restaient confuses. Le convoi impérial avait été attaqué au milieu de la Steppe par dix mille cavaliers nomades. On n'en savait guère davantage. Aucun des éclaireurs que Li Yuan avait envoyés se renseigner n'était revenu pour l'heure. On était convenus qu'il fallait attendre leur retour avant de prendre aucune décision. Et pendant ce temps, songea Shimin, Mère agonisait dans une pièce non loin, seule, rêvant d'un fils qui ne viendrait pas.

Qu'allait-il devenir sans elle ? Les rares moments où il s'autorisait à envisager une vie où elle aurait disparu, Shimin sentait un étau se serrer autour de sa gorge, sa respiration n'était plus un mouvement naturel et évident, mais un effort auquel il lui fallait réfléchir et s'appliquer, il avait l'impression d'être entouré d'un vide sans fin.

« Xuanba n'est-il pas lui-même en danger ? » demanda-t-il brusquement. Son monastère se situait à une dizaine de jours de cheval au nord, non loin de la Muraille-sans-Fin. Il n'était pas fortifié – une proie facile pour des cavaliers de la Steppe.

« Les nomades évitent de piller les monastères de la religion nouvelle », crut bon de rappeler Huaji.

Père grogna. Il ne partageait pas cette conviction. « Tout l'Ouest est exposé désormais, dit-il. Nous-même le sommes ici. »

Les heures passèrent.

La demeure des Li se composait de cinq vastes pavillons entourés de jardins, de cours et de quelques autres bâtiments plus modestes servant de cuisine ou d'atelier. Il y avait aussi les écuries et la caserne des gardes non loin du grand portail marquant l'entrée. Quand celui-ci s'ouvrit, à la nuit tombée, dans un grand fracas, Shimin se précipita vers le perron. Un bruit de sabots. Puis un cavalier qui surgit, à la lueur des torches, sur une monture couverte de poussière, ses deux chevaux de rechange derrière lui, sales eux aussi. L'un des éclaireurs était de retour, enfin.

On ne s'embarrassa pas de cérémonie : l'homme fut introduit tel quel devant Li Yuan et ses fils. L'Empereur était vivant, annonça-t-il. Il n'était pas prisonnier. Pas encore, du moins. Il était cerné dans la forteresse des Oies-Sauvages, l'un des maillons de la Muraille-sans-Fin.

« Notre devoir est de… amorça Shimin.

— Ton devoir est d'éviter de me dicter le mien », le coupa Père.

Il semblait presque déçu par ces nouvelles. Peut-être aurait-il trouvé plus simple que l'Empereur eût été massacré avec toute sa suite. Le prince héritier, qui se trouvait en sécurité dans la Capitale de l'Ouest, lui aurait alors succédé. Un jeune homme impressionnable, disait-on, à qui on aurait pu faire comprendre qu'il convenait de mettre fin aux hostilités contre la Péninsule et d'amadouer les nomades par des concessions, même immenses. Mais l'Empereur était en vie.

23

Lettre de l'Impératrice à la Khatun Yicheng

Tu nous as sauvé la vie, ma chère petite sœur. Mais il s'en est fallu de peu. De si peu, à vrai dire, qu'en y repensant, j'en ai la chair de poule. Je n'ai jamais eu aussi peur de ma vie. Ton messager nous a atteints alors que nous avions quitté la forteresse des Oies-Sauvages depuis plus d'une heure et avancions déjà dans la Steppe. Nous avons aussitôt fait demi-tour. Mais le demi-tour d'un cortège de plusieurs milliers de personnes ne s'effectue pas en un instant. Mon palanquin et celui de l'Empereur qui étaient en tête se sont retrouvés en queue : il a fallu remonter toute la file. Nous avons perdu un temps précieux. Et pourtant nous avons cru y arriver, qu'ils ne nous rattraperaient pas…

Les murailles des Oies-Sauvages étaient en vue quand le sol s'est mis à trembler. D'abord, on n'a rien distingué, puis l'horizon s'est couvert d'un nuage sombre et bas, comme exhalé de la terre elle-même et, enfin, ils ont surgi, hurlant, terrifiants : les milliers de cavaliers lancés à notre poursuite, portant leur étendard à la tête de loup.

Il m'a fallu abandonner mon palanquin en urgence, monter sur un cheval (tu sais comme je hais ça !), confier mon fils cadet, que j'adore, à un cavalier plus adroit et rapide que moi – un cavalier qui avait plus de chance d'atteindre la forteresse que moi. Mes suivantes hurlaient de panique, tentant de maîtriser des montures récalcitrantes, aussi apeurées qu'elles. L'Empereur restait invisible au milieu de la cohue.

J'ai entendu des officiers crier qu'il ne fallait surtout pas se laisser encercler, sans quoi c'en serait fini. L'un d'eux m'a annoncé avoir pour mission de me conduire saine et sauve aux Oies-Sauvages. Il me dévisageait de ses yeux trop grands, sans doute parce qu'il ne m'avait jamais vue ainsi, en selle. C'était un regard troublant, inapproprié, quand j'y songe. Mais, sur le moment, je n'y ai pas prêté attention. La cavalcade a commencé et toute mon énergie s'est concentrée sur un but unique : ne pas sombrer dans l'épouvante.

Les nomades se rapprochaient toujours plus et les portes de la forteresse semblaient désespérément loin. L'officier se tenait à ma droite. À ma gauche, un autre cavalier me flanquait. Sans eux, je serais tombée dix fois. Sans eux, les barbares m'auraient prise.

Je ne saurais dire comment nous sommes parvenus à l'intérieur des murailles. Je me souviens juste qu'une fois à l'abri, j'ai demandé à voir mon fils, je l'ai embrassé. C'est mon enfant préféré, comme tu sais. Je regrette tant de l'avoir amené. Si seulement je l'avais laissé en sécurité dans la Capitale occidentale, auprès de son frère aîné, le prince héritier, quand nous y sommes passés !

L'Empereur est arrivé peu après. L'essentiel du cortège avait été sauvé. L'essentiel, mais pas tout. Je me suis abstenue de monter sur les murailles regarder par moi-même, mais on m'a raconté le sort de ceux qui n'ont pas obtenu de montures, ainsi que celui des soldats qui se sont sacrifiés pour nous permettre à l'Empereur, aux ministres, aux généraux, à mon fils et à moi-même, d'atteindre la ville. Un millier de personnes au moins, enveloppées dans la nuée, criblées de flèches, piétinées ou – est-ce vraiment plus enviable ? – faites prisonnières.

Ô ma sœur, que s'est-il passé ? Nous venions en paix. Une telle trahison ! Une telle perfidie ! Tu dois faire quelque chose.

Pourquoi Tardu a-t-il agi ainsi ? Ne lui avons-nous pas rendu son fils il y a quatre ans ?

Il a entrepris de faire le siège des Oies-Sauvages. Ses cavaliers bloquent toutes les issues. La ville n'est pas prête pour une longue résistance. Les murailles, nous a expliqué son gouverneur, tiendront bon, mais le grenier est déjà à moitié vide et nous avons apporté quatre mille bouches supplémentaires à nourrir.

Je ne peux pas tout te dire, mais la situation ici est affreuse. Ma sœur, arrange-toi pour faire entendre raison à Tardu, je t'en supplie.

24

Jiande

À dix journées de marche se trouvaient des marécages dans lesquels Jiande ne s'était jamais risqué, bien plus étendus et périlleux que ceux qui entouraient son village. Un vaste labyrinthe de chenaux, de criques et de bras d'eau dissimulés par les roseaux et les plantes aquatiques. On racontait que les morts sans sépulture y erraient la nuit et, s'ils ne vous faisaient pas aussitôt mourir de frayeur, vous attiraient dans des recoins perdus d'où vous ne retrouviez jamais votre chemin. Vous succombiez, noyé en général, et rejoigniez à votre tour la troupe diaphane des fantômes tourmentés.

Jiande avait peur. Pas seulement des esprits. Des serpents aussi – qu'il n'avait jamais aimés et qu'il redoutait, surtout dans l'eau. Et des hommes, bien sûr, qu'il allait trouver là. Mais il n'avait pas le choix. Le Vieux Cui le lui avait clairement fait comprendre.

Il pouvait bien se dire qu'au fond, il était déjà mort – un spectre réprouvé de tous – et qu'il ne pouvait pas lui arriver pire que ce qui avait déjà eu lieu, il continuait de se retourner, le cœur battant, dès qu'il entendait un bruit suspect, il avançait avec prudence, il appréhendait le moment où il serait enfin repéré.

Les inondations avaient rendu le terrain plus impraticable encore qu'il ne devait l'être d'ordinaire. À plusieurs reprises,

Jiande s'enfonça dans des tourbières jusqu'aux hanches. Ses cris mirent les oiseaux en fuite.

Il avait enterré ses parents, comme il avait pu. Sans doute auraient-ils souhaité reposer l'un à côté de l'autre. Mais Jiande n'avait pas eu la force de traîner le cadavre de sa mère jusqu'au village. Il espérait qu'elle le lui pardonnerait.

Lui avait bien pardonné au Vieux Cui de ne pas l'aider davantage. Il avait constaté à quel point, au cœur du fief Cui, les ravages de la famine se faisaient moins sentir : les champs de millet continuaient bon an mal an à être cultivés – en partie par des déserteurs, recrutés à bas prix. Pourquoi Jiande n'aurait-il pas pu, lui aussi, être embauché comme journalier ? La question n'avait pas été posée, mais on lui avait suggéré la réponse : il était un homme condamné, recherché, qui n'avait pas mesuré la portée de ses actes. Le cacher était inenvisageable.

Le nom du général qu'avait cité le Vieux Cui lui revenait à l'esprit, presque à chaque pas : Wang Sichong. Il revoyait le grand cavalier aperçu quelques années plus tôt, par une belle journée de printemps, au bord du Grand-Canal, gravissant la colline où se tenait le clan Li. Il l'avait admiré. C'était avant que tout ne dérape. Ce Wang Sichong avait massacré sa famille, anéanti son monde. Il avait pris Chan.

Il pleuvait sans cesse. Son ventre se tordait de faim. Il avait de la fièvre. Mais la pensée du général faisait surgir une sombre énergie en lui, et il continuait à se frayer un passage au milieu des roseaux, à enjamber les troncs arrachés, à plonger au besoin dans l'eau tourbeuse. Il n'osait pas se dire qu'il s'en vengerait – même si c'était son devoir, même si c'était le seul but qu'il pût encore avoir en ce monde. Une telle pensée était ridicule : comment lui, qui n'avait jamais été grand-chose et n'était plus rien, pourrait-il un jour ne serait-ce qu'approcher un général favori de l'Empereur ?

Il avait toujours sa fronde accrochée à sa ceinture et un poignard donné par le Vieux Cui. Une arme plus élégante qu'efficace – qui devait valoir une fortune –, à la poignée ornée de corne de rhinocéros. Dans les marais, elle pourrait au mieux lui servir de monnaie d'échange. Mais, plus probablement, elle le ferait tuer.

Un sifflement, tels qu'aucun oiseau n'était capable d'en produire : trop long, trop modulé. Un autre sifflement en réponse. Du mouvement, non loin de lui, derrière un rideau de roseaux. Des voix.

Les hommes des marécages. Tout allait se jouer là. Il avait réfléchi à ce moment, à ce qu'il leur dirait. C'étaient des bandits, des êtres qu'en temps normal il aurait haïs et craints. Qu'il craignait toujours, à vrai dire. Ses parents ne lui en avaient jamais parlé qu'avec mépris et colère. Des demi-bêtes, pires que la plupart des bêtes. Les ennemis des paysans, le fléau des villages prospères. L'une des maladies endémiques du Milieu-du-Monde.

Mais, en ces temps troublés, ils offraient aussi le seul refuge possible.

Le premier apparut devant lui. Sale, un bâton en main. Il semblait seul, mais Jiande savait qu'il ne l'était pas, que, dans son dos, un autre bandit devait avoir surgi aussi et que d'autres encore le guettaient ; que, déjà, en fait, il était cerné.

Il ne se retourna pas. Il s'efforça de ne pas avoir l'air surpris. Il se contenta de dire avant qu'aucun d'eux ne lui ait adressé la parole : « Je suis venu me joindre à vous.

— Jette ton poignard devant toi », s'entendit-il répondre. Comment savaient-ils qu'il avait un poignard ? Depuis combien de temps le surveillaient-ils ?

« Je suis seul. Je veux me joindre à vous, répéta-t-il.

— Jette ton poignard. »

Il hésitait, mais avait-il vraiment le choix ? Ils étaient une dizaine à présent à l'entourer. Tous n'étaient pas armés, mais certains – suffisamment – l'étaient. Celui qui avait parlé avait un arc dont la flèche était braquée sur lui. Une flèche en bambou à la pointe mal taillée. Le fer devait être rare dans les marais.

Il sortit son poignard et se baissa pour le poser devant lui. Aussitôt l'un des hommes s'élança pour s'en saisir et l'apporta à l'archer. Un sifflement appréciateur.

« Vous me le rendrez ?

— Suis-nous », se contenta de répondre l'autre.

S'ils ne l'avaient pas tué tout de suite, c'était qu'ils avaient l'intention d'en faire l'un des leurs, se dit Jiande, à qui l'espoir redonna quelques forces. Ils le menèrent à une clairière dissimulée au milieu des joncs.

Là, des cabanes qu'il jugea mal conçues, quelques porcs et poulets trop peu nourris et des hommes déguenillés qui semblaient errer sans but particulier.

« Va chercher Shida ! » ordonna l'archer à l'un d'eux.

L'autre lança un regard méfiant à Jiande avant de s'exécuter de mauvaise grâce.

Il ramena bientôt un petit être râblé et très brun, un peu mieux mis que ses compagnons.

L'archer expliqua la situation. Puis le nouveau venu se tourna vers Jiande. Il lui manquait deux canines. « Pourquoi tu veux te joindre à nous ?

— Je veux me venger. »

La réponse lui était venue tout naturellement. Il en fut presque effrayé.

« On ne venge personne ici. On se contente de survivre.

— Je me moque de survivre. Je veux me venger.

— On en reparlera. Tu es un déserteur. Encore un. Tu as trahi la confiance de l'Empereur. Qui me dit que tu ne trahiras pas la mienne ? À propos, je suis Gao Shida, l'Empereur de ces marais. »

Il eut un petit rire qu'il accompagna d'un geste grandiloquent de la main indiquant l'horizon désolé autour d'eux. « J'ai désormais pouvoir de vie et de mort sur toi, ajouta-t-il d'un ton soudain beaucoup plus sérieux.

— Je suis un homme de l'Est, répliqua Jiande. L'Empereur n'a jamais rien été pour moi. Qu'un envahisseur de l'Ouest. Je ferai ce que vous voulez, en échange, aidez-moi à me venger, quand le moment sera venu.

— Tu n'es pas en état de marchander quoi que ce soit. Tu m'appartiens maintenant. Tu feras ce que je te dis de faire. Ou bien tu finiras dans nos estomacs. On manque cruellement de viande dans les marais. »

Jiande avait eu le temps de remarquer les visages émaciés, les côtes saillantes, les regards affamés. Ce n'était pas une menace en l'air et il en eut un haut-le-cœur. Où donc était-il tombé ?

« En contrepartie, reprit Shida, je vais te dire pourquoi la vengeance n'a aucun sens ici : parce que qui dit vengeance dit passé et, ici, plus personne n'a de passé. »

Jiande fut sur le point de lui raconter ce qui lui était arrivé : sa famille massacrée, sa fiancée enlevée, sa vie détruite. Comment pourrait-il jamais oublier ? Mais Shida ne lui en laissa pas le temps :

« Que sais-tu faire ?

— Je peux m'occuper d'un champ, faire pousser les navets, les choux, les concombres, entretenir les poiriers, les pruniers, les jujubiers et même les pêchers. »

Gao Shida eut une moue de mépris : « Tu as vu beaucoup de poiriers en venant ?

— Je peux me battre aussi. J'ai combattu dans la Péninsule.

— On va voir ça. »

Il appela un homme chauve et massif, l'un des seuls de la clairière à avoir davantage que la peau sur les os.

« Donne une leçon à notre nouvelle recrue ! »

Des cris d'enthousiasme accueillirent l'ordre de Shida.

Jiande eut à peine le temps de se mettre en position de défense. L'autre se jeta sur lui et le renversa d'un croche-patte vicieux. Il était étonnamment habile pour un être aussi imposant. Il s'assit sur lui en lui bloquant les bras avec ses jambes, et le frappa copieusement au visage, jusqu'à ce qu'on lui dise d'arrêter.

À demi-conscient, Jiande entendit juste la question narquoise de Gao Shida : « Et sinon tu t'y connais en fumier, le nouveau ? »

Dès le lendemain, il se vit assigner la tâche la plus dégradante de ce monde à ses yeux déjà fort avili. La bande disposait de quelques terres cultivables, au milieu de l'inextricable réseau aquatique, mais de très peu de bêtes. Le fumier était humain pour l'essentiel. Jiande dut le collecter chaque matin, en général à mains nues, passant d'une cabane à l'autre. Dans le meilleur des cas, on lui tendait des seaux puants qu'il n'avait qu'à aller verser dans la barque qu'on lui avait confiée pour passer d'un îlot d'habitations à l'autre. Plus souvent, on lui indiquait en ricanant un bout de terrain protégé par quelques planches. Il s'y rendait avec une brouette et y ramassait jusqu'au moindre étron, au début sous l'œil attentif de bandits qui lui indiquaient chaque immondice oubliée. Puis il acheminait sa barque jusqu'aux champs étroits et détrempés où il déchargeait sa marchandise infecte. Toute sa vie, il avait veillé à sentir bon. Il lui fallut y renoncer. L'odeur lui collait à la peau. Les autres le moquaient, s'écartaient quand il passait. Il l'accepta. Il attendait son heure.

25

Lettre de Jun à Huaji

Il ne faut pas compter sur l'aide du prince héritier. Il n'enverra aucune troupe aux Oies-Sauvages. J'ai surpris une conversation que je n'étais pas censée entendre entre mon mari et un homme que je n'ai pas reconnu. Cai se félicitait d'avoir réussi à convaincre le prince qu'une fois l'Empereur tombé aux mains des nomades, il pourra monter sur le trône.

Qu'est-ce que Père et toi comptez faire ? Vous rendre seuls aux Oies-Sauvages est du suicide. Je suis très inquiète pour vous.

Tu t'étonneras sans doute des agissements de Cai. J'en suis désolée et un peu responsable. J'aurais dû vous prévenir bien plus tôt sur son compte. Je n'ai pas voulu vous ennuyer. Cela fait un an que je vis avec lui et, non, ce n'est pas la personne serviable et influençable que vous vous imaginiez. Une seule chose compte aux yeux de Lu Cai, c'est son propre avancement. Il s'imagine pouvoir un jour gouverner le Milieu-du-Monde à la place du prince, jeune homme, il est vrai, facile à manipuler. Père a dû commencer à le comprendre quand Cai n'a cessé de trouver des prétextes pour ne pas le faire venir dans la capitale. La vérité est qu'il ne veut personne ici qui lui fasse contrepoids dans l'esprit du prince.

Je te jure que j'ai essayé de défendre les intérêts des Li et de lui plaire. Mais, dès le début, dès notre nuit de noces, il ne m'a laissé aucune chance. Rien que d'y repenser, à cette nuit de noces… Laisse-moi donc te la raconter. Je m'en suis abstenue jusqu'ici, mais ça te permettra de comprendre à quel genre d'homme Père m'a donnée.

Je sais que je ne suis pas jolie. Quand je me suis retrouvée seule avec lui, la première fois, j'étais comme paralysée. Je lui tournais le dos. Je l'ai entendu se débarrasser de sa ceinture puis de sa robe, défaire les épingles qui lui maintenaient les cheveux. Mes mains à moi tremblaient, ne parvenaient pas à se saisir de quoi que ce soit. Je restais tout habillée.

J'aurais quand même voulu lui plaire, ne serait-ce qu'un tout petit peu.

« Je n'en ai pas plus envie que vous, Jun », m'a-t-il dit.

Je me suis retournée. Il était complètement nu déjà. Bien trop beau pour moi. Sa remarque m'a meurtrie. Il ne comprenait décidément rien. Je me suis sentie plus perdue encore.

Mère m'avait donné quelques conseils les jours précédents. Mais c'était surtout une des concubines de Père, celle qui est originaire du Sud, qui m'avait expliqué comment me comporter cette nuit-là. Je me souvenais d'une phrase qu'elle avait prononcée : « Fais ce qu'il te dira de faire, comme si tu en avais autant envie que lui. »

À la place, j'ai demandé à Cai : « Dans ce cas, peut-être pourrions-nous nous en dispenser. »

Il n'a pas souri comme je l'avais espéré. « Je ne pense pas que ce soit possible. »

Un imbécile. Je le haïssais.

« Je ne veux pas », ai-je balbutié.

Il a poussé un soupir, puis m'a ordonné de me déshabiller. Il avait le droit de me donner des ordres. Cette nuit et toutes celles qui suivraient. J'étais à lui. Père m'avait vendue à lui. En l'occurrence, il n'exigeait de moi qu'une chose très raisonnable, attendue, inévitable.

J'ai commencé par retirer les broches et rubans de mes cheveux. Déployés, ils couvriraient en partie ma nudité, ai-je pensé. Alors que je m'apprêtais à ôter ma robe rouge, j'ai hésité. Il me scrutait, debout devant moi, visiblement impatienté. « Éteignons les bougies, ai-je proposé.

— Je veux vous voir », a-t-il répliqué sèchement.

Je n'ai pas insisté. Je me suis tournée de nouveau et exécutée.

Personne ne choisit sa vie. Pourquoi l'aurais-je pu, moi ?

Quand je me suis retrouvée complètement nue, dos à lui, tremblante, il m'a commandé de me retourner. « Vous aviez raison, m'a-t-il dit, après que je lui eus obéi. Nous aurions dû éteindre les bougies. »

Voilà l'homme auquel on m'a mariée.

26

Shimin

Pendant plusieurs jours, les Li s'occupèrent de recruter tous les hommes de leur préfecture capables de tenir une arme. On fit forger en urgence des lames d'épée et des pointes de lance, fabriquer des milliers de flèches. Une force de dix mille cavaliers et fantassins fut mise sur pied.

« Ce n'est pas assez », maugréait Père. Pourtant il s'était enfin décidé à aller porter secours à l'Empereur. Et ce alors que les éclaireurs avaient confirmé le chiffre effrayant de trente mille cavaliers de la Steppe assiégeant les Oies-Sauvages.

Le convaincre n'avait pas été une mince affaire. Quand Shimin avait proposé de réquisitionner tous les paysans de la préfecture, il avait répliqué avec hargne : « Très bonne idée. L'Empereur a eu la même pour sa guerre contre la Péninsule : un million d'hommes dont les deux tiers n'étaient pas des soldats professionnels, mais des déracinés, incapables de manier une arme. Ils sont morts le long de la frontière et, à présent, leurs familles meurent de faim à leur tour, au milieu des champs qui n'ont pas été cultivés. »

C'était Huaji, il fallait le reconnaître, qui avait su trouver les bons arguments (Shimin en ressentait encore une pointe de jalousie) : « La question n'est pas là, avait-il dit. Pouvons-nous nous permettre de ne pas intervenir alors que cela se déroule à quelques jours de marche de chez nous ? »

C'était vrai, avait pensé Shimin : que l'Empereur parvienne à se dégager des Oies-Sauvages ou non, on reprocherait dans tous les cas à Li Yuan de ne pas lui avoir porté secours. L'Empereur les avait condamnés à aller mener un combat presque perdu d'avance, comme il avait condamné un pays entier à entrer dans une danse démente au bord de l'abîme (l'image lui était venue en lisant un poème).

Père avait tenté une dernière fois de se dérober : « Son fils, le prince héritier, n'a qu'à intervenir, lui. Il dispose des troupes nécessaires à la Capitale occidentale.

— Il est plus éloigné que nous.

— Tu écriras à ta sœur et à Lu Cai pour savoir ce qu'il en est. Si au moins on pouvait joindre nos forces aux leurs… »

La réponse, portée par un cavalier rapide, ne tarda guère à arriver : une lettre de Jun où elle révélait que le prince héritier, sur les conseils de son propre époux, Lu Cai, garderait ses troupes pour protéger la capitale.

« Le traître, l'ingrat ! éructa Père.

— Ce n'est pas un si mauvais calcul, répliqua Huaji. Ni pour lui, ni pour le Milieu-du-Monde. L'Empereur actuel a clairement été désavoué par le Ciel. Si son fils monte sur le trône…

— Tais-toi. Les Li ne sont pas des traîtres. J'ai juré au Réunificateur de veiller sur son fils. Et, de toute façon, cela ne change rien à notre problème : quand l'Empereur sera aux mains de Tardu, on cherchera des coupables. Et, tu l'as dit toi-même, nous serons tout désignés. »

On hâta les préparatifs. Shimin n'arrivait pas à croire que d'ici une demi-lune, ils seraient peut-être tous morts. C'était une pensée inconcevable. Tous sauf lui, nécessairement, puisqu'il avait un destin à accomplir, puisqu'on lui avait prédit un avenir inouï. Chaque soir avant de s'endormir, il essayait de s'imaginer comment ce destin pourrait se réaliser : nécessairement, à un moment donné, interviendraient des événements qui bouleverseraient l'ordre des choses.

La veille du départ, son père le convoqua. Il était entouré de Huaji et de son lieutenant Liu Wuzhou, divers papiers répandus devant lui. Quand Shimin fit son apparition, il les congédia.

« Tu veux nous accompagner, n'est-ce pas ? »

Pourquoi poser une question aussi idiote ? Comment aurait-il pu en être autrement ?

« Ce n'est pas possible. »

Shimin sentit, malgré la chaleur qui baignait la pièce, un souffle glacial l'envelopper tout entier. Il trouva à peine la force de murmurer : « Mais je ne veux pas rester.

— Tu vas aller chercher Xuanba à son monastère. Tu vas le ramener à ta mère avant… avant qu'il ne soit trop tard. »

L'indignation rendit à Shimin toute son énergie.

« Je veux aller délivrer l'Empereur !

— Ce que tu veux n'a aucune importance. Tu vas ramener Xuanba !

— Sans moi, vous échouerez ! »

C'était une évidence pour Shimin : s'il ne participait pas au combat contre les nomades, les Li n'avaient aucune chance de l'emporter.

Père le regarda, interloqué : « Tu es fou, Shimin. Pourquoi aurais-je besoin d'un garçon imprévisible comme toi dans nos rangs ?

— Comment ferez-vous pour délivrer l'Empereur si les nomades sont trois fois plus nombreux ? Moi je suis capable d'atteindre n'importe qui avec mon arc. Y compris le Khagan Tardu en pleine bataille. Une fois que je l'aurai tué ou blessé, ses cavaliers se débanderont.

— Tu n'as jamais connu de vraie bataille, petit imbécile ! Et tu crois vraiment que nous en risquerons une contre l'armée de Tardu ? Nous ferons tout pour l'éviter, oui. Ton frère, qui est beaucoup plus raisonnable que toi, Wuzhou et moi avons mis au point un plan bien plus réaliste que le tien, à défaut d'être aussi héroïque : notre but n'est pas de vaincre Tardu, c'est d'exfiltrer l'Empereur hors des Oies-Sauvages.

— En quoi est-ce plus facile ? rétorqua Shimin. Les nomades ne vous laisseront pas faire.

— Nous allons les berner. Nous comptons leur faire croire que nous sommes plus nombreux que nous ne le sommes en réalité. Sur le chemin, la nuit, nous allumerons quatre fois plus de feux que nécessaire, nous frapperons dans quatre fois plus de tambours que n'est censée en utiliser une armée de dix mille hommes. Avec un peu de chance, les éclaireurs de Tardu estimeront que nous sommes quarante ou cinquante mille et Tardu n'osera nous affronter devant les Oies-Sauvages, avec les troupes impériales, qui y sont enfermées, prêtes à faire une sortie dans son dos pour nous prêter main-forte. Il s'éloignera un peu. C'est alors que nous récupérerons l'Empereur et l'amènerons dans un abri plus sûr que les Oies-Sauvages. »

Shimin dut admettre que c'était là un plan plus qu'acceptable : tout à fait ingénieux. Cela ne fit que raviver son envie d'y participer.

« Père, je te serai utile là-bas! Je suivrai tes ordres, je te le promets. »

Le front de Li Yuan se plissa, ce qui lui donna l'air très vieux.

« Tu as peut-être raison, dit-il d'une voix radoucie, mais... écoute : la vérité est que je ne peux pas priver ta mère de ce qu'elle réclame depuis des mois.

— Envoie quelqu'un d'autre alors.

— La route du monastère n'est pas sans danger, Shimin. Les nomades sont partout désormais. Je sais que toi, tu sauras te débrouiller. »

Père s'interrompit avant de reprendre : « Il y a autre chose et j'aurais cru que tu l'aurais compris : si Tardu nous écrase et que nous ne revenons pas, il faut que notre lignée continue. Il faut qu'un de mes fils au moins me survive. »

Shimin n'avait en effet à aucun moment envisagé la situation sous cet angle : si Père et Huaji disparaissaient, il serait le nouveau chef de la famille Li.

Un peu plus tard dans la journée, il se rendit au chevet de sa mère. Elle avait l'air endormie mais, quand il s'installa sur une chaise auprès d'elle, elle ouvrit les yeux. « Xuanba ? » demanda-t-elle. Ce nom lui brisa le cœur. « Ils t'ont enfin ramené ? »

Il faisait bien trop chaud dans la pièce. On avait rabattu les rideaux entourant le lit et tendu des pans de soie rouge aux fenêtres. Le soleil ne pénétrait pas, mais aucun air non plus. Shimin se dirigea vers l'une des ouvertures obstruées pour la dégager un peu et mieux respirer. Il aperçut un panier de bambou où étaient rangées des robes que sa mère ne mettrait jamais plus.

« Va-t'en », entendit-il alors dans son dos. Elle l'avait reconnu : à sa taille, quand il s'était relevé.

Les larmes affluèrent. Et la colère.

« Pourquoi ? Pourquoi tu ne veux pas de moi ? » lui demanda-t-il.

La bouche de sa mère lui sembla déformée : « Parce que tu me dégoûtes. »

Elle avait l'air si vieille ainsi alitée, la tête posée sur son oreiller de bois laqué, si près de la mort, l'ombre de la princesse nomade qu'elle avait été. Mais Shimin ne pouvait s'empêcher de la trouver belle encore et de l'aimer plus que tout. Il se rapprocha, bouleversé, et balbutia qu'elle accordait trop d'importance au passé, à un événement qu'elle aurait dû oublier.

Elle se redressa légèrement un instant, revigorée : « Ce n'est pas le passé qui m'inquiète, Shimin. C'est l'avenir. C'est ce qu'un garçon capable de tuer autant de monde à onze ans et de mettre sa famille en danger – en danger de mort – fera quand il en aura vingt.

— J'en ai quinze et je n'ai plus tué personne.

— L'occasion ne s'est pas présentée. »

Il fut tenté alors de lui parler de la prédiction de Kang Mozhi, de lancer à cette femme qu'il adorait et qui osait le rejeter l'avenir extraordinaire que le marchand du Couchant avait lu pour lui dans la paume de sa main. Un scrupule superstitieux le retint. Il battit en retraite.

Le lendemain, tandis que l'armée Li s'ébranlait en direction des Oies-Sauvages, lui partit seul chercher l'être qu'il détestait le plus au monde.

27

Lettre de l'Impératrice à la Khatun Yicheng

Ma sœur, pourquoi ne me réponds-tu pas ? Il est impossible qu'aucune des lettres que je t'ai envoyées ne te soit parvenue. Tardu et ses nomades ne peuvent arrêter tous les cavaliers que nous avons fait sortir discrètement de la ville, de nuit, chargés d'un message pour toi. Aide-nous, je t'en supplie ! Nous n'avons presque plus rien à manger et, à vrai dire, j'ignore déjà la nature de ce que je me force à avaler. Nous craignons tellement la traîtrise qu'il est désormais interdit dans toutes les Oies-Sauvages, sous peine de la vie, de sonner de la trompette ou d'agiter le moindre drapeau sans autorisation, pour le cas où ce serait un signal adressé aux assiégeants. Ce matin, j'ai demandé à l'une de mes servantes de m'étrangler avec un lacet de soie si les nomades entraient dans la ville. Avant cela, je ferai la même chose à mon fils. Il a dix ans.

Oh, ne me pousse pas à prendre des décisions folles et irrévocables. Aide-nous ou sois maudite.

28

Jiande

Jiande n'avait jamais fréquenté des êtres pareils, même pas au sein de l'armée. Dans son village beaucoup de bruits couraient sur eux. Certaines histoires glorifiaient leur sens de l'honneur, leur solidarité à toute épreuve. En fait de gloire et d'honneur, Jiande vit surtout les plus forts – qui étaient presque toujours les plus violents – faire régner leur loi. Lui-même fut battu plusieurs fois, mais on ne le contraignit jamais – peut-être à cause de l'odeur qui s'attachait à lui – à faire ces choses répugnantes que certaines brutes imposaient aux plus fragiles. Quand il apercevait ce genre de scènes, il détournait les yeux. Il savait bien que les femmes manquaient dans les marais.

Le Vieux Cui lui avait dit un jour qu'il y avait chez lui une sorte de « passion de la justice », qu'on ne pouvait qu'admirer, mais qui risquait, dans le monde tel qu'il était, de le faire beaucoup souffrir. Et c'était vrai qu'il souffrait d'être le témoin des brimades que chaque nouveau venu subissait de la part des bandits. Car Jiande n'était pas le seul à avoir eu l'idée de trouver refuge dans les marais : malgré les dangers, on y affluait en masse. Parfois, dans sa barque, Jiande tombait sur les corps sans vie de malheureux qui s'étaient noyés avant d'avoir atteint le repaire des brigands. S'il était le premier à les découvrir, il surmontait son dégoût et les dépouillait, cherchant sur eux une faucille, une hache, un couteau, voire une bêche ou une houe qu'ils auraient été susceptibles d'emporter.

Il était terriblement facile de se perdre. Jiande se rendait compte qu'il avait eu de la chance. Il s'était familiarisé depuis son arrivée avec les chenaux d'eau saumâtre qui sillonnaient les étendues désolées et il avait découvert à quel point ils recelaient de pièges et d'écueils. Ils semblaient souvent s'arrêter, mais il suffisait de poursuivre à travers les roseaux pour aboutir à un étang ou à d'autres chenaux. Quand on ne connaissait pas, on tournait en rond indéfiniment. Tout se ressemblait vaguement ici : les touffes de joncs au bord de l'eau, les rangées d'arbres rabougris, les rares prairies sèches. Et en même temps rien n'était stable. C'était un labyrinthe aux voies toujours changeantes, à la faveur d'une nuit de pluie. De temps en temps émergeaient de nouveaux îlots tandis que d'autres disparaissaient. Il fallait, comme Jiande, les parcourir presque chaque jour, pour être certain de s'y retrouver. Une prairie en apparence hospitalière pouvait, si vous vous y aventuriez sans précaution, vous engloutir jusqu'aux hanches, voire au-delà, dans d'invisibles fondrières.

Seul le grand îlot central, celui où l'on avait amené Jiande le premier jour rencontrer Gao Shida, semblait à l'abri de ces fluctuations. C'était là que s'était regroupé l'essentiel de la bande originelle, celle qui préexistait à l'afflux des réfugiés et qui désormais les terrorisait. On y trouvait plus de maisons que nulle part ailleurs, de ces maisons dont la mauvaise conception avait frappé Jiande. Il avait calculé que peut-être deux cents personnes y vivaient. Les autres, quatre à cinq fois plus nombreux, occupaient des îlots alentour, de taille plus réduite et dont certains, quasi déserts à l'arrivée de Jiande, commençaient à déborder d'habitations, en général sur pilotis.

Tous ces gens auraient pu quitter les marais sans que les bandits aient les moyens de les en empêcher. Mais ils restaient. Ils n'avaient nulle part d'autre où aller. Et ils acceptaient d'obéir à ceux qui ne les avaient accueillis que pour les exploiter.

Jamais on n'avait donné à Jiande de la nourriture en échange des services qu'il rendait. Il lui fallait la trouver lui-même. Mais il s'était aperçu que ce n'était pas si compliqué : les marais regorgeaient d'animaux. Avec un peu de pratique et beaucoup de patience, à certains endroits où l'eau était peu profonde et assez claire, on attrapait des poissons à mains nues. Jiande s'était fabriqué une nouvelle fronde avec laquelle il avait abattu plusieurs canards et un nombre faramineux de chauves-souris : celles-ci prenaient leur envol au crépuscule, formant dans les airs des groupes si compacts qu'il suffisait de tirer dans le tas pour en abattre au moins une. Il ne dédaignait pas non plus la viande de certains gros rats qu'il capturait au moyen de pièges rudimentaires.

Dans ce monde plus qu'à moitié aquatique, le principal problème n'était pas de manger, mais de boire. L'eau croupie rendait malade. Heureusement Jiande avait vite compris que les animaux étaient de très bons guides : les loups, les chats sauvages, les ours même, si lourds et patauds qu'ils eussent l'air, trouvaient avec un instinct infaillible le chemin ferme autour d'un étang menant là où l'eau était la plus saine. On n'avait qu'à attendre qu'ils se fussent éclipsés pour aller s'abreuver à son tour.

Il n'avait presque plus peur des serpents. Il en avait vu plusieurs fuir devant lui et le simple fait de les avoir vus leur avait ôté une bonne part de leur aura terrifiante.

De plus en plus, sa crainte des bandits s'estompait elle aussi. Ne restait que la colère.

Il s'apercevait qu'ils auraient pu tirer un bien plus grand profit des marais. On y cultivait trop peu, on se reposait sur le pillage des paysans de la région. Du coup, une partie de ces paysans renonçaient à travailler et beaucoup rejoignaient les marais, ajoutant de nouvelles bouches à nourrir et laissant de bonnes terres en friche. C'était absurde.

Un jour, Jiande reconnut un homme de son village qui taillait des manches de haches devant une masure à moitié effondrée. Il alla lui parler. L'autre ne s'enfuit pas – malgré l'odeur : il fondit en larmes, tomba à genoux. Il avait assisté à l'assaut des soldats contre la ferme des Dou, à ce qu'on avait fait au père de Jiande, à sa mère. Lui avait été enrôlé de force, mais il avait réussi à s'échapper et à venir jusqu'ici. Ils ne savaient pas ce qu'étaient devenus les autres villageois, eux aussi embrigadés dans les troupes impériales. Ce qu'il lui raconta, Jiande l'avait déjà à moitié deviné. À plusieurs reprises, il le coupa, lui dit qu'il n'avait pas besoin de davantage de détails. Il n'eut pas le courage de l'interroger sur Chan.

La jeune fille hantait suffisamment son esprit pour qu'il ne souhaitât pas ajouter à ses cauchemars de nouvelles circonstances horribles qu'il ne parviendrait jamais à oublier. Elle était perdue pour lui. Il devait la considérer comme telle, en tout cas : comme morte. Sans quoi, il ne parviendrait jamais à tenir, à survivre. Car il devait survivre.

Survivre pour – un jour – se venger.

Quelque temps plus tard, ce fut un soldat de son ancien régiment qu'il croisa et qui lui apprit qu'ils étaient plusieurs camarades à avoir échoué dans ces marais. Jiande lui demanda les noms et proposa qu'ils se réunissent tous, à l'occasion, pour tenter de s'entraider. L'idée ne semblait pas même être venue à son interlocuteur, qui l'approuva cependant avec enthousiasme.

29

Shimin

Un cavalier les observait depuis une colline au loin. Dès qu'ils firent mine de se diriger vers lui, il prit la fuite. « Je crois que c'était un nomade », commenta Shimin qui, aussitôt, regretta de ne pas avoir gardé ses craintes pour soi : Xuanba était devenu blême.

Ils avaient quitté le monastère la veille au matin. Shimin avait fait en sorte d'emprunter des chemins secondaires, moins fréquentés et, avait-il espéré, moins exposés.

À l'aller, il avait été surpris de constater à quel point les principales routes étaient encombrées : pleines de paysans qui fuyaient. Ils lui avaient appris que des centaines de villages frontaliers avaient été assaillis. Des groupes de cavaliers très organisés avaient passé la Muraille-sans-Fin, mal gardée, et remontaient peu à peu à l'intérieur des terres, y propageant l'effroi. Les greniers étaient pillés et les champs, piétinés : la récolte à venir, celle de la fin de l'été, serait en grande partie perdue. De toute évidence, le siège des Oies-Sauvages n'occupait qu'une partie seulement des troupes de Tardu.

Les escadrons de la Steppe étaient nombreux, très mobiles, parfaitement coordonnés ; il était impossible de savoir où ils se trouvaient à présent ni jusqu'où ils comptaient encore avancer. Ils surgissaient toujours à l'improviste, sabraient sans pitié ceux qui osaient s'opposer à eux, incendiaient, humiliaient. La région regorgeait d'habitations creusées dans la roche poreuse, à flanc de collines : pour peu qu'on osât s'y barricader, les assaillants plaçaient devant les portes des excréments de loups, qui, enflammés, dégageaient une épaisse et âcre fumée noire, obligeant les occupants à sortir pour ne pas étouffer. Les femmes étaient des proies recherchées. Shimin avait croisé beaucoup d'époux, de pères, de frères éplorés, qui lui firent des récits affreux de ce qu'ils avaient vu.

Il ne voulait pas davantage inquiéter son petit frère. Mais il fallait qu'ils accélèrent. Qu'ils s'éloignent au plus vite de l'endroit où l'homme les avait repérés. Car il n'était certainement pas seul. Et s'il avait disparu, c'était sans doute pour aller chercher des renforts.

Ils changèrent une nouvelle fois de cheval. Shimin en avait apporté quatre en tout, afin qu'ils puissent toujours en laisser deux se reposer pendant qu'ils montaient les autres. Il encouragea Xuanba.

Mais ils restaient trop lents. D'un geste brusque, il s'empara du cheval de rechange de son petit frère – que celui-ci avait du mal à manœuvrer – et l'attacha au sien.

Ils ne s'arrêtèrent pas pour manger, alternant trot et galop. Régulièrement, Shimin se retournait pour vérifier qu'ils n'étaient pas suivis.

Il avait promis qu'il ramènerait Xuanba. Même si ni sa mère, ni même Xuanba ne méritaient tous les risques qu'il prenait pour eux. Au monastère, quand il lui avait annoncé que leur mère était mourante et voulait le revoir, son frère avait dit qu'une personne aussi bonne qu'elle ne devait pas avoir peur de ce qui lui arriverait après la mort. Avaient suivi quelques phrases lénifiantes bourrées de termes étrangers, incompréhensibles, qui avaient laissé Shimin sans voix. Sa mère allait disparaître de leur vie, peut-être même ne serait-elle plus là quand ils arriveraient enfin chez eux, et Xuanba récitait sa leçon. Peu après, heureusement, il avait pleuré, débarrassé des formules toutes faites apprises de ses maîtres.

Shimin imagina à quoi ressembleraient ces retrouvailles entre Mère et son fils préféré. Il se demanda s'il voudrait y assister. Souhaitait-il seulement qu'elles aient lieu ?

Puis ces questions lui semblèrent dérisoires : derrière eux venait d'apparaître un groupe de cavaliers – il en compta une vingtaine. Des ennemis, qui galopaient dans leur direction.

« Il faut les semer », hurla-t-il à Xuanba. Ils éperonnèrent leurs montures. En vain : les autres gagnaient du terrain. On entendait le vacarme des sabots et des cris se rapprocher.

Nul refuge aux alentours : pas un bois, plus aucun relief. Qu'un plateau semi-aride où ils étaient terriblement visibles.

« S'ils nous attrapent, ils prendront nos bêtes, nos armes. Et ils nous tueront. » Il n'était plus temps de ménager Xuanba. Ils redoublèrent d'efforts. Le vent leur fouettait le visage. Shimin en avait le souffle coupé. Son frère, à sa droite, dans sa robe noire de moine, faisait de son mieux ; à plusieurs reprises déjà, il avait failli tomber.

L'arrivée de la nuit était leur seul espoir. Il fallait tenir jusque-là, garder suffisamment de distance avec leurs poursuivants et, à la faveur de l'obscurité, tenter de les semer.

Shimin obliqua vers la droite, entraînant Xuanba, dont le cheval, une nouvelle fois, manqua de trébucher. L'animal sentait la peur de son maître, il était lui-même gagné par la panique, ses mouvements se décoordonnaient de plus en plus. Shimin songea que, seul, il pourrait s'en sortir. Que Xuanba le ralentissait.

D'un bond, il passa sur Tonnerre-Prospère, sa monture la plus rapide, et accéléra. Peu à peu il se détachait de son frère et même du groupe des nomades, dont les chevaux ne pouvaient rivaliser avec le sien. Xuanba cria son nom. Shimin accéléra encore. Le cadeau du Khagan était une bête magnifique, presque surnaturelle. Personne ne le rattraperait.

Il avait fait ce qu'il avait pu. De retour chez lui, il dirait la vérité : que des nomades les avaient attaqués, que Xuanba n'était pas assez rapide, qu'il ne servait à rien qu'ils fussent tous les deux tués.

Il fit une nouvelle embardée. Vers la gauche cette fois. Son frère continua tout droit, avant de tenter de le suivre maladroitement, tandis que les ennemis coupaient au plus court et gagnaient encore du terrain. Quand ils ne faisaient pas la guerre, ils passaient leur temps à chasser. Ce jour-là, leur gibier était un jeune moine de dix ans.

Shimin pensa à la réaction de sa mère quand il lui raconterait ce qui était arrivé. Elle lui répéterait qu'il la dégoûtait. Que pouvait-elle faire d'autre ? Alors il lui rirait au nez. Elle expirerait et, lui, il détaillerait la façon dont il avait abandonné son fils chéri. Elle souffrirait comme elle l'avait fait souffrir. Il ne lui dirait pas qu'il n'avait pas eu le choix, que, même s'il l'avait souhaité, il n'aurait pu sauver Xuanba.

Un instant plus tard, en plus du claquement des sabots et de la clameur des hommes, il entendit des aboiements, dont certains lui firent l'effet de cris étranges, comme il n'en avait jamais entendu : des feulements stridents. Il se retourna, le cœur palpitant, aperçut les chiens et, parmi eux, une bête qui n'en était pas un.

La nuit était presque là. Lui allait disparaître dans l'obscurité, les semer tous et rentrer chez lui, seul. Il entendit Xuanba l'appeler encore, le supplier de l'attendre. La sueur lui coulait dans les yeux, il ne voyait presque plus rien. Les cris de son frère envahissaient tout l'espace, mêlés aux aboiements, aux voix des nomades. Dans un instant, ce serait fini. Xuanba, avec un peu de chance, ne serait pas déchiqueté, se dit-il, juste fait prisonnier. Et, de toute façon, ce n'était pas sa faute.

Ce n'était pas sa faute et pourtant il tira brusquement sur ses rênes. Tonnerre-Prospère, surpris, hennit et faillit le désarçonner. Il ralentit, passant au trot. Un instant plus tard,

Xuanba était à ses côtés. Shimin regarda son visage décomposé, enlaidi par la peur, son crâne rasé de moine dégoulinant de sueur. « Arrête-toi ! » commanda-t-il d'une voix rauque, brisée à force d'avoir trop crié. Il avait envie de fondre en larmes. Sa gorge le brûlait. La terreur le gagnait aussi, à cause de ce qu'il avait cru apercevoir. Il tira de nouveau sur ses rênes, s'immobilisa complètement. Xuanba l'imita.

Bientôt les chiens furent là. Et, au milieu d'eux, l'autre bête qu'on aurait pu prendre pour un gros chat. Allait-elle leur sauter à la gorge ? Pour l'heure, la panthère grondait aux pieds de leurs chevaux.

Shimin essayait d'empêcher ses mains de trembler. La droite était crispée sur la crinière tressée de Tonnerre-Prospère, la gauche, calée au-dessus de ses yeux, face à la lumière rasante du soleil qui l'aveuglait. À côté de lui, Xuanba sanglotait.

« Il y a peut-être une chance », lui glissa-t-il.

Les nomades, à contre-jour, restaient indistincts. Mais il comprit qu'ils étaient en train de se placer en cercle autour d'eux. Il attendit.

Il leva les bras pour bien indiquer qu'il ne comptait se servir ni de son arc, ni de son épée.

« Fais comme moi ! » ordonna-t-il à Xuanba.

Ses poumons le brûlaient à cause de l'effort violent et vain qu'il venait de fournir. À cause aussi de toute cette poussière jaune tourbillonnant autour d'eux.

« Tu connais notre langue ? »

Shimin haussa les épaules, puis acquiesça.

Ils étaient dix au moins, disposés autour de son frère et lui. D'autres arrivaient. Il les apercevait, qui se rapprochaient sans grande hâte à présent que le gibier était pris, le visage emmitouflé dans de grands foulards.

L'homme qui lui avait adressé la parole s'était retourné vers les nomades retardataires : « Qu'est-ce que tu veux faire d'eux, Nivar ? »

Au milieu de la poussière qui retombait peu à peu et malgré la lumière rasante, Shimin distingua un grand cavalier portant un magnifique caftan vert et les cheveux rabattus en une natte compliquée derrière la nuque. À ses oreilles pendaient des lapis-lazulis d'un bleu de crépuscule. Il avait une trentaine d'années. C'était bien Nivar, le frère du Khagan. Une deuxième panthère était assise derrière sa selle. C'était ce que Shimin avait espéré – et redouté.

Nivar, du reste, n'était pas seul. À ses côtés, il y avait son neveu.

*

Tulan le reconnut à son cheval. « C'est l'un des étalons du Couchant de mon père, s'exclama-t-il aussitôt qu'il eut rejoint les nomades qui entouraient Shimin et Xuanba.

— Un *cadeau* de ton père », rectifia Shimin.

Tulan avait grandi, bien sûr. Il avait des poils au-dessus de la lèvre et sur le menton – beaucoup plus que Shimin. Son nez semblait plus busqué qu'auparavant, ses cheveux étaient noués derrière son crâne à la façon des nomades désormais. Mais, pour le reste, ses traits étaient toujours à peu près ceux du garçon dont il avait fait son frère d'élection, le petit otage du Milieu-du-Monde. Celui qu'il avait sauvé le jour de l'inauguration du Grand-Canal.

« Shimin ? Li Shimin ? » demanda Tulan. Il s'apprêtait à avancer vers lui, à le prendre dans ses bras quand son oncle l'arrêta.

« C'est bien ce qui me semblait. Le fils du gouverneur Li Yuan. Et l'autre, le petit moine pleurnichard ?

— Mon frère.

— Voilà qui complique les choses. »

Il avait l'air plus contrarié que surpris.

« On les ramène à Tardu ? » intervint un jeune aux joues couvertes de cicatrices.

Des murmures s'étaient élevés parmi les nomades, trop confus pour que Shimin distingue davantage que quelques mots isolés. À l'évidence, ses quatre chevaux et ses armes attisaient les convoitises. Nivar leur intima de se taire, ce qu'ils firent aussitôt. Il voulait réfléchir.

Xuanba avait, quant à lui, cessé de pleurer. Il était venu, avec son cheval, se blottir tout contre Shimin. Celui-ci ne le repoussa pas.

Depuis qu'il savait que ceux qui les avaient interceptés n'étaient pas de simples pillards, les idées se bousculaient dans son esprit. Il entrevoyait une issue qui ne serait ni la mort, ni l'esclavage. Au pire, une rançon. Cependant, il ne pouvait oublier la réputation sinistre dont jouissait Nivar. « Le plus intelligent et le pire des nomades », avait affirmé Père un jour.

Tulan lui souriait et s'impatientait sur sa selle. Il brûlait, à l'évidence, de lui parler, de fêter ces retrouvailles inattendues. En dépit de tout ce qui avait changé depuis leur dernière rencontre. En dépit du fait qu'ils étaient ennemis à présent.

« Oui, on les ramène, eux et leurs chevaux », finit par ordonner Nivar. Il se tourna vers son neveu avant d'ajouter : « Les enfants de Li Yuan sont trop précieux pour qu'on les laisse partir. Ils seront nos otages. Comme tu l'as été chez eux. »

Ce n'était pas ce qu'avait espéré Shimin.

« Ma mère, dame Tou, est très malade, tenta-t-il d'expliquer. Elle veut revoir mon frère avant de mourir. Il faut que vous nous laissiez repartir.

— Tu oublies que ton père est entré en campagne contre nous, gamin. »

Ils savaient donc. Déjà.

« C'est vous qui avez attaqué l'Empereur les premiers !

— Qu'est-il venu faire dans la Steppe ? Exiger, ordonner, nous traiter une nouvelle fois comme ses sujets alors qu'il n'est même plus capable de gouverner son propre pays. »

Inutile de poursuivre dans cette voie. Shimin tenta une nouvelle approche : « Je vous promets que nous reviendrons nous livrer plus tard, après avoir revu notre mère. »

Nivar ricana. « Les serments d'un peuple aussi corrompu et fourbe que le tien ne valent pas plus que de la crotte de loup. Que fera mon frère, à ton avis, si je lui dis que j'ai laissé s'enfuir deux fils du gouverneur Li Yuan, mais qu'il ne doit pas s'en faire : ils reviendront bientôt de leur plein gré ? »

Shimin sentait la rage le gagner. Comment pouvait-on douter de sa parole ? Il était trop fier pour rappeler à Nivar ce qu'il avait fait pour lui au Nouveau-Confluent. Le prince nomade le savait. Tulan le savait. Tout le monde le savait. C'était l'invisible fantôme qui hantait l'étendue herbeuse autour d'eux.

Il était sur le point de briser ce non-dit, de les confronter tous à leur ingratitude. Mais Tulan le devança. Il s'était approché de Tonnerre-Prospère qu'il caressait à l'encolure. « Je ne suis pas sûr que mon père sera ravi qu'on lui ramène un cadeau qu'il a fait. »

Nivar toisa son neveu. Puis il désigna du doigt le cheval de Shimin. « Mon frère le lui a offert en récompense, c'est bien ça ? » Tulan acquiesça. « Eh bien, nous prendrons tout le reste. Le cheval restera ici.

— Je ne me séparerai pas de mon cheval », s'écria Shimin. Et aussitôt, il se mordit les lèvres, regrettant la stupidité de sa réaction.

« Il est à lui. Je ne l'empêcherai pas de le prendre, dit alors Nivar, portant la main sur son cœur en gage de bonne foi. Mais lui et son frère viennent avec nous. »

Un sourire se dessinait sur le visage aigu du nomade. Il avait gagné. Tulan maugréait des mots inaudibles. Shimin n'osait pas se tourner vers Xuanba, qui se tenait un peu en retrait. Il ne voulait pas revoir cette figure affreuse, les larmes mêlées à la poussière jaune. Le masque de la peur. Son échec.

« Je t'ai sauvé la vie, dit-il enfin. Il y a quatre ans, je vous ai sauvé la vie. »

Il faillit ajouter qu'à cause de ça, il avait perdu l'amour de sa mère.

« Nous nous en serions sortis sans toi. »

Shimin allait répliquer ; Nivar leva la main pour lui intimer le silence.

« Que t'imagines-tu, mon garçon ? Que nous allons te faire du mal ? C'est tout le contraire. Je vous sauve la vie moi aussi. Vous avez eu de la chance de tomber sur nous. D'autres vous auraient tués. D'autres vous tueront si nous vous laissons repartir. Par les temps qui courent, vous serez plus à l'abri parmi nous que partout ailleurs. »

Rien ne ferait changer d'avis le grand nomade, comprit Shimin, atterré. Ni les promesses, ni les supplications, ni même l'honneur. Nivar avait réponse à tout.

On ne pouvait en rester là pourtant. La nuit tombait. Dans un instant, l'affaire serait réglée.

Une idée folle et dangereuse lui vint.

« Réglons tout ça au tir à l'arc », proposa-t-il de la voix la plus ferme qu'il pût prendre, en tentant de ne pas donner l'impression de leur lancer un défi, juste d'énoncer la solution la plus naturelle au problème qui se posait. Mais, bien entendu, il s'agissait d'un défi. Un défi qu'ils auraient du mal à ne pas relever.

Tous les nomades le dévisagèrent. La main droite de Nivar s'était crispée sur la crinière de sa monture, au point que la bête eut un léger mouvement de recul. Cette fois-ci, Shimin le savait, s'il se défilait, même le raisonnement le plus spécieux ne lui permettrait pas de faire croire que l'honneur était sauf.

« Il fait trop sombre », dit-il pourtant d'un ton détaché. Shimin, de plus en plus, arrivait à suivre les tours et détours de ses pensées. Et il devina qu'il le tenait, et ce qu'il convenait de répliquer, quels qu'en fussent les périls. La question à laquelle l'autre ne pourrait plus se dérober.

« Tu as peur de perdre ? »

Les yeux verts de Nivar s'arrêtèrent sur lui. « Je sais que tu te débrouilles bien avec un arc. Mais personne ne rivalise avec nous.

— Je battrai n'importe lequel d'entre vous. Même toi. »

Des raclements de gorge se firent entendre, plusieurs cavaliers semblaient égayés bien plus que vexés par cette fanfaronnade, Tulan hochait la tête en observant son oncle. Et les panthères se remirent à feuler. Bientôt la nuit serait là, complète. Elle les envelopperait tous et la solution qu'il avait imaginée serait oubliée. Au matin, Shimin en avait le pressentiment, il ne serait plus question de leur laisser aucune chance de partir. Les esprits seraient calmés, rassis. On se rappellerait ces paroles avec un halo d'amusement.

« Je défie n'importe lequel d'entre vous au tir à l'arc », poursuivit-il en promenant son regard sur chaque membre de la troupe. Derrière lui, Xuanba lui murmurait de se taire. Nivar le jaugeait. Aucun des nomades n'osait plus parler. Shimin percevait néanmoins leur excitation. Il avait réussi à éveiller en eux une envie.

« Viser tranquillement, immobile sur une colline, des paysans entassés en bas ne fait pas de toi un archer, petit. » Le ton du chef nomade n'était plus aussi assuré.

« Qu'as-tu à craindre alors, Nivar ? »

L'énergie dans ses veines, de nouveau. L'audace. D'où venait-elle ? Il était si las, un instant plus tôt. Et soudain il se sentait prêt à défier tous ces nomades l'un après l'autre au tir. Il recommençait à croire au destin extraordinaire que Kang Mozhi avait lu dans sa main. Il lui semblait entendre la voix du marchand résonner en lui, ressurgissant, par-delà la distance immense, en ce point perdu des bords de la Steppe, dans la lumière crépusculaire. Elle lui rappelait qu'un jour, il régnerait. « Sur toutes les préfectures, sur tous les régiments de cavalerie. Sur le Milieu-du-Monde – et au-delà. »

Il attendit. Il trouva même le courage de se tourner vers son frère et d'esquisser un sourire. Xuanba avait l'air perdu dans ses pensées, il marmonnait des paroles qui devaient être des prières. Un moine. Rien qu'un moine.

Tulan intervint : « Tu ne peux pas refuser. » Un vent léger s'était levé, rafraîchissant l'étendue désolée.

« Je n'ai pas envie de refuser », finit par dire Nivar. Et, au son de sa voix, il était impossible de ne pas le croire. « Mais, nous n'avons pas le temps de multiplier les épreuves pour nous départager. Tu voudrais repartir au plus vite ? » Shimin lui répondit que oui, soudain inquiet. « Un tir, alors, pas plus, pour déterminer si tu es aussi bon que tu le prétends. Personne ne concourra contre toi. Tu n'es pas digne de défier un nomade. Mais si tu réussis ton tir, tu as ma parole, ton frère et toi êtes libres. »

Shimin n'en croyait pas ses oreilles. C'était Nivar qui lui parlait. L'être réputé le plus fourbe au-delà de la Muraille-sans-Fin.

« Ce ne sera pas comme dans ton pays de paysans. Tu tireras depuis ton cheval, au galop et en te retournant. »

Se figurait-il que les Li ne pratiquaient pas ce genre d'exercice ? Shimin pouvait abattre des moineaux ou des souris de cette façon. Il ne ratait jamais son coup. Il se dit qu'il convenait néanmoins, pour donner le change, d'avoir l'air préoccupé. Il prit même un ton hésitant pour dire qu'il acceptait.

« Quelle sera la cible ? »

D'un mouvement de son menton couvert de poils drus, Nivar indiqua un point, juste derrière lui. Xuanba.

« Il portera la cible sur lui. À toi de bien doser ton tir. Tu acceptes ? »

Shimin vit à l'expression rieuse de Nivar qu'il pensait l'avoir de nouveau acculé.

« J'accepte », s'empressa-t-il de dire, de peur d'être tenté de laisser passer sa chance.

*

Shimin lança son cheval au galop. On n'y voyait presque plus rien : au loin, le plateau herbeux ne se distinguait plus du ciel noir. À l'ouest, d'ultimes rougeoiements détachaient encore les formes de l'horizon. Xuanba se tiendrait à l'est. « C'est une faveur que je te fais, gamin. Tu ne seras pas ébloui », avait expliqué Nivar. Le chef nomade avait prononcé ces paroles sans un sourire, d'un ton si sérieux qu'il en devenait déstabilisant. Car il était évident que c'était tout le contraire d'une faveur. Un risque supplémentaire.

Une cible grossière avait été accrochée sur la poitrine de Xuanba. Un bout de toile de feutre qu'on avait pliée en trois pour la renforcer. Shimin se savait à peu près capable, malgré la nuit qui tombait, de décocher une flèche en se retournant et d'atteindre la cible. Il n'était pas certain, en revanche, de réussir à doser la force de son tir. Il avait tâté le feutre, qui, même replié en trois, n'était pas bien épais. Il avait regretté alors de n'avoir sur lui que son petit arc de la Steppe dont la puissance devenait ici un danger. Malgré tout, quand Nivar lui avait proposé de renoncer, il avait refusé, sans une hésitation et sans même consulter son frère. Par précaution, il ne banderait pas son arc au maximum, voilà tout.

La cible, bien trop fine, n'était pas très large non plus. Une oscillation de son frère, au dernier moment, vers le haut ou vers le bas, à gauche ou à droite, et la flèche lui percerait le cou ou l'abdomen. Des blessures dont on guérissait rarement.

« Je te fais confiance, Shimin. » La dernière phrase que Xuanba lui avait dite. Son frère l'en avait remercié intérieurement. Il avait besoin de l'entendre, même s'il avait pris sa décision seul.

Il ne manœuvrait les rênes qu'avec la main droite, sa main gauche tenait son arc. Ses pieds sur les étriers l'aidaient à guider sa monture. Aucune partie de son corps qui ne fût occupée, tendue, cruciale. Ses tempes étaient comme des tambours que des poings rageurs auraient martelés.

Nivar savait très bien ce qu'il lui avait imposé. Un exercice presque impossible. Cet homme était un démon. Shimin se dit que c'était sur lui qu'il aurait dû tirer l'unique flèche qu'il lui avait confiée. Mais le cavalier au caftan vert avait disparu dans la nuit. Il était sans doute l'une de ces ombres, dont, malgré le claquement des sabots sur le sol, il percevait par moments les éclats de voix. Elles l'observaient, elles se réjouissaient du geste fou qu'il allait tenter.

Il n'aurait qu'un instant pour sortir la flèche du carquois situé le long de sa cuisse gauche, tendre son arc et ajuster son tir. Il se demanda s'il ne pourrait pas plutôt disparaître dans l'obscurité, rentrer chez lui. Les nomades quadrillaient l'espace tout autour, mais il saurait trouver une faille. Tonnerre-Prospère était plus rapide que n'importe laquelle de leur monture.

Puis il se souvint de la promesse faite à sa mère, lui ramener son troisième fils. Le préféré.

Un cri d'encouragement fusa dans son dos. La voix de Tulan. Shimin aurait voulu qu'il se taise.

S'il devait s'enfuir, c'était maintenant.

Sa main choisit pour lui : elle saisit la flèche.

Il se retourna sur sa selle. Il ne voyait plus rien. Comme prévu. Il savait où était Xuanba – à cent pas. Il se répéta qu'il savait où était Xuanba. Le jour et la nuit n'étaient pas si différents. Le monde n'était pas aboli par la nuit. C'était une illusion. Chaque chose restait à sa place.

Il inspira, encocha la flèche, tendit son arc et, au moment où il expirait, lâcha la corde.

Le silence. Le battement sourd de ses veines dans ses tempes, couvert bientôt par des hurlements. Ceux des nomades, Xuanba n'avait pas émis un son. Shimin fit faire volte-face à son cheval, se précipita vers son frère, s'immobilisa. Xuanba était toujours debout. La flèche était en plein cœur de la cible. Il avait réussi.

D'un saut, il fut à terre. Les nomades s'étaient eux aussi rapprochés. Ils poussaient des exclamations enthousiastes. L'un d'eux voulut le taper sur l'épaule, pour le féliciter. Il l'esquiva. Il devait d'abord étreindre son frère. Xuanba balbutiait des paroles qu'il ne comprit pas. Qu'importait. D'un geste sûr, il arracha la flèche et plaqua son frère contre lui. Un liquide poisseux jaillit de la bouche de Xuanba, lui éclaboussa le cou. Shimin s'en moquait, il l'étreignait. Maintenant la peur avait bien le droit de s'exprimer. Ils en riraient tout à l'heure.

Sauf que l'odeur n'était pas la bonne. Trop suave.

Nivar avait ramassé la pièce de feutre et l'examinait. Toujours cette voix d'un calme exaspérant, dans la nuit. Et ces paroles que Shimin n'oublierait jamais : « Tu as gagné, gamin. La flèche est dans la cible. Tu peux repartir. Mais je crois que ton frère n'ira pas plus loin, lui. » En disant cela, il en essuyait la pointe.

Shimin sentit le poids soudain oppressant de Xuanba contre lui. Il voulut s'écarter. Son petit frère s'écroula.

30

Jiande

Désormais, Jiande n'était plus seul. La première fois qu'il avait réuni autour de lui certains de ses anciens compagnons d'armes – huit en tout – il avait apporté deux canards entiers, qu'on avait fait rôtir. Les autres n'avaient pas grand-chose à offrir.

Pour éviter d'attirer l'attention, le repas avait eu lieu dans la masure en ruines du paysan de son ancien village, ce qui permit à Jiande d'y convier celui-ci, bien entendu, et quelques autres malheureux avec qui il s'était lié.

Au début, on mangea en silence. On n'avait pas d'alcool pour délier les langues. Quand tous furent aussi rassasiés qu'ils pouvaient l'être, Jiande prit la parole. Il était le seul que tous les autres connaissaient. Avant de venir, il s'était rendu à un étang, s'y était longuement plongé puis, avec de la mousse qui couvrait le sol alentour, il s'était frotté le corps. Cela faisait longtemps qu'il n'avait pas été aussi propre.

« J'aurais pu garder ces deux canards pour moi, dit-il. Vous en avez tous eu un peu.

— Trop peu ! geignit l'un des anciens soldats, ce qui fit éclater de rire les autres.

— Mais assez. Nous avons tous mangé à notre faim.

— C'est vrai, admirent-ils.

— Parce que nous avons partagé. Si j'avais gardé ces canards pour moi, j'en aurais perdu les trois quarts. Je n'ai pas de sel pour les conserver. Et demain ou après-demain, j'aurais eu faim de nouveau sans pour autant que vous ayez été nourri ce soir. J'y ai un peu perdu et vous y avez beaucoup gagné. »

Jiande en vit plusieurs acquiescer de la tête. Il attendit quelques secondes. Jusqu'où pouvait-il faire confiance à ces hommes ? Si l'un d'eux rapportait les propos qu'il s'apprêtait à tenir, on le tuerait sans doute. Mais s'il ne parlait pas, rien ne changerait jamais.

« Pourquoi Gao Shida n'agit-il pas de la même façon ? Lui et ses lieutenants gardent tout pour eux. Ils se gavent, ils gaspillent. Si tout le monde était bien nourri, nous pourrions tellement plus ! Nous aurions la force de cultiver les îlots qui peuvent l'être et serions mieux nourris encore. Nous aurions la force de construire de meilleures maisons. Est-ce que cela ne serait pas préférable pour tout le monde ? »

Quelques jours plus tard, ils se réunirent de nouveau au même endroit. Une dizaine d'autres personnes s'étaient jointes à eux et, cette fois, Jiande n'était pas le seul à avoir apporté un canard.

À un moment donné, il se tourna vers l'un de ceux qu'il ne connaissait pas et qui s'était jeté sur la nourriture qu'on lui avait présentée :

« Toi, pourquoi tu es venu dans les marais ?

— On m'a pillé mes récoltes. Des gens d'ici, je crois.

— N'aurait-il pas été mieux que tu leur en donnes volontairement une partie en échange de leur protection ?

— Eux, nous protéger ?

— Pourquoi pas ?

— On ne demande pas à des loups de veiller sur des agneaux.

— Ça pourrait changer. »

On finit par se réunir presque tous les soirs et de plus en plus nombreux. Chaque fois, Jiande prenait la parole, on l'écoutait. Personne ne le trahit.

Quand ils ne menaient pas des opérations de brigandage à l'extérieur, les comparses de Gao Shida écumaient les marais par groupes de dix ou vingt. Ils prélevaient ce qu'ils appelaient pompeusement l'« impôt » : un peu de viande par-ci, des tranches de poisson fumé par-là, des choux quand on en avait. Tout le monde était censé travailler pour eux, baisser les yeux quand ils passaient, se laisser insulter et malmener. Lors des conciliabules du soir, les critiques se firent de plus en plus virulentes contre ces débordements. Il avait suffi que Jiande dise tout haut que c'était injuste pour que tous osent le ressentir comme tel et le supportent de plus en plus mal. Même ceux qui, de temps à autre, étaient réquisitionnés pour participer aux pillages n'étaient guère mieux lotis que les autres : ils restaient exclus du partage du butin. Et s'en plaignaient.

Un soir, quand il jugea le moment venu, Jiande leur parla du plan qu'il avait conçu. Ils étaient plus d'une centaine autour de lui : « Dans une lune aura lieu la prochaine assemblée. Nous irons. Nous ferons entendre notre voix. »

Régulièrement se tenaient des assemblées sur l'îlot où Jiande avait rencontré Gao Shida. En théorie, tout le monde pouvait y prendre part. En pratique, ce n'était le cas que des seuls habitants de l'îlot central, autrement dit de Shida et de ses fidèles.

« Ils ne nous laisseront pas venir, dit quelqu'un.

— Ils n'auront pas le choix, rétorqua Jiande.

— Ils ont des armes. Pas nous.

— Nous pouvons en fabriquer. Des arcs, des frondes, des haches. »

Puis il leur exposa ce qu'il avait en tête.

31

Yicheng

Le bébé dormait. Yicheng ne se lassait pas de le contempler. On lui avait fabriqué un joli berceau avec des os de cheval et de loup – un berceau de prince. Son petit crâne déjà couvert d'un duvet sombre (il était né ainsi) reposait sur un matelas fait de laine de mouton qu'on avait enveloppée dans de la soie. Ses doigts d'une bouleversante fragilité ne parvenaient pas encore à se déplier complètement et son nombril portait la marque du cordon sanglant qu'on avait sectionné lorsqu'il était sorti d'elle. Mais Zhu et ses autres servantes répétaient qu'il se portait à merveille : ses pleurs n'étaient ni trop bruyants, ni trop faibles. Il tétait avec voracité le sein de sa nourrice – une jeune nomade qui, quelques jours plus tôt, avait accouché d'un enfant mort-né.

Yicheng n'en revenait pas d'avoir, elle, donné naissance à une créature si parfaite, à un être qui vivait, qui allait grandir, qui un jour lui parlerait. Pour la première fois peut-être depuis douze ans qu'elle avait quitté le Milieu-du-Monde, elle se sentait en paix avec elle-même. Elle avait l'impression que plus rien, jamais, ne pourrait vraiment l'atteindre.

Les événements qui l'auraient tant préoccupée en temps normal lui paraissaient lointains et dérisoires. Elle avait fait ce qu'elle avait pu, accompli son devoir vis-à-vis du

Milieu-du-Monde. Ce qui adviendrait de sa sœur, de l'Empereur et de leur suite ne la concernait plus.

Tardu était parti à la tête de ses guerriers s'emparer d'eux, venger les humiliations subies par son peuple. Au même moment, son frère et son fils Tulan, qui, à quinze ans, était en âge d'y participer, menaient des pillages dans les préfectures frontalières. Yicheng dirigeait le camp en leur absence à tous, commandant aux trois mille guerriers qui y étaient restés assignés, réglant les différends qui, pour un cheval, un mouton ou un regard insolent, ne manquaient pas de surgir. Contre un œil crevé, elle obligeait le coupable à donner sa fille ou, à défaut, la dot de sa femme ; contre un membre cassé, un cheval. Un voleur pris sur le fait devait restituer dix fois la valeur du bien volé. La justice nomade obéissait à des règles simples.

Jamais jusqu'ici on ne lui avait confié une telle responsabilité. Tardu lui avait expliqué qu'elle et lui partageaient un fils, et que leurs intérêts étaient donc indissolublement liés. Il n'avait jamais douté d'elle, précisa-t-il, il la chérissait. Mais le Ciel, par cette naissance, avait achevé d'en faire une authentique Khatun. En attendant mieux.

Il lui avait promis l'ouest du Milieu-du-Monde. L'Est et le Sud étaient trop lointains. Mais l'Ouest, il pensait pouvoir s'en emparer. Et il le leur donnerait, à elle et à son nouveau-né. Plus tard, avait-il expliqué de sa voix vibrante, ce fils y régnerait, en bonne entente avec son demi-frère Tulan, à qui reviendrait le Khaganat originel. Elle avait été émue quand il lui avait parlé ainsi.

Elle laissa l'enfant endormi à la surveillance de la nourrice et de Zhu, puis sortit de la yourte. La nuit était tombée. Des feux éclairaient le camp immense. Pas de remparts ici : des chariots disposés en cercle et surtout l'infinité de la Steppe tout autour. Yicheng avançait dans les allées, entre les tentes, et les hommes qu'elle croisait la saluaient avec chaleur, comme leur Khatun. Les femmes lui souriaient, lui présentaient leurs enfants aux cheveux noirs, souvent hirsutes, ou bien, quand elles n'en avaient pas, leur ventre pour qu'elle y pose la main, qu'elle les rende fertiles, elle qui, par la naissance de son fils, était bénie du Ciel. Elle évita l'enclos où étaient parqués plusieurs centaines d'esclaves arrivés dix jours plus tôt des Oies-Sauvages : les femmes et les enfants du convoi impérial qui n'avaient pas eu le temps de se réfugier dans la forteresse. Un groupe de trois marchands du Couchant, venus écouler des pierres précieuses dans la Steppe, lui en offrit une, rouge, étincelante, magnifique, au nom de l'amitié qui unissait son peuple et le leur.

Son peuple. Tous ces gens, ces milliers d'hommes en chausses et en bottes de cuir, ces milliers de femmes à la peau brunie et aux pommettes aiguës, leurs enfants, qui montaient à cheval et tiraient à l'arc avant de savoir marcher, étaient son peuple désormais. Et leurs troupeaux, qui se mêlaient sans cesse à eux, dont les hennissements, les bêlements troublaient le calme des prairies à chaque instant du jour et de la nuit, dont les déjections constellaient les allées, empuantissaient l'air, elle devait veiller sur eux aussi. Cette idée ne lui faisait plus horreur. Elle se sentait à sa place parmi eux. Et en sécurité. Elle n'avait même plus besoin que Zhu l'accompagne sans cesse partout. Peut-être lui permettrait-elle de se marier finalement.

Elle eut envie de rire. Son sort lui avait pendant si longtemps paru le plus misérable qu'on pût concevoir. En cette nuit radieuse, elle ne l'aurait échangé contre aucun autre.

Le camp était joyeux. Y retentissaient des chansons improvisées à la gloire de Tardu. D'autres moquaient l'Empereur apeuré du Milieu-du-Monde, terré dans une forteresse qui ne tarderait pas à tomber. Les paroles de l'une d'elles vinrent frapper l'oreille de Yicheng :

« *Il a cru qu'une muraille le protégerait*
Nous n'avons que faire de sa muraille
Nous avons mieux

Nous avons mieux
Nous avons du courage. »

Yicheng s'assombrit un instant, puis se répéta qu'elle avait fait ce qu'elle avait pu, que le reste ne dépendait plus d'elle. Qu'est-ce que sa sœur s'imaginait donc ? Qu'elle allait se mettre entre Tardu et son rêve ? Qu'elle allait écouter les supplications d'une femme qui n'avait jamais entendu les siennes ?

Un groupe de jongleurs et de cracheurs de feu la sortit de ses pensées sombres. Certains projetaient en l'air de grandes cruches, qu'ils faisaient tournoyer à une vitesse prodigieuse. Un montreur de fourmis savantes lui fit une démonstration de ses talents puis, quand elle l'interrogea, ne résista pas au plaisir de lui révéler les secrets de ses tours.

D'autres marchands du Couchant, la reconnaissant, venaient lui rendre hommage et l'invitaient à choisir parmi leurs marchandises celles qu'elle trouverait à son goût.

Depuis le début du règne de Tardu, ils s'étaient faits plus nombreux. Eux aussi sillonnaient la Steppe, non pas en hordes comme les cavaliers nomades, mais par petits groupes, par caravanes ne comptant jamais plus de quelques dizaines de personnes et souvent beaucoup moins. Tardu leur avait garanti sa protection. Pour profiter des fruits de leur commerce, mais pas uniquement.

Les nomades n'avaient pas d'État bien ordonné comme le Milieu-du-Monde, le Khagan ne disposait pas de milliers de fonctionnaires pour relayer ses volontés. Son autorité reposait sur des liens plus informels, sur une longue chaîne de fidélités et d'obligations réciproques. Il pouvait exiger des cavaliers pour faire la guerre (contre une partie du butin, bien entendu), mais il aurait été inenvisageable qu'il levât sur ses sujets de lourds impôts, comme cela se pratiquait au sud de la Muraille-sans-Fin. Il aurait été trop facile pour les mécontents de s'y dérober en fuyant au loin : la Steppe offrait des refuges infinis. Ou de se rebeller.

Depuis plusieurs mois, Tardu, conseillé par Nivar, étudiait néanmoins la possibilité de mettre en place un semblant d'administration fiscale et il s'était entouré d'un groupe de marchands du Couchant, maîtrisant l'art de la comptabilité. Yicheng savait qu'elle devait ménager ces hommes aux talents précieux. Elle les complimenta, admira ostensiblement leurs jades, leurs jaspes, leurs agates, leurs lapis-lazulis et même l'œil phosphorescent d'une baleine que l'un d'eux lui présenta. Ils lui offrirent du vin au safran (qui lui monta tout de suite à la tête) et de minuscules œufs noirs, bien trop salés, venus d'une mer lointaine : à chaque fois, elle fit mine de s'extasier. Cette comédie l'amusa beaucoup.

À la fin, l'un des marchands lui annonça qu'il avait une surprise pour elle, venue du Milieu-du-Monde celle-ci, qu'il serait très heureux de lui montrer. Elle acquiesça et il la mena dans un recoin de sa tente. Ils étaient seuls. Il avait renvoyé tout le monde, affirmant qu'il lui fallait protéger cette pièce rare du regard des curieux, y compris de ses propres serviteurs.

Un long coffre se trouvait là : en hêtre, sans dorure, sans rien qui signalât la valeur extraordinaire de ce qu'il recelait. Le marchand l'ouvrit. Et Yicheng faillit hurler.

« Pas un bruit, je t'en prie », lui dit la femme qui se tenait allongée dans le coffre et qui, après avoir vérifié qu'il n'y avait que le marchand et Yicheng dans la tente, en sortit.

Yicheng remarqua que sa sœur avait vieilli : ses traits d'une finesse presque égale à la sienne n'étaient plus ceux de la princesse rayonnante et sûre d'elle qu'elle avait connue jadis. Ils semblaient usés, ternis. Elle n'avait pas pris soin, pour suppléer ses sourcils absents, de tracer, au-dessus de ses yeux, des traits noirs ou violets, plus ou moins fins, plus ou moins arqués, selon l'humeur et l'effet qu'elle voulait provoquer. Elle portait une robe de soie très simple. Douze ans qu'elles ne s'étaient plus vues.

*

« Le Réunificateur a pris une décision judicieuse en te choisissant, lui dit l'Impératrice quand elles furent installées sous la yourte de Yicheng. Tu as l'air épanouie, heureuse. »

Si elle n'avait pas si bien connu sa sœur, Yicheng aurait presque pu prendre ces compliments au pied de la lettre. Mais le violent reproche qui se cachait derrière ces mots ne lui échappa pas.

« Tu aurais préféré que je continue d'espérer la mort chaque jour ?

— J'aurais préféré que tu ne nous oublies pas. »

Elles s'étaient assises l'une à côté de l'autre au bord de la couche de Yicheng. L'Impératrice, à la lueur des bougies, avait une pâleur de cadavre. Elle avait dû se dissimuler de nouveau dans le coffre d'où elle avait surgi une première fois, sous la tente du marchand. On l'avait fait transporter aussi discrètement que possible à travers le camp. Le long du chemin, Yicheng s'était demandé ce que sa sœur devait ressentir enfermée ainsi, ballottée au milieu des allées entourées de ténèbres et de voix, de sons incompréhensibles. Et, lorsqu'une fois arrivée, elle avait rouvert le lourd battant de hêtre, il lui avait semblé profaner un cercueil.

Elle avait interdit à quiconque, hormis à Zhu, de pénétrer dans le compartiment de sa yourte où elles se tenaient. Elle se doutait bien de la raison pour laquelle sa sœur avait commis la folie de venir la voir. Pourtant, elle ne put s'empêcher de lui demander, d'un ton dont la dureté la surprit elle-même : « Que fais-tu ici ? »

Pour toute réponse, l'Impératrice lui demanda à son tour : « As-tu reçu mes lettres ? »

Zhu était en train d'apporter des chaussons à la viande, des gâteaux de sésame cuits à la vapeur et du fromage de chèvre. Avait-elle deviné qui elle était en train de servir ? Sans doute, puisque, de sa propre initiative, afin que l'odeur de cuir qui emplissait l'espace confiné n'incommode pas l'auguste visiteuse, elle alluma des bâtonnets d'encens.

« Tu as pris de grands risques », dit Yicheng.

Elle aussi savait manier le sous-entendu et l'intimidation feutrée.

« Avais-je le choix ? Tu ne me répondais pas.

— Tu aurais pu envoyer quelqu'un d'autre.

— L'aurais-tu écouté ? »

Pendant des années, Yicheng avait rêvé de revoir sa sœur, de pouvoir l'étreindre et de nouveau s'entretenir avec elle de vive voix plutôt qu'à travers des caractères écrits qui mettaient des lunes entières à obtenir des réponses. Pourtant, en cet instant, elle n'avait qu'une envie : que sa sœur ne soit jamais venue, qu'elle ne s'immisce pas dans l'équilibre qu'elle avait enfin trouvé.

« Je ne peux plus rien pour toi », lui dit-elle. C'était vrai. Et c'était pour cela qu'elle ne lui avait pas répondu.

« Je vois que l'agnelet a pris de l'assurance, qu'il se prend pour un loup. Te réjouis-tu de ce qui m'arrive ? »

Yicheng fut tentée de lui hurler que oui : elle avait été sacrifiée, envoyée encore enfant dans la Steppe. Son aînée avait tout eu : le prince héritier, le titre d'Impératrice, la Cour du Milieu-du-Monde. N'était-ce pas une juste revanche ?

« Le Milieu-du-Monde l'emportera toujours, Yicheng. Tu le sais. Il est bon qu'il en soit ainsi. Et il se souviendra de ceux qui lui ont fait défaut.

— Es-tu vraiment en position de me faire des menaces ? »

L'Impératrice lui saisit alors les mains et sa voix se fit plus douce, presque implorante : « Écoute, j'ai laissé mon fils cadet aux Oies-Sauvages. J'ai fait confiance au marchand que tu as vu pour qu'il m'amène jusqu'à toi. J'ai eu si peur quand nous avons passé les lignes des assiégeants. Nous avons réussi uniquement parce que Tardu laisse circuler les marchands du Couchant. J'ai encore si peur de ne pas revoir mon fils.

— Il ne te sera fait aucun mal. Ni à ton fils.

— Qu'est-ce que cela veut dire ?

— Que vous serez bien traités quand les Oies-Sauvages tomberont.

— Mais prisonniers ? L'Empereur aussi, prisonnier ? Plutôt mourir que de finir nos jours dans la Steppe.

— Je n'en suis pas morte. »

L'agacement se mêlait à la pitié. Il y avait tant de choses qu'elle avait envie de lui dire, de lui rappeler, à cette sœur ingrate.

« Ton fils sera élevé dans l'amitié des nomades, reprit-elle. Et si son frère, le prince héritier, ne donne pas pleine satisfaction à Tardu, peut-être, grâce à notre appui, deviendra-t-il Empereur à son tour. N'est-ce pas ce que tu souhaites au fond ? Ne l'as-tu pas toujours préféré à son aîné ?

— Pas de cette façon-là, non. »

Elles se turent. Yicheng vit que sa sœur lorgnait les plats que Zhu avait déposés devant elles, sur une table basse. Elle était affamée et essayait de le cacher. Elle n'avait rien touché encore. Yicheng éprouva un élan d'indulgence envers cette femme qui avait vécu toute sa vie dans les plus beaux palais et qui venait néanmoins de parcourir seule la Steppe, dans des conditions terrifiantes. Elle l'invita à goûter un chausson à la viande, puis, comme sa sœur n'osait toujours pas, elle en avala un devant elle pour lui donner l'exemple.

Elles mangèrent en silence.

« À ma connaissance, certaines tribus de la Steppe s'accommodent mal de la domination de Tardu : si elles se soulevaient, ne serait-il pas obligé d'abandonner le siège pour revenir les mater ? » Sitôt rassasiée, l'Impératrice reprenait le fil de ses arguments. Yicheng soupira : « As-tu les moyens de les pousser à la rébellion ? Moi, je n'en ai aucun. Tardu vient de remettre au pas les plus récalcitrantes d'entre elles.

— Il suffirait qu'il croie qu'elles se sont de nouveau rebellées.

— Tu prends vraiment les nomades pour des imbéciles ou pour de grands enfants ? »

Sa sœur bafouilla de vagues justifications, que Yicheng interrompit d'un geste brusque de la main.

« Je t'avais prévenue de ce qui se préparait. Personne ne m'a écoutée. Apparemment vous étiez tous trop occupés ailleurs. Ton époux a consacré toutes ses forces à la Péninsule. Et il les y a gaspillées. Imaginais-tu vraiment que les nomades n'en profiteraient pas ? »

Elle était gagnée par la colère. Ses joues s'étaient empourprées et plusieurs mèches de ses cheveux noirs, à cause de l'agitation qui peu à peu s'emparait d'elle, avaient échappé à l'attache de son chignon.

« Ton rôle d'épouse aurait été de rappeler au Fils du Ciel que la Péninsule n'était rien, qu'elle n'avait jamais représenté une menace pour le Milieu-du-Monde, qu'elle n'en représenterait jamais. Le seul ennemi que le Milieu-du-Monde ait jamais eu à craindre se trouve ici, autour de toi, dans la Steppe.

— Le Khagan Tardu était censé être notre allié, tenta d'expliquer l'Impératrice.

— Il l'est resté, tant qu'il avait intérêt à l'être. Tant que le Milieu-du-Monde avait les moyens de l'y contraindre.

— Et toi-même, Yicheng ?

— Tu bois et tu manges sous ma tente. Ta tête est toujours sur tes épaules. Tu as donc ta réponse.

— Est-ce ainsi que tu t'adresses à moi maintenant ? »

Un bruit dans le compartiment qui jouxtait celui où elles se trouvaient fit sursauter Yicheng.

« Ce n'est rien », dit-elle, gênée. Elle s'était levée. Il ne fallait pas que sa sœur reste davantage. Il ne fallait pas qu'elle sache d'où venait ce bruit, qu'elle l'identifie.

En la voyant sur le point de s'éclipser, l'Impératrice voulut la retenir : « Tu ne comptes donc pas m'aider ?

— J'en ai fini avec le Milieu-du-Monde. Je ne peux plus rien pour toi, je te l'ai dit. Mais je veillerai à ce qu'on te fasse sortir du camp sans dommage dès cette nuit. »

Tandis qu'elle s'apprêtait à s'esquiver, un sourire faussement résigné aux lèvres, les sons reprirent. Des vagissements. L'enfant dont elle avait caché la naissance au Milieu-du-Monde, dont elle ne voulait à aucun prix que sa sœur apprenne pour l'heure l'existence.

« Tu n'en auras jamais fini avec le Milieu-du-Monde, dit alors l'Impératrice. Ni toi ni ton fils. »

Yicheng s'était immobilisée, hésitante, la main sur le pan de toile qui la séparait de la pièce voisine. On entendait distinctement des pleurs à présent. Une voix aussi, qui tentait de les calmer. Celle de la nourrice.

« Cet enfant, c'est un fils, n'est-ce pas ? » demanda l'Impératrice.

Elle ne démentit pas.

« Et le Khagan tient à lui, n'est-ce pas ? »

Elle sentit la haine sourdre en elle, une haine meurtrière.

« S'il lui arrivait quelque chose, s'il tombait malade, par exemple, Tardu ne serait-il pas tenté de revenir en urgence ? »

Yicheng s'efforçait de garder son calme, de ne pas laisser transparaître ses sentiments. Mais face à sa sœur, face à cette sorcière qui lisait même dans les visages les plus impassibles, c'était une entreprise bien vaine.

Elle lui répondit, presque dans un cri, que jamais son époux n'abandonnerait le siège des Oies-Sauvages, que, dans le pire des cas, il laisserait son armée à son frère Nivar, qu'il n'y avait rien à faire, vraiment rien.

« Je ne pense pas qu'il laisserait son frère prendre les Oies-Sauvages à sa place, ni qui que ce soit d'autre, reprit l'Impératrice, implacable. Cette gloire, il la veut pour lui-même ou pour personne. En outre, je le crois très susceptible de se contenter de l'humiliation qu'il a infligée au Milieu-du-Monde et à son Empereur. N'est-ce pas déjà une éclatante victoire ? À mon avis, dès qu'il recevra ton message lui expliquant que son fils ne va pas bien et qu'il a besoin de son père, il préférera renoncer et il ramènera toutes ses troupes. »

Cela sembla terriblement plausible à Yicheng. Sa sœur se trompait rarement quand il s'agissait de juger l'âme des hommes.

« Mon fils n'a aucune raison de tomber malade. Il est en parfaite santé. »

Inutile de lui cacher davantage la vérité. Oui, elle avait un fils, un fils qu'elle avait attendu des années, qui était sa fierté, qui commanderait plus tard à des milliers de nomades.

« Ton fils est comme toi : il appartient au Milieu-du-Monde.

— Un mot de plus et j'appelle. Et tu ne quitteras jamais ce camp vivante. »

Elle en avait le pouvoir. Elle en avait même soudain l'envie. Sa sœur ne lui laissait pas le choix.

« Tu penses que je n'avais pas envisagé ce genre de réaction, *Khatun* ? »

Elle mentait. Elle mentait nécessairement. Elle n'avait rien envisagé du tout. Elle était venue, persuadée que Yicheng se plierait à ses volontés comme elle l'avait toujours fait. Or, ce temps-là n'était plus.

« Ton époux le Khagan sait-il que depuis ton arrivée dans la Steppe tu informes la Cour de tout ce qui s'y passe, de tout ce qui s'y trame ? Sait-il que, si tu y as été envoyée, ce n'était pas seulement pour épouser son père, mais pour espionner à notre profit ? Je suppose que non. Il ignore qui tu es vraiment et ce que tu as fait pour nous pendant toutes ces années. S'il m'arrive le moindre accident, si, dans cinq jours, je ne suis pas de retour aux Oies-Sauvages avec le marchand qui m'a amenée ici, une des femmes de ma suite, la plus dégourdie de toutes, s'arrangera pour qu'il l'apprenne. Et Nivar aussi. J'ai remis à cette femme un bon nombre de tes lettres et de tes rapports. Comment réagiront les deux frères, à ton avis, quand on les leur montrera, quand ils découvriront que l'Empereur leur a échappé par ta faute ? »

Ces paroles ébranlèrent Yicheng. Elle ne s'y attendait pas. Elle tituba jusqu'à son lit et s'y laissa tomber. Elle aimait Tardu, plus qu'elle n'avait jamais aimé quiconque. Ce qui les liait était ce qu'elle avait de plus précieux, ce qui l'avait enfin rendue heureuse. Et sa sœur allait tout détruire ? Le pouvait-elle vraiment ? Et elle, Yicheng, pouvait-elle prendre le risque qu'elle le fît ? Un instant, elle songea à la réaction de Nivar s'il apprenait la vérité. Convaincrait-il Tardu de la donner à dévorer à ses horribles panthères ?

Oui, elle avait espionné pour le Milieu-du-Monde. C'était l'une des missions qu'on lui avait confiées quand elle avait douze ans et qu'on l'avait contrainte à épouser le vieux Khagan. Elle n'était pas celle que Tardu imaginait – ou pas uniquement.

« Tu étais sur le point de nous trahir et je veux bien l'oublier. À condition que tu n'oublies plus, de ton côté, que tu es, que tu resteras toujours, une princesse du Milieu-du-Monde. »

Yicheng acquiesça machinalement. « Très bien. J'écrirai à Tardu que notre fils est souffrant.

— Cela ne suffira pas et tu le sais. Ton fils est trop entouré, il est l'objet de trop d'attentions pour que tu puisses mentir. Il faut qu'il tombe réellement malade.

— Mais mon fils est bien portant », murmura Yicheng, suppliante.

Sa figure n'avait plus rien d'impérieux, le rouge des pommettes avait disparu sous les larmes.

L'Impératrice eut un sourire indulgent : « J'ai sur moi une poudre qui fait des miracles. »

*

Elle lui assura que la poudre donnerait des maux d'estomac violents à son bébé, mais qu'elle ne lui serait pas fatale. Elle eut des paroles réconfortantes et mielleuses. Yicheng voulait tellement la croire. Cette femme était sa sœur, se répéta-t-elle. Elle avait elle-même un fils qu'elle adorait. Jamais elle ne tuerait son enfant. Elle le rendrait juste un peu fiévreux et nauséeux. Oui, quelques vomissements et il se rétablirait, il redeviendrait le petit individu rose et vigoureux qu'elle entendait gazouiller à quelques pas d'elle.

Mais l'angoisse ne la quittait pas. Après qu'elle eut fait mine de se résigner à ce que l'Impératrice lui proposait, elle songea à la faire tuer malgré tout, à la livrer à certains de ses guerriers qui lui étaient dévoués et qui, quoi qu'elle pût leur dire avant d'expirer, n'iraient jamais le répéter à Tardu ou à son frère. Elle hésitait. Aucun des deux frères ne devait jamais apprendre qu'elle avait livré leurs secrets à la Cour du Milieu-du-Monde. Mais si sa sœur avait effectivement confié des preuves de ses activités à une personne de confiance ?

« Où est-elle, cette poudre ? » demanda-t-elle.

L'Impératrice lui montra une bague qu'elle avait au doigt, sertie d'une pierre de jade splendide. En la voyant, Yicheng sentit la panique la gagner de nouveau : « Tu mens. Tu ne portes pas au doigt une poudre qui ne sert qu'à faire tomber malade. Tu me prends pour une idiote. »

Sa sœur ne nia pas.

« Cette poudre, poursuivit Yicheng, t'était destinée à toi. Si tu tombais aux mains des nomades ! Et à quoi cela t'aurait servi d'avoir une poudre qui te rende seulement malade ? C'est un poison qui tue !

— Oui. Mais tout est question de dosage, Yicheng. En petite quantité, ça ne tue pas.

— Comment peux-tu en être si certaine ? Sur un nourrisson ?

— Je n'en suis pas certaine. Mais nous n'avons pas le choix. Tu n'as pas le choix. »

Pourquoi voulait-elle la forcer à commettre une telle monstruosité, un acte qui la ferait maudire des hommes comme des dieux ? « Jamais, articula-t-elle, tandis que les sanglots, de nouveau, s'emparaient d'elle, jamais je ne pourrai… »

L'Impératrice déplaça la pierre de jade enchâssée dans la bague et découvrit une petite cavité dans laquelle on voyait le poison. « Allons-y. Il est temps. Je veux te voir faire. »

Ce calme, cette absence d'agressivité… Il aurait été plus facile de combattre un homme violent. Face à sa sœur, elle se sentait comme envoûtée, elle avait l'impression de s'opposer au flux paisible, égal, mais inflexible d'une rivière. Un flux qui, peu à peu, l'emportait dans les contrées sombres qu'enfant, elle avait vues peintes sur les murs des monastères des trois capitales : les âmes trop mauvaises pour avoir le droit de se réincarner, même dans les créatures les plus immondes, y étaient soumises à mille tourments.

Elle tituba avant de s'écrier, entre deux hoquets : « Prends-en, toi aussi, de cette poudre. Prouve-moi qu'elle ne tuera pas mon fils. » Au lieu de lui répondre, l'Impératrice lui ordonna de faire sortir la nourrice et Zhu de la pièce où se trouvait l'enfant, puis elle essuya les yeux de Yicheng avec la manche de sa robe, d'un geste presque tendre.

Il était inutile de résister. L'Impératrice les tenait de toute façon, elle et son fils. Si Tardu apprenait que, pendant toutes ces années, elle avait informé le Milieu-du-Monde de ses projets, trahi les nomades, il la tuerait. Et il tuerait peut-être aussi leur enfant. Il n'écouterait pas ses justifications, il ne voudrait pas comprendre qu'elle n'avait jamais eu le choix, qu'il lui était insupportable d'avoir des secrets pour lui, de ne pas pouvoir être entièrement à lui, mais qu'on l'y avait contrainte, qu'avant même qu'elle l'épousât, elle était trop compromise déjà pour ne pas continuer d'espionner au profit du Milieu-du-Monde.

Peut-être l'épargnerait-il. Mais plus rien ne serait jamais comme auparavant. Il la mépriserait, lui tournerait le dos, ne lui accorderait plus jamais sa confiance. Et cela la tuerait plus sûrement encore que n'importe quel poignard.

L'unique solution était que le plan conçu par l'Impératrice fonctionne – et que son fils n'y succombe pas.

La nourrice venait de finir de l'allaiter. Il se rendormait. Yicheng distingua quelques gouttes blanches à la commissure de ses lèvres si rouges. « C'est un bel enfant », dit l'Impératrice en s'approchant du berceau, quand elles furent seules. Et elle lui tendit la bague.

« Pourquoi devrais-je le faire, moi ? demanda Yicheng. Fais-le, toi.

— Non. Les esprits le protégeront si c'est toi qui t'en charges. Je connais ces choses-là. »

Elle semblait si sûre d'elle-même que Yicheng se sentit presque rassurée. Que lui importait que les nomades s'emparent ou non de l'Empereur, qu'ils secouent ou non le joug que le Réunificateur leur avait imposé ? La seule chose qui comptait était que Tardu ne sût jamais. S'il revenait, même déçu, et si son fils ne mourait pas, tout pourrait rentrer dans l'ordre.

Elle saisit la bague d'une main tremblante.

Sa sœur l'arrêta alors, la lui reprit. Et un fol espoir surgit en elle, qui s'éteignit presque aussitôt.

« D'abord, envoie une lettre à Tardu. Pardonne-moi, mais je n'ai aucune confiance en toi. Je dois vérifier que tu t'exécutes bien. »

L'Impératrice ne parlait pas la langue des nomades et elle fit rappeler Zhu : « Tu sais qui je suis ? » lui demanda-t-elle. La servante, les yeux baissés, acquiesça. « Tu aimerais retourner au Milieu-du-Monde ? »

Zhu jeta un regard perplexe en direction de Yicheng qui, elle non plus, ne s'attendait pas à une telle proposition de la part de sa sœur.

« Zhu restera avec moi ! s'écria-t-elle.

— Est-ce ce que tu souhaites, Zhu ? »

L'intéressée hésitait. Évidemment.

« Tu parles la langue des nomades ? reprit l'Impératrice.

— Oui.

— Tu sais la lire aussi ?

— Oui.

— Tu vas contrôler ce qu'écrit la Khatun. Si elle s'écarte un tant soit peu du sens de ce que je lui dicte, tu me le signales. Est-on d'accord ? Puis, quand les choses seront rentrées dans l'ordre, si tu le souhaites, je t'accueillerai parmi mes suivantes. »

Si Yicheng n'avait pas déjà été bouleversée par ce qu'on allait la contraindre de faire, l'indignation l'aurait submergée. Mais elle n'avait plus de force, qu'un immense vide en elle. Et, quand elle se mit à tracer les lettres arrondies, empruntées aux marchands du Couchant, qui permettaient de retranscrire la langue des nomades, ce fut pour écrire exactement ce qu'on lui dictait. Chaque mot lui broya le cœur : il y était largement question des effets que le poison aurait sur son fils. « J'exagère à dessein », crut bon de lui dire sa sœur.

La lettre fut transmise à un cavalier de confiance.

L'aube n'allait plus tarder. Des chants d'oiseaux se faisaient entendre. Une nouvelle fois, l'Impératrice remit la bague de jade à Yicheng. « Dans sa bouche. Je te dirai quand arrêter. »

Elle se sentait détruite, vaincue. Elle n'avait plus le courage de résister. Elle souleva délicatement la tête de son fils et, dans l'interstice de ses lèvres entrouvertes, fit glisser la poudre.

32

Lettre de Huaji à Jun

Ce qui a eu lieu est invraisemblable. Je n'y comprends rien, pas plus que Père. Nous sommes aux Oies-Sauvages, aux côtés de l'Empereur, qui est sain et sauf. Nous nous apprêtons à le ramener à la Capitale occidentale, où j'espère te voir, peut-être même rester, avec un peu de chance.

Et les nomades ? demanderas-tu.

Disparus, volatilisés ! Toutes les troupes de Tardu !

Nous avons d'abord cru à un piège, mais les éclaireurs ont ratissé les environs : rien. Tardu et ses cavaliers sont apparemment rentrés chez eux. Nous prendrons, bien sûr, nos précautions en sortant des Oies-Sauvages, pour le cas où ils voudraient nous tomber dessus à l'improviste, mais même Père, dont tu connais la prudence, ne s'inquiète plus guère. Il clame haut et fort que nos stratagèmes ont fonctionné. En privé, il m'a confié toutefois qu'il n'y croyait guère. Jamais Tardu n'aurait décampé ainsi. Peut-être un jour apprendrons-nous ce qui s'est réellement passé. Est-ce que, de ton côté, tu disposerais d'informations qui nous manquent ?

Père s'inquiète, en revanche, de l'état de l'Empereur. Ce n'est plus le même homme. Il […]

33

Shimin

Shimin n'osait pas franchir le portail de la résidence devant lequel étaient plantées dix bannières ornées du caractère « Li ». Ses yeux restaient attachés aux deux lourds battants qui, dès qu'il se serait fait connaître, allaient s'écarter. Derrière se dressait un mur aveugle, destiné à dérouter les esprits malfaisants, puisque, croyait-on, ils se déplaçaient de préférence en ligne droite. Aurait-il la force de se signaler ? Il avait l'impression d'être lui-même l'esprit malfaisant à qui on voulait interdire l'accès. Un peu plus tôt, il avait hésité à pénétrer dans la ville. Il s'était retrouvé devant ses remparts modestes et dégarnis. L'après-midi touchait à sa fin. Bientôt le couvre-feu, la nuit, l'occasion de disparaître. Depuis huit jours, à chaque fois qu'il suffoquait d'angoisse, l'idée tentatrice revenait lui caresser l'esprit, lui offrir un répit provisoire : et s'il ne rentrait pas ? Et s'il s'enfuyait ?

Mais la même question sans réponse surgissait toujours, qui étouffait dans l'œuf l'appel délicieux du large : pour aller où ? Au Milieu-du-Monde, on n'échappait pas à sa famille, à son clan. Un garçon de quinze ans sans attaches n'était rien, ne pouvait rien, que s'agiter en vain dans le fleuve des événements, s'y noyer, sans espérer avoir aucune prise sur eux, jamais. Et lui avait un destin à accomplir.

Il avait pénétré dans la ville avec un groupe de paysans chargés de grains, qui venaient pour le marché du lendemain matin. Il espérait qu'ainsi on le remarquerait moins. Mais les gardes l'avaient reconnu, salué. Plus de marche en arrière possible. Dans les rues montant vers la demeure du gouverneur, des marchands et quelques filles de joie s'étaient approchés, sourire aux lèvres, yeux aguicheurs, pour lui proposer leurs services, puis très vite écartés.

L'odeur ne le dérangeait plus, lui. On s'habituait à tout. Même à porter derrière soi, étendu sur la selle d'un cheval, les jambes pendant d'un côté, les bras et la tête de l'autre, le cadavre pourrissant de son frère.

Shimin n'avait pas voulu le laisser dans la Steppe. À présent, devant le portail, qui ne tarderait pas à s'ouvrir, il le regrettait. On allait le lui reprocher. Mais ce serait sans doute la moindre des doléances.

Son existence avait pris une tournure atroce. Il était difficile de retrouver le moment précis où cela avait commencé. La flèche qui avait percé la poitrine de Xuanba n'avait été qu'un aboutissement. Ce chemin de douleurs et de confusion, Shimin en avait conscience, il l'avait emprunté bien avant. Quand il avait voulu défier Nivar ? Quand il avait accepté d'aller chercher Xuanba à son monastère ? Peut-être fallait-il remonter à d'autres flèches, se disait-il, à celles qui avaient été tirées le long du Grand-Canal et que Mère ne lui avait jamais pardonnées. Plus rien n'avait été pareil ensuite.

S'il ne se décidait pas à appeler, à se faire ouvrir le portail, c'était parce qu'il avait un dernier espoir – qui était en même temps sa terreur absolue. Sa mère était mourante ; avec un peu de chance, peut-être était-elle morte déjà. Cette pensée lui faisait honte. Voilà où il en était arrivé : à envisager son pire cauchemar avec soulagement.

Mais elle vivait encore. Il l'apprit, après s'être enfin signalé, dès qu'il pénétra dans la cour, sur Tonnerre-Prospère, suivi des trois autres chevaux. Une servante accourut (il n'y avait presque plus que des femmes dans la résidence Li) : elle s'écria que la maîtresse avait tenu, qu'elle attendait. Oh, comme elle allait être heureuse.

Bien sûr, après qu'elle eut aperçu la masse sinistre, pendant sur le quatrième cheval, ses traits radieux se brouillèrent. Elle allait hurler. D'une voix impérieuse, Shimin lui ordonna de se taire. Il songeait qu'il pouvait encore épargner la vérité à sa mère. Il lui dirait qu'il n'avait pu ramener Xuanba. Il inventerait un prétexte : le danger nomade, les routes encombrées de réfugiées, le refus de l'abbé...

Mais elle le percerait à jour, il le savait. Même agonisante, elle verrait clair en lui, elle décèlerait la plus légère hésitation dans son récit, ses regards fuyants, le trouble qui l'agiterait. Et, de toute façon, il ne voulait pas se séparer d'elle sur un mensonge. Tandis qu'il cheminait jusqu'à sa chambre, dans ses vêtements de cuir sale, couvert de poussière et de sang, il résolut de tout lui raconter. Elle comprendrait. Ce n'était pas sa faute. Il n'avait voulu que lui faire plaisir. Et, en un sens, n'avait-il pas accompli sa promesse de lui ramener Xuanba ?

Quand il lui tint ces propos, avec précipitation, comme pour s'en débarrasser et obtenir le plus rapidement possible son absolution, il ne la regardait pas, son visage resta incliné vers le rebord du lit, splendide pièce de bois représentant deux phénix qui prenaient leur envol. Il se tut enfin et, comme rien ne se passait, il releva la tête.

Il n'avait jamais vu sa mère pleurer. Et c'était un spectacle horrible que ces deux prunelles presque éteintes d'où soudain jaillissaient des larmes silencieuses.

Ce fut alors qu'elle le maudit. Les servantes s'éclipsèrent, dès que les imprécations, basses et terribles, ahanées plutôt que véritablement proférées, commencèrent. Bientôt il n'y eut plus qu'elle et lui dans cette pièce saturée d'encens, où rôdait la mort.

« Xuanba n'est que le premier. Tu les tueras tous. Huaji, ta sœur. Et bien d'autres aussi sans doute. Tu tueras cette famille, monstre. »

Il s'emporta à son tour. Pour la première fois, il osa évoquer les paroles de Kang Mozhi, l'avenir glorieux qui s'annonçait pour lui et démentait ces pauvres divagations de mourante.

Elle rit. Il crut qu'elle se moquait de lui, de ses rêves absurdes. Mais non, cette prophétie, elle semblait y croire, elle aussi. Et elle eut des paroles qui le glacèrent : « Comment crois-tu qu'on devienne Empereur ? J'aurais dû t'abandonner jadis au bord du Grand-Canal, t'abandonner au seigneur Cui. Xuanba serait encore en vie. »

Il n'osa pas lui répliquer qu'il était allé le chercher pour elle et qu'au fond, s'il était mort, c'était parce qu'elle voulait le revoir.

34

Jiande

Tout était planifié. À ceci près qu'on ne pouvait jamais tout planifier. Jiande en avait conscience. On croyait avoir pensé à chaque détail et l'imprévu surgissait quand même. Jusqu'ici, heureusement, pas de mauvaise surprise.

La veille au soir encore, Jiande craignait que les hommes de Shida ne débarquent et ne l'arrêtent. Mais il fallait croire que personne n'avait parlé et que les bandits ignoraient ce qui se préparait, ce que depuis un mois, lui et ses amis (il les considérait tous comme tels à présent) avaient mis sur pied.

Il jeta un coup d'œil à la vingtaine d'hommes qui l'accompagnaient. Tous bien armés, même si, pour l'heure, les armes demeuraient dissimulées sous les vêtements.

A priori, ils pourraient atteindre sans difficulté la prairie qui, au milieu des habitations délabrées de l'îlot central, faisait office de grande place de rassemblement. Ils avaient débarqué à un endroit que Jiande savait ne pas être surveillé (l'avantage d'écumer les chenaux tous les jours avec ses chargements d'immondices).

Les allées étaient vides : tous les bandits ou presque devaient être sur la prairie. On entendait le brouhaha un peu plus loin. Et c'était vers ce brouhaha que Jiande menait ses hommes.

Au pire, je meurs, se répéta-t-il. *Au pire, je meurs.*

Enfin ils croisèrent un bandit qui avait l'air égaré et les regarda, éberlué, avant de s'écarter pour les laisser passer. Il était plus qu'à moitié saoul. Plusieurs femmes passèrent la tête à travers les fenêtres. L'une d'elles, sur le pas d'une porte, hurla un avertissement avant d'aller se réfugier à l'intérieur.

Peu importait qu'on les eût repérés. Ils y étaient presque. Un instant plus tard, face à eux, des centaines de bandits agglutinés. On distinguait Gao Shida, un peu plus haut que les autres, sur une souche d'arbre. Devant lui, ses principaux lieutenants. Beaucoup étaient assis en tailleur.

Il ne fallait pas approcher davantage.

« J'aimerais dire quelque chose ! » cria Jiande.

On ne l'entendit pas tout de suite. Il dut crier de nouveau. Des têtes se retournèrent. Des exclamations, des tapes incrédules sur l'épaule du voisin. Enfin, Shida l'aperçut.

« Qu'est-ce… ? » Il n'acheva pas. Les pointant du doigt, il hurla : « Emparez-vous d'eux ! »

Jiande sortit une hache et ses compagnons l'imitèrent.

« Espèce de crétins, vous êtes vingt, s'exclama Shida. Vous croyez nous faire peur ? Tuez-les tous ! »

C'était le moment décisif. Jiande leva le bras et la flèche partit. Elle alla se ficher dans la souche, juste au pied de Shida qui faillit en tomber à la renverse.

« La prochaine ne te ratera pas, avertit Jiande. Vous pouvez vous montrer ! »

Des toits alentour émergèrent des dizaines d'archers, recouverts de branchages qui, sous ce camouflage, étaient demeurés invisibles jusqu'ici.

« Ils ont pris position dans la nuit, Shida, quand tes acolytes et toi couviez votre vin, et, au moment où je te parle, trois cents hommes convergent vers nous.

— Tu mens ! glapit Shida.

— Tu as des yeux. Regarde. »

Et, en effet, autour de la prairie plusieurs groupes avaient fait leur apparition, tous armés. Des partisans recrutés par Jiande et ses amis au cours du mois passé, des gens venus des îlots périphériques et qu'on avait promis de délivrer de l'oppression exercée par les brigands des marais.

« C'est fini, Shida.

— Que veux-tu, petit déserteur ? Tu n'as pas autre chose à faire ? De la merde à aller ramasser par exemple ? »

Jiande vit que, malgré ses insultes, il avait peur : sa peau brune était couverte de plaques rouges. Lui-même restait inquiet. Son plan n'était pas sans faille. Que se passerait-il si certaines des brutes qui lui lançaient de regards de haine se ruaient sur lui ? S'il était tué, ses compagnons se débanderaient peut-être, malgré leur supériorité numérique et leur position favorable.

On se jaugeait.

« Vous êtes cernés, affirma Jiande. Jetez vos armes.

— Et après ? demanda Shida. Vous ne savez pas vous battre, nous, si. Je me souviens de ton arrivée ici, déserteur, et comme tu as été rossé. »

Des provocations attendues, comme tout ce que disait ou faisait cet homme. Des rires, un peu forcés pour la plupart, se firent entendre dans les rangs des bandits. Les compagnons de Jiande commencèrent à s'agiter. Certains archers encochaient de nouvelles flèches. D'un geste, il les calma. Ces insultes ne l'atteignaient pas. Shida n'était pas assez malin pour savoir quels mots le blesseraient vraiment, quelles images, quel souvenir auraient pu lui être insupportables.

Jiande demeura donc impassible. Puis, quand l'autre eut fini, étonné sans doute de susciter si peu de réactions, il parla.

« Vous serez tous libres de partir et même d'emmener ce que vous pourrez porter. »

Quelques bandits jetèrent leurs poignards ou leurs haches à terre.

« Lâches ! Lâches ! » s'écria Shida. Lui-même gardait son énorme hache à la main.

« Ou bien, reprit Jiande, vous pouvez rester. Même toi, Shida.

— Tu veux ma place, c'est ça ? Tu veux commander mes hommes ? Et devant mon nez en plus ? »

C'était exactement ce qui était prévu : que Jiande soit le nouveau chef des bandits.

Autour de Shida, c'était la déroute. Sans qu'une seule goutte de sang ait été versée, une traînée de défections : les brigands se rendaient les uns après les autres. Jiande reconnut celui qui l'avait battu le jour de son arrivée : lui aussi finit par poser ses armes et lever les bras en signe de soumission.

Shida comprit qu'il avait perdu : « Si tu veux, je quitte les marais. J'en trouverai d'autres. J'irai aux Monts-du-Levant.

— Ne préférerais-tu pas rester, Shida ? Et vous tous, plutôt que de le suivre dans un voyage incertain et, dans le meilleur des cas, de refaire ailleurs ce que vous faisiez déjà ici ? »

Et ce fut alors que l'imprévu se produisit. Pas du tout sous la forme que Jiande avait imaginée. Ce ne fut pas un homme de Shida qui s'élança vers lui ou une flèche de ses propres partisans qui partit par mégarde. Ce fut une idée, un désir soudain, qui se fraya un chemin jusqu'à sa bouche et fit dévier le cours des choses.

« Ne préférez-vous pas construire ici, avec moi, avec nous tous, un monde meilleur ? »

Des mines intriguées, goguenardes pour certaines. Il ne se laissa pas impressionner. Il poursuivit, porté par une force tapie en lui depuis longtemps. Il expliqua que le Milieu-du-Monde avait changé et qu'il était temps – plus que temps – qu'ils le comprennent. Ils avaient vécu repliés sur eux-mêmes, toujours sur la défensive, harcelés par les autorités, méfiants, nécessairement méfiants. Ils brimaient les nouveaux arrivants. Ils volaient, pillaient, tuaient sans distinction. Ils ne connaissaient aucune loyauté, aucun ordre. Avec de tels principes, leur bande ne pouvait – au mieux – que se perpétuer elle-même, telle qu'elle était avant que tant d'hommes ne viennent eux aussi trouver refuge dans les marais. Si on voulait absorber cet afflux nouveau, tous ces paysans écrasés d'impôts, chassés par les inondations, fuyant la conscription, tous ceux, qui, comme lui, avaient déserté une guerre mal conçue, mal menée, un Milieu-du-Monde devenu fou, si on voulait se montrer à la hauteur de cette époque nouvelle, il fallait se transformer.

« Vous pouvez devenir plus que des bandits. Je crois même que vous le devez, à présent. »

Jiande vit plusieurs lieutenants de Gao Shida acquiescer, comme malgré eux, de la tête. Il continua.

N'avaient-ils pas remarqué qu'autour l'ordre ancien se dissipait ? Dans presque tout l'Est, de la Capitale orientale à la Péninsule, les rébellions se multipliaient. Jiande lâcha alors la phrase qui lui brûlait la langue : « La dynastie a perdu le mandat du Ciel ! »

Il marqua une pause, balaya du regard l'assistance. Il ne pensait pas en arriver là, ses mots l'avaient comme dépassé.

« Tous ici, continua-t-il, nous avons été lésés par l'Empereur et ses généraux. Ils nous ont maltraités, torturés, parfois. Certains d'entre nous ont perdu leurs terres et leur famille. J'ai moi-même perdu mes terres, ma famille et je rêve de vengeance. »

Il parla de son père, de sa mère, de son village dévasté. Il osa même évoquer Chan. Autour de lui, les esprits semblaient avoir fusionné dans une même colère, partager les mêmes aspirations, ne plus former qu'une volonté féroce.

« Ce que je vous offre, c'est d'arrêter de vous terrer dans les marais comme des couleuvres apeurées. C'est de prendre conscience de votre force. Et de détruire ceux qui nous ont réduits à vivre ainsi, de regagner nos terres, de retrouver ce qui reste de nos familles. Ce que je vous propose, c'est de chasser de l'Est la dynastie du Réunificateur. »

Troisième partie

Trahir ou mourir

(An 13 de l'ère des Grands Travaux, 617 après J.-C.)

Malheur au pays
Où le plus loyal des hommes
N'a d'autre choix que
Trahir ou mourir

Poème du Milieu-du-Monde

35

Yicheng

Il n'y avait plus un oiseau dans le ciel. Ou alors, ils se dissimulaient derrière le soleil lui-même, se dit-elle, la main en visière au-dessus des yeux. Plus un mouvement, plus un son, plus rien. Elle seule, en selle, sur sa monture immobile, au milieu de l'étendue verte et vide infinie sous l'étendue bleue et vide infinie. La vie s'était comme retirée du monde et semblait, en cet instant, s'être réfugiée tout entière en elle – en elle et sa jument grise, qui était comme une partie d'elle-même.

Il suffisait de chevaucher un quart d'heure, de passer les collines basses et le petit bosquet de sapins frêles pour que règne un silence presque absolu, que Yicheng n'entende plus que le battement de son cœur et sa respiration qui, une fois qu'elle et sa jument s'arrêtaient, se calmaient peu à peu. L'air était frais et rougissait ses joues, l'une des rares parties de son corps à découvert : le reste était emmitouflé sous un amas de fourrures de renard, de martre et d'hermine, qui lui donnait l'impression de porter sur elle tous les animaux de la Steppe. Par moments, il lui semblait sentir circuler leur énergie sous sa propre peau. Une vieille croyance nomade, qui lui plaisait et qu'elle avait faite sienne.

Elle était seule. Zhu ne l'accompagnait pas. Zhu repartirait bientôt pour le Milieu-du-Monde.

À cette pensée, la colère l'envahit de nouveau. Et le désespoir. Elle tenta de s'apaiser. Si elle se rendait dans ces lieux isolés, en exigeant que personne, pas même Zhu, ne l'accompagnât, c'était justement pour que ce qui la rongeait se dissolve dans l'immensité, pour créer le vide en elle et oublier.

Quand Tardu était revenu précipitamment au camp nomade, abandonnant le siège des Oies-Sauvages, renonçant à une victoire totale contre le Milieu-du-Monde, il avait serré Yicheng dans ses bras puissants, l'avait recouverte de sa tendresse et de sa sollicitude. Cette obstination à l'aimer lui avait brisé le cœur, à elle qui n'aspirait plus alors qu'à disparaître.

Depuis plusieurs jours, Yicheng n'avait pas quitté sa yourte. Elle y restait alitée, s'étonnant de sa capacité à se réfugier dans le sommeil, comme si les rêves – qu'elle s'en éveillât fiévreuse ou reposée – étaient devenus la part la plus consistante de son existence. Personne, dans le camp nomade, ni les femmes chargées de veiller sur elle, ni les guerriers souvent âgés ou convalescents qui n'avaient été jugés bons qu'à garder les troupeaux, n'avait l'autorité suffisante pour la sortir de sa léthargie. Elle en avait parfaitement conscience et elle espérait être morte avant le retour de Tardu. Morte comme leur fils.

Mais elle dut faire face à cet homme qu'elle aimait et qu'elle avait trahi. Elle dut tout lui raconter – ou presque tout : la brève maladie de l'enfant, les convulsions qui l'avait pris soudain, ses pleurs, son corps se vidant peu à peu, puis, après plusieurs heures d'agonie, se figeant enfin. Chaque mot renouvelait une douleur indicible, lui arrachait les dernières illusions pouvant la rattacher à la vie.

À la fin de son récit, elle n'y tint plus. « J'ai espionné ton peuple pour le Milieu-du-Monde, lui dit-elle brusquement. Depuis le départ. Dès mon arrivée ici. Toutes les lettres que j'adresse à ma sœur sont des rapports cachés, à l'encre invisible sous l'encre noire. Je t'ai trahi. Je vous ai tous trahis. »

Assise devant lui, sous sa tente, les yeux rivés au sol, car elle n'osait pas le regarder, elle détailla ses trahisons, donna des exemples précis et accablants, révéla même que si l'Empereur et l'essentiel de sa suite avaient réussi à se réfugier à temps aux Oies-Sauvages, c'était à cause d'elle, de l'avertissement qu'elle avait fait transmettre par un cavalier à l'Impératrice.

Elle était si anéantie qu'il lui importait peu qu'il la tue sur-le-champ. Peut-être le souhaitait-elle au fond. Que tout s'achève, qu'elle rejoigne ce fils dont elle venait de lui relater la fin, sans pouvoir toutefois, même à l'issue d'une telle confession, même face à la certitude qu'il allait dégainer son sabre et l'en percer, ou bien la saisir, la dénoncer devant l'ensemble de ses guerriers et la faire piétiner par leurs chevaux, en donner la raison véritable. Elle ne parla ni de la visite clandestine de l'Impératrice, ni de ce qu'elle l'avait obligée à faire. Comme si elle éprouvait, par-devers elle, le besoin de ne pas se soulager complètement, comme si elle sentait confusément qu'elle ne méritait pas cet ultime apaisement-là. À moins que ce ne fût pour l'épargner, lui, parce qu'elle l'aimait et que, toute traîtresse et fausse Khatun qu'elle eût été, elle n'avait jamais fait semblant de l'aimer.

Mais, quand elle releva la tête, surprise de n'entendre aucune injure, de ne sentir aucun coup pleuvoir, il souriait. Un sourire triste, mélancolique. Il savait. Elle comprit qu'il savait, peut-être depuis le départ, peut-être avant même qu'il lui eût demandé de l'épouser.

« C'était dans l'ordre des choses, mon amour. » Il découvrait certains détails. Il ignorait le dernier message, qui avait empêché les nomades de s'emparer de l'Empereur. Mais il n'avait jamais douté qu'elle informât le Milieu-du-Monde.

« Nous l'avons toujours su et il nous est même arrivé d'en tirer profit. Il y a quatre ans, les émissaires de la Péninsule… Nivar et moi voulions que tu nous surprennes dans la petite crique au bord du grand lac salé. Nous voulions que tu en avertisses l'Empereur et qu'une guerre dévastatrice s'ensuive. »

Elle n'avait pas déçu leurs espoirs.

« Tout cela n'a plus d'importance », conclut-il. Et cette phrase, loin de la réconforter, lui fit plus de mal que toutes les morts qu'elle avait imaginées. Car elle signifiait que son fils – leur fils – aurait pu vivre, qu'elle n'avait aucune raison de céder au chantage de l'Impératrice et que son ultime trahison – la seule qu'elle n'avait pas confessée – était en réalité inutile. C'était une pensée insupportable : son fils était mort pour rien.

Pourtant, elle ne sombra pas de nouveau dans le désespoir. Lorsque Tardu se fut éclipsé, ses jambes la portaient à peine. Elle chancela jusqu'à l'ouverture de sa tente, s'accrochant au pan de feutre beige qu'elle avait rabattu de sa main amaigrie. Au-dessus d'elle un ciel sans nuage. Avec la lumière crue, les odeurs, la puanteur du camp, de ses milliers de chevaux, de chèvres, de moutons, mêlés aux hommes et comme les cernant, se ruèrent sur elle. Et ces odeurs épouvantables auxquelles elle avait cru longtemps qu'elle ne s'habituerait jamais, contre lesquelles l'encens n'avait cessé de brûler sous sa tente, elle les accueillit avec gratitude. La vie était là, la vie était partout.

Yicheng se retourna et contempla la couche faite de fourrures et de soie superposées, où elle venait de passer tant de jours et de nuits. On y distinguait encore la forme ovale qu'elle y avait laissée, comme si les couvertures de peaux eussent été une molle coquille dont elle se serait échappée, ou un cocon crevé et avachi. Il lui sembla s'y deviner, attendant, espérant la mort. Une princesse du Milieu-du-Monde gisait bel et bien là, immobile, invisible. Et morte. Celle qui s'était relevée, comprit Yicheng, n'avait plus rien de celle qu'elle avait été, plus d'attaches avec le pays où elle était née, dont elle avait aimé les fleurs, les jardins, les palais, et au service duquel elle avait été envoyée jadis dans la Steppe. Elle n'était plus divisée entre deux mondes, deux pays, deux allégeances irréconciliables. Elle savait désormais lequel elle aiderait à détruire l'autre.

36

Jiande

De nouveau, l'opération s'était déroulée sans un accroc. C'était presque trop simple. Jiande s'en étonnait souvent, puis il songeait que, dans un monde à la dérive, où sombraient tous les repères anciens, il suffisait d'être assez déterminé et organisé pour obtenir ce qu'on voulait.

Cette fois pourtant les circonstances lui donnèrent bien plus que ce qu'il était venu chercher.

On lui avait signalé les malversations du gouverneur d'une petite ville située à cinq jours de marche des marais. Son grenier était plein et, alors que la population mourait de faim, cet homme venu de la Capitale orientale refusait d'en distribuer les grains. Il préférait les vendre aux plus riches pour des sommes folles et en garder une bonne partie en attendant que les prix montent encore. Il avait fait battre à mort cinq tanneurs venus lui reprocher son comportement.

Jiande décida de s'emparer du grenier et de faire ce à quoi un gouverneur digne de ce nom aurait dû se résoudre depuis longtemps : s'en servir pour nourrir la population.

La difficulté était de pénétrer dans la ville qui était bien gardée et d'en ouvrir les portes à ses troupes. Il disposait désormais d'une petite armée de vingt mille hommes.

Le surnom que lui avait donné Gao Shida, « déserteur », lui était resté. Mais il n'était plus prononcé qu'avec crainte ou admiration. On parlait du « Déserteur » dans l'Est entier et on chantait ses exploits, sa générosité, son ingéniosité.

Cette fois-ci sa ruse consista à faire pénétrer dans la ville cinquante cercueils. Les deux hommes désignés pour les transporter affirmèrent qu'il s'agissait de parents du Vieux Cui, enlevés, dépouillés et assassinés par le lâche Déserteur et qu'on ramenait dans leur fief. Après une nuit de repos à l'abri des remparts, ils repartiraient. Jiande avait tablé sur l'aura du nom Cui. Avec raison : on n'osa pas refuser.

La nuit venue, bien sûr, les morts se relevèrent, tout armés, de leurs cercueils mal cloués et convergèrent vers la porte sud. Sitôt les gardes surpris et mis hors d'état de nuire, on agita une torche au-dessus des murailles et les troupes qui attendaient à l'extérieur prirent possession de la ville.

Au matin, le gouverneur se réveilla dans sa belle demeure sans se douter de rien. Jiande s'était arrangé pour qu'on ne le prévienne pas. Il se fit annoncer chez lui comme un simple visiteur. Il savait que cela amuserait ses compagnons et que l'anecdote ne tarderait pas à circuler dans tout le pays.

« Qui es-tu ? » lui demanda le gros homme dont le cou disparaissait derrière un formidable double menton. Il était toujours au lit, sous une épaisse couverture doublée de bourre de soie, les yeux bouffis de sommeil.

« Un paysan des environs, répondit Jiande.

— Qui t'as laissé entrer ?

— Je ne sais pas trop. Je me suis présenté et il faut croire que personne ne m'a empêché de passer.

— Je ferai bastonner les responsables ! Tu veux quoi ?

— Votre tête, si ça ne vous dérange pas. »

L'autre lui jeta un regard plus ahuri qu'effrayé et Jiande eut du mal à ne pas éclater de rire.

« Gardes ! Gardes ! » hurla enfin le gros gouverneur.

On entra.

« Qui sont ces hommes ? »

La chambre s'était peu à peu remplie des soldats de Jiande.

« Oh, mes hommes à moi – que les plus intelligents des vôtres ont rejoints. »

Il fallait que le gouverneur soit puni. On le mena sur la place du marché. Un billot y avait été installé. Une foule immense attendait.

Certains bandits, quand ils s'emparaient de fonctionnaires véreux, les torturaient des jours durant et, bien entendu, il était tentant de dépecer petit à petit celui-là. Plusieurs lieutenants de Jiande le lui avaient proposé : qu'on prélève chaque jour une tranche de son gras et que ce soit la seule nourriture à laquelle il ait droit.

« Vous avez vu le morceau ? avait répliqué Jiande. On en a pour des années ! » Les autres avaient ri et accepté un moyen plus expéditif : une simple décapitation.

Pendant qu'on le traînait vers le billot, le gouverneur se tourna vers Jiande qui avait pris place sur un siège face à la foule :

« Tu es… Vous êtes le Déserteur, c'est ça ? Vous êtes le Déserteur ?

— Je m'appelle Dou Jiande, mais certains me surnomment comme tu dis.

— J'ai une information qui pourrait vous intéresser.

— Ah oui ? Et tu t'en souviens maintenant ? Il fallait me la transmettre avant qu'on vienne dans ta ville te châtier.

— Je… Vous êtes un homme difficile à atteindre… »

Le bonhomme suait à grosses gouttes. Il mentait sans doute. Mais il était vrai que la tête de Jiande était mise à prix, ce qui l'obligeait à rester caché dans les marais la plupart du temps.

D'un geste de la main, il ordonna qu'on relève le gouverneur qu'on venait de faire s'agenouiller.

« Parle.

— Ça vous intéressera, j'en suis sûr. En échange, je veux la vie sauve.

— C'est cher payé.

— Cela concerne votre ancienne fiancée, Déserteur. »

Jiande pâlit. Chan. Des mois qu'il la cherchait en vain. Jusqu'ici, les seules informations qu'il avait pu recueillir se limitaient à ce qu'il avait su ou deviné dès le départ : la jeune fille n'avait pas été tuée. En tout cas, pas au moment de l'assaut contre son village. Les soldats du général métèque Wang Sichong l'avaient emmenée. Ce qu'ils en avaient fait, Jiande avait toujours refusé de trop y penser. Mais elle était peut-être encore en vie, quelque part.

Jiande ne put dissimuler l'espoir qui soudain le gagnait. Le gouverneur le vit et, haletant, il dit : « Je sais où elle se trouve. »

37

Yicheng

Yicheng tint à accompagner elle-même Zhu à la Muraille-sans-Fin. De là, son ancienne servante serait prise en charge par les autorités du Milieu-du-Monde.

Elle tint aussi, en chemin, à faire un détour vers le grand lac salé au bord duquel les deux jeunes femmes avaient passé tous leurs hivers depuis treize ans.

« Le temps se refroidit. Nous ne tarderons pas à nous y installer de nouveau », dit-elle à Zhu qui chevauchait à côté d'elle quand la rive bleue apparut à l'horizon. Une dizaine de cavaliers les suivaient à distance.

« Mais cette fois je viendrai seule, sans toi. »

Zhu se taisait. Depuis leur départ, trois jours plus tôt, elle n'avait pratiquement pas prononcé un mot. Elle avait honte, de toute évidence, de quitter sa maîtresse. Au bout d'un moment, elle demanda pourtant : « Pourquoi vouliez-vous qu'on repasse ici ? Les Oies-Sauvages sont dans l'autre direction. »

C'était à la ville-forteresse des Oies-Sauvages que Yicheng était censée remettre Zhu, celle-là même où, un an plus tôt, Tardu avait failli s'emparer de l'Empereur.

« Quelques jours de perdus… Qu'importe ? Tu ne reviendras plus jamais ici ensuite, Zhu. À moins, bien sûr, que tu ne décides finalement de rester. »

Zhu secoua la tête.

« Pourquoi me quittes-tu ? T'ai-je mal traitée ? »

Nouvelle dénégation.

Elles gravissaient la pente menant aux falaises d'où le regard, par beau temps, embrassait le lac tout entier. En l'occurrence, le temps était froid, mais splendide.

« Qu'auriez-vous fait à ma place ? »

La question surprit Yicheng. Puis elle songea qu'elle avait été à sa place un jour, elle avait eu l'occasion de retourner au Milieu-du-Monde et elle avait préféré rester. Pour Tardu.

« Si je te laissais te marier, changerais-tu d'avis ?

— Je ne crois pas, non. Votre sœur m'a promis un époux de bonne famille. »

La visite de l'Impératrice avait tout changé. Elle ne s'était pas contentée de tuer l'enfant de Yicheng, elle avait aussi empoisonné l'esprit de Zhu, l'avait définitivement corrompu pour arriver à ses fins. Quelques mots avaient suffi, une simple promesse.

Yicheng n'en revenait toujours pas que sa sœur l'ait tenue, cette promesse, qu'elle se soit souvenue de Zhu et qu'elle ait eu l'outrecuidance, après ce qui s'était passé, de lui faire parvenir un courrier demandant qu'on lui envoie la servante. Yicheng avait commis l'erreur de transmettre ce courrier à Zhu.

« *Envoie-la-moi avant l'hiver.* » Et l'hiver serait bientôt là.

Quand elles eurent atteint le sommet des falaises, Yicheng vint coller sa monture à celle de Zhu.

« Tu sais que je hais ma sœur.

— Votre sœur a agi pour le bien du Milieu-du-Monde.

— En tuant mon fils ?

— Elle ne l'a pas fait exprès. Dans la lettre que vous m'avez montrée, elle vous demande pardon plusieurs fois. Et, des enfants, vous en aurez d'autres. »

Les larmes affleurèrent aussitôt, mais Yicheng parvint à les retenir. D'autres fils ? Ce n'était pas ce que lui avait dit la vieille chamane, qui doutait, elle, de sa capacité à enfanter un jour de nouveau.

« Quand tu seras là-bas, auprès d'elle, accepterais-tu d'empoisonner son fils à elle, le cadet, son préféré, celui qu'elle garde toujours à ses côtés ? Pourras-tu faire ça pour moi ? »

Zhu lui lança un regard effrayé.

« Ne me demandez pas quelque chose de pareil. Votre sœur devinerait avant que j'aie fait quoi que ce soit. Elle sait tout. Elle voit tout. »

Yicheng se força à sourire : « Je ne parlais pas sérieusement, Zhu. »

Face à elles, le paysage était magnifique. Yicheng songea qu'elle ne l'avait jamais vu à l'automne. L'herbe entourant le lac était jaunie par endroits. L'eau elle-même semblait d'un bleu plus profond, presque noir. Elle aurait aimé qu'un peintre du Milieu-du-Monde vînt jusqu'ici immortaliser ces couleurs extraordinaires.

« L'Impératrice se trouve dans le Sud en ce moment, reprit-elle après avoir inspiré à plusieurs reprises l'air revigorant. Tu ne connais pas le Sud ? »

Zhu était originaire de l'Ouest.

« Vous croyez que ça me plaira ?

— Je n'en doute pas. Il est difficile de ne pas aimer le Sud. »

Et elle le pensait. Un instant, elle éprouva la nostalgie poignante des canaux et des odeurs de la Capitale méridionale. Elle était persuadée que si sa sœur avait convaincu l'Empereur de s'y réfugier, ce n'était pas seulement pour s'éloigner le plus possible de la Steppe, où elle devait sentir qu'une colère sourde la menaçait. C'était aussi pour retrouver la douceur perdue de sa jeunesse, quand son époux n'était que prince héritier et gouvernait le Sud au nom du Réunificateur.

« Mais le Sud est loin, poursuivit Yicheng. Tu vas devoir traverser tout le Milieu-du-Monde, un Milieu-du-Monde qui n'est plus comme celui que nous avons quitté. Les routes ne sont pas sûres. Tu serais plus en sécurité dans la Steppe. »

À leur droite se dessinait le petit sentier descendant vers la crique, où elles s'étaient rendues ensemble tant de fois.

« J'ai pensé que ça te ferait plaisir de revoir l'eau bleue du lac une dernière fois.

— C'est gentil. Mais quand repartons-nous pour les Oies-Sauvages ? »

L'inquiétude perçait dans sa voix.

« Demain matin.

— Je suis touchée que vous acceptiez de m'accompagner. Je pensais que vous m'en voudriez.

— J'ai moi aussi des choses importantes à faire aux Oies-Sauvages. »

L'autre l'interrogea des yeux, curieuse, et Yicheng se souvint de la complicité qu'elles avaient si longtemps partagée. Il n'en restait que des mirages.

« Je vais les convaincre d'ouvrir leurs portes aux nomades. »

Zhu voulut éloigner sa monture, mais Yicheng la retint par la bride.

« Ils ne feraient jamais une chose pareille.

— J'ai mon idée sur la façon de les convaincre.

— C'est encore une de vos plaisanteries ? Un jeu ?

— J'ai parlé à Tardu avant notre départ. L'invasion aura lieu au printemps.

— Quelle invasion ?

— Celle du Milieu-du-Monde par nos cavaliers, par la plus importante armée jamais réunie par aucun peuple de la Steppe. Nous allons détruire le Milieu-du-Monde, Zhu. Et les Oies-Sauvages nous offriront une formidable porte d'entrée, une base d'opération idéale.

— Pourquoi me dites-vous tout ça ?

— Parce que je sais que tu ne le répéteras à personne.

— Non, je... Oui, bien sûr, vous pouvez me faire confiance », balbutia la servante d'une voix mal assurée.

Elles étaient au bord du précipice. Il sembla à Yicheng qu'il n'avait jamais été si vertigineux et elle regretta de ne pas avoir su apprécier jadis cette beauté effrayante, union de toutes les immensités : celles du ciel, de l'eau, de la terre.

« La confiance n'a rien à voir là-dedans. Descendons de cheval, tu veux bien ? Allons une dernière fois à notre petite crique. À pied. »

L'autre hésitait.

« Descends, Zhu. »

Yicheng ne voulait pas gâcher une belle jument.

« Vous ne venez pas, vous aussi ? » lui demanda la servante une fois à terre.

Yicheng avait déjà contourné la jument de Zhu et s'était retournée avec sa propre monture. D'une subtile pression du talon que lui avait enseignée Tardu, elle fit ruer la bête. Les sabots heurtèrent Zhu en pleine poitrine.

Yicheng contempla la brève danse aérienne de la servante hurlante, puis le choc contre les rochers à moitié immergés, la forme immobile en bas, ballottée par les vagues, une auréole rouge au milieu du bleu profond.

Plus tard, quand elle eut rejoint ses cavaliers étonnés de la voir revenir seule, ramenant la monture de la femme qui avait partagé chaque jour de sa vie depuis treize ans, elle ne leur donna aucune explication. Elle leur ordonna simplement de l'accompagner, comme prévu, vers la ville frontière des Oies-Sauvages.

38

Shimin

Aux Oies-Sauvages, Shimin s'ennuyait. Son père l'y avait envoyé passer l'automne et l'hiver sous les ordres de son lieutenant de confiance, Liu Wuzhou.

Un honneur ou une disgrâce ? C'était difficile à dire. Les Oies-Sauvages étaient une ville clé dans la défense du Milieu-du-Monde, un verrou essentiel de la Muraille-sans-Fin, qui, un peu plus d'un an après le siège qu'y avait mené Tardu, gardait les marques de son héroïque résistance : flèches encore fichées dans l'interstice des tuiles et qu'on n'avait pas pris la peine de retirer, murs et toits noircis, abords ravagés, jonchés d'excréments séchés, de chariots brûlés et autres vestiges laissés par les trente mille cavaliers qui avaient cru prendre la ville. Mais, à vrai dire, même sans ces déprédations, l'existence y aurait été aussi morne que possible et les terrains de chasse alentour, bien moins excitants que ceux qu'on trouvait du côté de Bourg-Dragon, la grande ville que l'Empereur, juste après la levée du siège des Oies-Sauvages, avait assignée comme résidence à la famille Li. En reconnaissance de ses services, il avait, par la même occasion, élevé Li Yuan au rang de vice-régent de l'Ouest (le régent en titre était le prince héritier, qui résidait dans la Capitale occidentale). Une faveur immense en même temps qu'une dangereuse responsabilité.

Bourg-Dragon était d'une importance cruciale pour l'Empire, proche de la Muraille-sans-Fin, mais pas trop proche non plus, à égale distance de la Capitale de l'Ouest et de la Capitale de l'Est (un mois de route pour un voyageur à pied, trois fois moins pour un cavalier). L'un des carrefours du Milieu-du-Monde. Si l'on n'avait eu assez de trois capitales, Bourg-Dragon aurait pu être la quatrième, celle du Nord. C'était exactement le genre d'endroits dont les nomades, s'ils étaient un tant soit peu malins (et comment douter qu'ils ne le fussent déjà beaucoup trop ?), chercheraient, le moment venu, à s'emparer en priorité.

Pour éviter que cela arrive, il fallait tenir les Oies-Sauvages. Père avait été très clair sur ce point quand il avait donné ses instructions à Wuzhou et Shimin, avant leur départ. Les Oies-Sauvages occupaient le centre d'une passe qu'elles étaient censées contrôler et que, l'automne venu, survolaient par milliers les oiseaux auxquels le lieu devait son nom. Bien trop haut, malheureusement, pour les flèches de Shimin.

Le serviteur finissait de débarrasser les restes d'un poulet à l'oignon et au vinaigre quand le jeune homme se tourna vers le fidèle lieutenant. Ils étaient attablés dans une salle assez modeste de la forteresse, sans beaux meubles en acajou ou cerisier, qui présentait l'avantage de l'intimité : une seule entrée, qu'il était facile de surveiller du coin de l'œil, une seule fenêtre aussi, donnant non pas sur le chemin de ronde, mais très au-dessus, vers l'horizon sombre, du côté de la Steppe. Pas d'oreille ni d'œil indiscrets à redouter. Au mur, des torches : la nuit tombait.

« Quand arrive la fille ?

— Un de ces jours, j'imagine.

— Elle sera accompagnée de nomades ?

— Sans doute.

— Il faudra leur ouvrir à eux aussi ?

— Tout dépend de leur nombre. Mais rien ne nous y oblige. L'ordre de l'Empereur est de recueillir la fille, puis de la faire escorter jusqu'à Bourg-Dragon et, de là, je crois qu'elle gagnera le Sud.

— Elle n'y arrivera pas avant le printemps…

— Pas notre problème. »

Il y avait chez Wuzhou quelque chose de flegmatique que Shimin trouvait très rassurant. Rien ne semblait jamais le surprendre ou l'effrayer. Et il avait toujours réponse à tout, même si la réponse consistait souvent à dire : « On verra bien. »

« Comment se fait-il qu'on laisse une nomade passer alors que nous sommes en guerre contre eux ? reprit Shimin.

— Ce n'est pas une nomade. Une fille du Milieu-du-Monde que l'Impératrice appelle auprès d'elle. Son nom est Zhu.

— Mais elle est amenée par des nomades de Tardu ?

— Nous sommes en guerre sans l'être vraiment, Shimin. C'est souvent comme ça avec les nomades. Tu t'habitueras.

— Ils s'en sont pris à l'Empereur ! Ici même !

— Oui, mais ils se tiennent à peu près tranquilles depuis. »

Pour autant que Shimin s'en souvînt, le fidèle Wuzhou avait toujours été là, presque un membre du clan Li, mais pas tout à fait non plus. Quand sa femme était morte en couches il y avait des années, après lui avoir donné deux fils jumeaux, Li Yuan avait songé à lui faire épouser Jun, et il l'aurait sans doute fait si Jun avait été alors un peu plus âgée et, surtout, Wuzhou, un meilleur parti. Mais sa famille n'était pas grand-chose au Milieu-du-Monde, elle n'avait aucun lien avec le clan impérial, aucune influence. Li Yuan aurait seulement récompensé la fidélité de son compagnon d'armes et se serait privé de l'occasion de nouer une alliance avantageuse. Est-ce que Wuzhou, à qui il avait eu la maladresse de faire miroiter ce mariage, lui en voulait encore ? Shimin pensait que non. Mais Li Yuan avait peut-être commis une erreur : l'alliance avec Lu Cai, au bout du compte, ne se révélait pas si profitable que ça.

Cai avait laissé les Li prendre tous les risques lors du siège des Oies-Sauvages, puis, grâce aux bons offices de Yuan, échappé à la légitime colère de l'Empereur. Devant ce dernier, Li Yuan avait, en effet, plaidé l'indulgence pour le prince héritier comme pour son mauvais conseiller. Certes, la Capitale occidentale n'avait pas envoyé de troupes secourir les assiégés. Plutôt qu'une perfidie, on pouvait y voir cependant de la prudence, le souci de ne pas dégarnir les défenses de l'Ouest. L'Empereur, qui n'avait à ce moment-là rien à lui refuser et sans doute déjà plus toute sa tête, avait accepté ces explications. Shimin savait pourquoi son père, malgré son ressentiment contre Lu Cai, avait parlé ainsi : il estimait que la dynastie était trop fragilisée pour remettre en question une succession organisée de longue date : cela aurait ajouté des incertitudes à une situation déjà vacillante.

Sans doute aussi espérait-il que Lu Cai se montrerait enfin un beau-fils à la hauteur des espérances qu'il avait placées en lui.

De fait, quelques mois plus tard, celui-ci, comme pour faire amende honorable, avait proposé de prendre Huaji sous son aile et de l'introduire dans le premier cercle du prince héritier. Yuan avait accepté. Huaji avait donc rejoint Lu Cai et Jun dans la capitale tandis que Shimin, lui, moisissait aux Oies-Sauvages.

« Nous devrions aller détruire les nomades chez eux. »

Wuzhou sourit avec indulgence.

« Cela supposerait d'acheminer des troupes nombreuses au cœur de la Steppe. Ce serait un jeu d'enfants pour Tardu de couper nos lignes de ravitaillement. Et où l'Empereur, de toute façon, trouverait-il ces hommes ? Il n'en a même plus assez pour contrôler l'Est. Il est allé se réfugier dans le Sud qu'il croit plus sûr, hors d'atteinte en tout cas des nomades. Et si l'Ouest lui demeure fidèle, c'est uniquement grâce à ton père. »

Il s'interrompit quand il vit le serviteur revenir avec des coupes et une cruche de vin de millet. Shimin en profita pour observer son long visage anguleux. Wuzhou n'était assurément pas très beau. Il avait d'autres qualités. Depuis la mort de sa mère, c'était à lui que le jeune homme devait le peu de réconfort qu'il avait pu trouver. Wuzhou, contrairement à Yuan, était indulgent et compréhensif. À lui, malgré leur grande différence d'âge, Shimin pouvait tout dire ou presque.

« Père veut la stabilité à n'importe quel prix. Il ne comprend pas que parfois mieux vaut précipiter les choses. »

Li Yuan avait accompli des prouesses jadis, Shimin était tout prêt à en convenir. Mais, désormais, il était devenu incapable de rien concevoir de grand. Il ménageait tout le monde : l'Empereur dont il refusait de voir la folie grandissante, le prince héritier à qui il avait sauvé la mise et faisait semblant de demander la permission quand il prenait des mesures visant à défendre l'Ouest face aux nomades. Il y avait chez lui comme une obstination à ne plus envisager l'avenir, à se satisfaire d'être au milieu d'un pont qui s'écroule.

« L'Empereur nous a fait un cadeau empoisonné, poursuivit-il. Tenir l'Ouest alors que nous ne recevons plus aucune aide de la Cour ! Plus d'hommes, plus d'armes, plus de rouleaux de soie pour nous procurer des chevaux auprès des rares tribus qui ne soutiennent pas Tardu. Ça ne peut que mal finir.

— Ton père sait tout ça.

— Il refuse de tirer les conclusions qui s'imposent.

— Qui sont ?

— Tu les connais. »

Wuzhou se resservit du vin de millet. Il était presque froid à présent. Mais il ne pouvait être question de faire appel à un serviteur pour le réchauffer. Personne ne devait pénétrer dans cette pièce, entendre ce qui était en train d'y être dit ou, du moins, suggéré.

Shimin, comme souvent depuis qu'il était arrivé aux Oies-Sauvages, sentait la colère monter en lui. Tout s'effondrait autour d'eux. Et son père refusait de voir qu'il y avait un responsable, un Empereur qui ne méritait plus ce titre, que les dieux avaient désavoué, rejeté, et dont la chute était devenue inévitable. Un Fils déchu du Ciel. Non seulement l'Empereur, mais la dynastie étaient condamnés, Shimin s'agaçait que son père fît semblant de ne pas s'en rendre compte, continuât d'agir comme s'il avait la moindre chance de les sauver. Cette chute inévitable, lui l'avait acceptée, et depuis longtemps. Pour une raison simple : s'il était destiné à occuper le trône un jour, comme on le lui avait prédit, l'Empereur et sa dynastie ne devaient-ils pas au préalable avoir disparu ?

« Tu es dur avec ton père, Shimin.

— Il est dur de m'avoir envoyé ici où il n'y a rien à faire.

— Ton père a pensé que ça te changerait les idées. La mort d'un frère, la mort d'une mère… »

Shimin le coupa :

« Il m'a dit que si les nomades attaquaient, après ce qui s'était passé avec Nivar, j'étais la bonne personne pour les recevoir.

— Est-ce qu'il a tort ? »

Shimin ouvrit la bouche pour répondre, puis la referma. Il ne voulait pas mentir à Wuzhou, prétendre qu'il haïssait désormais les nomades à cause de ce qui s'était passé l'année précédente. Qui pourrait jamais entendre la vérité ? Lui-même, parfois, en était effrayé.

À ses yeux, les nomades étaient des adversaires, rien de plus. À qui confier qu'il ne ressentait aucune colère contre eux ? Et qu'en songeant à Xuanba, son cœur restait impassible ?

Même le souvenir de sa mère ne le tourmentait plus. Elle ne l'avait jamais compris. Ses ultimes malédictions ? Il était presque tenté d'en rire maintenant. En disparaissant, elle lui avait fait le plus beau des cadeaux. Il était libre, enfin !

Il n'avait plus auprès de lui cet être adoré, mais impossible à satisfaire.

Il suffisait d'oser le penser. Tout était là : oser penser ce qui terrifiait les autres. Combien d'hommes en étaient capables ?

Shimin ne s'en voulait plus de ce qu'il avait fait au Nouveau-Confluent, ni d'avoir relevé le défi de Nivar. Jamais plus, il se l'était promis, il ne vivrait dans la dépendance du regard d'un autre. Il tracerait son chemin seul, sans chercher à plaire à qui que ce soit.

Pour l'heure, le principal obstacle était son père lui-même, qui l'avait relégué aux Oies-Sauvages, alors que, dans le même temps, il envoyait Huaji dans la Capitale de l'Ouest, auprès de Lu Cai et du prince héritier. Son père qui ne comprenait pas que l'heure de la rébellion avait sonné.

39

Jiande

C'était la première fois que Jiande se rendait à la Capitale de l'Est, qui n'était pas la plus peuplée des trois capitales, mais sans doute la plus belle. L'Empereur l'avait choyée plus qu'aucune autre ville parce qu'elle était au centre de l'immense réseau de canaux et de rivières dont il avait voulu faire l'ossature du Milieu-du-Monde. D'où qu'on se tînt le long de ses avenues, on distinguait le gigantesque palais impérial. Le plus élégant jamais construit selon bien des connaisseurs. Jiande n'aurait pu en juger : il n'avait jamais vu de palais auparavant. Mais il le croyait volontiers : édifié sur une colline au nord-ouest de la ville, il la dominait sans l'écraser, il semblait s'en extraire et n'en être que le prolongement céleste. Ses toits ondulés se superposaient, s'enchevêtraient dans un savant jeu de symétrie et n'en finissaient pas de s'élever à des hauteurs vertigineuses.

Jiande savait que l'Empereur n'y résidait pas actuellement, qu'il était parti pour le Sud avec l'essentiel de la Cour. Pour autant, la capitale demeurait sous son autorité, l'une des rares zones à l'Est où son contrôle ne se soit pas relâché, comme en témoignait l'omniprésence des gardes. Dès qu'il avait pénétré dans la ville, avec trois compagnons à lui, Jiande en avait compté une bonne cinquantaine rien que pour surveiller la porte qu'ils empruntaient. Il y en avait aussi dans les rues et dans les marchés.

Sa tête était mise à prix et même si ses compagnons et lui étaient déguisés en officiers, il suffisait que quelqu'un le reconnaisse ou s'avise qu'il n'appartenait à aucun régiment pour que la ville se referme sur eux en un piège mortel.

Mais Chan était là. Le gros gouverneur avait été formel. Il avait même indiqué où exactement, et sous quel nom. Il le savait parce que, lors de son dernier séjour dans la Capitale orientale, on lui avait parlé de cette jeune fille qui chantait si bien et affirmait avoir été fiancée au fameux Déserteur. « Avant que vous ne deveniez le fameux Déserteur », avait-il précisé.

Quand ils parvinrent au grand marché, grouillant d'une foule bruyante, il fallut jouer des coudes pour continuer à avancer. Un vendeur de beignets ne tarda pas à siffler pour attirer leur attention. Malgré son déguisement, Jiande le reconnut : c'était l'un de ses lieutenants, entré avec deux autres hommes dans la ville l'avant-veille.

« Vous êtes en place ? » demanda-t-il au faux vendeur qui, tout en lui tendant l'un de ses beignets soufflés qu'il avait coupés en lamelles, acquiesça.

Tout devait avoir lieu le soir même et, si possible, sans le moindre accroc.

« Une heure avant le couvre-feu, nous allumons l'incendie. On vous rejoint ensuite à l'extérieur des remparts », dit l'homme.

Le lieu d'où l'on projetait d'arracher Chan ouvrait à la tombée de la nuit, presque au moment où les portes de la capitale fermaient. Or, il fallait avoir quitté celle-ci avant, sans quoi on risquait d'être découvert. Jiande avait donc conçu un plan simple et précis. Trois de ses camarades allumeraient un incendie non loin du palais impérial pour faire diversion. Jiande et les deux autres faux officiers iraient pendant ce temps récupérer Chan. Dans la cour d'une auberge située juste à l'extérieur de la ville, une dizaine de chevaux nourris, reposés, harnachés, les attendaient, qui les ramèneraient au plus vite au repaire des marais.

Jiande se força à avaler le beignet soufflé. Avant de s'éloigner, il rappela : « Une bonne heure avant le coucher du jour. C'est le meilleur moyen d'occuper un maximum de gardes. »

Lorsqu'il quitta le marché, l'après-midi était à peine entamé. Plusieurs heures le séparaient du début de l'opération. L'un de ses hommes, qui était originaire de la Capitale orientale, le conduisit à travers les rues. Sans lui, Jiande se serait perdu mille fois. À un moment donné, son guide lui fit sauter par-dessus un petit cours d'eau coloré et puant : « Les tanneries », lui signala-t-il. Puis ils passèrent par un pont majestueux enjambant la rivière qui traversait la ville. Dans la partie nord, les quartiers étaient plus riches, plus aérés. Les immeubles ne se pressaient pas les uns contre les autres, les demeures seigneuriales s'échelonnaient à intervalles réguliers. L'automne était bien entamé et, pour suppléer les feuilles absentes, on en avait attaché d'autres aux branches, découpées dans de la soie. Jiande n'avait jamais rien contemplé de pareil.

Bientôt les belles maisons cédèrent la place à de petites habitations toutes peintes en couleurs criardes. Le quartier des plaisirs, comprit Jiande, dont le cœur se serra. Ils s'arrêtèrent devant l'une d'elles, que son compagnon lui désigna du doigt. Un mur bas ceignait un jardin dont on apercevait les arbres nains. Au milieu de ce jardin s'élevait un pavillon de deux étages aux balustrades et aux rideaux rouge et vert. On apercevait, accrochés aux branches, des lampions rouges et dorés, pour l'heure éteints.

Un vieux garde se tenait assis dans une guérite, somnolant. Il aurait été facile de l'égorger puis d'escalader le mur. Mais ce n'était pas le plan.

Chan se trouvait de l'autre côté. Elle ne savait rien de ce qui se préparait. Elle n'allait pas tarder à se lever, songea Jiande, puis elle se préparerait, se farderait, revêtirait l'une de ces robes élégantes et suggestives qu'on l'obligeait à porter. La patronne allait lui dire de se dépêcher, que trois jeunes officiers s'étaient présentés dès l'ouverture et, souhaitant l'entendre chanter, avaient demandé à la voir, elle, Mélopée-de-Printemps. Elle serait peut-être surprise. Il espérait qu'elle le serait. Et heureuse, ravie, quand elle pénétrerait dans le petit salon et qu'elle le verrait, lui, celui qui avait été un jour son fiancé, le désormais célèbre Déserteur, venu en personne la sauver de ce lieu atroce.

Mais quand il se retrouverait devant elle, après tout ce temps, le reconnaîtrait-elle ? Il avait bien conscience de n'être plus tout à fait le garçon avec qui elle avait été élevée, qu'elle devait épouser et à cause de qui le malheur s'était abattu sur leur village. Il lui expliquerait pourquoi il avait déserté une guerre folle, absurde, et attiré sur eux tous, ses parents, elle, leur village, la colère de l'Empereur. Il fallait qu'elle lui pardonne. Au besoin, il tenterait de l'éblouir, il lui raconterait tout ce qu'il avait accompli – dont apparemment, elle avait entendu parler : il lui dirait qu'il n'était plus un paysan et qu'il n'avait jamais été vraiment un bandit, qu'il était autre chose, il ne savait pas encore exactement quoi. Un seigneur de la guerre ? Un gouverneur sans mandat ? Un chef comme il n'en existait pas de modèle ?

Et puis il se demanda ce qu'il n'avait pas osé formuler jusqu'ici : et si lui ne la reconnaissait pas ? Et s'il n'arrivait pas à supporter ce qu'elle était devenue, ce qu'on l'avait obligée à faire ?

Plus tard, lorsqu'il franchit le porche de la maison de plaisirs, encadré de ses deux complices, il s'en voulut d'avoir ce genre de préoccupations idiotes. Il avait ordonné d'incendier les abords de la résidence impériale. Un sacrilège inexpiable.

Il était, avec une poignée d'hommes seulement, au milieu d'une ville comptant des milliers de soldats qui, tous, seraient ravis d'apporter sa tête à l'Empereur et de toucher les cent mille ligatures promises en récompense. La priorité était de s'en sortir vivants.

40

Yicheng

Lorsque Yicheng avait parlé de son projet devant Tardu, Tulan et Nivar, à l'issue d'une soirée où le koumis avait coulé à flots, elle s'était heurtée à des réactions contrastées.

« Jamais… » avait commencé le jeune Tulan, une grimace aux lèvres. Mais Nivar l'avait coupé : « Elle a raison. Elle a, bien évidemment, raison. » Et Tardu, promenant son regard dans la nuit, avait hoché la tête avant de prendre à son tour la parole, d'une voix vibrante, qui semblait trouver d'imperceptibles échos dans l'immensité des ténèbres : combien de fois ce peuple de paysans l'avait-il emporté sur les féroces cavaliers de la Steppe, lâchement, sans combattre, sans victoire, uniquement parce qu'il savait susciter des rivaux à un Khagan qu'il jugeait trop entreprenant, s'arranger pour que les nomades s'entre-déchirent ? Il était temps de rendre la pareille au Milieu-du-Monde. Et, se tournant de nouveau vers Yicheng, Tardu lui avait demandé : « Que proposes-tu, femme ? »

Il voulait l'accompagner aux Oies-Sauvages. Mais, quelques jours avant le départ, il s'était mis à tousser. Elle était à ses côtés, dans sa yourte, quand elle l'avait vu, lui qui, pour autant qu'elle s'en souvînt, n'avait jamais été malade, se plier en deux et se frapper la poitrine, comme pour en expulser un démon invisible. Elle s'était approchée. Il lui avait fait signe de le laisser, puis, quand il avait pu reparler, lui avait dit que ce n'était rien.

Ce n'était rien, mais on avait jugé plus prudent qu'il ne se joigne pas au voyage.

Yicheng en était soulagée. Ce voyage, dès le début, elle préférait l'effectuer sans son époux, un homme dont la vie était trop précieuse pour la hasarder ainsi. Les risques étaient grands. Tardu, d'ailleurs, avait commencé par refuser qu'elle-même quitte le camp avec une si faible escorte : « Tu ferais une otage de choix là-bas », avait-il dit. Elle lui avait souri : « Une princesse du Milieu-du-Monde otage du Milieu-du Monde ? De quelle utilité leur serais-je ?

— Alors ils te tueront. »

Elle l'avait convaincu que non, même si elle n'en était pas tout à fait certaine.

Tulan aussi était venu la trouver. Il lui avait dit qu'elle était folle de se présenter ainsi devant un garçon dont le frère venait d'être tué à cause des nomades. « Son père l'a mis aux Oies-Sauvages parce qu'il est sûr de sa haine contre nous. Et c'est vrai que nous l'avons méritée. »

Parfois Tardu s'inquiétait à propos de son fils unique : son long séjour à la cour de l'Empereur ne l'avait-il pas corrompu, n'en avait-il pas fait un cultivateur ? Yicheng le rassurait comme elle pouvait : Tulan avait le temps de mûrir encore, de s'endurcir, de redevenir un authentique nomade. Mais, au fond, elle partageait les craintes de son époux : Tulan ne possédait ni la force, ni la détermination de son père. Il lui manquait la haine pour cela, la haine sans laquelle, Yicheng en avait désormais une conscience aiguë, rien de grand ou presque n'était possible en ce monde. Or, le jeune homme avait appris à aimer ceux chez qui il avait été otage. Parfois il venait la voir elle, sa belle-mère, uniquement pour évoquer les merveilles de raffinement des trois capitales. Ces visites irritaient Yicheng. Tulan lui rappelait tout ce qu'elle voulait oublier et détruire.

Détruire : était-ce bien le terme ? Quand elle aperçut enfin les Oies-Sauvages au loin, elle se surprit à douter. Les murailles de la forteresse se distinguaient dans l'horizon gris-bleu en dépit des masses compactes de poussière jaune soulevées par le vent, et l'émotion la gagna malgré elle. C'était la première fois qu'elle retrouvait le Milieu-du-Monde. Car les Oies-Sauvages avaient beau n'en être qu'à la lisière extrême, elles étaient déjà le Milieu-du-Monde. Et Yicheng n'avait plus revu son pays natal, plus revu de ville, depuis treize ans, depuis qu'on l'avait envoyée épouser le vieux Khagan.

Elle aurait aimé ne pas être aussi bouleversée, ne pas sentir des larmes lui venir. Si ses compagnons de route les apercevaient, elle les mettrait sur le compte de la poussière. Il lui était insupportable de trouver en elle autre chose que l'envie de destruction, de vengeance. Un sentiment qui ressemblait à de la nostalgie.

Ce désir de réduire le Milieu-du-Monde en cendres, n'était-ce pas idiot, puéril, après tout ? Le Milieu-du-Monde produisait des objets somptueux que la Steppe était incapable de se procurer par elle-même : de la soie, de la vaisselle de porcelaine, des coffres laqués, des coupes et des chaudrons de bronze aussi splendides que solides, des bijoux d'argent, d'or ou de jade d'une finesse incomparable. Le détruire, c'était se résigner à s'en priver définitivement. Yicheng, qui avait grandi dans ce luxe et pour qui il avait longtemps eu l'évidence de l'air qu'on respire, avait, elle s'en rendit compte, l'égoïsme des enfants gâtés qui, soudain, décident de se faire ascètes.

Ils s'arrêtèrent à cinq cents pas de la ville, au bord d'un ruisseau où les chevaux pourraient se désaltérer. Sur les remparts, Yicheng aperçut l'agitation des soldats. Des archers se mettaient en place, prêts à décocher leurs flèches. On avait dû les prévenir qu'une délégation nomade arriverait pour leur remettre Zhu, mais ils restaient sur le qui-vive. Une garnison prudente, sans doute bien commandée.

« J'irai seule », annonça-t-elle.

Quelques nomades de son escorte voulurent protester. D'un geste, elle leur intima le silence. Ces hommes ne lui seraient d'aucune utilité à l'intérieur.

« Si je ne suis pas de retour d'ici demain matin, ne tentez rien par vous-mêmes, vous regagnez au plus vite le camp, vous prévenez Tardu. »

Yicheng n'avait guère de doute sur la façon dont il réagirait : il enverrait immédiatement toute une armée. Pour elle, il mettrait en péril la grande campagne du printemps, gaspillerait des forces précieuses à assiéger et s'emparer des Oies-Sauvages, comme il avait renoncé à prendre cette même ville et l'Empereur quand elle lui avait annoncé que leur bébé était tombé malade.

Elle était sa faiblesse.

Elle se promit donc de réussir.

Le soir n'allait pas tarder à tomber. Tandis qu'elle avançait vers l'une des entrées des Oies-Sauvages, Yicheng voyait son ombre étirée devant elle. *Je suis plus forte que je ne l'ai jamais été. J'ai tué Zhu*, se dit-elle.

Devant la porte, elle immobilisa sa jument puis attendit. Des centaines de soldats penchés au-dessus du rempart : il lui semblait sentir leurs regards braqués sur elle. Le matin, elle avait pris soin de revêtir une robe magnifique, une robe du Milieu-du-Monde, en soie, qu'elle avait emportée tout exprès. Elle connaissait les hommes.

Des ordres qu'on profère, le bruit de l'énorme poutre barrant la porte qu'on retire, les battants qu'on écarte. Elle inspira l'air frais une dernière fois.

Une dizaine de soldats se tenaient de l'autre côté, sous le tunnel de la muraille. À peine eut-elle franchi le seuil qu'ils remirent la poutre en place. Puis l'un d'eux lui demanda : « Vous êtes la dame qui doit gagner la Cour ?

— Amenez-moi auprès de Li Shimin et Liu Wuzhou. »

Yicheng avait parlé sur un tel ton d'autorité que l'autre n'osa l'interroger de nouveau. Il avait le crâne complètement dégarni et, sur ce crâne dégarni, une longue cicatrice mauve. Il hésita un instant, puis acquiesça. Quand elle fut descendue de sa monture, il l'invita à le suivre, puis la guida dans un dédale de cours, de couloirs et d'escaliers.

Des murs de pierre... Yicheng en était presque oppressée. Elle se retint de les toucher, de laisser sa main glisser sur cette solidité oubliée. Pour ne pas succomber au vertige de ces retrouvailles avec une civilisation qu'elle ne pouvait s'empêcher d'aimer, elle s'obligea à reprendre les raisonnements qu'elle ressassait depuis des mois.

Les nomades disposaient d'une cavalerie sans égale et elle ne doutait pas que chacun de ces cavaliers fût individuellement plus brave et plus habile que dix guerriers du Milieu-du-Monde. Mais la force et même l'adresse ne suffisaient pas. Il fallait être capable de les orienter à propos, de les diriger là où elles feraient le plus de mal. C'était pour cela que le Milieu-du-Monde avait déployé un réseau d'espions et de diplomates qui enserrait des contrées situées très au-delà de la Muraille-sans-Fin et formait comme une seconde et invisible Muraille-sans-Fin. L'Empire des cultivateurs regorgeait d'hommes, il serait toujours infiniment plus peuplé que la Steppe, et pourtant, à l'exception de quelques campagnes militaires extravagantes, dont la dernière en date, celle de la Péninsule, offrait l'exemple le plus sidérant, il économisait ses soldats, misant davantage sur une diplomatie qui, en fait – elle l'avait éprouvé jusque dans sa propre chair –, pouvait être aussi féroce et implacable que des batailles.

Les nomades, songea Yicheng, devaient eux aussi accepter non pas simplement d'employer, comme ils le faisaient déjà, les ruses rudimentaires consistant à surprendre l'ennemi, à l'attaquer quand il ne s'y attendait pas, là où il se croyait en sécurité, mais recourir à un art plus subtil et bien plus dévastateur : apprendre à le diviser contre lui-même, à le détruire au moyen de ses propres forces.

C'était pour cela qu'elle était là.

Enfin, ils parvinrent dans une petite pièce en hauteur, aux murs faits de grosses pierres nues qu'agrémentaient quelques boiseries simples, mais élégantes. Une seule fenêtre donnait sur la Steppe.

« Ils vont arriver », lui dit le soldat qui s'éclipsa, sans doute pour les prévenir.

Elle n'eut guère à attendre. Des pas. Il n'y avait qu'une porte pour accéder à la pièce, celle par laquelle elle était entrée. Elle prit soin de lui tourner le dos.

« Vous voilà, enfin », entendit-elle bientôt.

Tout allait se jouer maintenant. Elle était prête. Elle se tourna lentement vers eux.

41
Shimin

C'était la femme la plus éblouissante qu'il eût jamais vue. Une beauté qui vous éclatait au visage. Elle portait une robe bleue, avec sur les épaules une pelisse faite d'une fourrure qui devait être en martre. À ses oreilles, de lourds anneaux comme on n'en trouvait que dans la Steppe. Des traits d'une finesse bouleversante, les cheveux dénoués, noirs, sillonnés de quelques tresses et qui, quand elle s'était tournée, avaient dégagé un parfum envoûtant. Une femme du Sud à l'évidence, mais à moitié accoutrée comme une nomade, sans que cela semble ridicule, au contraire, chaque élément de la Steppe sublimant le reste.

Shimin finit par balbutier : « Bienvenue, Madame. »

Elle le fixait de ses yeux très grands et très noirs, au point qu'il en rougit et baissa les siens.

Un poème. Cette femme était comme un poème parfait où chaque mot déborde de sens tout en étant parfaitement à sa place. Une simple servante pourtant, disait la lettre envoyée par la Cour. Shimin comprenait pourquoi on l'y réclamait. Elle serait un ornement parfait pour le harem impérial.

« Vous êtes le fils du vice-régent Li Yuan, dit-elle. Et vous, Liu Wuzhou.

— Tout est prêt pour votre voyage », lui annonça ce dernier, qui se tenait juste à la droite de Shimin et semblait avoir davantage gardé son sang-froid.

Elle sourit et découvrit de petites dents superbement alignées : des perles d'ivoire dans un écrin de velours. Ce visage magnifique rappelait vaguement quelqu'un à Shimin.

« Je suis tentée, bien sûr. Mais non, dit-elle, je ne suis pas venue pour ça. »

La surprise sortit Shimin de sa torpeur extatique.

« L'idée de revoir la Capitale du Sud, de revoir ma sœur… C'est si amusant, terriblement, vous n'imaginez sans doute pas à quel point. »

Sa sœur ?

« Madame, reprit Wuzhou, imperturbable, nous avons reçu pour instruction de vous escorter jusqu'à Bourg-Dragon, d'où vous gagnerez la Capitale orientale puis le Sud. Ce sont nos ordres, nous ne pouvons nous y soustraire. »

Shimin lui posa une main sur le bras et, scrutant la visiteuse, il dit : « Ce n'est pas la servante Zhu.

— En effet, confirma-t-elle. Zhu nourrit les poissons du grand lac salé, à dix jours de cheval d'ici. Un malheureux accident. Son cheval s'est emballé et l'a désarçonnée en haut d'une falaise. »

Wuzhou ouvrait déjà la bouche, mais Shimin le prévint et répondit à la question qu'il s'apprêtait à poser : « C'est la Khatun Yicheng. »

Il avait aperçu quelquefois l'Impératrice à la Cour. La jeune femme lui ressemblait, en beaucoup plus jeune – et en bien plus belle encore.

« Je suis une princesse du Milieu-du-Monde qui souhaite sauver le Milieu-du-Monde de lui-même. »

Une femme de sang royal, dont la famille avait régné sur le Sud pendant des générations. Shimin l'invita à s'asseoir. Il s'excusa de l'aspect rudimentaire de la pièce. « Si j'avais su… »

Mais une nouvelle fois elle le surprit. Au lieu de replier ses jambes pour s'installer sur ses talons, elle parcourut l'espace, effleurant les murs du bout des doigts. « Je n'en ai plus touché depuis treize ans », dit-elle et Shimin sentit dans sa voix une émotion sincère. « Vous êtes bien chanceux, poursuivit-elle, de passer vos nuits sous un toit qui n'est pas fait de peaux de bêtes. »

Il lui sourit. Elle semblait soudain si fragile. Il n'était qu'un jeune homme, elle était plus âgée que lui, mais il avait envie de la prendre dans ses bras, de lui proposer de rester si elle le souhaitait. Il la protégerait contre les hordes de Tardu s'il le fallait, si elle ne voulait pas y retourner. On pouvait perdre un Empire pour une femme comme elle.

Quand ils eurent tous les trois pris place autour de la table basse, Shimin fit apporter du vin. Il brûlait de savoir ce que la Khatun avait à leur dire, mais tenait à se comporter devant elle en homme civilisé.

« Vous devez avoir faim. Que souhaiteriez-vous manger ? s'enquit-il.

— Tout sauf du mouton. »

Il fit servir du canard à la sauce aux prunes. Bien que la Khatun maniât avec dextérité ses baguettes, elle avait peut-être un peu perdu l'habitude de leur usage et, à un moment donné, l'une des manches, pourtant évasées, de sa robe remonta légèrement. Shimin aperçut alors, au niveau de son poignet, une tête de serpent. D'abord il n'en crut pas ses yeux : c'était une coutume réservée aux nomades, personne au Milieu-du-Monde ne se faisait ainsi tatouer, de peur d'offenser ses ancêtres, à qui l'on était censé, à sa mort restituer un corps intact. La scrutant à la dérobée, il crut deviner que le serpent s'enroulait le long de son avant-bras. Jusqu'où remontait-il ? Il n'osa l'interroger. Au malaise se mêlait une fascination redoublée.

Quand ils se furent restaurés et nettoyé les dents en se passant un mouchoir sur les gencives, elle parla. Elle leur expliqua qu'elle s'inquiétait du sort du Milieu-du-Monde et de ce que les nomades risquaient d'y faire si l'Empereur persévérait dans son inaction et sa folie. Elle se sentait toujours une princesse de sa terre natale, répéta-t-elle, tout en laissant entendre qu'un accord avec Tardu, son digne époux, était possible, qu'il suffisait pour cela de lui donner quelques gages, que c'était le seul moyen de limiter les appétits des nomades, que surtout Tardu reconnaîtrait et soutiendrait celui qui aurait le courage de rejeter l'autorité de l'Empereur, autorité qui, de toute façon, avait été clairement désavouée par le Ciel.

Petit à petit, comme à tâtons, elle ouvrait des perspectives à donner le tournis. Non seulement Shimin était d'accord avec tout ce qu'elle disait, mais elle répondait à des tourments intérieurs qui ne l'avaient pas quitté depuis que Kang Mozhi lui avait prophétisé un destin impérial. De son côté, elle le guettait, il s'en aperçut. C'était à lui qu'elle s'adressait bien plus qu'à Wuzhou, comme si elle avait senti qu'elle trouverait chez lui un écho plus favorable. Comme si elle redoutait sa réaction aussi. Il comprit pourquoi quand, passant sa main par-dessus la table qu'on venait de débarrasser, elle saisit la sienne :

« Je suis désolée pour votre frère. Nivar n'aurait pas dû…

— Ce n'est pas Nivar qui a tiré la flèche. C'est moi », répliqua-t-il.

Elle sembla étonnée de sa réponse, impressionnée, ce qui le flatta.

« Je vais vous faire une confidence, reprit-elle. Quand Nivar est revenu au camp, il s'est vanté de ce qu'il avait fait. Une bonne leçon donnée aux sédentaires. Ce furent ses termes. »

Shimin serra les poings sur lesquels il sentit aussitôt une douce caresse de la Khatun.

« Mais il ne le pensait pas. Je l'ai entendu en parler à mon époux. Il s'en veut du tour qu'a pris l'affaire. Il sait qu'outrager les Li, ce n'est pas servir les intérêts de la Steppe. En vérité, il ne s'attendait pas à ce que vous, Li Shimin, acceptiez le pari fou qu'il vous proposait, ni, une fois que l'aviez accepté, que vous réussissiez à viser juste.

— Trop juste.

— C'était quand même un exploit. Et vous ne vouliez pas tuer votre frère. »

Si seulement sa mère lui avait parlé ainsi. Non, bien sûr qu'il n'avait pas l'intention de tuer Xuanba.

« Pourquoi trahissez-vous votre clan, votre sœur ? » intervint Wuzhou. Shimin lui en voulut de briser l'harmonie de cet instant.

« Je vous l'ai dit. Mon clan, c'est le Milieu-du-Monde. C'est l'Empereur qui nous a trahis, par sa folie, ses décisions destructrices. Et malheureusement ma sœur n'a rien fait pour l'en empêcher. »

La proposition de la Khatun Yicheng était terriblement tentante. Avec l'appui de Tardu, Li Yuan deviendrait Empereur, fondrait une nouvelle dynastie. Et un jour Père mourrait, il lui faudrait un successeur… Certes, Shimin n'était pas l'aîné, mais tellement de choses pouvaient arriver d'ici là.

« Nous ouvririons les portes des Oies-Sauvages à Tardu et, en échange, il fournirait une importante cavalerie à mon père si d'aventure celui-ci en avait besoin – pour par exemple s'emparer de la Capitale de l'Ouest ? » résuma Shimin.

La Khatun acquiesça.

« Mais Li Yuan est fidèle à l'Empereur ! s'exclama Wuzhou.

— Peut-être. Mais est-ce Li Yuan qui tient les Oies-Sauvages ? »

Même si elle répondait à Wuzhou, c'était lui, Shimin, qu'elle fixait des yeux.

« Si on vous laissait les Oies-Sauvages, il nous tuerait, rétorqua de nouveau Wuzhou.

— Je n'en suis pas sûre. Vous semblez ignorer comment fonctionne l'Empereur.

— Et comment fonctionne-t-il ?

— Mieux vaut qu'il ne vous soupçonne pas. Si les Oies-Sauvages étaient remises à Tardu, Li Yuan n'aurait d'autre choix que la rébellion, qu'il le veuille ou non. »

C'était probablement vrai. Ces derniers temps, d'après les échos qui en étaient parvenus à Shimin, les arrestations s'étaient multipliées dans l'entourage impérial. L'Empereur, après avoir renoncé à sa troisième campagne contre la Péninsule et s'être retiré dans le Sud, se comportait en bête acculée qui voit des trahisons et des complots partout. Si Shimin ouvrait aux nomades les portes des Oies-Sauvages, Li Yuan serait accusé de lui en avoir donné l'ordre.

« Pour l'instant, il n'a aucune raison de nous soupçonner, reprit Wuzhou.

— Je n'en serais pas si sûre à votre place. Comment allez-vous expliquer la disparition de Zhu ?

— Vous nous avez dit qu'elle avait eu un accident…

— Peut-être, mais si j'écris à ma sœur que je vous l'ai remise, qui croira-t-elle ? Et que fera-t-elle quand elle apprendra que Zhu n'est jamais parvenue à Bourg-Dragon ? »

Elle les menaçait. Loin d'en être offensé comme paraissait l'être Wuzhou dont le visage était devenu cramoisi, Shimin admirait l'adresse de la Khatun Yicheng. Elle n'était pas que belle. Elle était d'une intelligence acérée. Elle leur mentait, c'était évident, ou leur cachait le plus important. Elle entendait se servir d'eux à des fins pour l'heure impénétrables. L'instinct de Shimin lui disait pourtant que ce saut vertigineux dans l'inconnu, il fallait l'accepter.

42

Jiande

Une femme d'un certain âge accourut au-devant de Jiande et de ses deux compagnons. Elle avait le visage couvert d'une épaisse poudre blanche, qui faisait ressortir ses sourcils épais, tout droits, peints en violet. Elle referma une porte-paravent, derrière laquelle on entendait des allées et venues, des objets qu'on déplaçait et quelques éclats de voix féminines.

« Vous êtes là tôt, Messieurs », dit-elle. Elle portait une robe d'un vert élimé, trop serrée au niveau de la taille et trop large au-dessus. L'une de ses épaules dépassait, nue et bien trop rougeaude par rapport à sa figure pâle. Jiande, qui était le seul de ses hommes à pouvoir passer pour un officier de l'armée impériale quand il s'exprimait, se confondit en excuses. Il expliqua que ses camarades et lui venaient d'obtenir un poste à la capitale après une longue campagne contre les bandits de l'Est et n'étaient plus très au fait des usages.

« Je ne vous ai jamais vus ici, en effet », glissa celle qui était sans doute la patronne de l'établissement, une ancienne prostituée de toute évidence, assez maline et entreprenante pour survivre à ses charmes. Ses yeux trop maquillés, mais qui restaient beaux, les dévisageaient. « Cela ne fait rien. »

Après s'être assurée qu'ils avaient de quoi payer, elle les conduisit dans un petit salon aux sièges élégants et repartit aussitôt pour finir de se préparer. Des pâtés de cocons de vers à soie étaient disposés dans des bols.

Jiande songea qu'il ne restait plus qu'à faire appeler Mélopée-de-Printemps.

Un quart d'heure s'écoula avant que la porte coulissante du salon s'ouvre de nouveau. Trois jeunes femmes s'inclinèrent devant eux. L'une d'elles avait des yeux verts et des cheveux clairs. Une fille du Couchant, déduisit Jiande, qui demeura un instant fasciné : il n'en avait jamais vu d'aussi près. Sans un mot, elle se dirigea vers lui et s'assit sur ses genoux tandis que ses compagnes s'approchaient d'une démarche alanguie vers les camarades de Jiande. Aucune d'elles n'était Chan. Il avait cru qu'on les laisserait choisir parmi les filles ou s'enquerrait au moins de leurs préférences. Mais la patronne les avait à l'évidence estimés trop mal dégrossis, trop novices, pour cela.

« Mélopée-de-Printemps ? » parvint-il à articuler tout en repoussant aussi doucement que possible la fille du Couchant. Elle le regarda avec ses yeux si ouverts, si translucides, même à la lueur des torches, qu'ils le mettaient un peu mal à l'aise.

« Non, je suis Orchidée-de-Jade, moi. » Elle avait un accent très prononcé, troublant. Elle lui passa le revers de sa main sur la joue. Il en frémit. Sa peau était d'une douceur inimaginable.

« Je voudrais Mélopée-de-Printemps, dit-il en tentant de lui sourire.

— Je serai Mélopée-de-Printemps pour toi », lui susurra-t-elle en faisant glisser un doigt le long de son oreille.

Il eut honte d'être tenté. Les blondes créatures du Couchant étaient formées à des arts très variés. Certaines, outre la danse, pratiquaient le chant, d'autres (les mêmes parfois) pouvaient réciter à la perfection des vers du Milieu-du-Monde et même, pour les plus douées d'entre elles, en composer. Toutes savaient comment affoler le désir d'un homme.

« Non. » Il lui avait saisi le poignet. Trop brutalement, il le savait. Ses hommes se tournèrent vers lui, écartant à leur tour les deux filles qui s'étaient collées à eux.

« Je veux voir Mélopée-de-Printemps. La vraie Mélopée-de-Printemps. » Sa voix n'avait plus rien d'aimable. Soudain, il était redevenu le Déserteur, un homme qui s'était peu à peu habitué à en commander des milliers d'autres, et aurait été capable de réduire la Capitale de l'Est en cendres pour récupérer Chan. La fille dut percevoir que ses minauderies n'étaient plus de mise. Elle se mordit les lèvres et, dans un souffle, lui glissa : « Je vais voir ce que je peux faire.

— Fais-le vite », lui intima Jiande. Il n'avait plus envie d'attendre, de faire semblant. Cette situation l'exaspérait. Il voyait bien que la fille réfléchissait à part soi, qu'elle se demandait comment lui, un officier qui n'avait jamais mis les pieds ici, qui avait des traits, des mains de paysan, pouvait connaître l'une des pensionnaires de la maison et soudain oser lui parler à elle, qui était d'une beauté si au-dessus de tout ce qu'il pouvait espérer, sur un tel ton d'autorité. Il se souvint de ce qu'avait dit le gros gouverneur : Chan prétendait avoir été la fiancée du Déserteur. Si la fille l'avait elle aussi entendue parler ainsi, si elle faisait le rapprochement…

« Mes deux sœurs peuvent-elles rester ou ne voulez-vous que Mélopée-de-Printemps pour vous trois ? » se moqua-t-elle. Les compagnons de Jiande échangèrent avec lui un regard gêné.

« Mélopée-de-Printemps seule, dit lentement Jiande.

— Vous avez des goûts étranges, parfois, vous, les hommes », osa-t-elle encore lancer avant de s'éclipser avec les deux autres.

Un silence morne s'abattit dans cette pièce, tandis qu'on entendait les salons mitoyens se remplir. Jiande craignait que la fille du Couchant revienne leur dire que Chan n'était pas disponible, qu'elle chantait pour d'autres. Ou bien qu'ayant compris à qui elle avait affaire, elle leur envoie des gardes. Il savait ce que cela aurait signifié : un combat, des morts. Ses hommes et lui s'y étaient préparés.

Mais quand la porte se rouvrit, ce fut bien sur une jeune fille seule – qui n'était pas la fille du Couchant. Elle avait le visage baissé sous sa chevelure noire et fine. Excessivement fine, malgré l'huile qu'on y avait appliquée pour l'épaissir, presque clairsemée, pensa Jiande : comme celle de ces femmes affamées qu'il avait croisées en revenant de la Péninsule à travers des régions ravagées. Les cheveux du malheur.

Elle avait peur. Lui n'osait pas s'approcher ni lui demander de lever la tête. Il savait que c'était elle. Il le sentait. Sa fragilité, cette façon de se rapetisser sur elle-même, de sembler vouloir disparaître. Il se demanda comment elle avait fait pour survivre tout ce temps dans un lieu pareil.

La présence des deux autres l'embarrassait. Il se détourna, fixa un paravent. « Jiande, Jiande, Jiande », entendit-il alors, comme murmuré. Elle le regardait. Elle était beaucoup moins jolie que les trois filles qu'ils avaient congédiées. Il comprit l'étonnement de la fille du Couchant. « Jiande, Jiande, Jiande », poursuivit-elle avec un calme troublant. Aucun autre mot ne parvenait à franchir ses lèvres. C'était elle, c'était bien elle. Il aurait préféré qu'elle se taise.

Elle avait porté ses mains sur le bas de son visage, comme si elle voulait se cacher tout en continuant à s'assurer que c'était bien à son ancien fiancé qu'elle avait affaire. Ses ongles étaient teints en rouge. Puis elle se recroquevilla encore un peu plus sur elle-même, s'asseyant presque sur le plancher, ses yeux toujours rivés sur lui. Elle avait honte.

Une phrase lui tournait dans la tête, qu'il avait prévu de lui dire : *Je suis venu te sauver.* Il n'arrivait pas à la prononcer. Ses compagnons semblaient aussi gênés que lui, attendant sa réaction avant d'intervenir.

« Laisse-moi. » Ces mots le déstabilisèrent un peu plus. « Laisse-moi. Pardon, je suis désolée, je suis tellement désolée », répéta-t-elle. Il la saisit par le bras, la releva. Elle tenta de se dégager. Alors il la gifla. Il était ulcéré. Non pas contre elle, pensa-t-il. Contre ceux qui l'avaient réduite à lui parler, à agir ainsi.

La gifle les délivra tous de l'indécision et de la paralysie qui s'étaient insinuées dans la pièce avec l'arrivée de Chan.

Jiande retira son costume d'officier. Il y en avait un autre en dessous, qui le serrait davantage. Il le retira aussi, le tendit à Chan. Pendant qu'elle se changeait sans plus résister ni prononcer une parole, et alors que parvenaient des salons voisins des bruits lascifs, les hommes se tournèrent pudiquement. Puis, une fois rhabillé, Jiande sortit son poignard et coupa les cheveux de Chan. On avait aussi pensé à lui prendre des bottes, qui se révélèrent évidemment trop larges. Enfin, attirant Chan à lui, il lui frotta le visage avec la manche de son habit. Il espérait lui retirer sa couche de maquillage. Dans un premier temps, il ne réussit qu'à mêler le blanc et le rouge du front et des joues avec le noir des sourcils. Il réessaya donc en crachant cette fois sur sa manche, puis, comme le résultat n'était toujours pas bien concluant, directement sur la peau de la jeune fille. Quand il jugea le résultat satisfaisant, après avoir vérifié que le couloir était vide, il ordonna : « Sortons. »

Au seuil de la maison, ils tombèrent sur deux eunuques armés. C'était prévu. Jiande leur tendit quatre ligatures entières. « Des clients satisfaits », gloussa l'un d'eux à qui manquait une des deux dents de devant. Jiande hocha la tête. Ses camarades se tenaient derrière lui, dissimulant avec leurs épaules le visage baissé de Chan. La pénombre les favorisait.

Dans le jardin, il lui sembla respirer pour la première fois depuis des heures. Comme escompté, les eunuques n'avaient pas pris garde qu'entré à trois dans le petit salon, on en était ressorti à quatre. Trop de clients à présent, trop de groupes pour qu'ils puissent tous les identifier avec précision.

Ce ne fut qu'une fois dans la rue qu'ils aperçurent l'effroyable lueur dans le ciel sombre.

« C'est toi, Jiande, qui as fait ça ? » demanda Chan, qui était demeurée muette jusqu'alors.

Il voulut lui dire de ne pas parler aussi haut, même si le brouhaha de la rue couvrait ses paroles et qu'il ne restait, de toute façon, que cinq cents pas à parcourir jusqu'à la porte de la ville.

« Il ne fallait pas, il ne fallait pas. Ils te le feront payer », reprit Chan.

Elle n'était pas la seule à regarder l'auréole rouge sang qui couvrait l'horizon. Les flammes avaient pris des proportions gigantesques. Une foule de badauds s'étaient arrêtés et les désignaient du doigt en s'interrogeant. Les funambules et contorsionnistes de rue avaient interrompu leur numéro.

Quelqu'un déboula brusquement en hurlant : « Le palais brûle ! »

Jiande avait ordonné de faire partir l'incendie des abords du palais. Il n'imaginait pas que celui-ci serait touché.

« Je l'ai fait pour toi », dit-il en attrapant Chan par le bras et en l'obligeant à accélérer le pas.

La rue était encombrée. L'inconvénient du quartier des plaisirs. Néanmoins bientôt la muraille fut là, énorme, massive. Le soleil presque couché éclairait ses parois sombres de terre tassée. Un mendiant étalé sur la chaussée leur cria : « Vous partez déjà ? »

La porte était mal gardée. Bon nombre des soldats étaient partis tenter d'éteindre l'incendie. On ne surveillait plus guère qui entrait et sortait. Ils passèrent sans encombre.

43

Lettre de l'Impératrice à Wang Renze, gouverneur de la Capitale de l'Est et fils du général Wang Sichong

Vous demandez à l'Empereur comment réagir à l'incendie criminel qui a détruit une aile entière du palais. Dans la même lettre, vous dites connaître le coupable. Est-il donc besoin de vous indiquer quoi faire ? Vous devriez déjà avoir anéanti ce « Déserteur » et sa bande. Prenez tous les soldats dont vous avez besoin, mais ne laissez pas impuni pareil affront à la majesté impériale. Vous prouverez ainsi que nous avons eu raison d'écouter votre père, ce bon Wang Sichong, et de vous nommer, avant notre départ pour le Sud, à la tête des troupes stationnées dans la Capitale de l'Est.

44

Shimin

Les deux garçons tremblaient. La grossière robe de chanvre qu'on leur avait fait revêtir ne pouvait les protéger des bourrasques balayant la place du marché de Bourg-Dragon. Ils n'avaient pas été torturés. Shimin devait au moins reconnaître à son père qu'il avait fait l'impasse sur cette cruauté inutile. Ils allaient mourir, c'était bien suffisant.

C'était en fait beaucoup trop. Horriblement injuste. Ils n'avaient que huit ans. Leurs mains étaient liées dans leur dos et, pour se protéger de la neige que le vent rabattait vers leur visage, ils étaient obligés de fermer les yeux. Cela leur évitait de voir la foule rassemblée pour assister à leur exécution, se dit Shimin, qui lui-même avait été contraint de prendre place au premier rang.

Li Yuan était sur l'estrade de bois, non loin des deux garçons, imposant dans son manteau sombre sur lequel s'accrochaient les flocons. Avant d'y monter, en passant devant Shimin, il lui avait répété : « Ils meurent par ta faute. »

Ils se ressemblaient au point d'en être indiscernables. Ils ressemblaient aussi à leur père d'une façon qui troublait Shimin : le même visage tout en longueur, la même mâchoire inférieure avançant un peu trop. Deux Wuzhou miniatures.

« Les petits lâches », s'exclama, en ricanant, quelqu'un à sa droite. Shimin jeta un coup d'œil sur l'individu, enfoui sous des couches de fourrures, le visage rouge sous la ligne basse de ses cheveux, satisfait. Un cousin éloigné, que Li Yuan avait pris dans sa garde. Shimin avait envie de l'étrangler. « Ils ont froid, crétin », se contenta-t-il de lui répliquer.

La voix de Li Yuan s'éleva, couvrant les bruits de la foule. Il rappela pourquoi ils étaient réunis ici et ce qui l'obligeait à faire mettre à mort ces deux garçons. Son discours fut bref. Peut-être ne voulait-il pas prolonger outre mesure les souffrances des condamnés. C'était le pire moment pour eux : l'humiliation et l'insupportable appréhension avant la fin brutale et certaine.

« En livrant les Oies-Sauvages aux nomades, Liu Wuzhou a trahi l'Empereur. Au nom de celui-ci, moi, Li Yuan, vice-régent de l'Ouest, je l'ai condamné à mort et, comme il n'est pas ici pour rendre compte de son crime, j'ai décidé que ses deux fils paieraient pour lui. »

Quand, cinq jours plus tôt, Shimin avait débarqué sans prévenir à Bourg-Dragon et annoncé à son père ce qu'il avait fait aux Oies-Sauvages, celui-ci s'était presque rué sur lui pour le battre.

« Tu nous as condamnés, petit imbécile !

— Peut-être, avait répliqué Shimin. Mais plutôt une mort rapide que cette mort lente, interminable que tu nous imposes en restant du côté de l'Empereur.

— Tu nous déshonores. Tu n'es plus un Li. Par ta faute, les nomades disposent d'une place forte qui, au printemps, va leur permettre de déferler sur nous, de s'enfoncer dans le Milieu-du-Monde plus loin qu'ils ne l'ont jamais fait. Te rends-tu compte que j'en suis responsable aux yeux de la Cour ? »

Shimin savait tout cela. En cet instant, il avait éprouvé une grande pitié et presque du mépris pour son père. Des sentiments impies, il en avait bien conscience. Mais, quand l'Empire vacillait, comment les règles anciennes auraient-elles pu demeurer de mise ? Il fallait se rendre à l'évidence : son père était un homme du passé qui ne comprenait rien à l'urgence de la situation. Pendant sa jeunesse, aux côtés du Réunificateur, il avait reconstitué l'Empire qu'on pensait brisé à jamais. Or, à présent que l'œuvre de sa génération était en train d'être détruite par le fils de ce même Réunificateur, au lieu de tenter de la sauver, Li Yuan restait absurdement attaché à la dynastie qu'il avait servie toute sa vie.

« Si je ne l'avais pas fait, reprit Shimin, nous aurions continué dans une voie sans issue. La Steppe est forte. Appuyons-nous sur elle plutôt que sur un fou qui n'a jamais reconnu tes mérites.

— Tu as tant à apprendre ! Tu crois vraiment que Tardu va nous laisser nous emparer du trône ? Nous sommes des marionnettes entre ses mains. »

Shimin repensa alors à la Khatun Yicheng. N'était-il qu'une marionnette entre ses belles mains ?

« La dynastie a perdu le mandat du Ciel », asséna-t-il.

Son père massait son front écarlate et ridé de ses gros doigts boudinés.

« Ton frère et ta sœur sont dans la Capitale occidentale ! Quand le prince héritier apprendra ce qui s'est passé aux Oies-Sauvages, que crois-tu qu'il va faire ? Les arrêter, les exécuter.

— Le prince héritier est un benêt. Tout le monde le dit. Il n'est pas intervenu quand son père était assiégé dans la ville.

— Oui, mais Lu Cai n'est pas un benêt, lui. Et c'est lui qui a l'oreille du prince héritier.

— Lu Cai est ton beau-fils, notre allié.

— Tu crois ? »

Pendant un temps, Shimin craignit pour sa vie. Son père l'avait fait mettre aux arrêts. De la bouillie de millet à chaque repas. Pas une visite. Et des gardiens qui n'étaient pas autorisés à lui parler. Au bout de trois jours, on le traîna à la résidence Li. Son père l'attendait dans son bureau :

« Si tu veux vivre, acquiesce à tout ce que je vais dire. Un mot de travers et, je te le jure, tu es mort. »

Un instant plus tard, Shimin se retrouvait de nouveau face à lui, mais cette fois dans le grand parloir en présence de tous les plus importants dignitaires de la ville.

« Pardon pour ce malentendu, mon fils, commença Li Yuan. J'ai réussi à clarifier la situation. Je suis content que tu aies pu t'échapper des Oies-Sauvages à temps. Avant que ce traître de Wuzhou ne t'utilise comme otage.

— Je n'ai pas... »

C'était lui, au contraire, qui avait convaincu Wuzhou de livrer les Oies-Sauvages aux nomades. Ils étaient convenus que le lieutenant resterait dans la ville fortifiée tandis que Shimin irait avertir son père à Bourg-Dragon.

« C'est exactement ce qui s'est passé, le coupa Li Yuan. Wuzhou, et Wuzhou seul, a trahi. À ton insu. Tu as réussi à t'échapper et tu es venu m'en alerter. Je t'en remercie. »

Il n'était pas dur de comprendre ce qui était en train de se passer. Shimin se souvint de l'avertissement de son père et se prêta à la comédie. Il serait toujours temps plus tard de reprendre leur discussion.

Mais quand ils furent de nouveau seuls, Li Yuan se montra plus intransigeant encore.

« Tu pensais me forcer la main, c'est ça ? Eh bien, tu t'es trompé. »

L'exécution des deux enfants de Wuzhou était la conséquence de cette erreur. On s'était assuré de lui donner le plus de publicité possible, qu'en soient témoins un grand nombre de fonctionnaires impériaux et, espérait-on, d'espions de la Cour. Par surcroît de prudence, des courriers avaient été envoyés à la Capitale du Sud et à la Capitale de l'Ouest, dans lesquels Yuan expliquait sa version des événements, reconnaissant une part de responsabilité inintentionnelle et suppliant l'Empereur, comme le prince héritier, de la lui pardonner. Bientôt, pour gage de sa bonne foi, deux têtes suivraient.

Le bourreau de Bourg-Dragon grimpa sur l'estrade. C'était un homme de corpulence moyenne, aux pommettes saillantes, héritées sans doute d'un ancêtre nomade.

En théorie, l'âge tendre des deux condamnés aurait pu leur valoir d'être simplement réduits en esclavage : ils avaient bien moins de quinze ans. Mais, en tant que vice-régent, Li Yuan disposait d'une certaine latitude dans l'application des peines, qu'il pouvait alléger ou alourdir, selon ce qu'il jugeait approprié. En l'occurrence, il n'y avait nulle clémence, nulle complaisance à attendre de lui. Au vu des circonstances, aucune marge de manœuvre n'existait vraiment. S'il voulait garder la confiance de l'Empereur, la possibilité de se montrer sévère revenait à la nécessité de l'être.

Le bourreau posa sa main gauche sur l'épaule d'un des garçons, qui se retourna vivement, clignant des yeux, manquant presque de se prendre les pieds dans le billot installé devant lui, à cause de ses jambes enchaînées qui, instinctivement, avaient voulu fuir. Quelques rires se firent entendre. Une voix de femme exigea qu'on coupe aussi les jambes de cet empoté, qui lui semblaient bien grasses : elle en ferait une bonne soupe pour ses petits à elle. Une voix d'homme répliqua qu'ils risquaient de devenir des traîtres eux aussi.

L'enfant fut mis à genoux.

Une exclamation d'enthousiasme s'échappa d'une dizaine de bouches lorsque le sang de la tête tranchée éclaboussa les pieds nus de son frère et que celui-ci, se pliant en deux, vomit sur le tronc amputé de son frère.

Le bourreau brandissait la tête. Puis elle fut placée dans un sac de soie – celui qui, moins d'une heure plus tard, partirait en direction de la Capitale du Sud – et l'autre garçon mourut à son tour.

« Je les ai vus tous les deux au berceau », confia Yuan à Shimin, quand ils furent de retour dans la résidence Li.

Il avait les épaules voûtées et marchait avec difficulté. Il s'affala sur une chaise dont le dossier légèrement incliné l'aidait à soulager son dos douloureux. Mais il se releva aussitôt, jura, prit Shimin par le bras et le conduisit vers son bureau.

Deux gardes étaient postés devant la porte, une mesure inhabituelle. Yuan leur demanda si quelqu'un avait essayé d'entrer en son absence. Comme ils répondaient que non, il eut l'air soulagé et dit qu'il ne voulait pas qu'on le dérange.

Une fois à l'intérieur, Shimin comprit le sens de ces précautions : une carte était étalée sur la table. Un objet d'une valeur inestimable. Un objet interdit, réservé normalement à l'Empereur et à son entourage le plus proche. Il conférait à ses possesseurs un pouvoir dangereux. On y distinguait les routes et les canaux du Milieu-du-Monde, ses villes et aussi ses fleuves, ses reliefs, les limites des préfectures et le tracé de la Muraille-sans-Fin, qui semblait un fleuve elle-même, un fleuve discontinu. Les trois capitales étaient indiquées par des points rouges plus gros : celle de l'Est, au centre du pays et de son réseau de canaux, celle du Sud, où résidait actuellement l'Empereur, non loin de l'océan, et celle de l'Ouest, bien sûr, cernée de chaînes montagneuses. Bourg-Dragon aussi était là. Et les Oies-Sauvages.

Perplexe et vaguement mal à l'aise, Shimin voulut interroger son père, lui demander comment il s'était procuré une telle carte et s'il avait conscience des risques qu'il prenait en la gardant ainsi dans son bureau. Mais Yuan avait commencé à parler, à voix basse, penché sur la table : « La nouvelle de la trahison de Wuzhou n'atteindra pas la Capitale méridionale avant un mois et demi, peut-être deux mois, disait-il en suivant du doigt le chemin que devaient emprunter les messagers impériaux. Nos courriers à nous arriveront tout de suite après, peut-être même avant. » Yuan avait effectivement choisi des cavaliers expérimentés, dont les quatre que Shimin avait vus s'élancer un peu plus tôt de la place du marché, leur sordide chargement accroché à la selle de l'un d'eux. « Une fois l'Empereur informé et à supposer qu'il prenne une décision tout de suite, il faudra un autre mois et demi pour qu'elle remonte jusqu'à l'Ouest. Davantage sans doute, parce que mon message le fera nécessairement réfléchir un peu, hésiter. Nous avons donc jusqu'au printemps. Oui, jusqu'au printemps. »

Il semblait absorbé par la contemplation de la carte, comme si tout son avenir, tout l'avenir des Li y étaient inscrits.

« Nous avons jusqu'au printemps pour quoi, Père ? hasarda Shimin, en qui une idée terrible commençait à prendre forme.

— Pour nous préparer.

— Nous préparer à quoi ? »

Yuan ne répondit rien, mais son doigt suivit la rivière qui traversait Bourg-Dragon et menait jusqu'au Fleuve-de-Boue. De là, il indiqua la passe des Écureuils, puis, de la passe des Écureuils, il continua à l'ouest et s'arrêta enfin. Sur la Capitale de l'Ouest.

Shimin était abasourdi. « Alors, ce n'était qu'une comédie ? Tu ne pensais rien de…

— Je ne prendrais pas le risque, mon fils. Et puis, pour tout te dire, je crois que tu avais raison. »

La respiration lui manqua. Des images de la matinée, un frisson. Et une question nécessaire :

« Mais pourquoi avoir exécuté les deux garçons ?

— Pour gagner du temps. C'est malheureux, n'est-ce pas ? Juste pour gagner du temps. »

C'est ainsi que Shimin apprit que Li Yuan, son père, cousin de l'Empereur, vice-régent de l'Ouest, s'apprêtait lui aussi à entrer en rébellion.

45

Lettre de Jun à Huaji

Je suis heureuse, mon frère, d'apprendre que tu es à présent en sécurité, à la résidence de Père, à Bourg-Dragon. C'est l'essentiel. Partir avec toi aurait été de la folie, tu le sais et tu n'as donc aucune raison de t'en vouloir. N'en reparlons plus. Dès que le message de Père nous est parvenu, il était clair, pour moi, que si nous fuyions la capitale en même temps, nous attirerions les pires soupçons. Il fallait que l'un de nous reste.

Je crois que tout le monde ici a cru à ce que nous avons raconté. On s'accorde à dire qu'il est normal que Li Yuan rappelle son fils aîné auprès de lui alors que les nomades risquent d'attaquer de nouveau dès le printemps. Le plus cocasse est que la chute des Oies-Sauvages et la traîtrise de Liu Wuzhou n'ont fait que renforcer cette idée ! Père fait plus que jamais figure de bouclier de l'Empire.

De toute façon personne n'a eu trop le temps d'y réfléchir. Par un merveilleux hasard, des nouvelles sidérantes sont arrivées de la Capitale orientale et ont éclipsé tout le reste. Peut-être en avez-vous entendu parler à Bourg-Dragon : le bandit Dou Jiande a incendié le palais impérial ! Tu me diras que c'est un crime, mais tout de même, quelle audace !

On raconte un tas d'histoires extraordinaires sur cet homme. Savais-tu que c'est le seul bandit de l'Est à ne pas exterminer systématiquement les fonctionnaires impériaux qui lui tombent sous la main ? Il préfère les garder à son service. Un fils de paysans, paraît-il, et c'est le plus sensé de tous ! Dans le même temps, l'Empereur exécute à tour de bras, y compris des ministres qui l'ont fidèlement servi depuis des années : il voit la trahison partout. D'après certains bruits, il passe des nuits de débauche dans son harem et dort la journée. Sans l'Impératrice, ce qui lui reste d'autorité aurait fini de s'évanouir.

Mais, pardon, je m'égare. Juste avant ton départ, tu m'as demandé de sonder discrètement mon mari et de voir si, le moment venu, il pourra nous prêter main-forte. Je t'ai dit que je le ferai. Je te dois la vérité : c'est impossible. Il a fait bonne figure pendant ton séjour à la capitale, mais, crois-moi, rien n'a changé : Lu Cai n'aime que Lu Cai. Il attend la mort ou la chute de l'Empereur, qui, dans son esprit, ne saurait tarder, et l'accession au trône du prince. Il compte toujours devenir son principal ministre et régner en son nom. Comment pourrait-il voir d'un bon œil les projets de Père ? Si les Li s'emparent de la Capitale de l'Ouest, il se retrouvera sous notre coupe et ne le supportera pas.

La pire chose qui pourrait arriver serait donc qu'il apprenne ce que Père prépare à Bourg-Dragon. J'espère vraiment, en restant ici, endormir ses soupçons. Et, si je pars, ce sera au tout dernier moment.

46

Jiande

Depuis que Jiande s'était imposé à la tête des brigands, jamais une assemblée n'avait été si houleuse. Cela faisait longtemps qu'elles n'avaient plus lieu dans les marais. Jiande régnait désormais sur une vaste région englobant des centaines de villages et quelques villes. C'était dans la dernière dont il s'était emparé, celle dont le gouverneur lui avait révélé où trouver Chan, qu'il avait convoqué son peuple. Comme à chaque lune, tous ceux qui reconnaissaient son autorité pouvaient venir lui faire part de leurs doléances.

En général, il n'y en avait guère. Sous sa direction, la zone qu'il gouvernait avait connu l'un des automnes les plus prospères depuis des années : les champs avaient pu être cultivés, les paysans commençaient à y retourner, sans craindre pour leurs récoltes ou leur vie. Jiande accueillait auprès de lui tous les fonctionnaires ou officiers impériaux qui étaient prêts à le servir en suivant les principes d'honnêteté et de justice qu'il voulait imposer au fragment de Milieu-du-Monde qui lui était échu. Au moindre soupçon de corruption, il commandait une enquête et, si les accusations étaient confirmées, il confisquait les biens du coupable. Les ralliements s'étaient multipliés : d'anciens hors-la-loi comme lui, tout comme des hommes qui, quelques mois plus tôt, avaient juré sa perte.

Mais ce temps était peut-être révolu.

Gao Shida ouvrit les hostilités. Jiande s'y attendait. L'ancien maître des marais ne lui avait toujours pas pardonné de l'avoir évincé. Il le haïssait de lui avoir laissé la vie sauve. Une générosité qu'il jugeait sans doute humiliante.

« Tu es allé trop loin, Déserteur ! Et maintenant nous allons tous en payer le prix. »

Quelques murmures approbateurs. Jiande essaya d'identifier d'où ils venaient. Il se tenait assis en tailleur sur un large fauteuil à haut dossier en bois, devant la résidence de l'ancien gouverneur qu'il avait destitué (il l'occupait désormais). En face, une esplanade couverte de centaines d'hommes et de femmes, qui tous n'étaient pas originaires de la ville, des paysans comme des artisans, beaucoup d'anciens bandits et quelques moines dont la présence, inhabituelle, détonnait. Un rideau de soldats fidèles était à tout moment prêt à contenir un débordement.

« Si tu as peur, Shida, tu peux toujours retourner te terrer dans les marais. »

Des rires, mais pas autant que l'aurait souhaité Jiande. Tous sentaient que si la nouvelle qui avait commencé à circuler se confirmait, ils seraient sans doute bel et bien obligés d'aller se réfugier dans des lieux inaccessibles.

« Fais le malin, Jiande. Mais l'armée impériale, tu ne t'y es pas encore frotté. Ni à aucune armée. Tu as réussi de jolis coups de main, toujours contre des adversaires qui te sous-estimaient. »

Jiande se dit que Shida pensait nécessairement à lui-même en prononçant cette phrase. Mais avait-il tort ?

« Incendier le palais impérial était une erreur, un crime ! intervint quelqu'un d'autre dans la foule.

— C'était un accident, que je regrette.

— Tout ça pour une femme ! »

Jiande se félicita d'avoir dissuadé Chan d'assister à l'assemblée. Sa présence n'aurait fait qu'envenimer les choses. Une sourde hostilité s'était accumulée contre elle. On l'accusait de l'avoir perverti et d'être la cause de la catastrophe qui s'apprêtait à fondre sur eux.

Sa grossesse n'avait, bien sûr, rien arrangé.

Après leur retour, Jiande n'avait pas voulu la brusquer. Même à l'abri auprès de lui, elle avait toujours l'air apeurée. Elle restait des journées entières enfermée dans la luxueuse chambre qu'il lui avait attribuée, répondait à peine à ses questions. Le soir, quand il la forçait à sortir pour manger un peu à ses côtés, des plats simples qu'elle affectionnait naguère, elle gardait le visage baissé sur son bol, touchant à peine à sa bouillie de millet ou à ses fèves au lard, acquiesçant à tout ce qu'il lui disait, ne s'enquérant jamais de rien. Elle ne chantait plus.

Il l'aimait tellement. Il avait sans cesse envie de la prendre dans ses bras, mais dès qu'il le faisait, elle paraissait plus amorphe encore qu'à l'ordinaire ou se mettait à sangloter.

Elle était jolie. Elle avait des traits harmonieux, des yeux assez grands, de petites mains qui avaient gagné en délicatesse à ne plus travailler pendant plusieurs années. Bien sûr, il était hors de question d'évoquer cette période, même si Jiande y pensait continuellement. Il n'invitait jamais personne à se joindre à eux de crainte que, par maladresse ou malveillance, on en fasse mention.

« Je te construirai un nouvel entrepôt de vers à soie, si tu veux, lui dit-il un jour. Ça te ferait plaisir ? »

Elle se contenta de lui adresser un de ces sourires tristes qui accablaient Jiande.

Pour passer du temps avec elle, il négligeait ses devoirs, il en avait conscience. Ses lieutenants l'avertirent qu'on commençait à jaser, à croire qu'il avait été ensorcelé.

Un soir (c'était près d'une lune après son retour), Chan parut devant lui, en larmes.

« Qu'est-ce qui se passe, mon amour ? » lui dit-il. Comme elle persistait à sangloter sans répondre, assise en tailleur sur sa petite natte de roseau, ne touchant pas aux navets et aux oignons agrémentés de quelques lamelles de poulet qu'il lui avait fait préparer, il lui demanda de nouveau, un peu plus brutalement, ce qui n'allait pas. À cette question, les épaules de la jeune fille furent comme parcourues d'un courant d'air glacé, tremblotant presque convulsivement. Ses pleurs redoublèrent, rendant inaudibles les bribes de réponse qu'elle balbutiait. Il finit par comprendre qu'elle était enceinte. L'enfant ne pouvait être de lui.

Le lendemain soir, ils n'échangèrent pas un mot, ni le surlendemain, ni encore le soir qui suivit. Le quatrième jour, il lui dit : « Il est temps de nous marier. »

Les femmes qui s'occupaient de Chan avaient dû parler, car très vite tout le monde sut qu'elle attendait un enfant.

Le mariage qui suivit fut pénible. Jiande s'était senti obligé d'inviter tous les principaux personnages de ce qui commençait à ressembler à une Cour, y compris Gao Shida, son plus fidèle ennemi. Celui-ci n'avait pas manqué, à un moment donné, de se lever et de brandir sa coupe en direction des mariés pour féliciter la « jeune et innocente épouse ».

Au fond, on reprochait à Chan son malheur même, des événements dont elle n'était pas responsable.

Il aurait été facile à Jiande, sinon de l'abandonner à son sort, du moins de se contenter de veiller à ce qu'elle ne manque de rien et de se chercher une autre épouse, plus conforme à l'important personnage qu'il était en train de devenir. Mais il avait tellement attendu ce moment. Il voulait croire que rien n'avait changé, que Chan allait se remettre, redevenir la jeune femme paisible et heureuse qu'il avait connue.

« Pourquoi t'obstines-tu à m'aimer comme ça, Jiande ? Je ne le mérite pas, lui dit-elle peu après leur mariage.

— Tu ne veux donc pas comprendre ? »

Comment renoncer à l'aimer ? Autant renoncer à vivre, autant admettre que son existence n'avait plus de sens.

Et pourtant, c'était vrai : s'il n'avait pas absolument tenu à retrouver Chan, à la récupérer, on n'aurait pas envoyé contre lui cent mille des meilleurs soldats de l'Empire. Les premiers bruits avaient commencé à courir une demi-lune plus tôt : la garnison entière de la Capitale orientale ou peu s'en fallait réquisitionnée pour les anéantir, lui et sa bande.

« Nous devrions te livrer, Déserteur ! C'est toi qu'ils veulent ! »

De nouveau, la voix éraillée de l'ancien maître des marais. Et, de nouveau, d'inquiétants murmures approbateurs, plus encore qu'à la première intervention de Shida. Des hochements de tête, y compris chez certains des plus proches lieutenants de Jiande. Tous avaient peur. Avec raison, sans doute. Avant de partir pour le Sud, l'Empereur avait laissé dans la Capitale de l'Est certaines de ses meilleures troupes.

Combien d'hommes Jiande pouvait-il leur opposer ? Moitié moins, et beaucoup de novices, peu, trop peu de soldats aguerris. Mais n'avait-on pas vu déjà d'énormes armées échouer ?

« Nous étions un million dans la Péninsule, commença-t-il. Et nous avons perdu...

— Nous ne sommes pas dans la Péninsule », cria une femme qui tenait un enfant dans ses bras.

Se pouvait-il qu'ils l'abandonnent tous ?

« Tu t'es laissé emporter, Jiande. Tu as provoqué la colère de l'Empereur. Nous ne pourrons pas faire face. Est-ce que tu souhaites notre destruction ? Quand le chef commet une faute, il doit payer. »

Celui qui avait parlé était l'un des premiers à l'avoir suivi quand il s'était agi de renverser Gao Shida. Il se trouvait non loin de l'étrange groupe de moines, immobiles sous leur robe, telles des statues inquiétantes et muettes, venues elles aussi condamner ses actes.

Un vertige le saisit. L'assemblée se retournait peu à peu contre lui. Il avait été trop confiant. On allait le livrer au fils de l'homme qui avait assassiné sa famille, détruit sa vie. Cela aussi entrait en ligne de compte. Depuis la campagne de répression contre les déserteurs menée par le général Wang Sichong des années plus tôt, son nom y suscitait l'effroi. Sichong avait accompagné l'Empereur dans le Sud. Mais Renze, son fils, était resté dans l'Est et l'aura de terreur inspirée par son père s'attachait à lui.

Jiande se sentit très las :

« Est-ce ce que vous souhaitez, vraiment ? » demanda-t-il.

Pas de dénégation. Puis, soudain, un cri : « Êtes-vous donc tous aveugles ? »

L'un des moines s'était avancé, le visage dissimulé par une épaisse capuche. Un vieil homme déjà, visiblement, à la démarche malaisée. On s'écartait pour le laisser passer.

Il releva sa capuche et Jiande fut aussitôt tenté de se prosterner devant lui. Mais le moine, qui n'en était pas un, le retint d'un geste impérieux : « Non. Qu'on m'aide plutôt ! »

Soutenu par plusieurs bras, il avança jusqu'à Jiande. Les gardes n'osèrent s'y opposer. L'avaient-ils eux aussi reconnu ?

« Nous nous retrouvons, Déserteur. C'est à mon tour de venir te surprendre chez toi. La dernière fois que nous nous sommes vus, je ne t'ai pas aidé comme je l'aurais pu. J'avais peur. » D'un nouveau geste agacé de la main, il signifia qu'il ne voulait pas être interrompu. « Je n'ai pas compris quel genre d'homme tu étais. Mais qui l'aurait pu ?

— Le genre condamné ?

— Le genre à créer un royaume de paix dans un Empire en guerre. »

Jiande n'avait jamais vu ce qu'il avait accompli de cette façon. Un royaume. Un royaume de paix. Une vague de tristesse déferla sur lui.

« Vous devriez repartir, Vieux Cui. D'ici peu, tout ça n'existera plus. »

Le seigneur Cui (puisque c'était lui) secoua la tête. « Et c'est pourquoi je suis ici, mon garçon. C'est pour cela que je suis venu, déguisé, avec une poignée de gardes pour toute escorte. »

Les autres moines se découvrirent à leur tour. Ils avaient des traits de combattants endurcis.

« Dès que j'ai entendu parler de cette armée qu'on envoyait contre toi, j'ai deviné que beaucoup de ceux qui t'avaient applaudi au moment de tes succès te laisseraient tomber au premier revers. Je veux t'aider. »

Jiande sourit amèrement : « Il n'y a rien que vous puissiez faire pour moi. Si ce n'est emmener mon épouse et lui offrir la protection des Cui.

— Non. J'ai mieux à te proposer. »

Il se tourna vers la foule qui bruissait à présent de son nom. « Le Vieux Cui, le Vieux Cui en personne ! » entendait-on. La surprise n'avait, cependant, éteint ni la peur, ni l'animosité à l'égard de Jiande. Une nouvelle fois, Gao Shida s'en fit le porte-parole :

« Vos vingt soldats, seigneur Cui, ne changent rien à l'affaire. Nous sommes trop peu. »

Le vieil homme ne daigna pas lui répondre. Il désigna une grande pierre qui se dressait au milieu de l'esplanade :

« Qu'est-ce que cela ? »

Jiande se pencha pour lui répondre, mais le Vieux l'arrêta d'un geste agacé de la main.

« Alors ? Qu'est-ce que cette pierre ? » répéta-t-il, balayant l'esplanade de son regard enflammé.

La femme qui portait un enfant dans les bras et s'était montrée hostile à Jiande un instant plus tôt cria :

« C'est la pierre des remèdes, seigneur Cui !

— En quoi consiste-t-elle ?

— Les maladies y sont gravées. Et aussi les traitements.

— Lisez !

— Je ne sais pas lire, seigneur.

— Alors que quelqu'un me lise. »

Un homme qui portait une robe turquoise unie trahissant le lettré de rang inférieur se fraya un passage au milieu de la foule, jusqu'à la pierre, et déchiffra à haute voix les caractères :

« Contre les maux de cœur, des abricots secs. Contre les maux des poumons, des pêches séchées. Contre les problèmes d'yeux, du camphre. Contre les blessures par lames de métal, les chutes de cheval, les fausses couches et douleurs suivant l'enfantement, du vin aromatisé de myrrhe. Contre les piqûres d'insecte, les morsures de chien et de reptiles venimeux, du jus de poireaux pilé. Contre les morsures de serpent, du jus d'araignée écrasé…

— C'est bien, l'interrompit le Vieux Cui. J'ai compris. Cela vous est-il utile ?

— Oh, oui, répondit la femme.

— Même si tu ne sais pas lire ?

— Je demande qu'on me le lise. Comme vous ! »

Des rires dans l'assistance.

« Et même que, d'ailleurs, si mon oncle vit encore, c'est grâce à cette pierre, reprit-elle, enthousiaste. Il avait des douleurs terribles au bas du ventre et la pierre nous a donné le remède. »

D'autres acquiescèrent. Gao Shida intervint :

« Où voulez-vous en venir ? Cette pierre n'offre aucun remède contre une armée de cent mille hommes ! »

Sans se laisser décontenancer, le Vieux Cui reprit : « Si je comprends bien, cette pierre a permis à des pauvres comme vous de se soigner presque aussi bien que les riches comme moi, d'accéder à des connaissances qui, jusqu'ici, étaient réservées à ceux qui pouvaient se les payer. Mais dites-moi, cette pierre a-t-elle toujours été là ?

— Non, dit l'homme qui avait lu ce qui y était gravé. Ça fait une lune à peine. »

Le Vieux Cui hocha la tête d'un air entendu.

« En aviez-vous vu déjà ailleurs ? »

Des réponses aussi diverses que contradictoires fusèrent.

« La plupart d'entre vous n'en savent rien et c'est normal, reprit le Vieux Cui. J'ai parcouru le Milieu-du-Monde, moi. La réponse est non. On ne trouve des pierres pareilles qu'ici et dans les autres villes ou villages soumis à Dou Jiande. Parce que cette idée géniale et généreuse, c'est lui qui l'a eue. »

Un silence honteux accueillit ces paroles, que même Shida n'osa pas rompre.

« Que pensez-vous qu'il arrivera lorsque Wang Renze, fils de Wang Sichong, s'emparera de cette ville ? Croyez-vous qu'il laissera cette pierre debout, cette pierre qui offre aux pauvres le savoir des riches, cette pierre qui contient des secrets que beaucoup de puissants préfèrent garder pour eux ? »

Les mines s'étaient assombries, faites pensives. « Le problème, ce n'est pas ce que Wang Renze fera. C'est ce que nous nous pouvons faire contre lui, répliqua quelqu'un.

— Livrer le Déserteur reste la seule solution », renchérit Gao Shida.

Cette fois, le Vieux Cui le fixa longtemps du regard avant de poursuivre : « Vous savez tous qui je suis. Ma famille n'a pas d'égale au Milieu-du-Monde. Nous autres, Cui, avons fourni plus de ministres, de gouverneurs, de chanceliers qu'aucun autre clan aux diverses dynasties qui se sont succédé à la tête du Milieu-du-Monde. Nous avons servi les plus grands. Et nous savons donc reconnaître la vraie grandeur quand nous la rencontrons. Eh bien, regardez ! »

Il se tourna de nouveau vers Jiande.

« Regardez ! répéta-t-il avant de s'agenouiller. Moi, chef du clan Cui, je fais allégeance à Dou Jiande. Et je mets toute la puissance de mon clan à son service. »

Jiande, pas plus que quiconque, n'osait en croire ses yeux.

Le vieillard se releva et hurla en brandissant son poing tremblant : « Vous dites que Dou Jiande a attiré le malheur et la destruction sur vous. Vous vous égarez. Il n'a fait que vous apporter ordre, justice et prospérité. À qui devez-vous de manger et d'avoir survécu ? À qui devez-vous de pouvoir vous soigner même quand vous êtes pauvres ? À cet homme que vous vous apprêtez à livrer à l'ennemi. À cet homme sans qui vous seriez, comme la plupart des gens, ailleurs au Milieu-du-Monde : des gueux affamés. Ne vous imaginez pas que la Cour de l'Empereur fou lui en veuille seulement parce qu'il a brûlé un joli palais. Qu'on l'avoue ou non, on le hait avant tout pour une seule raison : ce qu'il a réalisé ici fait peur. Même s'il n'avait pas incendié le palais impérial, croyez-moi, les autorités auraient fini par se tourner vers vous, par prendre ombrage de cette expérience inouïe qu'il mène et dont vous êtes les bénéficiaires. Qu'a-t-il fait, au fond, en irritant la Cour ? Il a précipité un affrontement inévitable et même souhaitable. »

Le Vieux tremblait. Il marqua une pause. Jiande voyait les gouttes de sueur perler sur ses joues. Ce fut d'une voix adoucie qu'il poursuivit, une voix qui néanmoins emplissait tout l'espace, tant le calme et l'attention, face à lui, étaient profonds. Plus personne ne murmurait.

« Laissez-moi vous faire une confidence. Je suis heureux que cette guerre inévitable arrive. Car je l'ai attendue longtemps. C'est la revanche de celle qu'a remportée le maudit Réunificateur. Et l'occasion pour l'Est de recouvrer son indépendance. Il y a vingt-cinq ans, j'ai perdu presque tous mes fils. Ils sont morts pour l'Est, massacrés par les barbares de l'Ouest. Et pendant vingt-cinq ans, plus d'une fois je me suis demandé s'ils n'étaient pas morts pour rien. Je craignais que notre défaite, notre abaissement ne soient définitifs, qu'il nous faille pour des siècles supporter des gouverneurs venus d'ailleurs, trop grossiers et incultes pour nous comprendre et dont le seul but est de pressurer le maximum de nos richesses au profit d'autres que nous. Je voyais avec horreur qu'on éventrait nos terres afin d'y faire passer ces canaux hideux, servant avant tout à acheminer vers l'Ouest les récoltes dont on nous dépouille. Je m'étais résigné à mourir sous le joug des oppresseurs. Mais savez-vous ce que je me dis à présent ? »

La foule était suspendue à ses lèvres. Jiande aussi.

« Que peut-être quand je rejoindrai mes fils dans la tombe, je pourrai leur annoncer qu'ils ont été vengés, que l'Est est libre de nouveau. Grâce à un homme : Dou Jiande, le nouveau roi de l'Est ! Le combat pour l'indépendance commence, mes amis. Ce n'est pas le moment de le fuir. N'ayez pas peur. Soyez heureux, au contraire, comme moi, d'avoir la chance de pouvoir lutter pour votre liberté ! »

Un instant plus tard, l'esplanade entière résonnait de la même clameur : « Vengeance ! Vengeance ! Pour l'Est ! Avec Dou Jiande, le roi de l'Est ! » Gao Shida hurlait comme les autres.

47

Yicheng

La Khatun Yicheng fut froissée, au début, quand elle vit le petit marchand à moitié chauve s'incliner devant Tardu, qu'on eût pu choisir un tel ambassadeur : aucune prestance (même ses habits manquaient d'éclat), un front luisant de sueur malgré le froid, de gros yeux bien trop rentrés dans leurs orbites, des mains couvertes de poils, comme sa nuque et sans doute tout ce que cachaient – et, pour le coup, on ne pouvait que s'en féliciter – ses habits sans éclat. Puis le marchand du Couchant parla. Il maîtrisait si bien la langue des nomades – bien mieux qu'elle – qu'il semblait à chaque phrase la réinventer, lui trouver des ressources insoupçonnées, en faire autre chose qu'un simple instrument pour donner des ordres ou obéir. Yicheng admira alors, au contraire, la profonde sagesse des Li. Une sagesse typique du Milieu-du-Monde.

Quand elle sut que l'homme était également médecin, elle pressa Tardu de le recevoir, cette fois sans que son frère et son fils assistent à l'entretien. Il refusa. Il n'avait pas besoin d'être soigné.

« J'irai mieux au printemps », lança-t-il, comme à chaque fois.

Cette toux tenace inquiétait Yicheng. Tardu avait maigri. Il s'était mis à cracher du sang. Et l'hiver humide ne pouvait être seul responsable.

Yicheng n'insista pas. Elle comprit qu'il avait peur de ce que pourrait lui dire le médecin. Au fond, il ne voulait pas savoir. Car comment accepter d'être malade à présent que ses efforts – les efforts d'une vie – commençaient à porter leurs fruits ? Son énergie était entièrement tournée vers le but, désormais si proche, qui avait guidé tout son règne, toute sa vie d'adulte. Et tant qu'il ne serait pas atteint, tant que le Milieu-du-Monde ne serait pas soumis, aucun relâchement n'était possible, aucune faiblesse n'avait le droit d'exister. À ses yeux, il n'avait aucune raison d'être soigné d'une maladie qui lui était interdite.

« Ai-je bien fait d'accepter les termes de cette alliance ? » lui demanda-t-il cette nuit-là, alors qu'elle était venue partager sa couche, dans sa yourte à lui, et se blottissait derrière son dos animé d'irrépressibles secousses. Elle lui répondit que les Li étaient les meilleurs alliés qu'on puisse imaginer à l'Ouest et que leurs exigences étaient raisonnables. Presque trop.

Le marchand du Couchant avait détaillé leurs ambitions étonnamment modestes. Li Yuan ne voulait pas renverser la dynastie. Il considérait juste que l'Empereur actuel n'était plus en état de régner. Son projet consistait donc à s'emparer de la Capitale de l'Ouest pour y proclamer le prince héritier Empereur et sauver ainsi la dynastie d'elle-même. Il était difficile de démêler là-dedans la part de naïveté de celle de calcul et d'hypocrisie. D'autant que la lettre qu'avait transmise le marchand à Tardu disait des choses contradictoires avec les propos qu'il venait de tenir. Li Yuan s'y exprimait en langue nomade et dans des termes qui suggéraient qu'il se reconnaissait le vassal de Tardu, autrement dit qu'il plaçait toutes ses conquêtes à venir sous la suzeraineté de la Steppe. Cela supposait qu'il agisse en son nom et non plus en celui de la dynastie du Réunificateur.

« C'est un homme prudent, je pense, dit-elle.

— Et beaucoup trop intelligent. Beaucoup trop. Il reste vague et ambigu, afin de se fermer le moins de portes possible. Tu te rends compte que, dans sa lettre, il me demande de le débarrasser de Liu Wuzhou ? »

« Tu vas le faire ? » s'enquit Yicheng, qui se souvenait de l'air méfiant, mais droit, du fidèle lieutenant. Désormais un infranchissable fossé de sang le séparait des Li.

Par cette requête, Li Yuan confessait malgré lui que son ancien protégé lui inspirait une forme de crainte. À juste titre sans doute : Wuzhou était un bon meneur d'hommes. Resté aux Oies-Sauvages avec les troupes nomades qu'il y avait accueillies, il disposait d'une excellente base pour attaquer l'Ouest. Et il avait deux fils à venger. « Oui. J'ai envoyé un messager aux Oies-Sauvages. Wuzhou est pour ainsi dire d'ores et déjà un homme mort », conclut Tardu.

Un peu plus tard, il se retourna pour lui faire face. « Méfie-toi des Li. » Ces quelques mots la bouleversèrent. Elle voulut répliquer, mais il avait posé sa main sur sa bouche. « Méfie-toi des Li », répéta-t-il.

C'était la première fois qu'il envisageait la possibilité qu'elle lui survive. Un instant, elle imagina une existence où il ne serait plus. Elle était restée parmi les nomades, avait trahi sa famille pour lui, pour être à ses côtés et participer à l'édification d'un empire comme la Steppe n'en avait jamais connu. À quoi bon s'il la quittait ? Elle n'avait même pas de fils de lui. Rien. Que lui resterait-il ? Une vengeance, rien qu'une vengeance.

« Je sais qu'ils sont dangereux », dit-elle, d'une voix étranglée.

Tardu avait accordé à Li Yuan les trois mille chevaux qu'il réclamait humblement. Le vice-régent de l'Ouest aurait souhaité cependant que ces trois mille chevaux soient montés par ses propres hommes. Tardu avait refusé : ils seraient montés par des nomades ou ils ne quitteraient pas la Steppe.

Le marchand-ambassadeur avait renâclé, puis, devant l'intransigeance de Tardu, cédé.

Dans l'éternel face-à-face entre le Milieu-du-Monde et la Steppe, les nomades avaient repris l'avantage. Tardu, maintenant, avait toujours le dernier mot dans les négociations et il choisissait les marionnettes qui lui convenaient le mieux, comme jadis l'avait fait le Réunificateur. Que se passerait-il, cependant, s'il ne guérissait pas avant le printemps ?

Quand il se fut enfin assoupi, Yicheng se laissa aller aux larmes. Elle avait magnifiquement joué : elle s'était acquittée de ses missions avec un succès qui dépassait tous les espoirs. Aux Oies-Sauvages, Li Shimin s'était laissé rouler comme un enfant qu'il était encore. Le séduire et lui faire croire qu'elle souhaitait bel et bien aider le Milieu-du-Monde avait été d'une facilité presque déconcertante. Alors que Liu Wuzhou n'était qu'hostilité et méfiance, le jeune Li avait presque tout de suite pris son parti et, au bout du compte, réussi à convaincre Wuzhou – pour son malheur – d'ouvrir les portes des Oies-Sauvages aux nomades. Mais à quoi bon ? Si Tardu n'était pas en état de prendre la tête de l'invasion, les Oies-Sauvages n'étaient qu'une ville morte et inutile. Plus rien n'avait de sens.

Il fallait qu'il guérisse.

48

Lettre de Jun à Huaji

C'est la catastrophe, Huaji. Je ne sais pas ce que vous avez fabriqué à Bourg-Dragon. Cai sait tout. À l'instant, un homme, l'un de ses espions, j'imagine, est venu le trouver dans le jardin de notre résidence. Debout derrière l'une des portes-fenêtres, j'ai entendu leur conversation : il lui a appris que l'armée Li s'était mise en branle, non pas vers le nord pour reprendre les Oies-Sauvages, mais vers la Capitale occidentale.

Cai est parti aussitôt vers le palais, sans doute informer le prince héritier et prendre des mesures d'urgence. Je dois fuir. Quand il reviendra, il me tuera, j'en suis sûre.

J'ai entendu parler d'un chef de bandits dans les environs de la capitale, un émule du fameux Dou Jiande. Il se pose en redresseur de torts, en généreux défenseur de la veuve et de l'orphelin. Je vais essayer de le rejoindre et le supplier de m'escorter jusqu'à vous. Il faudra que Père lui accorde une amnistie plus tard.

Le temps presse. J'entends les tambours de la fin d'après-midi retentir. Je dois quitter la ville avant qu'ils ne ferment les portes. Je cours seller un cheval. J'ignore si tu liras jamais cette lettre. Je vais la faire acheminer par notre réseau habituel. Avec un peu de chance, je vous reverrai tous avant qu'elle vous parvienne. Avec un peu de chance.

49

Jiande

Jiande se pencha vers Chan endormie et déposa un baiser sur son front. Elle ouvrit les yeux et, instinctivement, porta les mains à son ventre.

« Que crains-tu ? lui demanda-t-il.

— Que tu ne reviennes pas. »

Elle mentait. Elle avait surtout peur pour l'être qui grandissait en elle. Il lui prit la main, le plus doucement qu'il put. Il était habillé pour le combat et craignait de lui faire mal avec sa cotte de mailles légère.

« Cet enfant sera mon enfant. Je te le promets.

— Mais Jiande…

— N'en parlons plus. Ce qui compte, c'est qu'il puisse naître. »

Chan allait un peu mieux depuis qu'ils avaient regagné les marais. Le paysage était plus en harmonie avec l'état désolé de son âme.

Jiande et elle occupaient une vaste maison sur pilotis en bordure d'un des chenaux. Il avait fallu se résoudre à aller y trouver refuge.

« Tu n'as pas le choix », avait déclaré le Vieux Cui.

Wang Renze avait quitté la capitale dès les premiers beaux jours. En référence à son père, le « Fauve du Couchant », les anciens hors-la-loi le surnommaient le « demi-fauve », mais ces moqueries dissimulaient mal leur appréhension. Plusieurs préfectures s'interposaient entre la Capitale de l'Est et le domaine de Jiande. Elles étaient en partie contrôlées par d'autres bandes, plus réduites et moins célèbres que celle du Déserteur. Le jeune Renze avait exercé son armée contre elles, avec un succès effrayant.

Ses méthodes étaient aussi bestiales qu'efficaces : villes et villages incendiés, habitants massacrés ou déportés.

« Si tu l'affrontes en plaine, tu te feras écraser, avait averti le Vieux Cui. Ta seule chance est de l'attirer dans tes marais. » C'est ce à quoi ils travaillaient depuis près d'une lune.

Jiande était encore troublé de voir le Vieux Cui le conseiller en personne. « Tu ne seras pas le premier paysan à fonder une dynastie, se justifiait celui-ci. Cela te rassure-t-il ? »

Car c'était bien de cela qu'il s'agissait. Si Jiande parvenait à défaire Wang Renze, il aurait les mains libres à l'Est. La Capitale orientale n'aurait plus personne pour la défendre. Des perspectives vertigineuses s'ouvraient.

On avait évacué une bonne partie des zones contrôlées par Jiande en dehors des marais et fait croire que les populations qui y restaient avaient rejeté son autorité. La puissance du clan Cui avait été décisive pour accréditer de tels bruits : qui aurait osé remettre en question des informations transmises par cette famille au pedigree sans pareil ?

Wang Renze s'imaginait porter bientôt au Déserteur le coup décisif. Il avait fait encercler les marais et il s'apprêtait à y pénétrer en personne à la tête de soixante-dix mille de ses hommes.

« Chan, si cela devait mal tourner, tu feras tout ce que te dit le seigneur Cui, reprit Jiande.

— Je ne repartirai pas sans toi.

— Tu veux revivre ce que tu as vécu déjà dans notre village ? lui demanda-t-il avec brusquerie.

— Il n'arrivera pas la même chose. Tu es là cette fois, Jiande. »

Il se sentit accablé par cette naïve confiance. Il n'était qu'un fils de paysan. Son père avait, certes, été brièvement chef de village. Mais l'essentiel de sa vie s'était écoulé à prendre soin de choux et de poires, de porcs et de poulets. Il savait bien qu'il n'était pas un guerrier apte à bousculer une armée de soixante-dix mille hommes avec une bande d'anciens brigands. Il avait des idées ingénieuses : dernièrement, afin de déjouer l'instabilité du réseau aquatique des marais et l'effet désastreux que cela entraînait pour les cultures, il avait, par exemple, mis au point des jardins flottants, simples caissons de bois remplis de terre qui s'élevaient avec l'eau. Cela n'empêchait pas que, du point de vue militaire, toute sa réussite était due au chaos qui régnait à l'Est et à l'incapacité des autorités impériales de s'opposer à tant d'ennemis et de factieux à la fois. Longtemps, on l'avait laissé tranquille. Shida avait raison : au bout du compte, il n'avait fait que se substituer à un État défaillant, n'ayant jamais à combattre des forces importantes et bénéficiant toujours de la surprise. Or, avec l'entrée en campagne de Wang Renze, il était devenu le principal adversaire à abattre à l'Est.

Tous, autour de lui, voulaient croire à une victoire possible. Le Vieux Cui plus que quiconque. Sa détestation de l'Ouest, son rêve d'un Est de nouveau indépendant ne l'aveuglaient-ils pas cependant ?

« À l'heure qu'il est, Shida doit être en train de guider l'armée impériale vers les îlots maudits.

— Tu lui fais confiance ?

— Je n'ai pas le choix. »

Une idée du Vieux Cui là encore. L'hostilité de Shida envers Jiande était connue de tous. Wang Renze en aurait sans doute entendu parler. Personne n'était donc mieux désigné que lui pour faire semblant de trahir. Encore fallait-il qu'il ne trahisse pas pour de bon.

« Shida a tout à gagner à ce que nous réussissions. Je lui ai promis de le nommer gouverneur d'une préfecture.

— Est-ce qu'il ne pourrait pas les conduire directement ici ?

— Il connaît ces marais aussi bien que moi, mieux peut-être. Alors oui, bien sûr. »

Gao Shida s'était rendu à Wang Renze avec plusieurs centaines de bandits. Ils avaient promis de guider le général et ses troupes à travers les bras labyrinthiques des marais vers le repaire de Jiande.

Au lieu de ça, il était censé les mener vers ce qu'on appelait les îlots maudits, des fragments de terre ferme sillonnés de chenaux, au milieu des marais. Tous ceux qui s'y attardaient finissaient par haleter, être pris de nausée puis de vomissements, de convulsions, puis par mourir. On y avait vu aussi des flammes apparaître spontanément. Et un bandit qui avait voulu y faire du feu un jour s'était retrouvé, racontait-on, transformé en torche humaine.

Shida proposerait à Wang Renze d'y passer la nuit. À la faveur des ténèbres, il s'éclipserait. Au matin, Jiande et toutes ses forces, massées autour, donneraient l'assaut. Les soldats impériaux, diminués par les effluves toxiques, seraient des proies qu'on espérait faciles.

Avant de partir, Jiande se tourna une dernière fois vers Chan : « Si nous nous en sortons, me promets-tu d'essayer d'être heureuse de nouveau ? »

Elle eut une esquisse de sourire : « J'essaierai, Jiande. »

50

Lettre de l'Impératrice à Wang Sichong

Je suis désolée, mon cher Sichong, de votre petite disgrâce. L'Empereur, ces derniers temps, n'est pas dans son état normal. Estimez-vous heureux qu'il n'ait pas demandé votre tête, qu'il se soit contenté de vous exiler et que cet exil se soit limité à gagner, avec vos troupes, l'autre bout de la ville.

Je vais faire mon possible pour qu'il vous rappelle. Il voit des menaces et des complots partout. Je pense que la victoire prochaine de votre fils à l'Est contre le bandit Dou Jiande aidera beaucoup à votre retour en faveur.

Mon sort, du reste, n'est guère plus enviable que le vôtre. J'en viens presque à regretter d'avoir tant insisté pour que nous nous rendions dans le Sud. L'Empereur est en droit d'avoir autant de concubines qu'il le souhaite, bien sûr, mais il est certains spectacles que j'aimerais qu'il m'épargne. Cette nuit, il a déambulé dans le palais, vacillant d'ivresse, débraillé, halant derrière lui des dizaines de créatures aussi enivrées et impudiques que lui. Il avait un arc à la main et tirait sur ces femmes des flèches de papier contenant de la poudre de camphre. Cette joyeuse procession passait d'une salle, d'un corridor, d'une cour, d'un jardin à l'autre, faisant glisser brutalement les portes coulissantes, renversant les paravents, piétinant les parterres de fleurs, poussant des cris qui faisaient s'envoler les oiseaux endormis. Partout elle laissait derrière elle un parfum écœurant. J'ai dû emporter moi-même mon fils, réveillé par le tapage, loin de ce spectacle scandaleux.

Les rares conversations que mon impérial époux daigne m'accorder tournent autour de sa terreur d'être assassiné. L'autre soir, en lui rendant visite à son réveil (il ne se lève qu'au crépuscule), je l'ai vu en train de se faire peigner par une servante à moitié dénudée. Il a fini par m'apercevoir dans le reflet, et il m'a demandé : « Qui oserait toucher à une si belle tête ? »

Face à un homme qui est dans un tel état d'esprit, vous conviendrez, Sichong, que vous avez fait preuve d'une maladresse insigne. Vos soldats jugent le climat de la Capitale du Sud étouffant, ils aspirent à rentrer dans l'Ouest, d'où ils sont originaires pour la plupart. Très bien. Mais fallait-il que vous vous fassiez l'écho de ces revendications puériles avec une telle véhémence ? L'Empereur a vu dans votre attitude une menace à peine voilée, presque un début de rébellion. Vous m'aviez habituée à davantage de doigté.

J'aime, comme vous savez, me promener à travers les canaux de la ville, surtout en cette saison où les arbres qui les bordent commencent déjà à refleurir. Je viendrai à l'occasion vous rendre visite. Je doute que l'Empereur puisse en ce moment se passer de vos services. Nous essaierons d'arranger la situation.

51

Shimin

Shimin était grisé par cette grande aventure où la famille Li risquait tout. Son enthousiasme, il le communiquait aux officiers et aux soldats sous ses ordres. Il commandait la cavalerie lourde, qu'on appelait aussi la « cavalerie noire », car les mille hommes qui la composaient portaient tous une armure étincelante de cette couleur. Huaji, lui, s'était vu attribuer la cavalerie légère, cinq fois plus nombreuse, mais comprenant les indisciplinés cavaliers nomades envoyés par Tardu. Quant à l'infanterie, qui constituait le gros de l'armée, elle était commandée par Li Yuan lui-même.

La pluie mise à part, tout se déroulait au mieux : depuis qu'ils avaient quitté Bourg-Dragon pour la Capitale de l'Ouest, les villes, le long de la rivière qu'ils suivaient, quand elles les voyaient soudain apparaître, ouvraient leurs portes, incapables de songer à se défendre. À chaque fois, la surprise était en faveur des Li. Quelques escarmouches eurent lieu, sans gravité et même plutôt bienvenues : elles permettaient de maintenir l'esprit en alerte. Bientôt, parce que les ralliements se multipliaient, les trente mille hommes partis de Bourg-Dragon furent près de cinquante mille.

Li Yuan avait instauré une règle qui faisait merveille parce qu'elle satisfaisait tout le monde : si ses soldats s'adonnaient au pillage (ce qui était regrettable, mais inévitable), on remboursait les familles lésées sans pour autant punir les coupables. On n'aurait pas agi ainsi si on était parti pour une campagne plus longue. Mais la vitesse primait : grâce à elle, on pourrait peut-être vaincre sans avoir à livrer de véritable bataille.

Li Yuan prétendait qu'il allait à la capitale afin d'y proclamer Empereur le prince héritier. C'était une façon de limiter la portée de sa rébellion : au moins restait-il fidèle à la dynastie qu'il avait servie toute sa vie. Ses ambitions s'arrêteraient-elles vraiment là ? Ayant sacrifié l'Empereur régnant à son fils pour sauver la dynastie, ne serait-il pas tenté, pour sauver l'Empire, de sacrifier aussi ce fils et de fonder sa propre dynastie ? Shimin l'ignorait et peut-être Li Yuan ne le savait-il pas encore lui-même. Cette ambiguïté était un atout : chacun croyait ce qu'il avait envie de croire.

Huaji avait raconté à son père et à Shimin l'abnégation de Jun, pourquoi elle avait refusé de venir avec lui : elle craignait que l'entourage du prince héritier comprenne ce qui se tramait à Bourg-Dragon. On espérait qu'à l'heure où la nouvelle de leur approche atteindrait le prince héritier, Lu Cai saurait le convaincre d'accepter le fait accompli et de ne pas faire de mal à la fille de Li Yuan. Encore fallait-il que Lu Cai en fût lui-même convaincu. C'était un pari.

La rivière se jeta enfin dans le Fleuve-de-Boue que les pluies continuelles de ce début de printemps avaient épaissi jusqu'à en rendre l'autre rive presque invisible. On perdit plusieurs jours à chercher où traverser. Aucun gué, ce qui était prévu. Mais aucun endroit non plus où un passage rapide était envisageable. Il ne pouvait être question de couper le courant avec une file de cavaliers, permettant à l'infanterie de s'aventurer en aval, comme on le faisait souvent sur des rivières plus clémentes : chevaux et cavaliers auraient été emportés. Il fallut se résoudre à construire un pont : on assembla des radeaux faits d'outres de peaux de moutons et de chèvres (le bois manquait), ce qui nécessita, de nouveau, de longues journées de travail.

De l'autre côté se dressait une chaîne de montagnes. Sa ligne de sommets encore enneigés était interrompue pendant un court intervalle, comme si la divinité qui l'avait tracée avait un instant laissé tomber son pinceau par inadvertance. Cette ouverture, c'était la passe des Écureuils.

Li Yuan envoya des éclaireurs et attendit assez sereinement leur retour. Mais ils ne revinrent pas. Shimin eut un sinistre pressentiment.

« Et si on nous attend à la sortie ? » demanda-t-il. Ses cheveux très sombres étaient gorgés d'une eau qui dégoulinait le long de sa cuirasse et commençait à former une flaque boueuse à ses pieds, au milieu de la tente de Li Yuan.

« Qui nous attendrait ? intervint Huaji. Quand j'ai pris cette route, en quittant la capitale, la garnison était à peine assez nombreuse pour se protéger des ours et des loups. Les éclaireurs ont dû s'égarer.

— Où ? Sur l'un des innombrables chemins de traverse ? » répliqua Shimin en mimant avec ses mains le long défilé rocheux, unique et évident, qu'était obligé d'emprunter quiconque voulait gagner la Capitale occidentale.

Aucun d'entre eux ne voulait émettre à haute voix l'hypothèse qui les tourmentait tous. L'entreprise reposait entièrement sur la possibilité de traverser la passe des Écureuils sans encombre. Si on les bloquait, une retraite hasardeuse vers Bourg-Dragon les attendait, compliquée sans doute de nombreuses désertions, peut-être d'une volte-face du Khagan Tardu. Pareil échec pouvait déboucher, à terme, sur l'extermination complète du clan.

Lorsque l'armée eut installé son camp devant l'ouverture, sur un terrain détrempé, la nuit tombait. En l'espace de quelques heures, l'allégresse tranquille avait cédé la place à une angoisse sourde. Le lendemain matin, se présenta un cavalier qu'on prit d'abord pour l'un des éclaireurs.

Il indiqua vouloir parler au « chef des rebelles ». Quand on rapporta ces propos à Shimin, il mit un petit moment à comprendre que c'était son père qui était désigné ainsi.

Le cavalier, bien qu'il se trouvât au milieu d'un camp ennemi, ne manifestait aucun signe de peur. Quand il aperçut Yuan venir vers lui, sans s'incliner, il lui annonça que « le nouveau commandant de la passe des Écureuils » était prêt à négocier avec lui. Il proposait une rencontre à mi-chemin : chacun serait accompagné de deux cents cavaliers, pas un de plus.

La possibilité d'un piège n'était pas à exclure. Par précaution, l'ensemble de la cavalerie fut massé à l'entrée de la gorge, avec Huaji à sa tête. Au moindre soupçon de guet-apens, elle galoperait au secours des deux cents cavaliers qui escortaient Yuan et Shimin.

Mais il n'y eut pas de guet-apens.

À mesure qu'on avançait entre les montagnes, aux aguets, auscultant les failles dans le flanc des montagnes, tous les recoins où un groupe d'assaillants aurait pu se dissimuler, Shimin entendait grandir un martèlement puissant et régulier. Lorsqu'il distingua enfin les deux cents cavaliers venus à leur rencontre, il aperçut aussi, au loin, bien derrière, des milliers de fantassins, rangés en bon ordre, frappant le sol de leur lance et de leur long bouclier. Un bloc de peut-être trente mille soldats, moins nombreux donc que l'armée Li, mais qui, une fois bien disposé sur la route étroite, deviendrait infranchissable.

Le plus douloureux fut de reconnaître l'homme qui commandait ces troupes.

Étincelant, malgré le soleil voilé, dans son armure de plates et son casque lui aussi constitué de fines lamelles de fer, Lu Cai attendait, immobile, sur un grand cheval gris pommelé. Shimin était atterré.

Un bref salut, sans chaleur. Puis Cai entama ce qu'il appelait les « négociations » : il accordait à Li Yuan et ses fils le droit de se tuer de la manière qu'ils jugeaient la plus appropriée. Tous ceux qu'ils avaient entraînés dans leur rébellion impie pourraient rentrer chez eux.

Shimin essayait fébrilement d'évaluer le nombre de fantassins massés à la sortie. Oui, au moins vingt-cinq mille et sans doute davantage. Bien trop, de toute façon. Comment la capitale occidentale avait-elle été prévenue de leur arrivée ? Qui les avait trahis ? Il entendit son père rappeler à Cai, d'une voix blanche et sans grande conviction, qu'il avait cinquante mille hommes derrière lui et une cavalerie susceptible de balayer tous ces paysans recrutés à la hâte que l'autre avait déguisés en soldats. Par ailleurs, lui ne lui apportait pas la mort, il lui proposait la vie, au contraire, et une vie confortable dans l'État régénéré qu'il comptait mettre en place une fois dans la capitale – à condition bien entendu que Cai ne lui en bloque pas la route.

« Ce sera la guerre, dans ce cas, Li Yuan. Mais, à votre place, je me demanderais tout de même combien de fois une armée a réussi à forcer la passe des Écureuils. »

Shimin connaissait la réponse. Tout le monde la connaissait. Ce n'était jamais arrivé, même avec des troupes deux fois plus nombreuses que les leurs. Vingt hommes se tenant côte à côte suffisaient à combler toute la largeur de la gorge. Et Cai pouvait aligner des centaines et des centaines de ces rangs, prêts à se relayer pour faire face à une attaque. Il n'avait qu'à attendre que les régiments Li viennent se fracasser contre son mur de boucliers et de lances.

Li Yuan fit une nouvelle tentative : « Pourquoi te mets-tu sur ma route, Cai ? Pourquoi te comportes-tu en ingrat ? Je t'ai comblé de bienfaits. Je t'ai donné ma fille unique. Après que tu as commis l'énorme bourde de conseiller au prince héritier de ne pas envoyer de troupes aux Oies-Sauvages, j'ai plaidé ta cause auprès de l'Empereur et t'ai sans doute sauvé la vie. Est-ce ainsi que tu me remercies ? »

Comme l'autre ne répondait rien, se contentant d'afficher un sourire énigmatique sur ses lèvres, Li Yuan reprit d'un ton presque suppliant : « Allons, Cai, nous sommes alliés. Je reste ton beau-père. Trouvons un arrangement.

— Je suis au regret de vous apprendre que vous n'êtes plus mon beau-père, Li Yuan. »

La réponse les glaça tous. Shimin se demanda quand il avait vu Jun pour la dernière fois. Le jour de son mariage, près de trois ans plus tôt.

« Elle a voulu fuir la capitale, le saviez-vous ? poursuivit Cai, implacable. Oh, cela ne m'a pas fâché. Au contraire. J'avais des doutes sur ce que vous mijotiez à Bourg-Dragon ; sa fuite les a confirmés et si je suis là, c'est beaucoup grâce à elle. » Il continua un moment ce discours que Shimin n'écoutait plus qu'à moitié, fasciné par le sac de cuir que Cai avait détaché de sa selle et semblait soupeser, un sourire sinistre aux lèvres. Il était horrifié par ce qu'il y devinait déjà.

52

Lettre de l'Impératrice à Wang Sichong

Je vous ai promis d'y réfléchir, mais tout de même, ce que vous demandez, Sichong… Je ne sais pas. N'est-ce pas de la trahison pure et simple ? Vos arguments, je les comprends. Je n'avais pas pris la mesure de l'inquiétude de vos soldats. J'ignorais que la chute des Oies-Sauvages revêtait une telle importance à leurs yeux. Je vous avoue qu'étant donné la confusion qui règne actuellement dans les départements de la Chancellerie, cette information était passée presque inaperçue : une ville frontière, à la lisière de la Steppe, ouverte aux nomades par un certain Liu Wuzhou, je ne voyais pas vraiment en quoi c'était un danger pour nous, ici, dans le Sud. L'Empereur n'y est pas enfermé comme la dernière fois.

Vous m'avez dit que des dizaines de vos hommes avaient des familles qui habitaient la préfecture des Oies-Sauvages, qu'ils s'inquiétaient pour leur femme, leurs enfants et que leur crainte était contagieuse. On exige de ces gens de rester dans une région qui n'est pas la leur, alors qu'à l'autre bout du pays leurs familles sont peut-être en train de se faire massacrer ou réduire en esclavage par le Khagan Tardu. Vous avez raison sur tout cela.

Mais ouvrir les portes du palais à vos troupes ? Obliger l'Empereur à regagner l'Ouest ? Laissez-moi encore y réfléchir un peu.

53

Shimin

La tête était tellement abîmée qu'elle en était méconnaissable. Elle avait été brûlée. Ce qui restait dans les orbites pouvait difficilement s'appeler des yeux. La mâchoire était retenue par une corde grossière, nouée au-dessus du crâne, sans quoi elle se serait sans doute ouverte, pour pousser un dernier cri, muet et effrayant. Les joues, les pommettes, le front, tout était noirci et comme rétréci, ratatiné. Les cheveux s'étaient presque entièrement volatilisés : ne subsistaient que des touffes aussi sèches que l'herbe de la Steppe les étés de canicule.

Shimin s'était forcé à la regarder longuement alors que Huaji n'avait pas pu, lui : il s'était éclipsé, glissé entre deux tentes – pour y vomir.

Il y avait aussi ces boucles d'oreilles, que Cai avait eu la cruauté de laisser à leur place. Elles étaient noircies, comme le reste, mais on les reconnaissait bien : deux petites tortues d'argent avec de minuscules éclats de jade pour figurer les yeux. Shimin avait souvent vu sa sœur les porter. Elle aimait les tortues.

En d'autres circonstances, un esprit ironique y aurait peut-être trouvé le prétexte à quelques saillies railleuses. Car Jun, à l'instar de l'animal qu'elle portait aux oreilles, avait été trop lente.

Les faits étaient assez simples : elle avait fui la Capitale de l'Ouest un soir, on l'avait reprise le lendemain, et le résultat était cette tête tranchée à moitié carbonisée. « Elles se conservent mieux ainsi », avait lancé Cai.

Après l'avoir extraite du sac de cuir, puis posée sur la table au centre de sa tente, Yuan ne s'était pas attardé. Il avait préféré ressortir presque aussitôt et rassembler les troupes. Tandis qu'il contemplait, seul, à la lueur des bougies, la figure grimaçante de sa sœur, Shimin entendit son discours. Un bon discours, un discours courageux. Yuan rapportait avec franchise la proposition que lui avait faite Cai. Les cinquante mille hommes n'avaient pu, tous, trouver une place sur l'esplanade située devant sa tente : ils se transmettaient ses paroles à travers les allées bondées du camp. Ils l'entendirent leur dire qu'ils pouvaient partir, s'ils le souhaitaient, que personne ne les en empêcherait, que lui, Li Yuan, leur commandant en chef, les relevait de leur serment de l'accompagner jusqu'à la Capitale occidentale. Shimin savait que son père n'avait pas le choix, que deux cents cavaliers avaient entendu les paroles de Cai, qu'elles n'auraient pas tardé à circuler et auraient jeté un trouble pernicieux si on n'avait pris les devants.

Oui, il était indispensable d'agir comme Li Yuan le faisait. Et Shimin songea que pour une fois il se montrait à la hauteur de ses responsabilités. Il trouvait l'énergie, après avoir vu la tête calcinée de sa fille, de parler à cinquante mille hommes, de surmonter sa souffrance, de continuer de penser à l'avenir. On ne pouvait en dire autant de Huaji qui n'était toujours pas revenu dans la tente, qui peut-être écoutait le discours de Père pour éviter de constater par lui-même ce qu'était devenue la sœur qu'il avait laissée derrière lui.

Dehors, Yuan rappelait la justesse de leur entreprise. Il soulignait le fait que Cai n'était qu'un monstre d'ingratitude, sans doute le pire des mauvais conseillers qui entouraient le prince héritier. Lui, Li Yuan, voulait, avec leur aide à tous, purger cet entourage maléfique et sauver le Milieu-du-Monde. Shimin entendit les clameurs s'élever, apparemment unanimes, et il imagina son père debout sous la pluie battante, soulagé peut-être, au fond, d'avoir à lutter ainsi contre les éléments, à se dresser seul, vulnérable, face à toute une armée trempée et déstabilisée, qu'il devait empêcher à tout prix de se désagréger.

Un corps mutilé interdisait à l'âme de trouver le repos. C'était connu. On devait être enterré intact, tel qu'on était né. Sinon, les ancêtres vous rejetaient quand vous vous présentiez à eux, dans l'Au-Delà. Où se trouvait l'âme de Jun à présent ? Cai n'avait pas dit ce qu'il avait fait du reste de son corps. Brûlé aussi, peut-être, ou jeté aux chiens. L'état horrible de la tête ne laissait rien espérer de très attentionné. Cai voulait les blesser, les affaiblir, Yuan, Huaji et lui.

Plus tard, lorsqu'ils furent tous les trois de nouveau réunis sous la tente, autour de la table où une carte avait remplacé l'innommable chose, Yuan leur raconta qu'aucun des soldats n'avait bougé après qu'il leur eut proposé de s'en aller. Ce qui était un point positif. Le point négatif étant qu'ils avaient sans doute, de toute façon, perdu cette guerre avant même de livrer aucune bataille.

Il soupira, s'excusa auprès d'eux du choix qu'il avait fait de lever une armée pour prendre la Capitale de l'Ouest, leur dit que, par sa faute, ils allaient tous deux, bientôt, rejoindre leur sœur. Puis, soudain, sa main frappa violemment la table, envoya balader la carte, d'une valeur pourtant inestimable, et il laissa éclater une colère que rien n'avait annoncée. Elle les avait trahis, hurla-t-il. Elle était responsable de ce fiasco. Il lui suffisait de rester bien sagement dans la Capitale occidentale. Une fois l'armée Li de l'autre côté de la passe des Écureuils, personne n'aurait osé s'en prendre à elle, même pas ce morveux de Cai. Mais non, il avait fallu qu'elle tente de s'enfuir. Où comptait-elle aller, seule ? Cai l'avait dit : sans sa fuite, il n'aurait jamais cru aux bruits qui couraient sur les Li.

Il ne parvenait pas à prononcer son nom. Il s'était levé, marchait d'un pas lourd. Ses lèvres écumaient, ses bras donnaient de grands coups saccadés dans le vide. Si la tête de sa fille avait encore été là, si on ne venait pas de la confier à un médecin qui avait promis de la conserver au mieux dans de la saumure, Shimin aurait craint qu'il ne s'en saisisse pour l'insulter.

Il était sur le point de répliquer à ces éructations, de prendre la défense de l'absente, mais il sentit Huaji qui lui serrait l'épaule pour l'en dissuader, puis se penchait à son oreille, lui murmurait : « Il lui en veut d'être morte, de s'être fait prendre, de lui causer tant de peine. Tu ne peux pas comprendre, toi. » Il avait l'air d'un cadavre lui-même. Des cernes, qui le matin n'y étaient pas, se dessinaient, d'un violet sombre, sous ses yeux.

Shimin voyait les larmes que son frère n'arrivait pas à retenir, que leur père allait peut-être prendre pour une faiblesse. Huaji était le plus proche de Jun, nécessairement le plus affecté. Rien ne pourrait le consoler. Pour sa part, Shimin ne concevait qu'un substitut à l'impossible consolation.

« Vengeons-la », déclara-t-il brusquement.

Cette fois ce fut à lui que s'en prit Père, dont l'index tremblait tandis qu'il déversait, en le désignant, des imprécations renouvelées. Les dieux l'avaient décidément gâté : des enfants stupides, tous. Pas un seul pour rattraper l'autre. Comment son idiot de fils cadet s'imaginait-il donc qu'on allait venger son idiote de fille ? L'armée Li n'était pas en état de venger qui que ce soit : elle était bloquée. Cai les avait devancés, humiliés. Il les tenait. Et on pouvait être sûr, d'ailleurs, qu'il n'attendait qu'une chose : qu'ils se jettent dans la passe des Écureuils pour en découdre avec lui.

« Peu importe ce qu'il croit ou ne croit pas. Ce ne sont pas ses attentes qu'il faut examiner, c'est la situation. Et la situation ne nous laisse pas le choix. Nous devons attaquer. » Shimin n'aurait pas, à ce moment-là, osé proférer ces froides assertions. Il se tourna vers Huaji, qui, sans avoir pris la peine d'essuyer ses larmes, défiait leur père de son regard embué.

Celui-ci demeura un instant interdit. Puis, se rasseyant aussi brutalement qu'il s'était levé : « Explique-toi. »

Huaji ne dénombrait que trois possibilités : attendre, partir ou attaquer. L'attente ne pouvait tourner en faveur de l'armée Li, qui était plus nombreuse que celle de Cai, et qui manquerait plus vite qu'elle de nourriture. Par ailleurs, on avait avancé si vite jusqu'à maintenant, tout s'était déroulé si facilement, que l'immobilité troublerait les esprits. Une armée à qui tout réussissait était la première à s'effondrer au premier semblant d'échec. Enfin, il y avait cette pluie, qui ne cessait pas et qui transformerait bientôt le camp en un terrain fangeux et malsain.

Partir ? C'était ce que Huaji aurait estimé le plus sage si on n'avait eu le Fleuve-de-Boue à retraverser, en contrebas, à moins d'une journée de marche. Cai pouvait tomber sur leurs arrières au moment où ils s'aventureraient sur le pont d'outres instables. Ce serait la panique, la débandade, la fin.

Voilà pourquoi il ne restait que la troisième possibilité, la plus satisfaisante pour leurs cœurs meurtris et avides de vengeance, mais aussi la plus raisonnable. Pour une fois, le mieux était de se laisser entraîner par son premier mouvement, de se laisser aveugler, d'agir, en fait, comme Shimin, le grand spécialiste des actions impulsives et irréfléchies, le préconisait.

En énonçant ces dernières paroles, Huaji avait de nouveau posé une main pacifique sur l'épaule de son petit frère, lequel ne savait pas, à vrai dire, s'il devait se sentir vexé ou flatté. En tout cas, il se retint de tout commentaire, attendant la réaction de leur père.

« La plus raisonnable… » répéta lentement celui-ci. Son visage renfrogné semblait se détendre peu à peu. Sa respiration pesante, sonore, s'allongeait, s'apaisait. Shimin s'aperçut que Huaji, d'une manière génialement habile, venait de trouver la meilleure justification possible à ce dont ils avaient tous envie : aller combattre Lu Cai, même si les chances étaient inexistantes. La défaite était inéluctable à présent. Mais on pouvait choisir une défaite sans gloire : on pouvait être vaincu par la faim et la pluie, ou bien se laisser surprendre et anéantir en prenant la fuite. On pouvait aussi être vaincu en tentant l'impossible.

54

Lettre de l'Impératrice à Wang Sichong

Eh bien, c'est d'accord, Sichong. Demain matin, je vous ouvre la poterne que vous m'avez indiquée.

Le vide grandit autour de moi. Il est terrible, insidieux, insupportable. Il y a cinq jours, j'ai fait appeler une servante pour m'habiller : elle n'est pas venue, elle avait fui dans la nuit ! Le lendemain, c'était un cuisinier. Il y a trois jours, un garde. Ce matin même, l'une de mes dames de compagnie les plus chères, une femme qui partageait mon existence depuis deux décennies… Nous avions discuté ensemble pas plus tard qu'hier soir, parlé de ragots insignifiants et elle s'était engagée à m'accompagner aujourd'hui pour une promenade en barque. Volatilisée, l'hypocrite ! Le palais est devenu comme un navire qui sombre très lentement, et que chacun cherche à quitter, pressentant la catastrophe à venir.

Mais nous allons prévenir cette catastrophe, n'est-ce pas ? Quand vous serez maître du palais, Sichong, nous protégerons l'Empereur de lui-même. J'exercerai le pouvoir en son nom. Et je vous promets que nous quitterons le Sud.

Tenez-vous prêt. Juste avant la fin de la dernière veille de la nuit. Je soulèverai moi-même la barre de fer qui bloque la porte. Il y a effectivement de fortes chances que tous les gardes somnolent à cette heure-là. Personne ne fera attention à moi.

Je tremble qu'on me surprenne.

55

Yicheng

Les heures qu'elle ne passait pas au chevet de Tardu, Yicheng les consacrait au médecin Kang Mozhi. À ses côtés, l'existence semblait moins lourde et douloureuse, même si l'essentiel de leurs longues discussions portait sur l'état désespéré du Khagan. Yicheng avait demandé à Mozhi de l'examiner après qu'un matin il se fut éveillé avec une respiration sifflante et n'eut pas réussi à se lever sans aussitôt suffoquer.

Il lui avait annoncé d'emblée que le Khagan était condamné, qu'il ne quitterait sans doute plus jamais sa yourte qu'une dernière fois pour être porté sur son bûcher funéraire, dans le meilleur des cas quand le printemps se serait installé dans la Steppe. Ce diagnostic, auquel Yicheng pourtant s'attendait un peu, l'ébranla. Le médecin dut voir son visage se décomposer, les larmes retenues, l'accablement que ses épaules, soudain affaissées, ne pouvaient cacher, car il fit quelques pas vers elle et les mots qu'il eut alors, s'ils ne pouvaient la consoler, lui évitèrent de se noyer complètement dans son chagrin. Il lui parla de la lutte entre deux grands principes, l'un bon, lumineux et immatériel, l'autre mauvais, obscur, corporel.

« L'âme du Khagan Tardu, lui expliqua-t-il, va bientôt être délivrée de l'emprise qu'exerce sur elle le monde dans lequel l'humanité est prisonnière. Elle va rejoindre la lumière dont elle est issue. Aussi dur et douloureux que cela puisse paraître, il faut s'en réjouir. »

Ces raisonnements, par leur extravagance même, détournèrent un instant l'esprit de Yicheng de ce gouffre terrifiant : la mort prochaine de Tardu. Mais un instant seulement, bien sûr. Car ensuite la vérité s'imposa : tout s'écroulait. De nouveau. Et cette fois elle n'y survivrait pas. Elle n'aurait pas la force. Elle n'éprouvait même pas de rage devant ce coup du sort qui renversait tous ses projets, réduisait à néant des années d'effort, ôtait à sa vie le dernier sens qui lui restât. Juste de la tristesse, une immense, une infinie tristesse.

Il n'y aurait pas de grande offensive nomade au printemps. Pas après la mort d'un Khagan comme Tardu, alors que se poserait la question délicate de sa succession. Il n'y aurait pas de vengeance. Sa sœur l'Impératrice resterait à l'abri dans le Sud.

Ce printemps si prometteur qu'elle avait imaginé glorieux et triomphant, pour lequel tout avait été calculé au mieux, serait comme son fils perdu : un espoir détruit.

Il ne servait à rien de prévoir, se disait-elle, de rêver, peut-être même de vouloir quoi que ce soit. Des forces surgissaient, invisibles et soudain omnipotentes, qui balayaient tout, projets, rêves, volontés.

Yicheng aurait aimé n'avoir à s'occuper que de son deuil inéluctable. Peu à peu, cependant, elle se rendait compte qu'il lui fallait songer aussi à ce qui l'attendait lorsque Tardu ne serait plus là, car, même si elle le souhaitait, elle n'allait pas mourir avec lui. Elle n'avait que vingt-six ans.

Un matin où il émergeait des limbes délirants où il était désormais plongé la plupart du temps, il lui demanda de soutenir son fils Tulan comme prochain Khagan. Elle le promit, mais, plus tard, quand elle en parla à Kang Mozhi, celui-ci lui fit remarquer : « Les seuls serments qu'on ne doit jamais se sentir obligé de tenir sont ceux qu'on fait aux mourants. » Encore l'une de ces idées si singulières et dérangeantes qui la fascinaient chez lui. « Ce n'est pas le Khagan Tardu qui aura à continuer de vivre. C'est vous », reprit-il. Yicheng en resta songeuse.

Mozhi lui avait parlé de cette lumière qui, en chaque être, luttait contre les ténèbres, refusant qu'ils l'absorbent. Elle serait peut-être vaincue par ce que l'avenir lui réservait, se dit-elle, mais jamais elle ne redeviendrait la fillette effrayée qu'elle avait été, cette fillette qui n'avait pas de lumière en elle.

L'œuvre de Tardu devait lui survivre. Or, il n'y avait qu'elle qui l'avait pleinement comprise, cette œuvre magnifique. C'était leur rêve partagé. Elle en était responsable. Et peut-être cette responsabilité impliquait-elle des choix difficiles que Tardu n'était plus assez lucide pour approuver.

Yicheng essuyait les glaires qui se mêlaient à la barbe de l'homme qu'elle aimait, après ses quintes de toux, elle épongeait son front suant, le prenait dans ses bras, lui parlait d'eux, de leur fils qu'il allait bientôt rejoindre. Dans le même temps, elle rendit des visites à Nivar. De longues discussions eurent lieu.

Le matin ensoleillé de début de printemps où mourut le Khagan Tardu, qui avait porté la puissance nomade plus loin qu'aucun autre avant lui, elle lui ferma elle-même les yeux avant de sortir de la tente, désespérée, mais vaillante. Prête, si elle n'était brisée par lui, à faire plier le destin.

Le même jour, Tulan revendiqua l'héritage de son père. Aussitôt son oncle Nivar répliqua qu'il ne laisserait pas un gamin de seize ans régner sur la Steppe, que son heure n'était pas venue encore. Conciliante, Yicheng proposa un combat – un duel – pour départager les deux rivaux, une fois la période de deuil achevée, et elle annonça qu'elle épouserait le vainqueur.

56

Shimin

Plusieurs versions, la plupart lacunaires, certaines – pour combler sans doute ces manques – boursouflées, au contraire, de merveilleux et d'invraisemblances, circuleraient sur ce qui s'était réellement produit ce jour-là dans la passe des Écureuils. On parlerait d'un essaim démoniaque, de femmes-renardes, du réveil d'un dragon ou, plus prosaïquement, d'un tremblement de terre bouleversant soudain le sort de la bataille, bien que personne, dans les décennies ultérieures, n'en découvrirait jamais la moindre trace : aucun éboulis, nulle crevasse susceptible d'avoir fait perdre pied à une armée sûre de sa victoire un instant plus tôt. Des esprits audacieux émettraient l'hypothèse que la confrontation entre les troupes de Li Yuan et celles de Lu Cai n'avait en réalité jamais eu lieu. Mais ils n'emporteraient l'adhésion que d'une poignée de personnes, hostiles en général à la dynastie dont cette bataille avait, pour ainsi dire, marqué l'acte de naissance : trop de témoins, trop de vétérans qui, plusieurs décennies encore après les faits, exhiberaient dans la Capitale occidentale les cicatrices spectaculaires qu'ils affirmeraient avoir reçues à l'occasion d'une des innombrables charges de cavalerie qui avaient scandé cette longue et éprouvante journée, l'une des plus sanglantes de l'histoire du Milieu-du-Monde.

Beaucoup seraient tentés aussi de comparer cette bataille à l'autre grande confrontation qui s'était déroulée à peu près au même moment, loin à l'Est, effroyable, elle aussi, et tout aussi décisive. Dou Jiande y était venu à bout des meilleures troupes de l'Empereur fou en les attirant dans un piège éblouissant.

Pas de récits concurrents ici, un accord étonnant, au contraire, sur le détail d'opérations dont le brio devait ravir les stratèges en chambre pendant plusieurs siècles. On admirerait évidemment le maître d'œuvre, le légendaire Déserteur. Les plus avertis se délecteraient aussi du rôle joué par son ancien ennemi juré, Gao Shida. Car, au fond, c'était bien sur ce dernier qu'avait reposé la victoire. Qui avait conduit Wang Renze et son armée aux « îlots maudits » sinon lui ? Des poètes lui consacreraient des vers embrouillés, pleins de virevoltes, où ils décriraient le trouble de cette âme basse à qui avait soudain été donnée l'occasion de se racheter : trahir ou ne pas trahir ? Et trahir qui ? À chaque pas sur le sol spongieux, au milieu des eaux stagnantes et des roseaux, Shida pouvait révéler la vérité à Wang Renze : qu'il avait été envoyé par Dou Jiande le mener à sa perte. Pourquoi ne l'avait-il pas fait ? Pourquoi avait-il accepté la mission que lui avait confiée un homme qu'il exécrait ? Vaste mystère dans lequel on verrait la plus belle illustration de l'aptitude du nouveau roi de l'Est à rallier ses adversaires même les plus acharnés.

D'une certaine manière, une fois Wang Renze et l'armée impériale agglutinés sur les îlots maudits, les experts en conviendraient, la partie était gagnée. Une nuit dans cette atmosphère viciée valait les combats les plus brutaux. À l'aube, la plupart des soldats, pris de vertiges, avaient du mal à se tenir debout et se tordaient de nausées. Lorsqu'ils avaient distingué, à la surface embrumée des bras d'eau qui les entouraient, des lueurs menaçantes s'avançant vers eux, ils étaient trop affaiblis pour réagir comme ils l'auraient dû.

Ils n'avaient sans doute même pas compris qu'il s'agissait de simples canots remplis d'un tas de roseaux secs et de branchages qui brûlaient en crépitant. Le peu d'énergie qui leur restait n'avait servi qu'à nourrir leur panique. Laquelle s'était vite transformée en terreur quand les barques incendiaires avaient heurté les rives des îlots : au lieu de s'éteindre, les flammes avaient alors redoublé, pris l'aspect fantastique d'une muraille de feu. C'était le résultat d'émanations gazeuses, mais, pour des esprits désorientés, ce ne pouvait être que l'œuvre de démons. Les plus proches du brasier avaient reculé en hâte. Trop tard. Les langues rouges et or les avaient déjà enveloppés. Aveugles, défigurés, embrasés, ils se ruaient vers leurs camarades, qui tentaient de les repousser. Trop peu d'espace pour une si grande épouvante. Le massacre avait commencé avant même que les troupes de Dou Jiande aient donné un coup d'épée. L'armée impériale se décimait toute seule : on brûlait, on s'entretuait, on se noyait dans un rugissement affreux. Au bout du compte, les volées de flèches tirées depuis les berges alentour n'avaient fait qu'achever un travail bien entamé par l'eau et le feu. Plusieurs historiens affirmeraient que, dans toute cette grandiose affaire, le roi de l'Est n'avait pas eu à déplorer un seul mort. Et c'était peut-être vrai.

La plupart, cependant, conviendraient que la « victoire des marais », comme on désignait cette bataille, pour spectaculaire et prodigieuse qu'elle ait été, avait surtout été le fruit du génie d'un homme. Qu'elle s'expliquait donc. On en retiendrait le plan magnifiquement conçu et mis en œuvre. On s'extasierait devant cette armée de soixante-dix mille soldats détruite en quelques heures, empoisonnée par l'air méphitique d'un environnement choisi avec soin, noyée, consumée, disloquée. On frissonnerait d'horreur en évoquant le sort du général Wang Renze, fils de Wang Sichong, que le Déserteur, d'ordinaire si clément, avait voulu prendre vivant et à qui, selon certaines rumeurs, il avait arraché le cœur et le foie de ses propres mains avant de les dévorer. On garderait l'impression (trompeuse) que le vaincu supplicié n'avait eu dès le départ aucune chance.

Combien différent et, en un sens, plus intéressant était le cas des Li. Car, avec la bataille de la passe des Écureuils, on serait confronté à une énigme : un renversement invraisemblable.

Shimin saurait, lui, que le merveilleux n'avait eu aucune part dans les événements, même si, bien entendu, comme beaucoup, à un moment donné, il avait cru en l'intervention d'une force surnaturelle. Lorsque des curieux importuns, des amis ou les historiens officiels de la Cour l'interrogeraient sur les éléments brumeux et enchevêtrés de ce jour-là, il reconnaîtrait en riant, une coupe de vin à la main, dans sa somptueuse robe jaune, que l'essentiel lui avait échappé. Le premier signe du basculement ? Il ne s'en souvenait pas. Le bruit d'un galop lointain ? Effectivement, il lui semblait l'avoir entendu, mais c'était très improbable tout de même, pour peu qu'il y réfléchît sérieusement, cerné qu'il était alors par les hurlements, avec son frère aîné Huaji, à côté de lui, qui accompagnait chacun de ses coups d'épée d'un ahanement de fatigue, avec la pluie battant contre son casque. Sa mémoire devait lui jouer des tours, imaginer *a posteriori* ce qu'il n'avait fait que découvrir par la suite.

Depuis des heures, on chargeait en vain le mur de soldats mis en place par Lu Cai. La seule tactique possible, mais une tactique de désespérés. Chaque assaut rendait la défaite un peu plus perceptible. Les cadavres s'accumulaient, obstruaient le passage, devenaient les alliés des défenseurs qui les avaient tués. Il était visible que l'essentiel de ces morts appartenaient aux troupes Li. C'étaient elles qui prenaient les risques, qui s'exposaient. Les autres se contentaient de les faucher, vague après vague, à l'abri de leurs piques et de leurs boucliers. Combien gisaient là, qu'il fallait piétiner, escalader pour atteindre l'ennemi ? Dix mille ? Davantage ?

Shimin était trop perdu, trop déçu par la tournure que prenaient les événements pour songer à être écœuré par l'odeur immonde qui s'en dégageait.

L'armée de Li Yuan perdait peu à peu tout ordonnancement : les fantassins se retrouvaient au milieu des cavaliers, les chevaux sans personne en selle erraient, désorientés, bousculés ou récupérés par ceux qui s'avançaient pour une nouvelle charge. D'autres montures, blessées au ventre, tentaient de se redresser, les boyaux répandus sur le sol bourbeux, et donnaient de furieux coups de sabots. Leurs hennissements d'agonie glaçaient le sang. Plus personne n'était capable de savoir où il aurait dû être. En face, des rangées encore bien alignées, comblant le moindre espace dès qu'on réussissait à en créer un.

Shimin entendit son père vitupérer contre un groupe de fantassins qui prenaient la fuite. Ils furent abattus à coups de lance. Il était difficile dans le chaos de cette bataille qui peu à peu tournait à la déroute, entre ces hautes parois rocheuses qui vous enserraient, qui entravaient vos mouvements, qui vous empêchaient de déployer vos forces comme vous l'auriez pu presque partout ailleurs, de ne pas éprouver une insupportable frustration. Rien ne fonctionnait.

Puis le salut.

Au milieu de toutes les incertitudes de la mémoire, ce dont Shimin était sûr, c'était l'espèce de prodigieuse ondulation qui avait tout d'un coup parcouru le bloc ennemi, comme si un violent souffle de vent déferlait dans son dos. Les rangs avaient bougé, frissonné. Au lieu de rester bien campés sur leur position de défense, à les attendre venir se fracasser contre leurs boucliers toujours bien en place, s'empaler sur leurs piques, ils avaient avancé, mais maladroitement, pas du tout pour en finir. Poussés plutôt par une puissance irrésistible et invisible, qui leur faisait perdre tous leurs moyens.

À partir de là, ses souvenirs se feraient plus précis et plus fiables, de nombreux détails lui reviendraient : des soldats qui se bousculent, s'insultent, trébuchent, regardent derrière eux, les Li presque aussi perplexes que leurs adversaires, s'interpellant sur ce qu'ils devaient faire, Huaji essuyant sa figure ensanglantée, Li Yuan les rejoignant, se haussant sur sa selle, oubliant son mal de dos, voulant voir, personne n'y comprenant plus rien, mais tous se rendant bien compte qu'ils ne pouvaient pas, épuisés comme ils l'étaient, ne combattant plus pour l'emporter, juste pour sauver l'honneur, pour ne pas être taillés en pièces tout de suite, avoir causé cette confusion qui gagnait l'armée de Lu Cai. Cela se propageait, de toute évidence, depuis l'arrière des troupes ennemies, depuis le bout de la passe des Écureuils, là-bas, à l'ouest, où on désespérait de parvenir et où le soleil se tenait maintenant, bas, sous la pluie morne.

À ce moment-là, oui, Shimin le confesserait volontiers, il avait cru qu'une divinité venait au secours des Li. Puis (et cela, en revanche, il le garderait pour lui) il s'était figuré que c'était Wuzhou qui, depuis les Oies-Sauvages, avec les soldats que lui avait confiés Li Yuan à l'automne précédent, oubliant toutes les trahisons, oubliant ses fils exécutés, avait surgi, pris Cai à revers. Il ignorait alors qu'à ce moment-là, Wuzhou avait déjà été égorgé par des sicaires de Tardu.

Toutes ces idées étranges et fausses, c'était avant, bien sûr, qu'il n'aperçoive le cheval, à l'arrière du bloc ennemi (il pointerait toujours l'index devant lui quand il l'évoquerait, comme s'il était là de nouveau), guidant les renforts inespérés. Ce cheval que montait une morte.

57

Lettre de l'Impératrice au roi Dou Jiande

Un homme comme vous devrait sentir, je pense, ce qu'il en coûte à une femme comme moi de lui écrire. Il y a moins d'une lune, j'en serais morte de honte. Il y a moins d'une lune, j'étais Impératrice. Je croyais discerner les voies de l'avenir et les maîtriser. À présent, c'est une veuve, une femme qui a tout perdu, qui vous supplie de la secourir.

Je suis prisonnière du monstre qui m'a trahie. Si vous recevez cette lettre, ce ne sera que grâce aux quelques personnes qui me sont encore fidèles et osent risquer leur vie pour moi.

Vous avez dû entendre parler de ce qui s'est passé dans le palais de la Capitale du Sud. J'ai commis l'erreur de faire confiance au sang-mêlé Wang Sichong. Maudit soit son nom ! Au lieu de prendre pacifiquement possession du palais, comme il me l'avait promis, il a fait massacrer les gardes qui s'y trouvaient, la plupart endormis, désarmés. J'ai vu de mes yeux les cadavres jetés par les fenêtres, nus, lardés de coups, les interminables traînées sanglantes dans les corridors et les escaliers. J'ai vu mon époux arraché au harem où il s'était réfugié avec mon fils chéri. J'ai assisté au jugement sommaire que lui a accordé Sichong.

Le reste, les larmes qui couvrent cette lettre vous le racontent mieux que tous les mots. Croyez-moi, si j'ai commis des erreurs dans ma vie, j'en ai été amplement punie.

Aucune femme, aucune mère ne devrait être contrainte d'endurer ce que j'ai enduré.

Savez-vous ce que c'est que d'être aux mains de l'homme qui vous a tout pris, votre époux, votre enfant ? Même vous, Déserteur, Wang Sichong ne vous en avait pas infligé tant. Il a massacré votre famille, vendu votre fiancée à une maison de plaisirs. Mais vous avez récupéré celle que vous aimiez. Et vous vous êtes bien vengé sur Renze, l'unique fils de Sichong.

Oui, je connais votre histoire. Qui ne la connaît désormais au Milieu-du-Monde ? Et vous voyez donc que nous avons un ennemi commun.

Il se dirige vers vous. La nouvelle de votre magnifique victoire dans les marais et du traitement horrible que vous avez réservé à Renze nous est parvenue. Aussitôt, Sichong a décidé de remonter vers l'Est vous régler votre compte.

Je n'ose écrire ce que l'infâme a fait de moi, la fille d'un roi, l'épouse d'un Empereur. Mais vous connaissez les hommes et à quoi bon le dissimuler ? Il me traite comme l'une de ses concubines. Eh bien, sachez que, dans la nuit de souffrances qu'est ma vie, vous m'avez procuré un éclair de joie. Dans l'intimité forcée qu'il m'impose, je l'ai vu pleurer son fils et vous maudire.

J'espère que Wang Renze a souffert, que les restes de son corps pourrissent dans vos marais, que son esprit ne trouvera jamais le repos. Cela ne compensera jamais mon époux étranglé ni mon fils décapité devant moi, dans le palais de mes ancêtres. Mais c'est un bon début.

La suite est entre vos mains. Après votre victoire, vous vous êtes proclamé roi de l'Est. Prouvez que vous êtes digne de ce titre et peut-être d'un plus élevé encore. Finissez de venger vos parents assassinés ! Sauvez une malheureuse femme qui fut Impératrice !

Quatrième partie

S'il n'en reste qu'un

(An 1 de l'ère de la Vertu martiale, 618 après J.-C.)

« Ce fut une lutte magnifique et cruelle. Même l'historien froid et distant, en rapportant ces faits, ne peut qu'avoir le cœur qui se serre : il aimerait qu'il n'y ait pas eu de vaincu. Mais deux si grands hommes ne pouvaient se partager éternellement le Milieu-du-Monde. Il fallait bien qu'à un moment donné l'un d'entre eux l'emporte sur l'autre.

Cela dit, le fallait-il vraiment ? »

Histoire parallèle de Li Shimin et Dou Jiande

58

Shimin

Shimin n'aurait jamais pensé qu'un jour il serait jaloux d'une fille, qui plus est de sa sœur. S'il y avait un membre de la famille Li qu'on avait jusqu'ici plus négligé que lui-même, c'était bien elle. Or, elle était une héroïne à présent. Ce qu'elle avait fait... Shimin ne pouvait s'empêcher de l'admirer.

Si Jun était arrivée une journée, une heure peut-être, plus tard, elle n'aurait trouvé qu'une immense armée anéantie entre les montagnes – comme des dizaines d'autres, au même endroit, au cours des siècles passés. Et, au milieu de cette armée anéantie, son père et ses frères morts. En y songeant, Shimin avait des vertiges.

Les soldats de Cai auraient pu aussi se ressaisir, comprendre qu'ils n'avaient affaire qu'à une bande de brigands commandée par une femme. Que se serait-il passé s'ils n'avaient pas perdu pied, si l'arrière-garde, au lieu de paniquer et de bousculer les rangs qui se trouvaient devant elle et tenaient les Li en respect, avait tenté de faire face ?

Jun avait eu une chance impensable, presque scandaleuse, elle avait bénéficié d'une conjonction d'éléments qu'aucun général ne pouvait prévoir. Le soleil, en particulier, voilé toute la journée et qui, soudain, s'était découvert, au moment même où Jun lançait son attaque : il avait aveuglé les troupes de Cai, les avait empêchées de discerner le nombre (en réalité médiocre) des assaillants, leur allure (peu reluisante), leurs armes (souvent rudimentaires, voire absentes).

Plus tard, Jun leur raconta tout. Elle rit beaucoup quand ils lui dirent qu'elle était morte, puis un peu moins quand ils lui montrèrent la tête tranchée dans un sac de saumure : elle reconnut l'une de ses servantes, qu'elle aimait et à qui Cai, pour les abuser, avait mis des boucles d'oreilles lui appartenant. Dans ses vêtements d'homme, où elle semblait plus à l'aise que dans les robes de soie les plus raffinées, les cheveux noués en deux longues nattes noires, un arc à l'épaule, elle leur confia qu'elle s'était effectivement enfuie de chez Cai dans un moment d'irrépressible terreur, mais que non, il ne l'avait pas rattrapée. Elle avait réussi à rejoindre une bande de brigands et de déserteurs, l'une de ces innombrables communautés hors la loi de l'Ouest, qui s'étaient multipliées à l'exemple de ce qui se passait dans l'Est. Leur chef était un jeune noble dont la famille avait été massacrée, l'année précédente, sur ordre de l'Empereur, à cause d'un complot largement imaginaire. Il n'avait rien à attendre des autorités. Jun lui avait fait espérer un pardon complet s'il aidait les Li à s'emparer de la Capitale occidentale.

« On verra », répondit Li Yuan. Mais il n'avait rien à refuser à une fille sans qui le clan Li eût été effacé des annales du Milieu-du-Monde. Le lendemain, quand la passe des Écureuils eut été sécurisée, il amnistia ces hommes en guenilles.

Shimin aurait tellement eu envie d'avoir accompli l'exploit de sa sœur : elle lui avait volé un rôle qui lui revenait de droit. Il s'était battu vaillamment, bien plus que Huaji, menant charge de cavalerie sur charge de cavalerie. Mais ses efforts avaient été vains face au bloc formé par l'armée ennemie. Le basculement décisif, c'était Jun qui l'avait provoqué, et elle seule.

Il lui en voulait presque de les avoir ainsi tous sauvés.

Personne ne savait qui avait tué Cai : on avait retrouvé son corps piétiné par des dizaines de chevaux. Il aurait été méconnaissable sans ses habits de commandant en chef.

Dix jours après la bataille, la prise de la Capitale de l'Ouest ne fut qu'une formalité. La ville capitula sans combattre. Lorsque Shimin pénétra dans le palais impérial en compagnie de son père, de Huaji et de l'avant-garde de l'armée Li, il eut une vision très vive de ce à quoi pouvait ressembler la lâcheté des hommes : des couloirs déserts, le mobilier dérobé, plus personne ou presque autour du prince héritier. Celui-ci attendait la mort avec une sorte de courage résigné. Mais, en arrivant devant ce gamin terrorisé, Li Yuan se prosterna – avec peine, à cause de son dos. On voyait bien qu'un tel acte de soumission n'avait aucun sens : la salle du trône était pleine de ses soldats, la ville était à lui, l'Ouest pratiquement sous son contrôle. Il demanda humblement pardon d'avoir pris des initiatives qui avaient pu être interprétées par certains comme une rébellion. S'il avait agi de la sorte, c'était parce qu'il avait à cœur la survie du Milieu-du-Monde. Le lendemain, il éleva le prince à la dignité d'Empereur. Lui-même prit le titre de Grand Chancelier. Shimin approuva une telle prudence.

Elle n'était de toute façon que provisoire. Lorsque parvinrent, coup sur coup, les nouvelles de ce qui s'était passé à l'Est, où les dernières forces gouvernementales avaient été anéanties en quelques heures par le fameux Déserteur, puis de ce qui avait eu lieu dans la Capitale du Sud, Li Yuan sentit qu'il n'avait plus de raison de ménager la dynastie du Réunificateur. Le jeune Empereur fut contraint d'abdiquer en sa faveur. Il sembla le faire avec soulagement. Deux lunes plus tard, il mourut étouffé par un noyau de prune. Du moins fut-ce là ce que prétendit la version officielle. Shimin aurait voulu connaître le fin mot de cette histoire et pressa son père de le lui dire. Celui-ci se disculpa énergiquement : « Le garçon était inoffensif. Pourquoi aurais-je souhaité sa mort ? »

Un malheureux hasard donc. Sauf si Yuan mentait. Il était Empereur désormais. Il devait prendre des décisions difficiles sur lesquelles il ne souhaitait pas toujours s'expliquer.

Était-il plus honnête avec son fils aîné ? Sans doute, puisque Huaji était son héritier désigné, celui qu'il formait pour lui succéder un jour.

Au fond, à ceci près que les Li étaient montés d'un cran dans la hiérarchie du Milieu-du-Monde, rien n'avait changé : Huaji était toujours le favori et personne ne reconnaissait le mérite de Shimin.

Li Yuan avait même pris soin de récompenser Jun pour son intervention à la passe des Écureuils – et d'une façon tout à fait inappropriée : en l'envoyant gouverner en son nom rien de moins que Bourg-Dragon, la ville qu'il occupait lui-même quelques lunes plus tôt et d'où était partie sa campagne victorieuse. Il fallait absolument continuer de la tenir si l'on voulait espérer un jour reconquérir le reste du Milieu-du-Monde.

Pour l'heure, l'Est s'était presque entièrement donné à l'ancien déserteur Dou Jiande, qui s'y faisait déjà appeler roi. Au Sud, la situation était plus confuse. Mais le général régicide Wang Sichong y disposait des troupes les plus nombreuses.

En gros, le Milieu-du-Monde était divisé en trois, de nouveau, les Li devant se contenter de l'Ouest. Et encore n'en étaient-ils que les maîtres précaires. Ils y demeuraient sous la menace permanente de leurs dangereux alliés nomades, toujours susceptibles de lancer des raids contre eux, de les trahir, et qui n'en avaient sans doute été retenus que par la mort inopinée de leur Khagan. On les soupçonnait, en outre, de soutenir en sous-main, à l'Ouest, divers chefs locaux, émules de Li Yuan, qui eux aussi avaient levé l'étendard de la rébellion, certains osant même se poser en Empereurs rivaux.

C'était à les mater que Shimin passait désormais le plus clair de son temps. Li Yuan, bien qu'il eût reconnu ses talents militaires, voulait l'éloigner de la capitale et l'avait envoyé les mettre à la raison. Shimin s'y employait avec méthode, succès et mélancolie.

Parfois il songeait que si Wuzhou avait vécu, il aurait fallu le combattre lui aussi. Dans ces moments-là, il éprouvait de la gratitude pour son père qui avait pris la décision qui s'imposait et obtenu des nomades qu'ils le débarrassent de son ancien lieutenant. Sur le coup, Shimin lui en avait voulu pourtant, et il avait eu du mal à dissimuler son émotion. S'il avait pu réconcilier Liu Wuzhou avec le clan Li, il l'aurait fait.

Il lui était encore pénible, presque douloureux, de songer à ce que Wuzhou devait avoir pensé de lui en apprenant la mort ignominieuse de ses fils. Il ne cessait d'imaginer le dialogue qu'ils auraient peut-être un jour dans l'autre monde. Il lui assurerait qu'il n'avait pas prévu que Li Yuan ferait décapiter ses fils. L'autre répliquerait qu'il ne l'en avait pas empêché, alors qu'il avait promis qu'il n'y avait rien à craindre.

« Je le pensais. Je me suis trompé.

— J'ai payé cher ton erreur, moi qui, au départ, ne voulais pas livrer les Oies-Sauvages aux nomades. »

Shimin ne savait que trop à quel point ces reproches seraient justifiés. Il aurait été plus confortable de ne pas y penser.

Sa mère mourante le lui avait bien fait comprendre : le pouvoir revenait aux plus implacables. Elle l'avait maudit tout en reconnaissant qu'il était de cette espèce. À son insu, elle lui avait tracé le chemin à suivre.

« Vous avez eu ce que vous vouliez, vous autres Li, lui crachait au visage le Wuzhou d'outre-tombe. Vous savez vous servir des autres, puis vous en débarrasser quand ça vous arrange. »

Tout était vrai, là encore. Mais Wuzhou oubliait l'essentiel, ce que dame Tou, elle, sur son lit d'agonie, avait très bien vu.

« Les dynasties impériales ne naissent pas autrement.

— Puisse la vôtre, alors, avoir une durée aussi longue que celle du Réunificateur ! »

Il n'y avait rien à répliquer à cette remarque fielleuse. Les dieux seuls savaient ce qu'il en serait. Shimin repensa à ces paroles imaginaires, qui trahissaient les terreurs profondes de l'ensemble de sa famille, quand, après être revenu d'une de ses expéditions contre un dissident de l'Ouest, son père le convoqua. Au lieu de le féliciter pour sa nouvelle victoire, il lui tendit un papier :

« Lis ça ! »

Le message, écrit dans l'urgence, annonçait la chute de Bourg-Dragon. La ville avait été prise par surprise : une armée venue, non de la Steppe comme on aurait pu le craindre, mais de l'Est, et commandée par le Déserteur en personne.

« Et Jun ? » s'enquit aussitôt Shimin.

Ce fut Huaji qui répondit, la mine sombre :

« On ne sait pas. On ne peut que tabler sur la générosité du roi de l'Est. »

59

Jiande

L'idée venait du Vieux Cui. Au départ ce n'était qu'un projet en l'air, un jeu de l'esprit, presque une simple divagation, à peine digne d'être mentionnée. Or, dès qu'il l'avait entendue énoncer, Jiande en avait perçu l'incroyable pertinence.

Tout le monde s'imaginait que le nouveau roi de l'Est se ruerait sur la Capitale de l'Est, joyau d'une zone qu'il contrôlait désormais presque entièrement, récompense obligée de sa brillante victoire contre l'armée de Wang Renze. Mais la Capitale de l'Est était sans défense et le resterait. Il pouvait s'en emparer le lendemain comme dans six lunes : elle serait toujours là, prête à lui ouvrir ses portes.

Personne ne s'attendait à ce qu'il se tourne si vite dans une tout autre direction, vers l'Ouest ou, plus exactement, vers cette zone tampon entre l'Est et l'Ouest au cœur de laquelle se trouvait la ville carrefour de Bourg-Dragon.

Occupés à mater leurs rivaux de l'Ouest, les Li l'avaient laissée mal défendue et – plus inconscients encore – confiée à une femme !

Pour s'en emparer, Jiande n'eut qu'à réitérer à grande échelle ce qui lui avait réussi tant de fois dans le passé : pas mal de ruse, une bonne dose de surprise, ce qu'il fallait d'audace, et la ville était à lui.

Bien sûr, maintenant, il y avait le problème de la prisonnière, Li Jun. Jiande n'était pas encore allé la voir. Trop de détails à régler : des postes à attribuer, des différents à apaiser, des sollicitations incessantes. Tel était son lot désormais. Gouverner ne consistait la plupart du temps qu'à dire oui ou non à ce qu'on vous proposait, rien de plus. Mais ces choix en apparence simples, il y en avait des centaines à faire chaque jour et certains pouvaient avoir des répercussions gigantesques, qu'il fallait imaginer, peser, assumer.

Sur le sort à réserver à la prisonnière, les avis divergeaient. L'exécuter ? La ramener à l'Est ? La renvoyer aux Li ? Tout était possible. Chaque choix avait ses avantages et ses dangers.

Pour l'heure, on l'avait bien traitée : elle ne croupissait pas dans une geôle. On lui avait laissé la jouissance d'un pavillon de l'ancienne résidence des Li. Sous bonne garde, cela allait de soi.

Le soir tombait. Jiande, qui occupait un pavillon voisin, venait d'avoir une longue conversation avec le Vieux Cui. Tous les jours, quand il avait fini de régler les affaires les plus urgentes, celui-ci le retrouvait. Ils évoquaient les décisions à prendre, mais pas seulement. Pendant au moins une heure, le Vieux Cui instruisait Jiande.

« Tu ne peux pas être roi sans connaître l'histoire du Milieu-du-Monde, sans comprendre qui nous sommes, sans avoir en tête les grands exemples du passé, bons, mais surtout mauvais, car ce sont eux qui, souvent, offrent les meilleures leçons », lui avait-il dit juste après sa grande victoire des marais. Depuis, le vieil homme se chargeait lui-même d'enseigner à Jiande la succession des anciennes dynasties, les hauts faits et les erreurs de leurs monarques, les règles qu'on pouvait tirer de ces milliers d'événements dont il n'avait jusqu'ici pas soupçonné la richesse et la complexité.

Il savait que le Milieu-du-Monde avait une très longue histoire, remontant au fond des temps, qu'il y avait eu des guerres, des invasions, des rois, un premier Empereur et puis d'autres après lui, des divisions et des réunifications. Mais tout cela restait très lacunaire et emmêlé. Ce que le seigneur Cui lui apportait, c'était un ordre, un sens, des repères.

Chaque jour, grâce à ces leçons, Jiande se sentait un peu plus sage. Tant qu'il n'avait été qu'un chef de bande habile et populaire, il avait pu se contenter de suivre ce que lui suggérait son bon sens. À présent il évoluait sur une scène d'une tout autre envergure et ses intuitions ne suffisaient plus. Il lui fallait connaître les atouts de chaque ville, de chaque préfecture du Milieu-du-Monde, le fonctionnement et les particularités de son admirable administration, les différentes familles, leur passé, leurs rivalités, leurs ambitions.

Que proposer à qui ? Tel homme se contenterait d'un poste de fonctionnaire de deuxième, voire de troisième rang, tel autre ne serait jamais satisfait et mieux valait s'en débarrasser, tel autre encore pouvait être gagné par de simples flatteries, tel autre enfin se tiendrait tranquille tant que son vieil ennemi ne serait pas promu… Et les nomades, qu'en penser ? Qu'en faire ? Autant de problèmes dont Jiande n'aurait pu se dépêtrer sans l'aide du Vieux Cui et l'instruction tardive qu'il lui dispensait.

Il avait pris goût à ces séances du soir. C'était un moment qu'il attendait. Sa récompense après une journée bien employée.

« Tu aurais fait un bon lettré, lui dit une fois le Vieux Cui.

— Et pourquoi pas un jour ? Qui sait de quoi ma vie sera faite ? »

Son mentor s'était assombri alors. Les poches violacées sous ses yeux avaient semblé palpiter.

« Tu es roi maintenant, Jiande. On ne te laissera plus jamais être autre chose. Tu comprends ? On ne redescend pas du sommet que tu as atteint, mon garçon. Que par la défaite et la mort. »

Jiande avait senti sa gorge se serrer. Par la suite, il avait refusé d'y repenser. Tant qu'il lui restait un peu de temps pour modeler et élargir son esprit, il s'estimerait satisfait. Il s'était mis à se constituer une bibliothèque personnelle et, quand il le pouvait, il déroulait l'un de ses rouleaux contenant les annales du Milieu-du-Monde, les préceptes des grands sages ou des poèmes.

Ce plaisir à la fois utile et désintéressé avait néanmoins un prix : cela l'éloignait de Chan, si ignorante, surtout si peu désireuse d'apprendre.

Elle était restée dans son bastion de l'Est avec leur fils nouveau-né. Un soulagement. La jeune femme n'avait pas retrouvé sa lumière d'autrefois. Elle était brisée par ce qu'elle avait vécu. Elle était reine. Après avoir travaillé dans une maison de plaisirs. Elle aurait pu manifester un peu de joie ou même simplement de la gratitude à l'égard de Jiande. Mais elle l'avait à peine remercié d'avoir reconnu son enfant comme le sien, de lui avoir donné son nom, d'en avoir fait son héritier présomptif. Par moments, il avait l'impression qu'elle lui en voulait, qu'il l'avait forcée à mener une existence dont elle ne voulait pas. Elle ne savait jamais comment se comporter pendant les cérémonies auxquelles son rang l'obligeait à assister. Plusieurs fois, il avait dû la sermonner pour qu'elle se tînt un peu plus droite sur son siège.

Quand un dignitaire s'adressait à elle, elle ne trouvait jamais rien à répondre. Elle balbutiait des paroles à peine audibles, qui embarrassaient Jiande lui-même. Et le soir, elle boudait.

« Tu aurais préféré que je te laisse là-bas ? s'était-il emporté un jour.

— Oui », avait-elle osé lui répliquer.

Il ne lui avait plus adressé la parole pendant une demi-lune.

Il traversa la cour de l'ancienne résidence Li. Devant le pavillon de la prisonnière, deux gardes en faction : ils s'inclinèrent pour le laisser passer. À l'intérieur, une femme se présenta pour l'accueillir.

« Si votre maîtresse n'est pas encore couchée, peut-elle me recevoir ?

— Qui dois-je annoncer ? »

Elle ne l'avait jamais vu, elle non plus. Il avait encore du mal à se désigner. Le roi de l'Est ? Le Déserteur ? Dou Jiande ? Il dit : « Le Vieux Cui. »

Elle le regarda, interloquée, mais n'osa émettre la moindre contestation.

Une vague odeur d'encens flottait dans l'air. De jolis meubles d'un bois presque roux et que Jiande n'aurait su identifier. Du cerisier ?

« Quel bois est-ce là ? » demanda-t-il à Li Jun quand elle se présenta. Elle avait revêtu une épaisse robe de soie rembourrée de laine aux motifs floraux.

« Vous n'êtes certainement pas le Vieux Cui ou alors les exercices de respiration préconisés par la religion ancienne font des miracles sur ses adeptes. »

Il ne put se retenir de sourire.

« Attendez. Je vous ai déjà vu ! ajouta-t-elle. Non, ne me dites rien. Le Grand-Canal, le jour de l'inauguration… Vous êtes le paysan qui accompagnait le Vieux Cui. Celui qui a porté le premier coup contre les nomades ! »

Personne ne lui avait jamais plus parlé de cet événement. Pas même le Vieux Cui. Jiande en fut troublé.

« C'est vrai, admit-il. J'étais impulsif, irréfléchi à l'époque.

— Et plus maintenant ?

— Je ne pense pas.

— Je crois que si pourtant. »

Il la regarda, intrigué.

« Vous vous en prenez aux Li, cette fois, Déserteur. Ce n'est pas une décision que je qualifierais de sensée. »

Jiande n'avait jamais parlé à une femme aussi vive d'esprit. Elle l'avait reconnu, elle osait d'emblée le défier.

« Êtes-vous vraiment en train de me menacer ?

— Et pourquoi pas ? »

Il fallait éviter qu'elle se sente trop à l'aise. Il voulait qu'elle ait au moins un peu peur.

« Je pourrais vous exécuter. Et même, vous livrer à mes soldats au préalable.

— Vous ne le ferez jamais. Ma famille n'a pas massacré la vôtre. Et je ne suis pas Wang Renze. Je vous vois mal m'arracher le cœur et le foie, comme vous le lui avez fait. Encore moins le manger. Vous n'êtes pas comme ça.

— Ah ? Et comment suis-je, selon vous ?

— Un fils pieux qui a vengé ses parents comme le prescrivent les lois sacrées du Milieu-du-Monde. Mais aussi un héros au grand cœur, qui aime que les chansons vantent ses exploits et sa générosité. Tuer une innocente jeune femme comme moi ? C'en serait fini de la légende de Dou Jiande. Vous deviendriez un roi cruel comme les autres. »

Elle l'avait parfaitement cerné. Son désarroi redoubla.

« Que suggérez-vous que je fasse de vous alors ?

— Me renvoyer sous escorte à la Capitale de l'Ouest. Je peux négocier une bonne place pour vous à la cour de mon père, Li Yuan, le seul Empereur légitime, parce que le seul capable de réunifier le pays. »

L'impudence de la jeune femme lui fit l'effet d'un souffle glacial, une sorte de rappel brutal des forces immenses qui s'opposaient encore à lui et à son rêve.

« L'Est soumis à l'Ouest, de nouveau ?

— L'Est associé à l'Ouest et au Sud, comme doit l'être le Milieu-du-Monde pour être fort. »

Toujours ces mêmes arguments répétés à satiété par les gens de l'Ouest depuis une génération et auxquels Jiande avait presque fini par croire lui-même. Heureusement le Vieux Cui l'en avait fait revenir.

« Vous trouvez que le Milieu-du-Monde du Réunificateur et de son fils était plus fort ?

— Il l'était, jusqu'à ce que la guerre contre la Péninsule le fasse voler en éclats. C'est une évidence.

— Méfiez-vous des évidences. »

Elle n'était pas belle, pas du tout. Mais Jiande la trouvait terriblement attirante. Une force dans ses traits grossiers, une vie, une énergie – tout ce qui avait déserté Chan. Et puis c'était une Li.

« Est-ce vrai, ce que l'on raconte sur la bataille de la passe des Écureuils ? Avez-vous vraiment pris votre époux à revers avec une bande de hors-la-loi ? »

Elle était demeurée debout face à lui jusqu'ici. Elle détourna un instant la tête.

« Feu mon époux. Il n'y a pas survécu, le pauvre. »

Son ton était dur, plus du tout taquin.

« Vous le regrettez ?

— Je regrette de ne pas l'avoir tué de ma main et de ne pas savoir s'il a compris que c'était moi qui l'attaquais, qui lui volais sa victoire. Mon père a souhaité qu'il soit enterré dignement. Si ça n'avait tenu qu'à moi, on l'aurait laissé aux corbeaux.

— Que vous avait-il fait ?

— Vous êtes venu me parler de Lu Cai ? »

Pourquoi était-il venu au juste ?

« Je n'ai que faire de l'Ouest », lui déclara-t-il.

Ce fut à son tour à elle de sourire. Un assez beau sourire, pétillant.

« Pourquoi alors nous attaquer ?

— J'ai besoin de Bourg-Dragon pour me couvrir. Si vous gardiez cette ville, vous seriez toujours en position de me menacer.

— Mais en vous en emparant, vous vous êtes mis en position de nous menacer, nous ! »

Jiande savait que s'il devait négocier avec les Li, ce serait l'un des problèmes les plus délicats.

« De votre point de vue, Bourg-Dragon est peut-être à l'Ouest, mais du mien la ville est presque déjà à l'Est, puisqu'elle se situe, comme vous savez, à égale distance des deux capitales. En tout cas, je n'irai pas plus loin, je n'ai pas l'intention de m'en servir de base pour prendre la Capitale occidentale comme Li Yuan l'a fait. Je me contenterai de l'Est, où il y a suffisamment à faire.

— Et il faudrait s'en remettre à votre parole ?

— Avez-vous le choix ? »

Il vit alors comme une flamme dans ses yeux.

« Mon père et mes frères vont répliquer, vous savez ? L'Ouest compte les meilleurs guerriers du Milieu-du-Monde…

— Votre père ne contrôle l'Ouest que pour autant que les nomades l'y laissent tranquille. »

Intérieurement Jiande remercia le Vieux Cui ne lui avoir transmis toutes ces informations. Le savoir était une arme.

« Une sacrée épine dans votre pied, ajouta-t-il. Écoutez, Li Jun. Vous autres, gens de l'Ouest rêvez d'unir le Milieu-du-Monde, de rassembler sous une même autorité l'Ouest, l'Est et le Sud. Moi, non. Même si je le pouvais, je refuserais de le faire. Vous m'avez dit qu'il aurait suffi que l'Empereur fou n'envahisse pas la Péninsule pour que tout aille bien. Mais avez-vous songé à ce qui se serait passé si le Milieu-du-Monde n'avait pas été uni ? Jamais une décision aussi absurde n'aurait pu être prise. »

Pour la première fois, elle ne trouvait pas quoi répliquer. Jiande en éprouva une fierté aussi intense qu'après une grande victoire.

« Uni, le Milieu-du-Monde est plus faible, poursuivit-il.

— Vous rendez-vous compte de l'absurdité de ce que vous dites ?

— Je sais ce que vous pensez, Li Jun. Qu'unis, les hommes sont plus forts. Ce n'est pas toujours vrai. Parfois la division fait la force. Un Milieu-du-Monde divisé n'est pas dépendant d'un seul homme qui peut être fou ou d'autant plus enclin à le devenir qu'il règne seul au-dessus de tous les autres. Mais je ne suis pas la bonne personne pour vous parler de ça. Je vous enverrai le seigneur Cui.

— Ce n'est pas vous ? Je me disais bien... »

Il éclata de rire.

60

Yicheng

Dans un instant, Yicheng aurait un nouvel époux. Le troisième. À vingt-six ans. Quand on était une princesse du Milieu-du-Monde envoyée très jeune dans la Steppe, c'était le genre d'éventualité à laquelle il fallait se préparer. Un risque ou une chance, selon les points de vue. Selon les cas aussi.

Lors de la mort du vieux Khagan, une chance, évidemment, qu'elle avait très vite perçue comme telle et eu la bonne idée de saisir. Cette fois-ci, en ce jour pluvieux et morne, alors que la Steppe était parcourue d'inhabituelles rafales de vent, un risque plutôt. Un risque que la petite princesse de jadis n'aurait pas accepté de courir, mais qu'une Khatun, veuve de deux Khagans et encore très belle, pouvait se permettre.

Elle avait promis d'épouser le vainqueur.

Elle ignorait la durée de ces combats, n'avait pas demandé. C'était très variable, s'imaginait-elle. Une lutte interminable ou l'affaire d'un instant.

Celui-ci se prolongeait plus qu'elle ne l'aurait cru. Peut-être du fait de son caractère exceptionnel, unique. Les nomades se provoquaient sans arrêt en duel ; la plupart du temps, cependant, ces duels n'avaient au mieux qu'une poignée de personnes pour témoins, pas des centaines.

Et l'enjeu était en général de venger un regard mauvais, un adultère, un vol, rarement d'obtenir l'empire de la Steppe.

Il y avait de quoi inhiber même le combattant le plus féroce. Même Nivar. Tous ces yeux dirigés vers soi, cette masse compacte, oppressante des spectateurs, à pied ou à cheval, qui se contractait puis se dilatait, suivant les mouvements, les déplacements, des adversaires, les gênant presque parfois, quand soudain l'un d'eux cédait brusquement du terrain (le plus jeune, en général), pour esquiver les coups de l'autre ou reprendre un instant son souffle, et venait heurter l'épaisse haie humaine. Tout cela dans un étonnant silence, car, bien sûr, personne ne se serait hasardé à encourager l'un des deux combattants – par peur de ne pas miser sur le bon.

L'issue ne faisait guère de doute pourtant. Il suffisait d'avoir vu, avant que les sabres n'entrent en action, quand ils se faisaient face sur la prairie humide choisie pour l'occasion, en bordure du camp, le grand guerrier au torse lacéré de splendides cicatrices et l'enfant pas tout à fait adulte, prometteur sans doute, mais pas prêt encore et tremblant.

Tandis que Tulan reculait, parant les coups violents de son oncle, incapable de répliquer, de le mettre en danger à son tour, Yicheng ne put s'empêcher de ressentir une grande pitié pour lui. C'était le fils de Tardu, du seul homme qu'elle eût jamais aimé. Et il allait mourir.

Elle avait manigancé cette chose affreuse.

Il ahanait, son bouclier était déjà plus qu'à moitié fracassé, un bouclier rectangulaire du Milieu-du-Monde, ce qui lui valait sans doute la réprobation muette d'une bonne partie de l'assistance. Nivar, lui, avait ostensiblement rejeté celui qu'on lui présentait, et même dédaigné porter une cotte de mailles. Bien qu'elle eût une expérience très réduite de ce genre d'affrontement, Yicheng avait compris qu'il voulait ainsi prendre d'emblée l'ascendant sur son neveu, lui montrer son assurance, sa certitude de la victoire.

D'où elle était, sur l'une des rares places assises qu'on avait aménagées – pour elle et Mozhi, qui avait revêtu un long manteau en peau de chameau –, elle distinguait la sueur sur le front de Tulan – à moins que ce ne fût la pluie – et sa pâleur malgré l'effort – à moins que ce ne fût le froid.

Se débarrassant soudain de son bouclier, dans ce qui sembla à Yicheng une manœuvre désespérée, il le lança en direction de Nivar, afin de l'assommer sans doute. Mais l'autre avait prévenu son geste et il eut le temps de se baisser puis, aussitôt, d'un revers fulgurant, d'entailler le bras gauche de Tulan, à présent découvert.

Yicheng eut l'impression qu'une larme glacée venait de tomber au fond de son cœur. Le garçon avait seize ans. Et il allait mourir parce qu'elle l'avait décidé, parce qu'après la perte de son fils, après la perte de Tardu, elle ne pouvait se résoudre à perdre aussi le pouvoir qu'elle avait acquis dans la Steppe, à renoncer à sa vengeance. Cet enfant faible, lié au Milieu-du-Monde, risquait, même s'il l'épousait, de ne pas l'écouter et de se montrer trop conciliant avec les ennemis qu'elle voulait détruire.

Nivar n'était pas Tardu, il n'avait pas sa délicatesse. On pouvait espérer néanmoins qu'il prolongerait l'œuvre de son frère. Lorsqu'elle était allée le voir, la veille de la mort de Tardu, pour l'inciter à s'opposer à Tulan et à s'emparer du pouvoir suprême, il l'avait promis.

Tulan était brave pourtant, plus qu'elle ne se l'était figuré. Après l'instinctif cri de douleur, causé par la blessure que venait de lui infliger Nivar, il serra les dents et, pour la première fois depuis le début du combat, attaqua. L'entaille dégorgeait un sang qui paraissait très sombre sur la cotte de mailles claire et qui, giclant à chacun de ses mouvements, éclaboussait l'herbe de la prairie. Il tenta d'atteindre la poitrine de son oncle, par une série de coups rapides. Mais ils manquaient de force, de mordant. Nivar n'eut aucun mal à les parer et à reprendre l'initiative, obligeant de nouveau son neveu à battre en retraite, manquant de peu le lacérer à deux ou trois reprises. Le cliquetis des sabres, leur raclement quand les lames glissaient l'une contre l'autre, emplissaient l'air, évoquaient à Yicheng des cris d'oiseaux maléfiques.

Elle s'était demandé pourquoi ils s'affrontaient à pied et non à cheval. N'étaient-ils pas des nomades, des hommes censés ne faire qu'un avec leur monture et toujours combattre sur elle ? « Le perdant ne doit pas pouvoir s'enfuir », lui avait expliqué Nivar. Une phrase qui lui avait noué le ventre.

Elle était soulagée de ne pas avoir la possibilité de revenir en arrière, d'arrêter ce qu'elle avait déclenché. Le combat allait se terminer bientôt. Une issue aussi triste que prévisible.

Tulan faiblissait, il n'avait plus son bouclier, n'arrivait qu'à contrer les assauts de son oncle avec son propre sabre ou grâce à sa cotte de mailles, sans laquelle le combat eût été fini depuis longtemps. Il était blessé, perdait du sang, commençait à s'empêtrer dans la terre humide.

Elle aurait aimé se tourner vers Mozhi, l'interroger sur la gravité de la plaie. Il avait sa trousse d'instruments sur les genoux. « Je suis médecin, avait-il dit en s'installant. Et je soigne toujours les blessés, amis ou ennemis. » Quelle importance ? On ne soignait pas les morts.

Alors survint l'improbable : Nivar glissa. La pluie, le vent, l'assurance excessive. Tulan en profita pour se jeter sur lui, il allait le transpercer, levait son sabre pour l'abattre, c'était fini. Yicheng ne respirait plus.

Mais, comme un éclair illuminant la nuit, y dévoilant un instant des formes et des paysages destinés à retourner aussitôt à l'obscurité, l'improbable ne dura guère : Tulan n'avait pas l'expérience de son oncle, lequel bascula sur le flanc pour éviter la lame destinée à l'égorger et, faisant jaillir la sienne, entailla profondément la cuisse de son neveu.

Le jeune garçon s'effondra. Son cri fut couvert par la clameur qui s'éleva tout autour, la première de la journée, la seule, stridente, glaçante.

Nivar s'était redressé. D'un coup de pied, il fit voler le sabre de son neveu au loin et pointa le sien sur son cou. Tulan gémissait, un flot rouge sourdait de sa jambe.

Le vainqueur hésitait. Cela ne lui ressemblait en rien. Il jeta un regard vers Yicheng. Elle espéra qu'il n'était pas en train de lui donner le choix. Sa résolution avait été prise, elle était irrévocable : Tulan devait disparaître.

« Il n'est pas prêt pour régner. Mais il s'est bien battu. Et c'est le fils de mon frère. »

Yicheng se tourna vers Mozhi, qui restait immobile et muet, les yeux fixés sur les deux combattants.

« Khatun ? » La question la fit trembler. On y était donc. À ce choix infernal, qu'on lui laissait à elle, devant toute la Steppe réunie. Le privilège du pouvoir qu'elle voulait garder, songea-t-elle.

Alors que le silence s'était fait de nouveau dans la prairie immense, qu'on n'y entendait plus que le hennissement de chevaux impatients et le râle d'un enfant qui se vidait de son sang, sabre en main, prêt à le pousser dans la chair de son neveu meurtri ou, au contraire, à l'épargner, selon ce qu'elle dirait, Nivar renouvela la question.

61

Lettre de Jun à Huaji

Je vais bien. Pour tout te dire, je ne suis jamais allée mieux. Rassure Père là-dessus.

Je suis désolée d'avoir perdu Bourg-Dragon. Mais, crois-moi, cette déconvenue pourrait se révéler une bonne chose. Tu te souviens que nous avons plusieurs fois évoqué ensemble les exploits de Dou Jiande et nous nous demandions si les récits qui courent à son propos n'étaient pas un peu enjolivés. Eh bien, il est très au-dessus de tout ce que nous nous imaginions. Un homme extraordinaire.

Déjà, il a pris Bourg-Dragon sans que cela tourne au bain de sang. Et il m'a très bien traitée. Je loge dans notre résidence, j'ai mes servantes à disposition et, désormais, comme tu peux le constater, je peux écrire à qui je le souhaite.

Je vais te faire part d'idées et de propositions qui vont sans doute te choquer. Je te jure cependant que je les énonce de mon plein gré, que personne ne m'y contraint. Tu me connais : jamais je ne signerais une lettre dont je ne pense pas chaque caractère.

En l'occurrence, je crois qu'une entente avec le roi de l'Est non seulement est souhaitable, mais profiterait à tout le monde. Nous lui laisserions l'Est et nous contenterions de l'Ouest.

Je t'entends déjà pousser des cris scandalisés. Oui, nous renoncerions à rassembler le Milieu-du-Monde. Oui, Père ne serait qu'un Empereur parmi deux ou trois autres monarques. Oui, ce serait enterrer le rêve du Réunificateur. Mais essaie de garder l'esprit souple et ouvert, de ne pas te braquer tout de suite.

D'abord, l'Ouest est à lui seul un beau morceau, difficile à contrôler. Ensuite, l'Est nous hait. Nous ne serons jamais aussi populaires que Dou Jiande là-bas. Il peut lever des armées de trois cent mille hommes en claquant des doigts. Nous n'avons pas un tiers de ces effectifs.

Au fond, nous devrions nous réjouir : cet homme à qui tout réussit n'a aucune intention belliqueuse à notre égard. Il souhaite seulement que nous respections l'indépendance de l'Est. Il pense que cela vaut mieux pour le Milieu-du-Monde.

J'ai eu quelques discussions avec lui sur ce point, ainsi qu'avec le Vieux Cui (en sa présence, cela me fait toujours bizarre de me dire qu'il a failli être mon beau-père !). Ce que les gens de l'Est défendent n'est pas si idiot. Au début, je trouvais ça complètement aberrant, une façon de se voiler la face. Maintenant je me demande si ce n'est pas nous qui nous illusionnons.

Père nous a toujours appris que la Désunion avait été une catastrophe, qu'elle avait ouvert la voie aux invasions, aux destructions, que l'œuvre du Réunificateur avait été salutaire et presque inévitable. Et s'il se trompait ? Je sais que cela peut paraître fou.

Tu as étudié l'histoire du Milieu-du-Monde. Tu sais qu'il n'a été uni que deux fois. La première, par le Premier Empereur, la seconde, par le Réunificateur. Toujours par la violence.

As-tu songé déjà à comparer les périodes où il a été divisé à celles où il ne l'était pas ? Nous autres, Li, partons du principe que l'union est bonne en elle-même. Mais fais la comparaison. Je t'assure, c'est édifiant.

Quand les arts, les sciences, la pensée, la poésie, le commerce furent-ils les plus florissants ? Certainement pas sous le premier Empereur qui a fait brûler les trois quarts des livres jamais écrits, qui a déporté les artisans et les marchands de villes entières, qui a fait exécuter les lettrés dont les opinions lui déplaisaient. Pas davantage sous ceux qui lui ont succédé : plus l'administration impériale se renforçait, plus les décisions étaient prises par un nombre restreint d'hommes enfermés dans le palais d'une capitale, plus les énergies s'étiolaient, les initiatives étaient étouffées, les esprits devenaient amorphes.

Quand l'Empire s'est écroulé il y a quatre siècles, il avait vidé le Milieu-du-Monde de sa substance. On nous a toujours dit que c'était le retour de la division qui avait entraîné son effondrement. Le Vieux Cui m'a raconté une tout autre histoire. Il m'a expliqué que c'était là prendre le problème à l'envers. La division ne fut pas la cause, mais la conséquence et, au bout du compte, la solution.

Pardonne mon enthousiasme à te faire part de toutes ces idées. Elles sont si neuves, elles changent tellement tout.

L'Empire est mort de son unité même, Huaji, c'est ce que je comprends enfin : à rassembler tout le pouvoir dans quelques mains, qui n'étaient pas nécessairement toujours très habiles, à vouloir tout contrôler, il a éteint les volontés, découragé le commerce, l'éclosion de pensées nouvelles. Ce n'est qu'une fois l'Empire divisé de nouveau que la vie est revenue. Bien sûr, il y a eu des invasions venues de la Steppe, des guerres, des dynasties balayées à peine installées sur le trône. Mais si le Milieu-du-Monde était si faible, ce n'était pas parce qu'il était divisé, c'était parce qu'il sortait de longs siècles d'Empire unifié, qui l'avaient comme épuisé.

Il faut se rendre à l'évidence : sous un maître unique, les bonnes idées courent bien plus le risque de se perdre. Quand le Milieu-du-Monde est divisé, quiconque s'estime lésé, incompris, malmené, peut aller tenter sa chance ailleurs. Si on refuse de vous écouter, vous proposez vos idées à quelqu'un d'autre. Voilà comment s'explique l'efflorescence des temps de division. Si un monarque laisse échapper une opportunité de progrès, l'autre s'en saisit et, à terme, c'est le Milieu-du-Monde dans son ensemble qui en profite. Pour ne pas se laisser dépasser par leurs voisins, les royaumes sont contraints d'être prospères, de construire et d'entretenir des digues, de défricher, de ne pas trop maltraiter leurs forces vives, leurs paysans, leurs marchands, leurs lettrés. S'ils le font, la sanction est immédiate.

Nous avons donc tout à gagner à rester divisés. D'autant que la division ne signifie pas forcément la guerre. Il existe des moyens de nous entendre avec l'Est. J'ai des idées que je n'ose encore confier au papier.

En attendant, je t'en prie, Huaji, réfléchis à tout cela. Et essaie d'y faire réfléchir Père. Tu es intelligent, tu es instruit. Tu es capable de te rendre compte que nous avons fait fausse route. L'Est, l'Ouest et le Sud seront toujours le Milieu-du-Monde. Ils partageront toujours des valeurs communes, ils collaboreront, se prêteront main-forte si nécessaire contre les dangers venus de la Steppe. Ils n'ont pas besoin d'être dirigés par une seule et même famille, par un seul et même homme.

62

Lettre de Jun à Huaji

À peine avais-je envoyé ma précédente lettre que les événements se sont précipités ici. Je ne suis plus à Bourg-Dragon, mais dans l'Est, non loin de la Capitale orientale. Et au moment où je t'écris, dans la pièce juste attenante à la mienne se trouve – tu ne devineras jamais qui – l'ancienne Impératrice.

Comment cela est-il possible ? C'est une histoire à peine croyable.

Tu te souviens de ce qui s'est passé dans la Capitale du Sud au printemps ? L'Empereur et son fils cadet assassinés par le général métèque Wang Sichong ?

Figure-toi que l'Impératrice a survécu et qu'elle a réussi à faire parvenir une lettre à Dou Jiande. Elle l'avertissait que Wang Sichong comptait quitter le Sud pour remonter vers l'Est. Elle le suppliait aussi de la délivrer des mains de ce traître.

J'ignore comment Père ou toi ou Shimin auriez réagi si vous aviez reçu une telle lettre. J'imagine le conseil de guerre, Père tergiversant, etc. J'étais dans la même pièce que Jiande quand on lui a transmis la missive de l'Impératrice ; j'ai vu comment il a immédiatement donné l'ordre de mettre son armée en état de marche, sans même consulter le Vieux Cui. J'étais, pour ainsi dire, dans ses bagages. Tant qu'aucun accord n'a été trouvé entre l'Est et nous, il ne pouvait être question de me laisser seule à Bourg-Dragon.

Du reste, je n'ai pas regretté d'être du voyage. Ce dont j'ai été témoin n'a fait que confirmer que nous n'avons aucun intérêt à nous frotter à Dou Jiande. Il a beau être né paysan, il sait commander et se faire obéir. Les troupes de Wang Sichong étaient composées de vieux soldats aguerris. Certes, elles ne s'attendaient pas à ce qu'une armée de l'Est leur tombe dessus ainsi, à l'improviste, mais tout de même. Elles ont été écrasées.

Le roi de l'Est s'est dissimulé derrière les collines au nord du Fleuve-de-Boue, non loin du Nouveau-Confluent, là où il pensait que Sichong ferait traverser ses hommes. Pendant les heures d'attente, il a minutieusement préparé la bataille à venir. Père aurait été fier de lui. Je n'assistais pas aux conseils de guerre, mais j'ai vu la manière dont les soldats de l'Est, bien disciplinés, se disposaient, s'approchant au maximum du gué tout en prenant soin de rester invisibles de la rive sud du Fleuve.

Quand les régiments de Wang Sichong sont arrivés – pile à l'endroit qu'avait indiqué Dou Jiande ! –, ils n'y ont vu que du feu. Ils ont construit quatre ponts de radeaux accolés et ont commencé à traverser sans se douter de rien. C'est à ce moment-là que le roi de l'Est s'est montré le plus remarquable. J'étais non loin de lui, dans la tente : il paraissait calme et imposait ce calme à ses officiers qui brûlaient, eux, d'en découdre.

« Si nous nous dévoilons trop tôt, il pourra rapatrier l'essentiel de ses forces sur la rive sud, hors d'atteinte », a-t-il expliqué.

Il a attendu que les trois quarts de l'armée ennemie aient traversé. Ne t'imagine pas, cependant, que cette patience vienne d'un cœur froid. Il brûlait de l'intérieur. Je me suis retrouvée à un moment donné seule avec lui et j'ai plongé mes yeux dans les siens. Huaji, jamais je n'ai eu aussi peur de ma vie. Ni quand j'ai fui Lu Cai au printemps dernier, ni quand Bourg-Dragon est tombée. Ce regard ! Il n'était que haine.

Tu te doutes bien de la raison. Il ne prononce jamais le nom de Wang Sichong. Il dit toujours « il ». Je lui ai demandé s'il ne considérait pas qu'après avoir tué Wang Renze, ils n'étaient pas quittes. Il m'a répondu : « Pas encore. Peut-être tout à l'heure. »

Quand Dou Jiande a enfin donné le signal d'avancer, j'ai retenu mon souffle. Jamais je n'aurais cru trembler autant pour des gens qui ne sont pas les miens, pour un pays, l'Est, qui ne m'est rien.

J'avais tort, cela dit, de m'en faire. Les plans de Dou Jiande ont ceci de merveilleux qu'ils se déroulent presque toujours comme il les a conçus. Les troupes du général métèque n'étaient pas prêtes à livrer un combat et c'en fut à peine un. J'ignore combien d'hommes sont morts noyés. Des dizaines de milliers. Le nombre de prisonniers est tout aussi fabuleux.

Voilà comment je me retrouve aujourd'hui à quelques pas de cette malheureuse femme qui, aux côtés de son époux, a régné plus de dix ans sur le Milieu-du-Monde.

On n'a pas trouvé le corps du métèque parmi les morts. Mais il est probable qu'il a été emporté dans le Fleuve-de-Boue. Bon débarras. Je me suis entretenue ces derniers jours plusieurs fois avec l'Impératrice. Ce qu'il lui a fait subir… Tu ne comprendrais pas.

Quelques milliers d'hommes ont réussi à fuir le champ de bataille. Le roi de l'Est a renoncé à les poursuivre.

Mais revenons-en à l'ancienne Impératrice. Dou Jiande la traite avec déférence et délicatesse, comme si elle occupait toujours le trône. J'en suis presque jalouse. Il faut dire que c'est une femme touchante et brisée. Je ne suis pas sûre qu'elle ait encore toute sa tête. Elle répète sans cesse que tout est sa faute, qu'elle est punie pour les crimes qu'elle a commis. Elle pleure son fils assassiné. Beaucoup moins son aîné.

Nous occupons la même aile d'un palais situé dans la ville qui sert provisoirement de capitale au roi de l'Est en attendant qu'il s'empare de la Capitale orientale. J'essaie d'aller la voir chaque soir. Ces entretiens peuvent être très pénibles. Ils sont aussi quelquefois instructifs.

L'autre jour, elle m'a demandé : « Vous êtes la fille de Li Yuan, n'est-ce pas ? » J'ai acquiescé, mal à l'aise. « Votre père s'est déclaré Empereur. Il a contraint mon fils aîné à abdiquer, a-t-elle poursuivi. Il l'a même sans doute fait empoisonner. » Nous avions toujours soigneusement évité cette conversation jusqu'ici. Mon embarras a redoublé. « Votre père a toujours été un homme loyal. Je n'ai jamais lu en lui que de la loyauté. Et ce qu'il a fait, je suis sûre qu'il l'a fait par loyauté. »

Tu imagines mon soulagement à entendre cette femme parler ainsi. C'était presque une bénédiction. Je lui ai promis que si elle le souhaitait, elle pourrait retourner vivre dans la Capitale occidentale, ou du moins s'y rendre autant qu'elle le voulait, que les Li lui y feraient toujours bon accueil. Étrangement, elle n'a pas paru m'entendre. Elle suivait le cours de ses propres pensées.

« J'ai mal interprété les signes, m'a-t-elle dit en me saisissant la main. J'aurais dû comprendre qu'il fallait l'écouter, votre père. Il avait averti l'Empereur du danger d'une guerre contre la Péninsule. Le Ciel nous enjoignait d'en tenir compte ! Mais vaincre la Péninsule avait l'air si simple. L'Empereur en avait tellement envie… »

Puis elle a éclaté en sanglots et il m'a été impossible de tirer d'elle une autre parole intelligible.

Je lui souhaite de tout cœur de se remettre maintenant qu'elle est en sûreté. Elle reste une grande femme.

Je n'en dirais pas autant de l'épouse du roi de l'Est. Je l'ai rencontrée une fois. Une petite chose insipide. Je ne suis même pas sûre qu'elle sache lire et écrire. Elle passe son temps à se tordre les mains et à se mordiller les lèvres. Le roi de l'Est mérite mieux.

63

Lettre de Jun à Huaji

Je reprends le pinceau une dernière fois : de fâcheuses nouvelles sont parvenues. Apparemment, Wang Sichong ne fait pas partie des morts. Pire : il a réussi à gagner la Capitale de l'Est, à s'en emparer (elle n'était défendue par personne) et à s'y barricader. Nous devrions unir nos forces contre cet être infâme. Parles-en à Père.

64

Shimin

Huaji reçut les lettres de Jun coup sur coup et s'en vanta aussitôt. Il aurait pu garder pour lui les précieuses nouvelles qu'elles recelaient. Ou bien n'en faire part qu'à son père. Shimin se félicitait que son frère eût été assez vain pour en faire étalage devant presque tous ceux qui comptaient à la cour des Li, y compris lui-même.

Leur vie avait changé. Ils n'étaient plus les simples fils d'un gouverneur vieillissant et marginalisé. Ils étaient princes. Ils avaient chacun leur propre petite cour, leurs protégés, leurs espions, leurs espoirs et leurs craintes. Or, malgré tous les moyens dont il disposait, Shimin aurait eu bien du mal à découvrir ce que Jun écrivait exactement à Huaji si celui-ci ne s'était chargé de le divulguer à tout-va.

Il avait donc pu préparer la réunion du conseil en disposant d'à peu près les mêmes informations que son frère, peaufiner ses arguments, anticiper ceux qu'on ne manquerait pas de lui opposer. Pour feutrées qu'elles eussent l'air, ces réunions étaient souvent aussi décisives qu'une bataille. On pouvait y perdre beaucoup.

Shimin prit place à la gauche de son père sans jeter un coup d'œil à Huaji, déjà installé à droite. Depuis le printemps, tandis que son aîné ne s'était pas éloigné un seul jour de la capitale, lui avait parcouru l'Ouest afin de le pacifier, tâche dont il s'était acquitté avec brio.

Pour l'essentiel, le débat du jour se réduirait à Père, Huaji et lui. Face à eux, la vaste salle du trône était presque vide. On y distinguait quelques secrétaires et ministres serviles, qui, Shimin le pressentait, se rangeraient du côté du plus convaincant.

Huaji commença par rappeler ce que tout le monde savait désormais, le contenu des deux lettres de Jun. Quand il eut fini, Li Yuan se tourna vers lui : « Et tu en penses quoi ?

— Nous devrions y réfléchir. »

Réfléchir ? Mais c'était tout réfléchi.

« Ce qui arrive est une aubaine, intervint Shimin sans y avoir été prié. Nous avons l'occasion de nous emparer de la deuxième capitale, l'orientale, avant le roi de l'Est.

— Tu es toujours aussi impulsif », réagit Huaji.

Ils se parlaient sans se voir. Shimin fit un effort pour garder son calme. Impulsif, lui ? Il était impulsif quand il convenait de l'être, mais patient au besoin, terriblement patient.

« Il ne faut pas perdre de temps, reprit-il d'une voix tranquille. Ne laissons pas Wang Sichong s'enraciner dans la seconde capitale ni le roi de l'Est le déloger avant nous. Personne ne bougera avant la fin de l'hiver. Mais tenons-nous prêts à intervenir dès les premiers beaux jours.

— Il y a toujours les nomades, qui peuvent franchir la Muraille-sans-Fin. Nous n'avons pas assez de soldats pour la contrôler. Que se passera-t-il si nos meilleures troupes partent à l'Est et que Nivar nous attaque ? »

Shimin eut envie de répliquer que les meilleures troupes des Li étaient les siennes ! C'était lui qui les avait conduites à la victoire contre leurs rivaux de l'Ouest. C'était lui que les soldats idolâtraient désormais.

« En cas de danger, je reviendrai.

— Ah, parce que c'est toi qui irais ?

— Qui d'autre ? »

Li Yuan s'empressa d'apaiser la tension :

« J'ai besoin de toi auprès de moi, Huaji. »

Yuan savait que Huaji n'avait rien d'un brillant homme de guerre. C'était une façon habile de lui permettre de sauver la face. Par ailleurs, la tradition voulait effectivement que le prince héritier réside dans la capitale.

« Dilapider nos forces à l'Est reste une mauvaise idée.

— Tu n'as pas envie de réunifier le Milieu-du-Monde ou tu n'as pas envie que je m'en charge ? répliqua Shimin.

— Je veux ce qu'il y a de mieux pour le Milieu-du-Monde.

— Eh bien, dans ce cas, tu devrais savoir que c'est maintenant qu'il faut rassembler l'Ouest et l'Est et le Sud. Ensuite, il sera trop tard. Chacun se sera réhabitué à vivre séparément, ou bien quelqu'un d'autre accomplira à notre place ce que nous aurons refusé de faire. Nous serons balayés et les annales n'évoqueront nos noms que pour se gausser de notre pusillanimité. »

Jamais Shimin n'aurait imaginé devenir un jour si différent de son frère. Quand il le croisait dans les couloirs ou les cours du palais, Huaji lui apparaissait comme une silhouette mince et pourtant remplie de rancœurs, un être faible secoué par moments de ricanements horripilants. Il s'habillait dans des habits faits de la soie la plus douce tandis que Shimin se contentait souvent de sa tenue de soldat. Huaji organisait des festins à répétition, où il conviait les plus hauts dignitaires de la Capitale occidentale. Shimin restait en général au milieu de ses hommes, dans les casernes. Surtout, Huaji s'intéressait follement aux femmes. Il avait droit désormais à un harem important, passait un temps fou à le garnir et un temps plus fou encore à s'y prélasser. À supposer qu'il eût été capable de combattre, il aurait été, en réalité, inimaginable de l'envoyer loin de ses plaisirs. Yuan lui avait trouvé une épouse à laquelle il préférait ses concubines, en particulier celles aux cheveux de feu et au regard de jade, venues du Couchant.

Shimin aussi se marierait bientôt. Il le fallait bien. On lui avait présenté une jeune femme qui ferait l'affaire. Mais jamais il ne laisserait l'une de ces créatures futiles et geignardes accaparer sa vie comme elles accaparaient celle de son frère. La seule qui, depuis la mort de sa mère, lui ait fait impression, demeurait de toute façon inaccessible. C'était la Khatun Yicheng. Une femme à qui on ne pouvait se fier.

« Shimin n'est pas en état de bien juger les propositions du roi de l'Est, et celles-ci méritent mieux qu'un rejet catégorique, reprit l'aîné des frères Li.

— Ce que j'offre à Père, à notre famille, c'est l'Empire reconstitué. Et toi, Huaji ? Un Empire croupion se réduisant à l'Ouest et sans cesse menacé par l'Est ? Un Empire qui n'en sera jamais un. »

En vérité, si l'on se contentait de l'Ouest, Shimin n'aurait plus rien à faire. Son père l'enverrait sans doute dans une garnison à la frontière de la Steppe surveiller les nomades. Un jour, il recevrait une lettre annonçant la mort de Li Yuan et l'accession au trône de Huaji. Peut-être le courrier, pour plus de sûreté, serait-il agrémenté d'une invitation au suicide ou du poignard d'un assassin.

Si l'on renonçait à reconstituer le Milieu-du-Monde, la vie de Shimin n'avait plus de sens. En revanche, s'il s'emparait de l'Est, il pourrait le gouverner au nom de son père. Il aurait la gloire d'avoir vaincu un adversaire formidable, le grand Dou Jiande. Et le général Wang Sichong aussi au passage.

« Je m'inquiète que le roi de l'Est réussisse à vous endormir avec ses théories fumeuses. Vous croyez vraiment qu'il va se contenter de l'Est ? Chaque jour qui passe augmente sa puissance et sa popularité. Le plus raisonnable est de l'abattre au plus vite. Ensuite, il sera trop tard.

— Il y a un moyen de nous l'attacher. Mais Shimin ne peut pas le voir, lui qui pense que tout se résout avec des épées, des flèches, des lances et le plus possible de morts. »

Des hommes mourraient, bien sûr. Mais des hommes mouraient en quantité considérable tous les jours. Et des femmes aussi. En respirant un air vicié, en faisant une mauvaise chute, assaillis par des brigands, de faim, de désespoir, de joie, de peur, en donnant naissance à des filles. Mourir au combat valait mieux que la plupart de ces morts inutiles ou stupides.

« Je connais Jun, poursuivit Huaji. Je sais lire entre les lignes, deviner ses sentiments, même quand elle les ignore elle-même. À l'évidence, elle a un faible pour le roi de l'Est.

— Elle te l'a dit ? demanda Li Yuan.

— Non. Pas besoin.

— Et elle est veuve… La marier à Dou Jiande, c'est ça, ton idée ?

— Pourquoi pas ?

— Il est marié déjà.

— À une femme insignifiante, qui peut être répudiée, ramenée au rang de simple concubine ou tomber malade et mourir. C'était ton projet, Père il y a six ou sept ans. Réconcilier l'Ouest avec l'Est par un mariage.

— Avec les Cui ! Pas avec un paysan parvenu !

— Avec un homme que le Vieux Cui traite comme un fils et qui, tu le sais, vaut bien mieux que son vrai fils. »

Li Yuan parut songeur. Un instant, Shimin le plaignit. Tant de tentations, sans cesse, de dévier du seul chemin juste, celui d'une victoire définitive et totale sur tous ses rivaux. Il fallait tuer avant de l'être, attaquer, vaincre, avant de succomber. Telle était la loi immuable. Pourquoi Huaji la négligeait-il ? Pourquoi Père semblait-il lui aussi sur le point de l'oublier ?

« Avons-nous besoin de tout décider immédiatement ? demanda Shimin d'un ton conciliant. Nos arrangements avec Dou Jiande peuvent attendre. Ce qui ne le peut pas, c'est la Capitale orientale. Car soit c'est lui qui la prend, soit c'est nous qui la prenons. Et, franchement, mieux vaut que ce soit nous. Attaquons Wang Sichong. Le roi de l'Est n'en prendra pas ombrage. Il le hait. Nous aurons ainsi deux des trois capitales et serons en meilleure posture pour négocier avec lui ensuite. »

Au murmure approbateur de son père, il sut qu'il l'avait emporté, qu'un instant plus tard, les secrétaires et ministres présents allaient soutenir une proposition qui avait toutes les apparences d'un sage compromis.

Dans l'après-midi, Yuan le convoqua de nouveau. Cette fois, ils se retrouvèrent seuls dans une petite salle non loin du harem impérial.

« J'aimerais que tu ailles présenter tes excuses à ton frère.

— Pour avoir dit la vérité ? Pour avoir raison ?

— Les choses ne sont jamais aussi simples, Shimin. »

Il n'y avait pas de colère dans sa voix, de la lassitude plutôt et une bonne dose de tristesse.

« Il est important que vous vous entendiez bien. »

Li Yuan n'était plus tout jeune. Il songeait évidemment à ce qui se passerait après sa mort.

« Je ne suis pas opposé à ce que tu partes à l'Est, poursuivit-il. Ni à ce que tu le conquières si tu en es capable. La question que je me pose est différente.

— Père, le coupa Shimin, je partirai à la fin de l'hiver et, avant l'automne, j'aurai conquis l'Est pour toi. Ensuite, le Sud tombera tout seul. »

Les yeux de Li Yuan, devenu Empereur au soir de sa vie sans l'avoir vraiment voulu, s'appesantirent sur lui. Shimin n'arrivait pas à décrypter le sens de ce regard. De la fierté ? Autre chose ?

« Une fois que tu auras conquis l'Est, j'aurais besoin de quelqu'un pour le gouverner. Tu t'en doutes et tu te doutes aussi que tu seras tout désigné. Mais – et c'est la question qui me taraude, en tant que père, en tant qu'Empereur : te contenterais-tu de l'Est ?

— Oui », mentit Shimin.

65

Yicheng

Les informations arrivaient au compte-gouttes dans la Steppe – toujours trop lentement et aléatoirement au goût de Yicheng. Les événements qui avaient eu lieu dans la Capitale méridionale au printemps, elle ne les avait appris que pendant l'été et ceux de l'été, à l'automne seulement. Tout était comme ralenti, fissuré, déréglé. Le système de poste qui faisait la fierté du Milieu-du-Monde, et dont la Steppe profitait sans toujours s'en douter, n'existait plus. Chaque seigneur de la guerre disposait désormais du sien, très réduit et fort peu fiable. Plus aucune route n'était sûre. Les courriers devaient être envoyés au moins trois fois pour avoir une chance d'atteindre leur destinataire. Ainsi, au moment même où Yicheng se réjouissait des revers qui avaient touché sa sœur, ils avaient – elle le comprit plus tard – en fait déjà cessé.

Sa joie, quand, trois jours après son mariage avec Nivar, elle avait appris la chute de l'Empereur, n'avait pas été si complète qu'elle l'aurait souhaité. Car elle n'avait eu aucune part dans la trahison du général Wang Sichong. Le malheur avait frappé l'Impératrice trop loin, dans leur Sud natal, à plusieurs mois de route de la Steppe. Yicheng s'était presque sentie dépossédée de sa vengeance. À moins que le Ciel l'ait entendue ? Que la mort de l'Empereur, que la mort, surtout, du fils chéri de l'Impératrice aient bel et bien résulté de ses malédictions, d'une juste compensation pour l'enfant que Yicheng avait elle-même perdu ? C'était une possibilité.

Manquait tout de même la satisfaction d'avoir assisté à ces événements, d'avoir vu sa sœur souffrir, pleurer, tout perdre. Yicheng pouvait l'imaginer. Mais cracher à la figure de cette femme qui avait toujours eu le meilleur, lui crier qu'elle était heureuse de son avilissement, c'étaient là des joies qui lui étaient refusées.

Et puis maintenant ce Dou Jiande qui se mêlait de la sauver, qui la tirait des étreintes de l'affreux Wang Sichong, qui, compte tenu de ce que Yicheng avait entendu dire de lui, n'allait pas la traiter en prisonnière, mais plutôt en hôte de marque, en grande dame qu'il convient de consoler…

La Khatun avait tout cela en tête quand elle pénétra dans la tente de Nivar. Il était affalé sur sa couche. Pas seul. Yicheng n'en prit pas ombrage. Elle se contenta, d'un geste de la main, de chasser les deux jeunes créatures à moitié dénudées.

« Quel âge ont-elles ?

— Plus jeunes que toi. Mais moins belles. »

Tandis qu'elles se rhabillaient, Yicheng leur jeta un coup d'œil. L'une d'elles était clairement une nomade : cheveux noirs très drus, pommettes rouges et saillantes, dents de travers. Pour l'autre, elle n'aurait su dire : peut-être une esclave du Milieu-du-Monde.

Elle soupira : « J'ai à te parler. »

Nivar n'était pas un mauvais époux, mais c'était une déception tout de même. Yicheng avait caressé un temps l'espoir de trouver en lui un nouveau Tardu. Il n'en avait, hélas, ni la droiture, ni la délicatesse, ni même – et c'était peut-être le plus grave – l'ambition. Il la traitait bien, il l'écoutait. Par moments, il était même capable de générosité. C'était lui qui avait voulu épargner Tulan, qui avait pris l'initiative de laisser ouverte cette possibilité. Yicheng lui en était reconnaissante. Si, à l'issue du duel qu'il avait remporté, il ne lui en avait donné le choix, l'incitant au fond à la clémence, elle aurait laissé le fils de Tardu se faire tuer et comme elle l'aurait regretté !

Nivar avait envoyé le jeune garçon en exil au sein d'une tribu alliée, chargée de garder un œil sur lui. Un jour, il reviendrait peut-être, si son oncle n'avait pas de fils, et on l'élirait Khagan à son tour. Cela étonnait toujours Yicheng que Nivar, qui était si jaloux de son autorité, si mesquin quand il s'agissait de l'affirmer, pût envisager sereinement cette possibilité. Mais il avait aimé et respecté son frère aîné sans réserve ni arrière-pensée. Il n'avait jamais comploté contre lui. Et, même après sa mort, cet attachement persistait.

Cela aurait pu le rapprocher de Yicheng. Si ce ne fut pas le cas, c'est parce que la disparition de Tardu, comme Yicheng le découvrit peu à peu, avait aussi profondément déstabilisé Nivar. Il ne l'aurait jamais avoué, mais commander la Steppe était une responsabilité écrasante et la place qui avait été jusqu'ici la sienne, celle de brillant et grinçant second de son frère, lui convenait beaucoup mieux que celle de chef. Son esprit corrosif n'était pas de ceux qui imaginent et construisent comme l'avait été celui de Tardu. Il était fait pour insinuer, suggérer, critiquer, encourager, exécuter avec brio ou de mauvais gré. Pas pour guider et décider.

Il le dissimulait par un autoritarisme souvent cruel, perdant son temps dans de petites querelles sans importance, au détriment de l'essentiel. D'où des atermoiements qui exaspéraient Yicheng. Il aurait dû attaquer tout de suite le Milieu-du-Monde, comme elle l'en pressait. Au lieu de cela, son obsession était de consolider son emprise sur les nomades.

En cadeau de mariage, il lui avait offert une jeune panthère. Quand il l'avait introduite la première fois sous sa yourte, Yicheng avait reculé d'effroi et lui avait ordonné de la faire sortir. « Elle m'a coûté quatre étalons », s'était-il plaint. Jamais Tardu n'aurait souligné aussi grossièrement la valeur d'un cadeau.

Depuis, elle n'avait plus approché l'animal et c'était Nivar qui s'en occupait, l'apprivoisant peu à peu, avec une patience qu'il n'aurait jamais témoignée à quiconque. Il tenait Yicheng au courant de chacune des étapes, bien qu'elle s'en désintéressât complètement. D'abord, il avait affamé la panthère, puis l'avait confiée à des femmes qui avaient pour mission de lui parler pour l'habituer à la voix humaine. Après quoi, il lui avait appris à monter à cheval avec lui. Pour cela, il utilisait une selle sur laquelle il disposait de la nourriture. Cette selle était placée sur un cheval de bois, de plus en plus haut. Quand la panthère avait été capable de monter sur un vrai cheval avec son cavalier, il l'avait emmenée chasser et, là encore, il avait procédé avec méthode. Dans un premier temps, il avait tué un daim devant elle et l'avait autorisée à en laper le sang. Ensuite, il avait choisi une chèvre, l'avait épuisée à force de la poursuivre, puis avait lancé la panthère pour l'achever. Enfin, il avait laissé la panthère choisir sa proie.

Yicheng l'observa se rhabiller lentement, bâiller, se moucher dans sa main. Il était beau. Si seulement elle avait pu se blottir dans ses bras comme dans ceux de Tardu, y trouver réconfort, bonté et compréhension… Mais elle y aurait senti, comme à chaque fois, cette distance qui ne faisait que renouveler le manque de son défunt époux. Il n'y avait eu qu'un Tardu et il n'était plus. Désormais, elle devait se contenter de cet être peu fiable et chicaneur, qui n'avait pas de rêve pour son peuple. Sa première action de Khagan avait donné le ton de son règne. Il avait convoqué le chef d'une tribu voisine qui, lors d'une soirée trop arrosée des années plus tôt, lui avait reproché son ivresse agressive. Dès que l'homme s'était présenté, il l'avait fait saisir puis attacher à un poteau, une jarre de koumis à quelques pas de lui, inaccessible, le laissant ainsi mourir de soif. Un spectacle pénible.

Yicheng lui avait demandé :

« N'as-tu vraiment rien de mieux à faire ?

— À quoi bon être Khagan si je ne peux m'offrir ce genre de petits plaisirs ?

— Des plaisirs ? »

Il avait hoché la tête en souriant.

Mais, au fond, Yicheng agissait-elle autrement ? Elle était venue le trouver pour qu'il lui accorde un plaisir, un caprice, qui était devenu ce qu'il y avait de plus important pour elle.

Elle s'assit au bord de la couche défaite.

« J'aimerais que tu exiges du roi de l'Est qu'il te livre l'ancienne Impératrice.

— Rien que ça ? ricana-t-il. L'Est est loin. Je ne peux pas le menacer comme je menace l'Ouest.

— Tu ne menaces guère l'Ouest non plus.

— J'ai des problèmes à régler ici d'abord.

— Je veux la récupérer, insista-t-elle.

— Que ferions-nous d'une vieille Impératrice déchue ? »

Nivar ignorait la haine que Yicheng vouait à sa sœur.

« Trouve un moyen, reprit-elle. Tu me dois bien ça. »

Elle ne s'attarda guère à ses côtés. Elle éprouvait une grande lassitude. Il lui semblait porter à elle seule le destin de la Steppe, de ce monde pour qui elle avait longtemps été une étrangère hostile. Nivar n'était pas à la hauteur de la tâche et elle ne pouvait l'obliger à grand-chose. C'était une position pénible et ingrate. Alors, que lui restait-il sinon la vengeance ?

Elle comptait retourner dans sa yourte quand elle aperçut un groupe de marchands du Couchant sur leurs chameaux, prêts à repartir, elle ne savait trop où. Ce spectacle lui donna envie d'aller rendre visite à Kang Mozhi.

Il l'accueillit avec affabilité comme toujours et comprit aussitôt qu'elle avait besoin de se confier. Il lui offrit du thé – un thé du Sud que des compatriotes venaient de lui procurer, un trésor ici, dans la Steppe.

« Oui, vous devriez faire venir votre sœur. Cela vous réussirait », lui dit-il après qu'elle lui eut rapporté la conversation qu'elle venait d'avoir avec Nivar.

Se doutait-il de ce qu'elle ferait à cette sœur une fois qu'elle l'aurait à sa merci ? Elle lui avait raconté ce qui s'était passé entre elles. Alors, se moquait-il d'elle ? Quelle importance ? Ses mots l'apaisaient. Il était désormais le seul à la comprendre. C'est pourquoi, d'ailleurs, elle fut froissée lorsque la conversation dériva sur le jeune Li Shimin, qui venait de finir de pacifier l'Ouest, et que Mozhi eut cette phrase :

« Vous n'auriez pas dû vous frotter à lui. Vous n'en sortirez jamais gagnante. »

Comment Mozhi pouvait-il la mettre en garde, elle, qui avait manipulé comme un enfant le cadet des Li un an plus tôt ?

« Mais je l'ai roulé, s'indigna-t-elle. Aux Oies-Sauvages, il me mangeait dans la main.

— Vraiment ? Dans ce cas les Li me semblent très heureux d'avoir été roulés par vous. »

Ses joues s'empourprèrent : « Je ne pouvais pas prévoir que Tardu tomberait malade, que la grande invasion n'aurait pas lieu.

— On ne roule pas le destin.

— Qu'est-ce que vous cherchez encore à me dire avec vos phrases qui n'ont aucun sens ?

— Li Shimin a pour lui une force que vous ne soupçonnez pas. Contrariez-le le moins possible à l'avenir, c'est tout ce que je peux vous conseiller. »

Elle le regarda comme si elle ne l'avait jamais vu. Qu'il était laid, avec son gros nez et sa demi-calvitie. S'était-elle trompée sur son compte ?

« Êtes-vous toujours aux services des Li ? » lui demanda-t-elle brutalement.

Il eut un sourire énigmatique qui peu à peu devint doux et presque tendre, comme s'il avait suivi le fil secret de sa pensée et ne souhaitait que la rassurer.

« Je ne pense pas les revoir jamais. Je les avais prévenus que, mon ambassade accomplie, je resterais quelque temps dans la Steppe, puis gagnerais le Couchant. Je partirai à la fin de l'hiver. Le moment est venu de rentrer enfin chez moi. »

C'était la première fois qu'il évoquait son prochain départ. Yicheng se sentit plus seule que jamais.

66

Jiande

Jiande n'avait jamais vraiment retrouvé Chan. Les mois passaient et l'espoir qu'elle redevienne la jeune femme dont il gardait le souvenir s'estompait. De la maison de plaisirs de la Capitale orientale, il avait sauvé tout au plus un fantôme, une ombre, un être qu'il ne pourrait plus jamais rendre heureux.

N'aurait-il pas mieux valu qu'elle fût morte ? Si les soldats de Wang Sichong l'avaient tuée lors de l'assaut contre la ferme des Dou, comme tout aurait été plus simple. Jiande aurait souffert atrocement au début, puis la douleur aurait cessé peu à peu. Il revoyait la scène qu'il n'avait jamais vue. Il imaginait Chan tentant de fuir et une flèche lui perçant la poitrine. Elle mourait sur le coup. À son retour de la Péninsule, il découvrait son cadavre et l'enterrait non loin de son père. Avec le recul, quel soulagement.

Bien sûr, aussitôt après l'avoir pensé, il s'en voulait et redoublait, envers la jeune femme, d'attentions qui la laissaient indifférente.

L'amour était une malédiction. Il s'était promis de ne pas l'oublier et se le répétait dès qu'il était en compagnie de Li Jun.

Depuis quelque temps, il la faisait sans cesse appeler auprès de lui. Il l'avait amenée à l'Est, moins en réalité par souci de sécurité que pour être en mesure de la voir chaque jour. Il aurait été vain de le nier : il cherchait à l'éblouir.

Au départ, Jiande s'était simplement plu en sa compagnie. Sa beauté était si peu éclatante, si absente même, du moins au premier coup d'œil, qu'elle en devenait rassurante, apaisante. Il avait l'impression de pouvoir être lui-même avec elle et il lui parlait sans contrainte. Il avait conscience qu'elle y était pour beaucoup, elle le mettait à l'aise, elle savait poser les bonnes questions, celles qui déverrouillaient son esprit. Plusieurs fois, leurs entrevues eurent lieu après des séances du conseil particulièrement tendues d'où Jiande était sorti soucieux et oppressé. Il pensait qu'il n'aurait rien à lui dire. Or, systématiquement, elle l'avait déridé par une plaisanterie, un compliment ou une remarque sur une fleur, un meuble, un poème, allégeant son cœur, lui permettant à la fois de s'évader et de se confier. Avec elle – il aurait été vain de le nier –, il était heureux.

Il voyait bien aussi qu'il lui plaisait, qu'elle l'admirait. Elle n'était pas la seule, mais elle avait une façon de le lui signifier qui était plus charmante qu'aucune autre, toujours inattendue. Et puis elle aurait dû le haïr : il lui avait pris Bourg-Dragon, il contrecarrait les ambitions de sa famille, il était un ennemi. Or, elle cachait de moins en moins son goût pour lui. Il en était si flatté qu'un soir où elle se montra inhabituellement froide, il rentra chez lui agacé, presque désemparé. Il n'avait qu'une hâte : la revoir, constater qu'il s'était trompé, que son attitude n'avait pas changé à son égard. Quand le lendemain, elle lui fit de nouveau bonne figure, il prit conscience de ce qu'il s'était caché jusqu'ici : à quel point cette femme de l'Ouest lui semblait désormais pleine de charmes, si vive, si indispensable. Un esprit pouvait, en les animant, magnifier des traits disgracieux. Il ne l'aurait plus voulue autrement qu'avec ses yeux un peu trop enfoncés, ses cheveux trop drus, son menton trop épais. Il en était venu à aimer jusqu'à ses défauts.

Un jour, alors qu'il rendait la justice, on lui présenta une jeune veuve qui affirmait avoir été spoliée par le frère de son époux. L'aurait-il écoutée aussi patiemment, lui aurait-il donné aussi vite raison si elle n'avait eu un air qui lui rappelait Jun ?

Dire qu'ils parlaient de tout serait exagéré pourtant. Il y avait un sujet qu'ils n'évoquaient jamais : leurs sentiments réciproques. Ils savaient pertinemment à quoi s'en tenir et craignaient, en se montrant trop explicites, de rompre l'équilibre qui s'était créé entre eux.

Pour que des mots soient enfin prononcés, il fallut attendre un banquet officiel donné en l'honneur de l'anniversaire de l'Éveillé, auquel ils assistèrent tous deux. Chan était présente aussi. Comme toujours dans ce genre de circonstances, elle était mal à l'aise et le laissait transparaître, gardant le visage baissé, ne souriant pas, presque continûment mutique. Cette fois-là, Jiande, d'habitude si patient avec elle, se laissa aller en public à des paroles agacées.

« Eh bien, rentre si tu ne veux pas rester », finit-il par lui déclarer.

Et il fut soulagé qu'elle regagne ses appartements. Il pouvait enfin profiter des saillies de Jun sans avoir auprès de lui cette présence à la fois pesante et inutile.

La transformation qui s'opéra en lui qui, de crispé et irritable, était devenu rieur, dut frapper l'assistance. Tout le monde finit par s'éclipser, comprenant que seule cette jeune aristocrate comptait pour lui et que toutes les autres personnes ne faisaient au fond que parasiter la conversation qui s'était nouée entre eux.

Ce fut alors, quand la grande salle du palais, au milieu de la nuit déjà avancée, n'était plus parcourue que par des serviteurs se hâtant de débarrasser les derniers plats, qu'elle lui dit cette phrase : « Vous devriez m'épouser. » Elle l'avait prononcée avec un faux détachement, comme une nouvelle et inoffensive boutade. Mais il savait qu'elle était sérieuse et quel courage il lui avait fallu pour oser parler. Sa vie était suspendue à sa réponse.

À quoi bon lui répliquer qu'il avait déjà une épouse ? Il se rendit compte qu'il n'y avait pas réfléchi, qu'il avait refusé d'y penser et qu'il se retrouvait face à elle, face à cette inévitable question, pris au dépourvu, condamné à la blesser ou à s'engager dans une voie dont il redoutait l'issue.

« Rien ne me rendrait plus heureux, dit-il après un long silence. Rien. »

Quand on était perdu, mieux valait dire la vérité.

Il dut lui sembler ridicule à battre ensuite en retraite, s'excusant, renversant l'un des tréteaux, manquant choir lui-même, la laissant seule avec cette demi-réponse.

Il courut réveiller le Vieux Cui, lui rapporta leur conversation.

« Une alliance avec les Li ? Ce serait la femme-renarde dans ton poulailler. Mais pourquoi pas ? Es-tu prêt à répudier ton épouse ? »

C'était le cœur du problème. Le Vieux Cui, avec son acuité coutumière, l'avait tout de suite identifié. Était-il prêt à faire cet affront à Chan ? Il ne l'aimait plus, il en aimait une autre. Par ailleurs, il était roi et elle n'était pas faite pour être reine, tandis que Li Jun, elle, avec son intelligence acérée, serait de toute évidence une compagne idéale. Tout justifiait ce nouveau mariage.

« Réfléchis, Jiande, réfléchis bien », lui glissa le Vieux Cui avant qu'il ne prenne congé.

Il n'en dormit pas du reste de la nuit. Il devait trancher vite, sous peine de devenir fou. En même temps, il se haïssait de se mettre dans des états pareils pour une femme. L'amour, décidément, perdait les hommes. Pour se sauver, pas d'autre choix que de vaincre l'amour, d'une façon ou d'une autre.

Alors, le matin même, il se rendit dans les appartements de Li Jun. Elle aussi avait les yeux rétrécis par la fatigue, animés d'une lueur fébrile. Il se félicita de ne pas l'avoir fait attendre plus longtemps.

« Vous n'êtes plus ma prisonnière », lui annonça-t-il.

Le sourire radieux qui illumina son visage lui brisa le cœur, rendit plus pénible encore ce qu'il était venu lui dire.

« Vous pouvez regagner l'Ouest.

— Je ne comprends pas.

— C'est très clair pourtant, Jun. Tu es libre. Je te fournirai une escorte jusqu'à la ville de ton choix, la Capitale de l'Ouest, s'il le faut. »

Il n'avait pas trouvé d'autre moyen d'échapper à sa passion tout en restant fidèle à l'image qu'il se faisait de lui-même. Comment aurait-il pu vivre après avoir abandonné Chan ? Cela aurait signifié renier ce qui, jusqu'ici, en dépit de tout, avait donné un sens à son existence. Bien sûr, il ne pensait pas pouvoir être heureux sans Jun, mais peut-être se trompait-il. Et puis il y avait plus important que le bonheur.

« Tu t'es amusé avec moi, murmura-t-elle d'une voix à peine audible, dans laquelle il perçut des sanglots.

— Non, s'écria-t-il en faisant un pas vers elle et en esquissant un sourire.

— Pourquoi alors ?

— En gage de paix avec l'Ouest.

— Je ne pensais pas t'entendre un jour parler ainsi. Comme tous les autres. »

Il voulut la prendre dans ses bras, se retint, ouvrit la bouche pour tenter de lui expliquer, soupira.

« Je t'aime trop pour te garder auprès de moi », se sentit-il obligé de lui dire.

C'était vrai – la raison profonde de son choix. Le Vieux Cui allait hurler en apprenant qu'il se privait, sans contrepartie, d'une otage si précieuse. Mais il avait une réponse toute prête : « Ce n'est qu'une femme. » Ce n'était qu'une femme et voilà précisément pourquoi il ne reproduirait pas avec elle l'erreur commise jadis avec Chan. Il ne se laisserait pas guider par l'amour, ce conseiller perfide. Il avait un pays à gouverner, un peuple à satisfaire, tant de combats encore à mener.

En regagnant ses appartements, il fut fier de lui. Chan l'y attendait, le regard absent.

67

Shimin

L'armée de Li Shimin quitta la Capitale de l'Ouest dès la fin de l'hiver, quand le temps radouci permit à ses cinquante mille hommes de passer les cols conduisant à la Capitale orientale. Jun, bien sûr, avait essayé de le retenir jusqu'au dernier moment. Depuis qu'elle était de retour, elle avait tout fait pour détourner les Li de l'Est.

« Je dois prendre la seconde capitale avant ton cher Dou Jiande ! lui assénait Shimin inlassablement.

— Il n'est pas notre ennemi, répliquait-elle.

— Tous ceux qui ne nous sont pas soumis sont nos ennemis.

— Dans ce cas, qu'on me renvoie auprès de lui. Je suis son otage. Il m'a laissée partir en gage d'amitié.

— Ce n'est pas parce qu'il a agi d'une façon stupide que nous devons en faire autant. »

Généralement, Shimin ne manquait pas ensuite de rappeler qu'une fille qui avait causé la perte d'une ville aussi essentielle que Bourg-Dragon n'avait de leçons de stratégie à donner à personne et certainement pas à lui.

Li Yuan mettait fin à ces disputes d'un « Ça suffit ! » de plus en plus las. Jun retournait à ses appartements, furieuse, bientôt suivie de Huaji qui prétendait aller la calmer, mais qui – Shimin en était persuadé – la confortait dans ses idées absurdes de partage du Milieu-du-Monde, puisque lui-même s'était mis, sans vraiment tout à fait l'avouer, à les défendre.

Heureusement, ce qui comptait pour l'heure, c'était encore l'avis de Li Yuan et il ne désapprouvait pas le projet de Shimin. À vrai dire, il ne désapprouvait personne – ou le moins possible, s'évertuant à ne privilégier aucun de ses fils. S'il donnait raison à l'un une fois, il s'arrangeait pour donner raison à l'autre la fois suivante. Il n'avait même pas ouvertement réprimandé Jun pour ce qui s'était passé à Bourg-Dragon. Il ne lui avait pas confié non plus de responsabilités nouvelles.

Dans la mesure où il avait laissé Shimin continuer ses préparatifs, puis partir, celui-ci s'estimait satisfait. De toute manière, comment rester ? Il aurait fini par en venir aux mains avec Huaji, qui dénigrait tout ce qu'il proposait.

Huaji n'était pas un bon général. Ce n'était pas pour autant une nullité, loin de là. Il avait même des qualités qui pouvaient se révéler dangereuses. Shimin le découvrait chaque jour un peu plus. À plusieurs reprises, quand il avait fallu procéder à des nominations pour des postes clés, comme celui de vice-président du Grand Secrétariat impérial ou celui de ministre des Rites, Huaji avait réussi à imposer ses fidèles. Pire, il s'était acoquiné avec les concubines les plus influentes, celles que Yuan appelait souvent auprès de lui et dont on pouvait supposer qu'elles avaient son oreille. On avait rapporté à Shimin qu'il n'était pas rare que son frère croise ces créatures dans le parc du palais à l'occasion d'une chasse ou d'une partie de polo et s'entretienne longuement avec elles.

Peu à peu, Li Yuan allait se retrouver entouré de personnes qui le serviraient moins lui que Huaji. Shimin aurait voulu l'avertir, mais à quoi bon ? Li Yuan lui aurait répondu qu'il se faisait des idées, que Huaji, comme lui, ne voulait que le bien du Milieu-du-Monde, etc.

Shimin se sentait impuissant. Il n'avait rien à opposer à ces méthodes de lâche. S'il restait, il se laisserait prendre dans la toile que son frère tissait tout exprès pour lui.

Partir à la conquête de l'Est était la seule solution. Qu'il s'empare de la capitale et les menées à son encontre deviendraient insignifiantes. Il rentrerait en triomphe. Qui oserait encore s'opposer à lui ?

Il avançait si vite que plusieurs de ses lieutenants vinrent le mettre en garde : les hommes allaient arriver épuisés devant la capitale qu'ils étaient censés investir. « Ils auront le temps de se reposer pendant le siège de la ville, expliqua Shimin. Ce qui compte, c'est de prendre position avant la première grande récolte, au moment où les greniers de la capitale seront encore vides. »

Ce qu'il ne précisait pas, c'était qu'il voulait aussi arriver avant que le roi de l'Est ait même songé à se mettre en route. Les rapports parlaient des cruautés de Wang Sichong, qui, pour asseoir son autorité sur une ville où chaque habitant le haïssait, avait dû recourir à la terreur. Une ville si hostile à l'homme qui la tenait ne serait pas difficile à fléchir. Même un général de l'Ouest comme Shimin pourrait se poser en libérateur. Le tout était de mettre le roi de l'Est devant le fait accompli.

Les circonstances favorisèrent Shimin : la plupart des cours d'eau étaient encore gelés par endroits et il put les faire traverser à son armée sans perdre de temps à construire des ponts. Il se félicita d'avoir tant insisté pour partir le plus tôt possible. Son esprit distinguait des possibilités indiscernables pour les autres. Sans cesse, autour de lui, on s'effrayait de ses idées, on les jugeait impraticables ou dangereuses. La lucidité était une souffrance et un combat.

Dans ces moments-là, Kang Mozhi lui manquait. Le marchand du Couchant avait accompli sa mission auprès des nomades. Il comptait aller revoir sa patrie, or elle était si lointaine qu'il fallait presque la moitié d'une décennie pour l'atteindre et en revenir. Pour peu qu'il s'y attardât, une génération pourrait bien avoir passé avant que Shimin le revoie. À quoi ressemblerait alors le Milieu-du-Monde ?

Il se souvint de la demi-figurine de tigre offerte à Mozhi avant qu'ils ne se séparent au printemps précédent : elle tenait dans la paume d'une main ; lui-même en avait gardé l'autre moitié. « Quand tu reviendras me voir, quoi qu'il te soit arrivé, quel que soit ton aspect alors, lui avait-il dit, tends-la-moi ou fais-la-moi parvenir et je te reconnaîtrai. Si tu n'es pas en état de revenir au Milieu-du-Monde, remets-la à ton fils ou à n'importe quelle personne que tu voudras voir comblée de mes bienfaits.

— Qu'il en soit ainsi », avait répondu Mozhi.

Quand la Capitale de l'Est apparut à l'horizon, Shimin commit une imprudence. Il voulut aller lui-même repérer le terrain en compagnie d'une poignée d'éclaireurs. On dut les apercevoir depuis le haut des remparts, car une troupe dix fois plus nombreuse sortit en trombe de la ville et fonça sur eux, manquant de peu les encercler. Il ne parvint à rompre la nasse que grâce à ses talents d'archer. Après les avoir repérés à leurs riches armures, il se mit à abattre l'un après l'autre les principaux officiers, semant le chaos parmi le groupe ennemi. Puis il le retint presque à lui seul en continuant à décocher des flèches depuis une petite colline sur laquelle il prit position en attendant que ses compagnons ramènent des renforts.

Il s'en était sorti à sa plus grande gloire. À son retour, le camp entier l'acclama. C'était encourageant pour la suite. Mais Shimin savait qu'il s'en était fallu de peu et qu'il avait sous-estimé Wang Sichong. Il se promit de ne pas recommencer. Le lendemain il lui dépêcha une estafette proposer une entrevue.

Elle eut lieu à mi-chemin du camp de l'armée Li et des remparts, sur un terrain découvert, afin d'éviter toute mauvaise surprise.

Wang Sichong se fit attendre. Quand il arriva enfin sur un grand destrier de guerre, Shimin le trouva aussi grand que dans son souvenir. Vieilli aussi. Et d'une laideur irréparable. Il arborait un sourire narquois.

Shimin l'appela poliment à se rendre, lui expliquant qu'il l'épargnerait et lui offrirait même un poste prestigieux dans l'administration Li.

« Je serai votre perte », répondit le Fauve du Couchant. Et, désignant d'un geste de la main la ville derrière lui, il ajouta : « Ces murailles sont imprenables. En tout cas, vous n'avez pas assez de troupes pour les prendre. »

Ces paroles étaient si attendues que Shimin n'en éprouva aucune colère.

« Ce ne sont pas mes soldats qui les prendront. C'est la faim. C'est la haine que tu suscites, sang-mêlé. Nous contrôlons tous les abords de la ville. Les champs qui auraient dû être cultivés pour nourrir la capitale, mes troupes vont les dévaster ou manger tout ce qui y poussera devant vos yeux.

— Tu parles comme si nous étions seuls au monde, gamin, comme s'il n'y avait que nous deux dans cette histoire. Tu oublies les loups qui nous entourent. Les nomades, le roi de l'Est… »

Shimin éclata de rire : « Tu crois vraiment que le roi de l'Est va te porter secours à toi ? Est-ce là tout l'espoir qui te reste ?

— Et pourquoi pas ? Ce serait dans son intérêt.

— Et ce que tu as fait à sa famille ? Ce qu'il a fait à ton fils ?

— Je suis prêt à l'oublier s'il m'aide. Car ce serait dans mon intérêt.

— Lui n'oubliera pas. »

Le grand métèque eut une moue dédaigneuse.

« Tu as encore beaucoup de choses à apprendre, petit. »

68

Jiande

« Je vous avais dit que c'était une erreur de laisser partir la fille de Li Yuan ! tempêtait le Vieux Cui.

— Qu'est-ce que cela change ? Les Li auraient quand même attaqué la Capitale de l'Est. »

Jiande ne regrettait pas sa générosité qui, du reste, sur le moment, ne lui était pas apparue comme telle, plutôt comme une lâcheté, une façon de fuir ses sentiments. Il se félicitait, au contraire, d'avoir renvoyé Jun à l'Ouest. Elle n'était plus auprès de lui et c'était une souffrance de tous les instants, mais au moins était-elle en vie. Au moins ne pouvait-on le contraindre à l'exécuter.

Dès son arrivée dans la Capitale de l'Ouest, elle lui avait fait parvenir un courrier si charmant qu'il en avait eu les larmes aux yeux. Elle lui expliquait comprendre son choix et l'admirer. Elle lui disait aussi qu'elle ferait tout pour défendre la paix entre l'Est et l'Ouest. De toute évidence, elle avait échoué.

« Nous ne pouvons pas laisser les Li s'emparer de la Capitale orientale », reprit le Vieux Cui. Il marchait difficilement, s'appuyant sur une canne qui résonnait contre le parquet sombre, chaque coup venant comme appuyer ses propos. Dans la petite salle, il n'y avait qu'eux. C'était une belle fin d'après-midi : la porte du pavillon était ouverte sur le jardin d'où leur arrivait l'odeur entêtante des premières fleurs. Jiande, lui, restait assis, suivant son ministre des yeux.

Ce que disait le Vieux Cui était très juste. Mais que faire ? Ils avaient trop tardé.

« Si nous partons maintenant, dit Jiande, ou bien nous arriverons après que la ville sera déjà tombée aux mains des Li. Ou bien nous devrons faire face à deux ennemis à la fois. »

Il avait un plan très simple pour l'année à venir : prendre la capitale d'ici l'été et finir ainsi de s'imposer à l'Est. Les Li venaient tout perturber.

Le Vieux Cui semblait avoir suivi le cours de ses pensées : « Il n'y a pas que les Li et nous dans cette affaire. Heureusement. Nous sommes trois et peut-être même quatre. Il y a les Li, il y a nous, il y a aussi, que ça vous plaise ou non, Wang Sichong. Et il y a enfin les nomades. Les Li comptent abattre leurs adversaires les uns après les autres, comme l'ont fait tous ceux qui ont unifié le Milieu-du-Monde. À nous de les en empêcher. Dois-je vous indiquer la meilleure méthode ? »

Jiande ne voulait pas y songer. Il secoua la tête. Mais, comme il refusait d'énoncer ce que le Vieux Cui attendait de lui, celui-ci poursuivit, implacable : « Oui, des alliances. Il faut nouer des alliances. »

L'air devint irrespirable. Les mains de Jiande se crispèrent sur les accoudoirs de son siège.

« Il m'a écrit, vous savez. Il demande votre aide. Il explique que les troupes Li ne sont pas si nombreuses. Elles étouffent la capitale, mais elles ne pourront pas maintenir le siège si une autre armée s'avance contre elles. »

C'en était trop. Jiande se leva. Les jambes le démangeaient. Son crâne allait exploser. Il suffoquait. Il s'avança vers le jardin, inspira.

« Jamais. Jamais je ne l'aiderai. Je préfère que les Li prennent la ville. Je m'arrangerai avec eux ensuite.

— Si vous laissez les Li prendre la Capitale de l'Est, l'Est tombera, je vous le prédis. Ils disposeront d'une formidable porte d'entrée chez nous, de la meilleure tête de pont, en fait, qu'on puisse imaginer. Wang Sichong est isolé, il n'a personne sur qui s'appuyer, aucune préfecture derrière lui. Les Li ont tout l'Ouest, eux. Nous n'avons pas d'autre choix que les repousser.

— Je les repousserai ensuite. »

Son mal de tête ne passait pas. Même les effluves de l'extérieur restaient sans effet. Jiande avait l'impression désespérante que tout lui échappait, de ne plus être maître de ses décisions. Il n'avait jamais été aussi puissant. Mais cette puissance débouchait vers une impuissance inédite : désormais ses actions étaient presque toujours dictées par d'autres, par le Vieux Cui en premier lieu. On attendait de lui ceci ou cela et il devait s'y conformer. Il avait rarement le choix. Il lui semblait que, comme chef de brigands et même comme paysan, il disposait d'une plus grande marge de manœuvre. Les plus pauvres étaient écrasés par les riches, c'était connu. Il l'avait constaté. Mais les plus puissants étaient à peine plus libres que bien des miséreux : d'autres décidaient sans cesse à leur place.

« Nous trouverons un équilibre, affirma-t-il. Cela demandera du temps.

— Un équilibre à deux, c'est donc ça que vous envisagez ? Comme vous êtes naïf. À deux, la confrontation est inévitable. Il faut être au moins trois pour qu'un équilibre puisse s'instaurer. Si l'un devient trop puissant et menaçant, les autres s'allient pour le contenir, telle est la règle. Vous comprenez ?

— Bien sûr, répondit Jiande rageusement.

— On ne choisit pas ses alliés. On ne s'allie pas avec ses amis. Les alliances sont toujours de circonstances, désagréables et nécessaires. »

Jiande se taisait, blessé, irrésolu ; il sentait le regard du Vieux Cui peser sur lui, sur son dos. Il était sur le point de se retourner et de le chasser quand l'autre vint se planter devant lui : « Qui êtes-vous, Dou Jiande ? »

Il écarquilla les yeux, surpris.

« Qui êtes-vous ? répéta le Vieux Cui.

— Le roi de l'Est.

— Vraiment ? Alors, prouvez-le. Faites passer l'intérêt de l'Est avant votre vengeance personnelle.

— Je n'ai jamais pensé qu'à l'Est, dans tout ce que j'ai fait.

— Jusqu'ici peut-être. Pas cette fois. Peu importe que Wang Sichong ait massacré votre famille, si le bien de l'Est exige que vous vous entendiez avec lui. »

Jiande recula, parcouru de frissons de haine. Le vieillard face à lui était devenu son pire ennemi.

« Nous lui laisserions la Capitale de l'Est – *notre* capitale – dont il s'est emparé par effraction ? C'est impensable ! » s'indigna-t-il.

Le Vieux Cui avait réponse à tout : « Proposez-lui le Sud. Qu'il y retourne quand les Li auront été vaincus. Sichong n'est pas assez stupide pour croire qu'il ait une chance de s'emparer *et* de tout l'Est *et* de l'Ouest *et* du Sud. Qu'il se contente du Sud qu'il n'aurait jamais dû quitter. Aux dernières nouvelles, personne ne s'y est imposé encore. Je n'aime pas Sichong, mais je lui reconnais une qualité : contrairement à l'Empereur qu'il a servi puis assassiné, il n'est pas fou. Il est remonté à l'Est parce qu'il croyait pouvoir vous vaincre facilement. Il s'est réfugié dans la Capitale orientale par accident. Il doit bien se rendre compte qu'il n'y est pas à sa place, que s'y accrocher, c'est courir à sa perte. Offrons-lui une porte de sortie qui serait aussi à notre avantage : les Li repoussés et cantonnés à l'Ouest, Sichong dans le Sud, où il s'épuisera à faire reconnaître ses droits, vous seul maître de tout l'Est.

— Mais il a quitté le Sud parce que ses troupes détestent la troisième capitale…

— Wang Sichong est un opportuniste. S'il a la garantie que vous le laisserez tranquille là-bas, croyez-moi, il saura s'acclimater. Je vous le répète : il sait qu'à l'Est ses jours sont comptés. »

Jamais Jiande n'aurait pensé en arriver là. Cela lui répugnait au point qu'il craignit d'en vomir. Il se rassit. Il avait envie de prendre sa tête entre les mains et de fondre en larmes.

« Je ne crois pas que je puisse. Ce serait…

— Agir en roi, le coupa le Vieux Cui.

— Admettons que je m'allie à ce… » Il n'arrivait toujours pas à prononcer son nom. « Admettons que je me porte à son secours, cela suffirait-il ? Il y a peu d'hommes en état de combattre dans la Capitale de l'Est. Cela reviendrait pour nous à affronter quasiment seuls les Li.

— C'est là que les nomades interviennent. »

Jiande se souvint de cette journée lointaine, au bord du Grand-Canal, quand sa vie avait basculé, du cavalier insolent qu'il avait croisé alors et qui, désormais, il l'avait appris quelques lunes plus tôt, régnait sur la Steppe.

« Leur Khatun vous réclame sa sœur depuis des mois.

— L'ancienne Impératrice ?

— Oui. »

Ainsi, le lot d'un roi consistait à se renier sans cesse. Jiande savait qu'il allait de nouveau céder à ce que le Vieux Cui s'apprêtait à lui proposer. Et il se détestait d'avance pour cela.

« Livrez-la-lui en échange d'une alliance contre les Li. »

69
Yicheng

Yicheng imaginait sa sœur cheminant lentement jusqu'à elle, la fatigue des étapes, l'appréhension qui montait, insupportable, l'empêchant sans doute de dormir et de manger. Bourg-Dragon, le passage de la Muraille-sans-Fin à moitié désertée, puis l'absence des villes et de la civilisation. Le cœur qui se serrait en songeant qu'il n'y aurait pas de retour, que les hameaux misérables en bordure de la Steppe seraient les derniers qu'elle verrait, qu'il n'y aurait plus jamais de jardin, de toit solide, de joie.

Elle avait exigé qu'on la lui livre vivante. L'ancienne Impératrice serait sans doute tentée de se tuer, il fallait à tout prix l'en empêcher. Elle se réjouissait de l'absence totale d'intimité qui résulterait de ces instructions. Sa vengeance commençait avant même qu'elles se revoient.

Deux mois s'écoulèrent. On était presque à la fin du printemps quand on annonça le convoi. Le campement grouillait alors de guerriers, Nivar s'étant engagé à attaquer l'Ouest dès que l'ancienne Impératrice lui serait remise.

Depuis quelque temps, Yicheng renaissait. Elle affichait une joie stridente lors des banquets du soir, auxquels il n'était pas rare qu'elle assiste désormais jusqu'au bout. Elle s'y enivrait elle aussi et devait être raccompagnée, titubante, jusqu'à sa yourte.

L'annonce de l'arrivée de sa sœur mit un comble à son apparente exaltation, tandis que, dans l'intimité de son cœur, une certaine angoisse la gagnait : elle avait attendu cet instant si longtemps qu'elle avait peur de le gâcher, de ne pas en extraire toutes les satisfactions possibles.

Elle aurait aimé en parler à Kang Mozhi, mais il était reparti. Et puis il n'aurait pas été d'une grande aide avec ses idées si bizarres. Il aurait été capable de lui enjoindre de faire preuve d'humanité.

Nivar ? C'était, certes, un être qui s'y connaissait en vengeances. On ne pouvait lui retirer ça. Il n'en était pas moins désagréable à Yicheng de se comparer à lui, d'admettre qu'au fond, elle ressemblait, en tout cas sur ce plan, au grand guerrier sordide et rancunier qu'était son époux. Le plaisir escompté des souffrances qu'elle infligerait à sa sœur, elle ne voulait pas les partager avec cet homme qu'elle méprisait.

Au départ, Nivar avait été réticent à accepter le marché proposé par le roi de l'Est. Il voyait dans l'Impératrice un otage aussi prestigieux qu'inutile et la perspective d'une guerre contre les Li ne l'enchantait guère. Pour qu'il rassemble enfin une armée, Yicheng avait dû prouver, en lui montrant plusieurs rapports et en convoquant divers espions, que le gros des forces Li se trouvait bien à l'Est et que leur capitale avait donc été laissée quasiment sans défense. Au crédit de Nivar, il fallait reconnaître qu'une fois acceptée l'idée d'une campagne contre l'Ouest, il s'était jeté à corps perdu dans sa préparation et que désormais il brûlait d'en découdre.

Elle fit attendre sa sœur trois jours. L'ancienne Impératrice du Milieu-du-Monde demeura confinée sous bonne garde, dans une yourte toute proche de celle où étaient gardées les panthères du Khagan, en bordure d'un terrain où l'on exerçait par ailleurs les chevaux et où, chaque soir, avaient lieu des jeux bruyants qui ne pouvaient qu'effrayer une femme ayant vécu toute sa vie dans le luxe feutré des palais. Quand on apprit à Yicheng que la prisonnière mangeait, buvait, ne pleurait pas, elle s'en agaça et décida qu'il était temps de la convoquer.

Elle aurait pu la faire fouetter nue à la vue de tous. Elle voulait cependant d'abord lui inspirer une angoisse lancinante, ne pas la maltraiter trop ouvertement, instiller en elle l'idée que sa vie désormais ne serait plus que cette nourriture infecte, ces odeurs épouvantables, cette langue presque animale, ce confort inexistant. Elle lui fit traverser tout le camp à pied, habillée comme une nomade, jusqu'à sa yourte.

On y avait installé un siège imposant, encore rehaussé par une estrade et recouvert de tissus filés d'or. Ce ne serait jamais le trône d'un Empereur, mais cela suffirait. Elle y prit place quand les deux battants de toile furent rabattus et que sa sœur apparut, encadrée d'une paire de guerriers nomades.

« Votre Majesté ! » lança Yicheng, ironique.

Les yeux de sa sœur étaient exorbités, elle voulut croire que c'était de frayeur. Mais il était tout aussi possible que ce soit le passage du jour irradiant à l'intérieur plus sombre de la yourte.

« Ma sœur », répondit l'ancienne Impératrice. Sa voix était douce, naturelle, troublante.

« Qu'on nous laisse ! » ordonna Yicheng avant de proposer un petit tabouret de bois à la nouvelle venue.

Elle pensait que sa sœur, par orgueil, refuserait. Or, elle ne se fit pas prier. Elle avait changé : son visage était beau encore, mais strié de rides nouvelles. Ses cheveux, par endroits, grisonnaient. Elle n'avait pas peur, s'étonna Yicheng. Elle lui souriait. Et, sans même y avoir été invitée, elle reprit la parole : « Je suis heureuse de te revoir aussi. »

Qu'entendait-elle par là ? Se moquait-elle ?

« Pas pour les mêmes raisons que moi, répliqua Yicheng

— Oh, il y a les raisons que tu te figures et les vraies raisons que tu ignores encore. »

Elle osait la prendre de haut. Yicheng en était toute désorientée.

« Et toi, tu les connais, bien sûr ? Tu vois tout, n'est-ce pas ?

— Certaines choses, oui. Par exemple, que tu ne me tueras pas. »

Il était évident pour Yicheng qu'elle finirait par exécuter sa sœur. La seule incertitude concernait le délai et la manière.

« Ce sont tes carapaces de tortue qui te l'ont dit ? se moqua-t-elle.

— Non. Je sais juste que cela ne te consolerait pas. En revanche cela pourrait bien m'apporter la paix à moi. »

Yicheng n'avait pas du tout envisagé les choses sous cet angle : la mort comme délivrance pour sa sœur et cette satisfaction impossible pour elle. Quelques phrases avaient suffi à ouvrir une brèche dans ses certitudes.

« Tu cherches à m'ensorceler ! s'écria-t-elle. Tais-toi !

— Je suis la dernière qui te reste. Si je disparais, ton lien fragile avec le Milieu-du-Monde, avec qui tu es vraiment, sera rompu. Tu te retrouveras encore plus seule.

— Cela fait longtemps que j'ai rompu les derniers liens qui me rattachaient au Milieu-du-Monde. Tu m'y as beaucoup aidé, d'ailleurs », répliqua Yicheng, sans conviction. Où était sa haine ? Introuvable soudain. Il fallait qu'elle la ranime.

« Tu as tué mon fils. »

Cette fois l'ancienne Impératrice baissa les yeux avant de les relever. Elle paraissait sincèrement contrite.

« Oui, je t'ai fait du mal. J'en suis désolée, je ne l'ai pas fait exprès ni par plaisir.

— Pas exprès ?

— Je te l'ai expliqué dans mes lettres. J'ai mal dosé le poison. »

D'un geste de la main, Yicheng lui intima de se taire. L'autre obtempéra aussitôt, comme si elle comprenait qu'il était trop tôt pour évoquer pareil sujet. Par délicatesse, en un sens. Yicheng sentit, de son côté, qu'elle n'aurait jamais dû mentionner son fils. Elle n'y était pas prête. Et surtout pas à s'entendre dire que sa mort s'était jouée à si peu, à une imperceptible quantité de poison en trop. À la place, pourquoi ne pas évoquer le fils de sa sœur et les événements affreux que celle-ci avait endurés dans le Sud ? Mais cela aussi lui sembla incroyablement vain, inutile. Plus tard peut-être, quand elle se serait ressaisie. Alors, elle dirait à sa sœur tout ce qu'elle avait prévu de lui dire, des mots qui lui fendraient le cœur et, plus encore que d'être écartelée par quatre chevaux, la feraient hurler de douleur. Pour l'heure, mieux valait quitter cette voie où chaque pas risquait de lui brûler les pieds à elle aussi. Mieux valait mettre le passé de côté et évoquer l'avenir.

« Tu as vu tous ces guerriers dans les allées du camp et tous ces chevaux ?

— Oui, je ne sais pas lesquels des deux sentent le plus mauvais. »

Yicheng faillit éclater de rire. Elle fit un effort sur elle-même pour garder un visage sévère et menaçant.

« Ils n'ont pas besoin de sentir bon pour détruire les Li. »

Un sourire s'esquissa sur le visage fatigué de l'ancienne Impératrice.

« Tu crois vraiment pouvoir détruire les Li ? Pour le coup, ce n'est pas ce que m'ont dit mes carapaces de tortue. Je ne suis même pas sûre que ce soit ce que tu souhaites au fond. »

Cette suffisance, cette prétention à la connaître, mieux qu'elle-même, c'était si agaçant. Yicheng n'eut pas à feindre la colère quand elle reprit, presque en criant :

« Voilà ce que je souhaite : nous allons suivre l'armée de Nivar et tu assisteras à la prise de la Capitale occidentale, à son sac, à la destruction d'une des plus belles villes jamais surgies au Milieu-du-Monde. Demain, nous nous mettrons en route. Tout aura l'apparence d'une grande chasse, comme nous en organisons tous les ans pour exercer les guerriers aux beaux jours. Sauf que cette fois-ci cette chasse dérivera vers l'Ouest, l'air de rien, comme par accident, en suivant le gibier. Mais le vrai gibier, la vraie proie, ce sera la Capitale occidentale.

— C'est un plan ingénieux. Nivar est un homme ingénieux. Car c'est son idée, n'est-ce pas ?

— En effet.

— Tu es heureuse avec lui ?

— Très », mentit Yicheng.

Sa sœur la scruta d'un regard étrange. Elle savait, elle devinait.

« Le problème, c'est qu'il ne vaincra jamais les Li puisque les Li vont régner sur le Milieu-du-Monde, qu'ils sont les plus aptes pour cette tâche si lourde. »

Comment pouvait-elle en être si sûre ? Comment pouvait-elle être si sûre de quoi que ce soit, elle qui s'était si lourdement trompée, au point de faire confiance à un Wang Sichong ?

« C'est la haute idée que tu te fais d'une famille qui a trahi ton époux ? ricana Yicheng.

— Parfois trahir, c'est être fidèle. »

Ce fut au tour de Yicheng de sourire.

« J'en ai assez, de tes phrases sans queue ni tête. Tu oses soutenir les Li ? Et le roi de l'Est, qui t'a sauvée ?

— Il m'a aussi livrée à toi… C'est un grand homme, j'en ai conscience. Mais il ne veut pas être Empereur. Or le Milieu-du-Monde a besoin d'un Empereur, pas d'un héros de chansons. »

À l'extérieur, un nuage s'était sans doute arrêté devant le soleil, car la yourte s'obscurcit un peu plus et Yicheng eut du mal à bien distinguer les traits de sa sœur. Souriait-elle de nouveau ? Sa voix était grave, pénétrante, l'une des plus vieilles que Yicheng eût jamais entendues, une voix qu'elle connaissait depuis son enfance et qui, tant de fois depuis qu'elle était arrivée dans la Steppe, lui avait manqué. Elle lui disait : « Tu meurs d'envie de revenir du bon côté. »

70
Shimin

Pour Shimin, la situation était critique. Et rageante. Il avait la victoire, presque. La ville était à bout : ses habitants, après avoir abattu et dévoré toutes les bêtes de la ménagerie impériale, en étaient réduits à manger l'écorce des arbres et à se confectionner des gâteaux de terre cuite. Des femmes avaient consommé la chair de leurs propres enfants, racontait-on. Une ou deux lunes, c'était tout ce qu'il lui fallait encore pour que l'ennemi se rende. Mais ces une ou deux lunes, il ne les avait plus. Une armée formidable s'avançait vers lui, menée par le roi de l'Est. Et maintenant sa sœur lui apprenait une autre nouvelle presque aussi désastreuse. Elle avait fait le voyage jusqu'à lui pour la lui transmettre en personne et pour s'assurer qu'il obéirait à l'ordre qui en découlait.

Si près du but, elle lui demandait de renoncer.

« Laisse-moi au moins une demi-lune », supplia-t-il. Il portait sa cuirasse noire. Sous sa tente, l'atmosphère était suffocante et il suait abondamment. Il voulait qu'on lui retire son armure, mais d'abord il devait raisonner sa sœur.

« Ce sont les ordres de Père, de ton Empereur, Shimin. Tu dois revenir protéger la Capitale occidentale.

— Je suis sur le point d'en prendre une autre !

— À quoi bon, si nous perdons l'Ouest ? »

S'il levait le siège maintenant et faisait retraite vers l'Ouest, Dou Jiande allait cueillir le fruit de tous ses efforts : la ville exsangue lui ouvrirait ses portes sitôt qu'il apparaîtrait. Une telle injustice révoltait Shimin.

« Ne me regarde pas comme ton ennemie, reprit Jun. Je t'épargne sans doute une défaite humiliante. Comment espères-tu empêcher le roi de l'Est de te déloger d'ici ? »

Shimin grimaça. Il ne pouvait laisser l'armée de l'Est approcher. Or, cette armée comptait, d'après ses espions, au moins cent mille hommes. Lui n'en disposait que de cinquante mille qu'il devrait maintenir en formation étirée autour de la ville, sans quoi le sang-mêlé percerait son blocus et trouverait un moyen de se ravitailler. Tout serait alors à recommencer.

Les nomades, Dou Jiande, Wang Sichong, tous s'étaient ligués contre lui. Si on ajoutait sa propre famille, qui le jalousait, l'univers entier semblait avoir résolu d'anéantir ses grands projets.

« Je ne renoncerai pas, affirma-t-il à Jun avec hargne.

— Tu n'auras pas le choix. »

Il s'approcha de la table sur laquelle était disposée une cruche de vin. Où était passée sa coupe ? Qu'importait : il porta directement la cruche à sa bouche.

Cent mille hommes s'avançaient vers lui. Il était condamné. Sauf s'il trouvait le moyen de les arrêter, au moins de les retenir, le temps que la ville capitule. On allait de nouveau le prendre pour un fou, un enragé, mais son esprit n'avait rien de furieux : il était animé d'une froide résolution.

« Jamais les nomades ne se sont autant approchés de la Capitale de l'Ouest, Shimin, dit Jun d'une voix vibrante de reproche. Nous avons été complètement dupes : Nivar affirmait poursuivre un onagre énorme et d'une rapidité stupéfiante, il dépêchait des messagers à Père, lui demandant humblement de poursuivre sa chasse sur nos territoires.

Père n'a pas osé le lui refuser. La prétendue partie de chasse de Nivar comptait quatre-vingt mille nomades ! Ils campent à présent en vue de la capitale !

— Ils n'iront pas plus loin. Ils n'ont pas d'armes de siège.

— Mais de quoi Père a-t-il l'air ? On assiège la Capitale de l'Est tandis que la nôtre est elle-même menacée, qu'on s'y terre ?

— C'est provisoire. »

Le pire pouvait arriver bien sûr. Mais pas toujours. Et si l'on n'envisageait que le pire, on n'osait plus rien, on n'était plus qu'un vieillard frileux qui reste emmitouflé dans une chambre trop chaude.

Shimin s'essuya le front du revers de la main.

« Laisse-moi réfléchir. »

Une fois seul, il examina la carte.

Le lendemain, quand il expliqua à sa sœur ce qu'il avait l'intention de faire, Jun hurla et le menaça d'une exécution sur la place du marché lorsqu'elle en informerait Père. Shimin ne pouvait la laisser ni repartir ni rester au milieu des assiégeants. Elle aurait été capable de les persuader de retourner à l'Ouest. Aux yeux de beaucoup, elle restait une héroïne qui avait changé le cours d'une grande bataille.

« Tu viens avec moi, lui dit-il.

— Je suis ta prisonnière, c'est ça ? Qu'espères-tu ? Qu'une fois que tu auras été écrasé par Jiande, je lui demande de te laisser la vie ? »

Ce fut alors qu'il la gifla. Plus fort qu'il ne l'aurait voulu. Elle le regarda, interloquée. Sa joue rougie n'allait pas tarder à bleuir. Il espéra qu'il ne lui avait cassé aucune dent.

Dans la nuit, ils partirent discrètement en compagnie de dix mille soldats, parmi lesquels l'ensemble de la redoutable cavalerie lourde, à la tête de laquelle Shimin avait l'habitude de combattre. À chaque étape, Shimin tentait en vain de se justifier devant sa sœur. Mais elle gardait un silence obstiné, se contentant de pointer du doigt sa joue enflée. Quand, trois jours plus tard, la petite troupe eut pris position, il força Jun à le suivre à travers les allées du camp en train d'être construit, jusqu'au bord de la colline : « Tu m'en veux. Je comprends. Laisse-moi au moins t'expliquer. Tu reconnais cet endroit ? »

Pas de réponse. Il vit néanmoins les yeux de sa sœur scruter l'horizon. À leur gauche s'écoulait l'énorme Fleuve-de-Boue. Au loin, sur l'autre rive, on apercevait la branche nord de ce qui restait du Grand-Canal : les rangées de saules splendides d'autrefois étaient clairsemées, les écluses, embourbées, ne semblaient plus fonctionner, c'était un spectacle pitoyable. On pouvait même distinguer la colline sur laquelle la famille Li avait assisté à l'inauguration.

Ce n'était pas dans cette direction, toutefois, que Jun portait son regard, mais face à eux, sur la route qui longeait la rive sud.

« C'est effectivement par là qu'il va arriver », confirma Shimin.

La route traversait un immense plateau qui s'affaissait soudain devant une petite rivière coulant perpendiculairement au Fleuve-de-Boue avant de s'y jeter. Shimin avait réparti son armée sur deux collines, de part et d'autre du chemin.

« C'est ce que j'ai trouvé de plus approchant d'une passe. Ton Jiande n'osera pas s'avancer. Il aura trop peur que je lui tombe dessus. »

Il sentit que Jun brûlait de lui répliquer et il devinait presque ce que ce serait. Sans doute : *Crois-tu vraiment arrêter cent mille hommes avec tes dix mille ?*

« Nous sommes indélogeables ici, affirma-t-il. Nous pouvons obtenir autant de provisions que nous le voulons par le fleuve. Ton Jiande aussi, me diras-tu. Mais ses bateaux de ravitaillement doivent remonter le courant, eux, et il a beaucoup plus de bouches à nourrir. »

Comme sa sœur s'enferrait dans son silence, les yeux toujours braqués face à elle, il ajouta : « D'ailleurs, il ne s'aventurera même pas dans la vallée. À mon avis, il préférera prendre position en bordure du plateau. »

Et ce fut bien ce qui se produisit cinq jours plus tard. D'abord apparut l'avant-garde, plus nombreuse à elle seule que toute l'armée de Shimin, puis le gros des troupes qui mit près de trois jours à finir d'arriver.

L'armée de l'Est était encore en train d'édifier ses camps lorsque intervint un événement troublant. Shimin passait en revue sa cavalerie lourde. Sa sœur le suivait de mauvais gré. Elle n'avait plus prononcé un mot, sauf pour lui rappeler que l'Ouest était attaqué par les nomades. Soudain, elle s'écria : « Jiande ? » Elle dévisageait un simple soldat qui, derrière la rangée de cavaliers, observait paisiblement la scène, assis sur une souche.

« Qu'on saisisse cet homme ! » ordonna-t-il. Cela aurait bien ressemblé au roi de l'Est de se risquer ainsi déguisé au milieu de l'armée ennemie. Shimin ressentit même une pointe de jalousie devant une telle audace. Sa sœur, elle, se mordit les lèvres. Elle comprit que, s'il s'agissait bien de Jiande, elle l'avait perdu.

Mais ce n'était pas lui.

« J'ai cru… On dirait tellement lui », balbutia-t-elle, plus soulagée encore que déçue.

Shimin se le fit confirmer par un lieutenant qui avait eu l'occasion de rencontrer le roi de l'Est lors d'une ambassade. « Oui, la ressemblance est frappante. Mais Dou Jiande est un peu plus petit. Et il n'a pas du tout la même voix. »

Celui qu'on avait pris pour le roi de l'Est n'avait cessé de se débattre en poussant des cris très aigus. Il avait un visage terriblement commun, constata Shimin. Au bout du compte, le fameux Dou Jiande avait l'air de n'importe quel paysan du Milieu-du-Monde.

Quelques jours plus tard, Shimin convoqua Jun sous sa tente : « Veux-tu revoir le vrai Dou Jiande ? lui demanda-t-il.

— Tu te moques de moi, n'est-ce pas ?

— Non. J'ai besoin de lui faire passer un message. Un message qui ne va pas du tout lui plaire. Et j'aime autant que ce soit toi qui t'en charges. Je sais qu'il ne te tuera pas. »

Comme elle semblait intriguée, il poursuivit : « Tu vas lui dire qu'il s'est trompé de direction et qu'il doit rebrousser chemin. Qu'il me laisse prendre la Capitale orientale. Sans quoi je l'anéantirai. »

Jun s'esclaffa : « Il va hurler de rire. Shimin, je peux négocier ta retraite à toi si tu veux. Il est encore temps d'aller secourir l'Ouest. C'est toi qui t'es trompé de direction. Pas lui. Enfin, tu vois l'armée de l'autre côté de la rivière ! Tu ne fais pas le poids. »

Il y avait des années, Shimin s'était retrouvé seul face à une masse hostile. Presque au même endroit, dans un lieu à la configuration similaire. De nouveau, toutes les apparences étaient contre lui. Les remarques de sa sœur étaient justifiées, il le savait. Plusieurs de ses lieutenants partageaient les mêmes réserves sans oser les exprimer. Il s'en moquait. Les sarcasmes, les doutes, ne l'atteignaient pas. Rien ne pouvait plus l'atteindre depuis que sa mère était morte. Rien ne lui ferait jamais aussi mal que les paroles qu'elle avait prononcées.

Shimin estimait probable que les dieux soient à leur façon de grands artistes se plaisant à créer entre les événements des équilibres et des échos subtils. Il pensa qu'il était donc dans l'ordre des choses que là où tout avait commencé, tout s'achève aussi.

71

Lettre de Jun à Huaji

Le royaume de l'Est n'est plus, mon frère. Et c'est moi qui dois te l'apprendre. La vie est cruelle, n'est-ce pas ? Tu connais mes sentiments pour Dou Jiande. Eh bien cet homme que j'aime plus que moi-même a tout perdu en un jour, en une heure.

Qui l'eût dit ? Que la plus grande victoire des Li serait l'événement le plus triste de ma vie ?

J'ai du mal à ne pas admirer notre petit frère. Personne au Milieu-du-Monde n'aurait été capable d'accomplir ce qu'il a accompli aujourd'hui. Personne ne croyait dans son plan, il résistait seul contre tous, contre moi, contre la plupart de ses lieutenants. Mais il avait raison ; nous avions tort.

Je l'avoue, je le hais. Je le hais d'avoir triomphé, d'avoir détruit cette si belle chose qu'était le royaume de Dou Jiande. Car je considère qu'il l'a d'ores et déjà détruit. Certains officiers de Jiande ont réussi à échapper au désastre. On peut supposer qu'ils tenteront de résister quelque temps. Mais je ne me fais pas d'illusions : sans l'homme qui en fédérait les énergies et les rêves, l'Est indépendant n'existe plus, il est comme reconquis. Une bataille imperdable y a suffi.

Voici comment les choses se sont passées. Pardonne mon récit désordonné, que je te livre alors qu'ici, le massacre se poursuit encore, mais je veux que ce soient par mes mots que Père et toi appreniez la nouvelle, pas à travers le récit que va diffuser Shimin. J'écris donc vite et ne me relirai pas. Du reste, j'en sais beaucoup plus que la plupart, beaucoup plus que Shimin lui-même. Je suis la seule à avoir vécu cet affrontement dans les deux camps à la fois.

Shimin m'avait envoyée parlementer avec Dou Jiande ou, plus exactement, lui porter des conditions de paix inadmissibles. Il savait ce qu'il faisait, je m'en rends compte à présent. Moi je n'y comprenais rien. À quoi bon provoquer une armée dix fois plus nombreuse que la sienne ? Cette démarche ressemblait à une bravade ridicule. Je l'acceptai néanmoins. Après des lunes et des lunes de séparation, je brûlais de revoir Jiande.

Il n'avait pas changé. Je me retins de me jeter dans ses bras en l'apercevant. Il était entouré du Vieux Cui et de plusieurs de ses dignitaires, au milieu du principal camp de son immense armée, dans un pavillon en dur, édifié à la hâte, mais avec habileté et goût : j'y reconnus la marque des Cui, leur raffinement qui ne dédaigne pas la simplicité. Dans la salle flottait l'odeur du bois fraîchement coupé.

« Votre frère se trompe s'il croit que vous faire venir ici va m'amadouer », déclara Jiande qui, bien sûr, déclina la proposition humiliante de Shimin. Il y eut des murmures grondeurs dans les rangs. Les ministres et généraux de l'Est étaient piqués au vif. J'en entendis plusieurs s'exclamer qu'il fallait donner une bonne leçon au « petit barbare ».

C'était précisément ce qu'avait cherché le petit barbare, je le sais aujourd'hui.

Plus tard, quand tous se furent retirés hormis le Vieux Cui, Jiande s'excusa de m'avoir parlé si rudement, ainsi que des propos désobligeants que j'avais pu entendre sur les gens de l'Ouest.

« Tout n'est pas faux. Mon frère est bel et bien une brute », répondis-je. Il hocha la tête.

Nous n'avions qu'une envie : nous retrouver seuls. Mais le seigneur Cui s'attardait. Il ne me faisait pas confiance. Dès que je portais la main à ma robe, il se rapprochait d'un pas étonnamment vif pour son âge et se plaçait entre Jiande et moi. Je suppose qu'il craignait que je ne sorte un poignard de mes manches !

« Vous devriez aller porter la réponse du roi de l'Est à votre frère, Li Jun, dit-il enfin.

— J'irai demain matin. » Je voulais rester au moins une nuit.

D'un regard, Jiande fit comprendre au Vieux Cui qu'il en serait ainsi et que sa présence n'était plus nécessaire.

Crois-le ou non, mon frère, jusqu'alors ma conduite avait été irréprochable. Mais mon existence depuis mon retour à l'Ouest et malgré ta compagnie – comment te dire ? Je ne peux la comparer qu'à une grotte sans lumière, à une soif jamais étanchée.

Je craignais de ne plus jamais avoir l'occasion de le revoir. Je ne regrette rien. Je suis partie le lendemain, emportant le souvenir de son odeur mêlée à celle du bois. Au moment de lui dire adieu, je repensai au vulgaire soldat que j'avais pris pour lui ; je faillis lui en parler, mais j'eus peur de le vexer. Comme j'aurais dû ! Comme tout, peut-être, en aurait été changé !

De l'autre côté de la vallée, Shimin ne parut étonné ni de mon retard, ni de la réponse que je lui portai. Il me demanda comment j'avais trouvé le camp ennemi, s'il était aussi bien ordonné qu'il en avait l'air.

« Il n'y a pas de faille, lui répondis-je. Si tu songes à une attaque surprise, tu perds ton temps et tu perdras nos soldats pour rien. Tu ferais mieux de faire ce qu'ordonne Père : battre en retraite vers l'Ouest.

— Il y a toujours une faille, Jun. Sinon dans des murailles, du moins ici », me dit-il en tapotant sa tête de l'index. Il s'était levé et faisait très peur à voir. Son visage n'était pas du tout de son âge.

Son regard était braqué sur moi, comme une lance. Je reculai, il avança.

« Tu es amoureuse de lui, Jun ? »

Je ne voulais pas parler de ça avec lui.

« Rejoins-le si tu veux, je n'ai plus besoin de toi ici. »

Je n'en croyais pas mes oreilles. Je lui aurais presque sauté au cou. En même temps je craignais un piège.

« Je pense pouvoir arranger les choses », lui dis-je précipitamment. C'était vrai. J'étais persuadée que Jiande l'emporterait, je voulais épargner un carnage à notre armée.

Shimin voyait plus loin, lui. Il s'est servi de moi. Je m'en doutais un peu sur le moment. Mais comment résister ? L'après-midi même, j'étais de nouveau auprès de Jiande.

Dès le lendemain, les provocations ont commencé. Les cavaliers de Shimin sont venus jusque devant les palissades et ont nargué les soldats, les ont traités de lâches, rappelant la disproportion des forces : « De quoi avez-vous peur ? Ah ! C'est vrai, un guerrier de l'Ouest vaut au moins vingt des vôtres ! » et autres déclarations de même farine. Et, bien sûr, dès qu'une sortie était tentée contre eux, ils s'enfuyaient.

Au départ, ces agissements n'ont pas eu de grandes conséquences. Jiande s'en amusait. Je lui avais expliqué que Shimin ne faisait qu'exploiter l'un de ses rares avantages : il disposait d'une meilleure cavalerie que l'armée de l'Est, faite principalement de fantassins, elle.

Mais ces petites piqûres irritantes se renouvelaient chaque jour. Les soldats de l'Est avaient beau jouer les indifférents, leurs nerfs finirent par être atteints, comme mis à nu. J'ai vu l'ambiance du camp se dégrader peu à peu et l'humeur de Jiande se faire plus sombre.

Il est vrai que toutes les apparences donnaient raison aux sarcasmes des cavaliers de Shimin : l'armée la plus nombreuse, la plus puissante, se terrait et les faibles troupes de Shimin occupaient le terrain, lançaient impunément leur défi, tombaient sur les soldats de Jiande dès qu'ils s'aventuraient sans escorte importante en dehors de leurs camps.

Le Vieux Cui avait conseillé la prudence et j'avais confirmé à Jiande que c'était en effet le plus sage, que Shimin ne devrait de toute façon pas tarder à retourner à l'Ouest, qu'il lui faudrait bien abandonner sa position. Qu'ainsi, on éviterait un bain de sang.

Ce n'était pas trahir, Huaji. Je songeais à Père et toi, attendant du secours à la Capitale de l'Ouest.

Cette situation se prolongea près de quinze jours. La chaleur devenait de plus en plus écrasante. Je voyais les soldats désœuvrés errer dans les allées du camp. Certains, sachant qui j'étais, me jetaient des regards de haine.

Je m'en moquais : j'étais heureuse ! Huaji, il n'y a qu'à toi que je puisse avouer cela. L'insignifiante épouse de Jiande ne l'avait pas accompagné. Je l'avais pour moi toute seule ! Je lui avais manqué comme il m'avait manqué : il ne me repoussait plus. J'aurais voulu que ces jours se prolongent encore et encore. Il m'est presque arrivé d'oublier que le sort du Milieu-du-Monde était en train de se jouer.

Mais Jiande, lui, ne l'oubliait pas. S'il restait très populaire, pour la première fois depuis qu'il était roi, il s'attira quelques moqueries. Certains soldats, excédés, se mirent à ne plus le considérer comme un héros. Ses généraux grommelaient lors des conseils de guerre, préconisant un passage en force.

« Et si la capitale que je suis venu secourir tombait ? De quoi aurais-je l'air ? » me dit-il un soir. À l'évidence, il vivait très mal son immobilisme forcé. Je tentai de le rassurer : « Tu la reprendras plus tard, quand Shimin repartira à l'Ouest combattre les nomades.

— C'est moi qui les ai envoyés contre vous. Je leur ai donné l'Impératrice, en échange », m'apprit-il alors.

Je l'ignorais et je suppose que tu l'ignorais aussi, Huaji.

Il s'en voulait. « J'en ai assez des compromissions et des lâchetés. »

Quelques jours plus tard, des flèches décochées par des cavaliers de Shimin tuèrent une dizaine de sentinelles. Devant l'interdiction donnée par Jiande de se lancer à leur poursuite, plusieurs soldats osèrent l'injurier, et moi avec : on l'accusa de s'être fait ensorceler par une agente de l'ennemi, une catin de l'Ouest.

Lors d'un conciliabule avec le Vieux Cui, auquel j'assistai peu après, Jiande s'emporta contre son conseiller : « Voyez où vos avis m'ont mené ! Si j'attends encore comme vous le demandez, mes troupes refuseront de m'obéir ! »

Le Vieux Cui ne cilla pas. Ses mains jointes sous ses larges manches, il répliqua d'une voix égale : « Mais vous êtes en train de gagner cette guerre, Majesté.

— Vraiment ? Immobilisé par des troupes dix fois moins nombreuses ?

— C'est celui qui saura attendre qui l'emportera. Le premier qui bouge sera vaincu. Patience.

— Qualité de vieillard. »

Sur ces mots rudes, ils se séparèrent. Je demeurai seule avec le roi de l'Est. Je ne l'avais jamais vu autant en colère.

« Il a raison, Jiande, lui dis-je d'un ton que je voulais apaisant. Tu ne dois pas céder à la pression des soldats. Et s'ils m'insultent, ce n'est pas important.

— Mais j'en ai dix fois plus que ton frère !

— Shimin est un guerrier. Pas toi. Ne rentre pas dans son jeu. »

Comme je regrette ces mots ! Il s'est senti humilié. Il m'a demandé de le laisser. Et ensuite il a voulu me prouver que j'avais tort. Huaji, que les hommes sont bêtes ! […]

72

Shimin

Le matin où l'on apprit à Shimin que l'armée de l'Est se préparait à livrer bataille, il inspira longuement l'air étouffant de sa tente. Enfin ! Chaque jour, de nouveaux courriers arrivaient de l'Ouest où son père et Huaji, enfermés dans la capitale, étaient passés de l'admonestation aux menaces. Ses propres lieutenants le critiquaient de plus en plus, murmuraient dans son dos. On le prenait pour un forcené. Il avait beau répéter : « Faites-moi confiance ! », on ne lui en accordait guère. Si on continuait de lui obéir, c'était uniquement parce que les soldats ordinaires le vénéraient, qu'il vivait comme eux, parlait comme eux et aurait su, en cas de besoin, les retourner contre ses officiers.

Il donna ses ordres. Dans sa tête, tout était prêt, la bataille avait déjà eu lieu. Le soir, il serait maître de l'Est.

Alors qu'il allait appeler pour qu'on l'aide à enfiler son armure, le doute le prit. Les fous ignoraient leur folie, c'était connu. Et, de l'extérieur, démence et génie se confondaient souvent. Le fils du Réunificateur s'était cru génial et il n'était qu'insensé. Lui, Shimin, de quel côté se situait-il ?

La vie consistait, pour une large part, à confronter ses idées à la réalité. On échafaudait un plan, puis on le mettait en application. Il en allait ainsi de l'architecte comme du jardinier, du cuisinier comme du poète. Ils créaient un palais, des parterres de fleurs, un plat ou des vers en se fiant à ce qui n'était au départ qu'une vague intuition et, une fois cette intuition retranscrite, mise en forme, mesuraient l'écart entre ce qu'ils avaient espéré accomplir et ce qu'ils avaient effectivement accompli. Un général n'agissait pas autrement, à ceci près que, dans son cas, la sanction du réel était bien plus terrible. L'échec ne se limitait pas à une demeure bancale, à un poème disgracieux ou un plat insipide. Quand on se trompait, des milliers d'hommes mouraient et des pays disparaissaient.

Shimin se fit habiller devant sa tente, à la vue de tous, lentement, se forçant à plaisanter. Il sentait monter l'angoisse de ceux qui l'entouraient. Au loin, l'armée de l'Est s'était mise en mouvement.

« Tout est en place ? » demanda-t-il. Son état-major acquiesça. « Alors on attend. »

Et l'armée Li attendit.

L'ennemi descendit en longues colonnes dans la vallée, s'empara du pont, occupa tout l'espace plat des berges. Shimin refusa d'attaquer. L'armée de Dou Jiande brûlait d'en découdre et lui, qui n'avait cessé de la provoquer, se dérobait.

« On ne bouge pas ! » dut-il plusieurs fois rappeler à ses officiers qui commençaient à s'impatienter eux aussi. Il ne devait laisser paraître aucune hésitation. Li Shimin avait dix-huit ans et s'apprêtait à défier cent mille hommes avec dix mille. Mais il savait qu'il y avait en lui bien plus de sagesse qu'en tous ses conseillers qui, malgré leur âge parfois respectable, avaient du mal à tenir en place, à accepter de ne rien faire.

« Nous avons discuté de comment il convenait d'agir. Nous devons nous y tenir. Le Ciel combat pour nous. »

En effet, à mesure que les heures passaient, la chaleur emplissait l'air. Shimin n'avait pas le souvenir d'avoir connu une journée plus chaude dans sa vie. Tout en contemplant la vallée, il se rafraîchissait en buvant des cruches entières de jus de prunes. Les soldats de Dou Jiande, en bas, n'avaient pas cette chance, eux. Depuis l'aurore, ils se tenaient debout, suant, sous le soleil écrasant, assoiffés. C'était exactement ce que Shimin avait espéré. Vers midi ils commencèrent à manifester des signes de fatigue : certains s'assirent sur l'herbe tandis que d'autres rompaient carrément les rangs pour aller chercher de l'eau à la rivière. La belle ordonnance du matin se relâchait.

« Vous voyez, mes amis, reprit Shimin, nous avons quasiment vaincu avant même d'entrer dans la bataille. » Puis il se leva et annonça : « C'est le moment. » Un officier agita un drapeau, des tambours et des cornes relayèrent les instructions.

Le reste fut l'affaire d'une heure.

Les historiens raconteraient plus tard comment un escadron dissimulé derrière l'une des collines avait déboulé sans crier gare contre les troupes de Dou Jiande. Il ne comptait que trois cents cavaliers, mais avait jeté le désordre chez un ennemi qui n'était plus sur ses gardes. Puis cela avait été au tour de la cavalerie lourde, avec Li Shimin à sa tête, du reste de la cavalerie et, enfin, de l'infanterie de descendre brutalement des collines et d'enfoncer les défenses adverses. Le chaos s'était propagé. En un instant, la rivière s'était couverte d'hommes tombés à l'eau ou se pressant sur le pont pour regagner l'abri des camps, malgré les efforts de leurs officiers leur ordonnant de rester à leur poste.

Une épée dans chaque main, Shimin était couvert de sang. Il se sentait comme un dieu qui instille la panique dans le cœur des hommes. Le monde autour de lui n'obéissait qu'à sa seule volonté, se conformait à ce qu'il avait désiré. Il avait tout prévu. Tout. Même qu'à un moment donné, son ennemi se ressaisirait. Quand cela arriva, que la grande armée de l'Est se souvint que son adversaire était en très petit nombre, qu'il suffisait de cesser de fuir, de reformer les rangs et que l'attaque tournerait court, quand le reflux s'arrêta et que le pont qui avait été repris par l'armée Li fut perdu de nouveau, quand la cavalerie lourde qui avait causé des ravages lors du premier choc se retrouva bloquée, impuissante, alors Shimin eut recours à une ruse qu'il méditait de longue date.

« Qu'on amène le roi ! » hurla-t-il. Il jubilait intérieurement. Il imaginait Jun, dans le camp adverse, tremblant pour son amant et qui serait horrifiée du tour qu'elle avait inspiré à Shimin sans le savoir.

L'homme fut amené, attaché en haut d'un mât, afin qu'il soit visible de tous. Et aussitôt un même cri parcourut les deux armées : « Le roi de l'Est est prisonnier ! »

Shimin n'avait jamais vu Dou Jiande, mais sa sœur lui avait dit que cet individu était son sosie. Ligoté à son mât, habillé richement, il poussait des cris stridents, appelant les soldats de l'Est à se rendre. C'était hilarant. Et terriblement efficace : la cohue gagna de nouveau les rangs ennemis.

Bientôt, Shimin repéra le vrai Dou Jiande au loin, lui-même coincé au milieu de la masse confuse, qu'il tentait sans doute de raisonner, ne comprenant pas pourquoi tout le monde hurlait qu'il était prisonnier, ne comprenant pas qu'un instant plus tard, il le serait bel et bien.

« Je le veux vivant ! » commanda Shimin avant de lâcher contre lui ses meilleurs cavaliers.

73

Yicheng

Yicheng gardait presque constamment sa sœur auprès d'elle. Elle ne l'avait pas tuée. Il serait toujours temps plus tard, se disait-elle. Pas de mauvais traitements non plus. Cela aurait été indigne d'elle. Et, là encore, rien ne pressait.

On campait en vue des murailles de la Capitale occidentale. Un spectacle fascinant. Non pas qu'elles fussent particulièrement hautes, mais elles enserraient un espace immense.

Le Réunificateur avait donné à sa ville de cœur des dimensions à la mesure de l'Empire qu'il venait de reconstituer : inouïes. Pour la traverser du nord au sud, et à supposer qu'on ne fût arrêté ni par un marchand cherchant à vous refourguer ses robes de soie colorée ou ses travers de porc au poivre, ni par un moine demandant l'aumône pour l'édification d'un temple sur l'un des innombrables emplacements vacants, d'après les souvenirs qu'en gardait Yicheng, on avait besoin de deux bonnes heures – et de presque autant pour aller de la porte du Printemps-Radieux, à l'est, à celle des Chagrins, à l'ouest. Un soldat qui aurait voulu parcourir toute la longueur des remparts y aurait passé sa journée. C'était le plus grand rassemblement humain du Milieu-du-Monde et sans doute de la terre entière. Mozhi, avant son départ, le lui avait confirmé. À l'un de ses angles se dressait, très au-dessus des remparts eux-mêmes, la plus haute pagode du Milieu-du-Monde, tout en bois, si fière, si fragile.

En la contemplant, Nivar jubilait. Il n'avait pas daigné mettre en place un siège en règle, se contentant d'installer le gros de ses troupes en amont de la rivière qui traversait la ville et, pour empêcher qu'elle puisse se ravitailler, de dépêcher des groupes de cavalerie qui terrorisaient la campagne environnante.

Le Khagan faisait étalage d'un entrain débordant largement celui de Yicheng. Il ne parlait plus que des destructions qu'il allait infliger et des femmes qu'il raflerait une fois à l'intérieur des murailles. Sa gloire surpasserait alors celle de Tardu.

Yicheng aurait dû jubiler elle aussi. Elle n'y parvenait pas. Elle détestait que Nivar ose se comparer à Tardu. Elle aurait souhaité, avant que la capitale ne fût livrée aux flammes, en arpenter les avenues interminables, profiter de ses palais et jardins, se recueillir une dernière fois dans l'un de ses temples de la religion nouvelle.

Était-ce le fait d'être si près du but qui lui ôtait le plaisir qu'elle était censée éprouver ? Était-ce la peur secrète d'échouer au dernier moment ?

Un jour qu'elle rentrait d'une visite rendue à Nivar, au cours de laquelle il avait de nouveau détaillé l'anéantissement qui attendait la Capitale de l'Ouest, sa sœur lui déclara : « Tu es écœurée, je le vois bien.

— Ne me dis plus jamais ce que je ressens ou je te fais enterrer vivante jusqu'à la tête, je la recouvre de crottin de cheval et j'attends que tu t'étouffes avec, répliqua Yicheng avec aigreur.

— Si tu devais me tuer, tu l'aurais fait depuis longtemps. »

Elles partageaient la même tente, l'ancienne Impératrice occupant en quelque sorte la place qui avait été autrefois celle de Zhu. Yicheng se félicitait de l'avoir ainsi ravalée au rang de simple servante – une humiliation qui n'était qu'un prélude à sa vengeance à venir.

Quand se répandit dans le camp la nouvelle de la brillante victoire de Li Shimin à l'Est, Yicheng se rua chez Nivar : « Que vas-tu faire ? lui dit-elle, haletante.

— Cela ne change rien. J'ai plus de quatre-vingt mille guerriers. Avec ce qu'il a dû laisser à l'Est pour consolider ses conquêtes, il en aura moitié moins.

— Tant mieux. »

Dans son cœur, la même insatisfaction lancinante pourtant. Qu'avait-elle espéré ?

Cette nuit-là, elle ne trouva pas le sommeil. Alors qu'elle se tournait et retournait sur sa couche depuis des heures, une main apaisante se posa sur sa poitrine. Elle voulut la repousser, mais c'était si bon : il lui semblait que, pour la première fois depuis des lunes, l'irritante fébrilité qui l'habitait avait disparu. Sans prononcer un mot, elle posa sa main sur celle de sa sœur. Les minutes passèrent.

« Tu ne dors pas non plus ? demanda-t-elle finalement.

— Je ne crois pas avoir dormi un seul instant depuis que mon fils est mort », répondit la femme à ses côtés.

Ce n'était pas possible, bien sûr. Elle mentait ou ignorait qu'on dormait toujours nécessairement un peu.

« Toi, tu y arrives ? »

Yicheng hésita. Elle avait terriblement envie de répondre – et que sa réponse fût sincère. En même temps, elle avait soigneusement évité jusqu'ici d'entrer dans le jeu de sa sœur, la rabrouant, l'insultant à tout propos.

« Je... commença-t-elle. Pas aussi bien qu'avant... »

Elle se sentait soudain très proche de cette femme qui avait saccagé son bonheur. C'était comme si le passé récent s'estompait, laissant ressurgir des images plus anciennes. Elle revoyait la princesse méridionale de jadis, la rassurant quand, alors qu'elle étaient enfants, tout s'était effondré autour d'elles, que les troupes du Réunificateur avaient envahi leur pays, pris leur capitale, mis fin à la dynastie de leurs aïeux. Le palais était rempli de soldats et sa sœur lui tenait la main, comme en cet instant, lui murmurant des paroles de réconfort. Yicheng tremblait : des cris partout, la cohue, leurs parents invisibles, les servantes disparues. Il n'y avait que cette sœur aînée pour lui dire que tout irait bien.

« Comme je t'ai haïe ! s'exclama-t-elle, s'ébrouant de sa rêverie. Jamais je n'ai haï personne comme toi. »

Elle avait parlé au passé, s'aperçut-elle, mais ne se reprit pas.

« Qu'attends-tu de la vie maintenant, Yicheng ?

— La destruction du Milieu-du-Monde. Et ta mort. »

Un soupir dans l'obscurité.

« Comment pourrais-je te pardonner de m'avoir privée de mon fils ? D'un fils que j'avais eu de Tardu ?

— Ne me pardonne pas. Sache seulement que je l'ai fait pour le Milieu-du-Monde.

— C'est ce que m'a dit Zhu. Je l'ai tuée pour ça.

— Et tu t'es retrouvée encore plus seule, encore plus perdue.

— Tais-toi. Je ne suis pas perdue. Je sais ce que je veux : me venger. Rien d'autre ne m'importe plus. »

Au moment de la mise à sac du palais des rois du Sud, un groupe de soldats de l'Ouest avait fait irruption dans la chambre où se tenaient les deux princesses. Yicheng avait hurlé de terreur. Sa sœur lui avait serré la main plus fort et avait toisé les intrus. Elle avait dit d'une voix parfaitement calme au soldat le plus proche : « Toi, tu ne reverras jamais l'Ouest. » Puis, à celui qui se tenait juste à côté du premier : « Toi, tu mourras noyé. »

Yicheng ignorait si ces prédictions s'étaient vérifiées. En tout cas, les hommes avaient reculé, préférant poursuivre leur pillage ailleurs.

« Si je renonçais, quel sens aurait ma vie ? J'aurais échoué.

— Il me semble, au contraire, que ta vie retrouverait un sens alors, que c'est même le seul moyen qu'elle en retrouve un. »

Yicheng méditait ces paroles quand sa sœur reprit d'un ton solennel : « J'aimerais te parler de ce qui s'est passé dans le Sud l'an dernier. »

Elle ne l'avait jamais fait jusqu'ici.

« Tu m'en veux et tu as raison de m'en vouloir. Mais tu n'as aucune raison de t'en vouloir à toi-même. Et, crois-moi, c'est une chance que je n'ai pas. »

À l'extérieur régnait un calme étonnant. Pas un cri de chien ou d'ivrogne, pas un ronflement.

« C'est moi qui ai ouvert les portes du palais ce matin-là. J'ai soulevé de mes propres mains la barre de fer d'une poterne que Sichong m'avait indiquée. Il se tenait dissimulé de l'autre côté, avec ses troupes. C'était à la fin de la dernière veille de la nuit. L'air était chargé d'une moiteur déjà étouffante, je n'oublierai jamais. Tu entends ce que je te dis, Yicheng ? C'est moi qui ai ouvert la porte à l'assassin de mon époux, de mon fils ! »

Yicheng écoutait, fascinée. Elle ignorait ce détail. Ensuite, l'ancienne Impératrice lui raconta tout : le carnage qu'elle avait provoqué sans le vouloir, sa terreur mêlée d'indignation. Enfin, sans pleurer, mais d'une voix où la vie semblait s'être retirée, elle parla de la mort de son fils et de son époux.

Elle avait été amenée dans la salle du trône, remplie des soldats de Sichong : « Lorsque je suis enfin parvenue en haut des marches, j'ai distingué le trône d'or et d'argent, tout au fond, par-delà les centaines de casques et de piques. Il était occupé. Sichong y avait pris place. Il énumérait les crimes de celui qu'il appelait l'Empereur déchu.

« Entre les épaules de tous ceux qui se tenaient devant moi, j'ai aperçu un pan de robe jaune. Or, comme tu le sais, un seul homme, au Milieu-du-Monde, a le droit de porter une telle robe. Celui qui aurait dû se tenir sur le trône et non pas debout, comme un accusé, hué de tous. J'ai trouvé la force de m'écrier : "Ce n'était pas notre accord !"

« Sichong a interrompu sa fastidieuse énumération et a levé vers moi ses yeux globuleux. Dès qu'il m'a reconnue, il a fait signe aux soldats de me laisser avancer. Puis, s'adressant à l'Empereur : "Ne vous avais-je pas dit que c'était elle, qui vous avait trahi ?"

« J'ai voulu répliquer, mais l'espace s'était ouvert, jusqu'au pied du trône. J'ai pu voir que tout le bas de la robe jaune était maculé de sang. Mon époux était debout pourtant, il ne semblait pas blessé.

« Mon regard est tombé sur la petite forme gisant sur le sol.

« Mon enfant a été tué, je le sais aujourd'hui, alors qu'il se blottissait contre son père. Un coup de sabre lui a à moitié détaché la tête.

« Avant de perdre connaissance, je n'ai eu que le temps de penser qu'il ne pouvait s'agir de mon fils, que c'était impossible. Puisque j'avais ouvert la poterne pour lui, pour qu'il revienne en sûreté, à l'Ouest, mon fils vivait, il était en sécurité et le resterait, nécessairement.

« Quand je me suis réveillée, on m'a informé que l'Empereur avait été exécuté : il avait exigé du poison, mais, pour aller plus vite, Sichong avait préféré le faire étrangler. Ensuite, tu sais ce que je suis devenue, à quoi j'ai été réduite. J'étais si anéantie que même la nouvelle de la mort de mon autre fils, dans la Capitale de l'Ouest, ne m'a rien fait. »

Yicheng avait l'impression d'avoir été transportée hors du temps. Les époques se mêlaient dans son esprit : la prise du palais par Sichong, les conquêtes du Réunificateur ; des événements oubliés ressurgissaient ; d'autres qui lui avaient paru essentiels glissaient peu à peu dans l'insignifiance.

« Ton fils n'est pas mort pour rien, Yicheng. Tardu a levé le siège des Oies-Sauvages. Le Milieu-du-Monde ne se serait pas remis d'un Empereur otage des nomades. »

Yicheng s'en voulut d'éprouver de la gratitude pour ces mots qui, la veille encore, l'auraient ulcérée.

« L'Empereur est mort quand même, et pitoyablement », se contenta-t-elle de répondre. Il n'y avait plus d'agressivité dans son ton. « Vos enfants sont morts. La dynastie du Réunificateur n'est plus. Quelle différence ?

— Une grande différence. Mon époux a commis des fautes, il les a payées et j'ai payé moi aussi pour mon aveuglement. Mais l'Empire existe toujours. Les Li viennent de remporter une grande victoire à l'Est. Ils ont la possibilité d'empêcher que tout se désintègre. »

À travers sa sœur, c'était comme une force invisible qui guidait Yicheng dans une voie qu'elle n'aurait jamais imaginé pouvoir de nouveau emprunter.

« Même si je voulais les aider, quels moyens aurais-je de le faire ? Nivar ne m'écoute pas comme Tardu le faisait.

— C'est faux. Nous le savons toutes les deux. »

Il existait, en effet, un moyen – et assez simple. Peut-être parce qu'au fond, il sentait bien qu'il n'égalerait jamais son frère, et qu'en conséquence, il craignait d'être illégitime à gouverner, Nivar ne supportait pas que l'on conteste son autorité : contrôler le moindre recoin de la Steppe était son obsession. Pour qu'il renonce à la Capitale occidentale, il suffisait donc que des tribus s'agitent. Or l'une d'elles était tout indiquée pour ce rôle : celle à qui il avait confié Tulan.

Nivar l'avait jugée sûre, c'était pourquoi il lui avait remis son neveu. Mais aucune tribu ne pouvait rester vraiment fiable avec un otage pareil. Car comment ne pas être tentée de l'utiliser à son profit ou se laisser gagner aux intérêts de celui qu'on était censée surveiller ? Nivar, par sa répugnance à se débarrasser du fils de son frère, et peut-être aussi parce qu'il sous-estimait le jeune garçon, avait commis une erreur évidente.

Il suffirait d'une étincelle.

La femme qui avait été Impératrice et qui était toujours un peu sorcière poursuivit : « Demande à Tulan de se rebeller. Il t'écoutera. » Quelques instants plus tard, elle ajouta : « Songe à ta vie, que tu peux encore sauver. »

Elles ne prononcèrent plus un mot de la nuit. Yicheng garda la main de sa sœur dans la sienne. Elle entendait sa respiration régulière et espéra qu'elle s'était enfin assoupie.

De son côté, elle réfléchissait, emportée dans un vertige de pensées contradictoires. Voilà qu'elle entrevoyait quelque chose comme un apaisement. Son destin n'était peut-être pas ce qu'elle s'était figuré : d'un côté, une vie au service du Milieu-du-Monde, de l'autre, après le basculement qu'avait constitué la disparition de son fils, une vie au service de la Steppe. Tout pouvait rentrer dans l'ordre si elle le voulait, dans l'unité réconfortante d'un destin univoque. Même son deuil pouvait s'intégrer dans ce destin revisité. C'était beaucoup, c'était inespéré. Elle avait envie d'embrasser celle qui lui avait fait ce cadeau. Son enfant pouvait ne pas être mort pour rien.

Elle sombra enfin dans le sommeil, si longtemps et profondément qu'elle n'entendit pas le remue-ménage qui chaque matin secouait le camp, les cris et les heurts dans les allées. Quand elle s'éveilla enfin, elle sentit à la chaleur et à la lumière qui régnaient à l'intérieur de la yourte qu'il devait être près de midi. Sa sœur était penchée au-dessus d'elle, non pas menaçante, plutôt comme une divinité bienfaisante.

Yicheng n'avait plus dormi ainsi depuis des années.

Une lune plus tard, Nivar apprit que Tulan avait rallié à lui non seulement la tribu dont il était censé être le prisonnier, mais d'autres qui l'avaient reconnu comme Khagan à la place de son oncle. On leva le siège en urgence.

74

Jiande

Jiande mangea avec appétit la bouillie de millet qu'on lui avait apportée. C'était simple, mais bon et suffisant. À chaque bouchée, il se rappelait qu'il n'aurait plus jamais d'autre repas.

Il avait échoué. Mais pouvait-il raisonnablement considérer que sa vie avait été un échec ?

Sa jambe le faisait encore souffrir, l'élançait. On la lui avait soignée, et plutôt bien. Elle aurait pu sans doute complètement guérir. Le médecin lui avait dit qu'il garderait une démarche claudicante, car l'os avait été atteint et il y avait peu de chance qu'il se ressoude parfaitement à cet endroit-là. Mais cela ne l'empêcherait pas de bientôt marcher, de courir même et de monter à cheval sans trop de difficultés. Au sourire désabusé de Jiande, il avait compris l'absurdité d'une telle remarque et s'était retiré en bafouillant des excuses.

On le traitait bien, avec respect. On ne lui avait pas mis de fers aux pieds. Beaucoup ne cachaient pas leur admiration à son égard. C'était un baume réconfortant avant l'épreuve qui l'attendait.

Il voulait mourir dignement. Il s'y préparait depuis son arrivée dans la Capitale occidentale, quelques jours plus tôt.

Sa prison se situait dans une dépendance du palais impérial. Il s'agissait de deux salles sans ouverture vers l'extérieur, mais confortables. Une porte coulissante séparait une chambre dotée d'un beau lit en cerisier d'une autre pièce où Jiande recevait sur des tabourets bas les visiteurs qui se succédaient auprès de lui. Le lendemain de son arrivée dans la capitale, l'Empereur Li Yuan en personne lui avait fait cet honneur. Jiande avait entendu un brouhaha inhabituel dans le couloir qui bordait sa prison : le choc d'épées contre des cuisses en mouvement, des lances cognant contre le sol, sans doute des sentinelles se mettant au garde-à-vous. Puis l'une des deux portes donnant sur ce couloir s'était ouverte et un gros homme suant l'avait franchi d'un pas lourd. Il portait une splendide robe jaune.

Ils n'avaient échangé que des paroles banales, des considérations sur la vie et la mort. Jusqu'à ce que Jiande demande : « Vous souvenez-vous de moi ? »

Li Yuan avait plissé le front. La longue cicatrice qui partait de son oreille droite rougeoyait. « Je sais qui vous êtes bien sûr. » De toute évidence, il ne comprenait pas de quoi Jiande lui parlait.

« Nous nous sommes vus autrefois le long du Grand-Canal, le jour de son inauguration, quand vous nous avez appris, au Vieux Cui et à moi, que l'Empereur fou allait entrer en guerre contre la Péninsule.

— Ah, le jour où tout a commencé à mal tourner.

— C'est moi qui étais auprès du Vieux Cui. »

Jiande vit bien qu'il ne le reconnaissait pas. Avant de partir, le nouvel Empereur du Milieu-du-Monde lui dit toutefois dans un soupir : « J'aurais dû te tuer alors. Cela nous aurait épargné bien du souci, non ? »

Jiande ne savait pas s'il plaisantait. Il finit par se convaincre que Li Yuan avait voulu lui faire un compliment à sa façon, lui signifier qu'il avait été un adversaire formidable, le plus formidable de tous et qu'il s'en était fallu de peu.

Il n'avait pas osé les interroger, ni lui ni aucun de ses autres visiteurs sur Jun. Depuis le jour de la bataille, il ne l'avait plus revue. Il ignorait si on lui avait interdit de l'approcher ou si elle ne l'avait tout bonnement pas souhaité. L'espoir de la serrer encore dans ses bras s'était peu à peu évanoui pendant le long trajet qui l'avait mené jusqu'ici.

Après leur victoire au Nouveau-Confluent, les troupes de Li Shimin avaient gagné la Capitale de l'Est, toujours assiégée et qui attendait en vain un secours qui ne viendrait plus. Peut-être avait-ce été pour Jiande le moment le plus pénible et le plus bizarre. Li Shimin, dans le but de briser la résistance des assiégés, l'avait exhibé devant les remparts, enfermé dans une cage. Et cela avait suffi : la ville s'était rendue dans l'heure. Tel était l'espoir qu'il avait suscité, telle la résignation résultant de sa défaite. C'était flatteur et terrible : il en avait conçu un surcroît d'amertume.

L'événement le plus invraisemblable avait eu lieu peu après : la porte la plus proche s'était ouverte et Wang Sichong en était sorti. Le Fauve du Couchant qui, amaigri, ne semblait plus que l'ombre de lui-même, s'était avancé jusqu'à lui, avait pénétré à son tour dans la cage et l'avait enlacé en pleurant. Jiande était demeuré figé de surprise, finissant par passer ses bras au-dessus des épaules du grand guerrier au visage repoussant et par, lui aussi, se laisser aller aux larmes. Encore aujourd'hui, il ne savait pas ce qui leur avait pris.

Ensuite, il s'était absurdement mis en tête que tout n'était peut-être pas joué, que les nomades, ses alliés, pourraient renverser la situation. Quand, après une marche d'un mois vers l'Ouest, l'armée de Li Shimin était arrivée en vue de la Capitale occidentale, il y avait bien une petite troupe de guerriers de la Steppe. Mais pas la grande armée promise par le Khagan, qui s'était retirée quelques jours plus tôt, pour aller mater un soulèvement. Li Shimin, moyennant quelques milliers de rouleaux de soie, avait obtenu le retrait de cette arrière-garde inoffensive.

Alors, Jiande avait compris que tout était perdu. Il allait mourir loin de chez lui. Il ne reverrait jamais Chan qu'il espérait en sécurité, cachée à l'Est par le clan Cui, et sans doute même pas Jun. Il avait demandé qu'on ne lui serve plus de viande, mais la nourriture la plus simple possible, comme du gruau de millet, et on s'était plié à son choix. Après sa mort, son esprit irait habiter une autre créature qui pourrait fort bien être l'une de celles dont il se repaissait jusqu'ici. Autant commencer dès maintenant à leur témoigner du respect.

On ne mourait jamais, la religion nouvelle était très claire là-dessus. On renaissait sans cesse. Jusqu'à ce que, par un effort formidable d'ascèse, on mette fin à ce cycle de réincarnations. Jiande savait qu'il en était loin, qu'il avait sans doute encore bien des vies à supporter. Celle-ci, songea-t-il, n'avait pas été plus mal que beaucoup d'autres. Mais l'avait-elle fait avancer sur le chemin menant à la Sérénité suprême ?

Pour l'heure, ses ambitions étaient plus modestes. Cela faisait deux mois qu'il avait perdu une bataille qu'il croyait gagnée d'avance. Le lendemain matin il serait exécuté devant des milliers de personnes sur la grande place du marché, le plus vaste espace urbain du Milieu-du-Monde. Il s'efforçait de ne pas redouter ce moment.

Même s'il n'y avait pas de fenêtre pour le vérifier, il sentit que la nuit était tombée. Un calme absolu régnait autour de lui : plus aucun bruit de pas, plus d'éclats de voix à l'extérieur. Trouverait-il le sommeil ? Le souhaitait-il seulement ? Ne serait-ce pas gâcher les heures qui lui restaient ?

Il ne gagna pas son lit, de l'autre côté de la porte coulissante, attendant il ne savait trop quelle illumination, assis en tailleur sur le parquet. Il dut s'assoupir, car, sans qu'il ait rien entendu, quelqu'un se tenait devant lui. Plusieurs des torches avaient fini de se consumer et la pénombre empêchait de bien distinguer ses traits. Mais il devina. Avant même qu'elle ait prononcé un mot. Son parfum le confirma. Comment aurait-il pu l'oublier ?

« Je n'ai pas eu l'autorisation avant, Jiande ! lui dit Li Jun. Je te le jure. As-tu au moins reçu mes lettres ? »

Il secoua la tête en clignant des yeux. Il n'était pas encore complètement sûr de ne pas rêver.

« C'est cruel de leur part. »

Avait-elle échappé à la vigilance dont elle était l'objet ? La laissait-on lui rendre visite maintenant que cela n'avait plus aucune importance ?

Il voulut se relever, chancela. Elle s'approcha et s'agenouilla face à lui, caressant son visage de ses mains.

« C'est grâce à Huaji que j'ai pu venir, expliqua-t-elle. C'est le seul à me comprendre. Il a des gardes à sa solde. C'est comme ça que… Oh, Jiande ! »

Les paroles se précipitaient dans sa bouche. Trop de choses à dire, songea le prisonnier. Trop de choses qu'on voudrait faire. Et si peu de temps. Il aurait pu dormir jusqu'à ce qu'on le réveille et le mène à la mort. Cela n'aurait-il pas mieux valu ?

« On refuse même que j'assiste à…

— Mon exécution », compléta-t-il.

Elle fondit en larmes. « On a peur que je fasse un scandale. C'est Shimin ! Tout est sa faute ! »

Elle parlait comme une enfant. Était-elle redevenue une enfant au cours de ces deux lunes où ils ne s'étaient plus vus ? Ou était-ce lui qui avait changé, qui, un pied déjà dans la mort, toisait désormais ceux qui avaient encore à vivre et ne les comprenait plus tout à fait ?

« Ce sont nos adieux alors », dit-il.

Elle recula brusquement : « Comment peux-tu être si calme ?

— Tu voudrais que je me frappe la tête contre les murs ?

— Mais ton rêve d'un Milieu-du-Monde délivré de la malédiction de l'unité ? Mais l'Est ? Mais nous ? »

Il haussa les épaules. « Il y aura d'autres batailles peut-être un jour… Pas pour nous, pour ceux qui ne sont pas nés, dont les parents et les grands-parents eux-mêmes ne sont pas encore nés.

— Tu parles comme un vaincu !

— Que suis-je d'autre ?

— Un homme que je ne veux pas perdre ! »

De nouveau, elle enserrait son visage entre ses mains. Elle lui rendait tout beaucoup plus dur.

« Tu aimais le roi de l'Est, Jun, soupira-t-il.

— Tu es toujours le roi de l'Est.

— Je ne suis plus rien. »

Elle était déçue, de toute évidence. La douceur des paumes sur les joues de Jiande s'effaça : elle s'était relevée.

« J'ai peut-être eu tort… » commença-t-elle.

Il la retint en lui agrippant le poignet.

« Reste, je t'en prie. C'est juste que je ne peux pas faire comme si j'allais continuer de vivre. Demain tout sera fini pour moi. »

Il ne voulait pas la laisser partir ainsi. Il avait l'impression de l'abandonner, de lui avoir failli.

Quand elle se fut rassise, ce fut lui qui lui prit les mains :

« Pardon de ne pas t'avoir écoutée. Je n'aurais jamais dû engager cette bataille. Je n'étais pas de taille… J'ai cru… Tout m'avait réussi jusque-là… »

Elle secoua la tête et il se tut. Qu'avait-elle voulu dire ? Que, non, il était de taille, qu'il avait juste manqué de chance ? Ou bien qu'il était inutile d'en reparler ? Les paroles ne pouvaient qu'être douloureuses à présent, comprit-il, de petits mouchoirs blancs avec lesquels on tentait en vain d'éponger un océan de ténèbres. Chaque mot serait comme un poignard entaillant un sac plein de craintes et de regrets.

Ils se blottirent l'un contre l'autre, elle, assise entre ses bras, parcourue par moments de frissons. Jiande essayait d'être en paix avec lui-même. C'était la dernière liberté qui lui restait. Il se répétait que peu de fils de paysan avaient comme lui eu la chance, avant de mourir, de tenir dans leurs bras la fille d'un Empereur.

Au bout d'un long moment, Jun se mit à pleurer en silence : elle devait repartir. Elle ne dit rien, se contentant de se retourner, de placer un baiser sur ses lèvres, puis sur chacune de ses mains. Après quoi, elle se remit debout et s'effaça dans l'obscurité. Jamais plus il ne la verrait, jamais plus il ne l'entendrait. Quel était le dernier mot qu'elle avait prononcé ? Il n'en avait aucune idée. Il ferma les yeux.

On était à présent au cœur de la nuit. Combien de temps lui restait-il ? Il était étonné de se sentir si fatigué et de ne plus aspirer qu'à rejoindre son lit. Peut-être l'aurait-il fait s'il n'avait entendu de nouveau des pas dans le couloir, puis des bruits de portes qu'on ouvre. Une lumière aveuglante : il crut que Jun était revenue, une torche à la main. Mais c'était un homme qui lui faisait face, massif, au visage grêlé de quelques bourgeons rouges.

« C'est l'heure déjà ? demanda Jiande, étonné.

— Non », lui répondit Li Shimin, en accrochant la torche contre le mur d'un geste expert.

Il portait une robe noire coupée à la taille d'une ceinture jaune, un bonnet noir lui aussi et d'imposantes chaussures aux semelles de bois, qui résonnaient sur le sol.

« Le Vieux Cui a proposé ses services à mon frère. Le savais-tu ? » C'était une entrée en matière pour le moins déconcertante.

« Il m'a demandé ma permission », répondit Jiande d'une voix que la méfiance rendait hésitante. Lors de leur dernier entretien, dans l'après-midi, le Vieux Cui et lui étaient convenus que, pour le bien du Milieu-du-Monde et pour éviter une répression trop dure à l'Est, mieux valait que les Cui servent les Li plutôt que de retourner comploter dans leurs terres.

« Il a l'instinct des perdants, reprit l'autre, debout devant lui. Mon frère... Enfin, qu'importe. Tu crois toujours qu'il vaudrait mieux que le Milieu-du-Monde reste divisé ? »

Jiande était de plus en plus décontenancé. Qu'est-ce que Li Shimin venait donc faire ici ? Depuis leur confrontation sur le champ de bataille, ils avaient eu plusieurs fois l'occasion de s'entretenir ensemble, sans jamais, il est vrai, aborder ce genre de sujets.

« Oui, répondit Jiande, encore réticent à se laisser embarquer dans une discussion qui lui semblait n'avoir plus lieu d'être.

— Comment peux-tu imaginer que la division vaille mieux que l'unité ?

— As-tu des doutes pour venir au milieu de ma dernière nuit me poser ces questions ?

— Tu ne dormais pas. Je sais qui est venu te voir avant moi. Je veux juste comprendre. Et demain il sera trop tard. »

Jiande indiqua à son visiteur l'un des sièges bas et Shimin y prit place. Il était écrit que, jusqu'à la fin, la famille Li ne le laisserait pas en paix. Il devait l'accepter.

« Les gens aiment l'unité, commença-t-il. Ou plutôt ils croient l'aimer parce que c'est simple, c'est séduisant, c'est moins fatigant que l'équilibre instable qu'implique la division. Mais ce n'est qu'un idéal de lettrés pour qui tout doit être bien en ordre. La réalité est que l'unité aboutit à l'assoupissement des énergies et à la mort.

— Rien que ça ? Nous avons l'air endormis, nous autres, gens de l'Ouest ? »

Jiande se rendit compte qu'il lui était beaucoup plus facile de débattre du Milieu-du-Monde que de faire ses adieux à Jun, il en éprouvait un plaisir inattendu et du soulagement. Ces idées que lui avait apprises le Vieux Cui, qu'il s'était appropriées et que Li Shimin lui donnait l'occasion de développer une nouvelle et, sans doute, dernière fois, lui paraissaient beaucoup plus grandes et importantes que tout ce qui pourrait lui arriver le lendemain matin.

« Qu'est-ce qui vous anime ? Qu'est-ce qui t'anime, Shimin ? Votre animosité envers l'Est. Quand elle n'aura plus lieu d'être, vous serez perdus. Vous vous lancerez dans d'autres entreprises imbéciles et destructrices comme l'Empereur fou l'a fait dans la Péninsule. L'Est était un garde-fou et vous l'avez détruit. La division n'est pas nécessairement une faiblesse, ça peut être une force parce que c'est ce qui empêche un pays d'emprunter trop longtemps des voies mauvaises, de persister dans l'erreur. Si l'Ouest s'égare, l'Est ou le Sud peuvent le rappeler à l'ordre. Chacun suit sa voie ; au bout d'un moment, on regarde qui a suivi la meilleure et les autres l'empruntent éventuellement à leur tour. Et ainsi, le Milieu-du-Monde avance plus vite qu'il ne le ferait jamais s'il était unifié, il n'est jamais bloqué ou anéanti par la faute d'un seul.

— Huaji m'avait parlé de tes théories. Je pensais que ce n'était qu'un leurre, une façon de défendre l'indépendance de l'Est. Mais tu y crois vraiment, ça crève les oreilles. Tu ne vois pas l'évidence ? Qu'un pays divisé se déchire et devient une proie facile pour ses ennemis de l'extérieur ? »

Jiande avait l'impression étrange que ce débat importait plus désormais que sa vie elle-même, ou plutôt que c'était sa vie elle-même qui en était l'enjeu, le sens du combat qu'il avait mené et perdu.

« Tu parles de mes théories, mais ce que tu viens de dire n'est rien qu'une autre théorie. Elle est vraisemblable, je te l'accorde, peut-être plus que les miennes. Mais confronte-la à la réalité, aux faits : toutes les fois que le Milieu-du-Monde a été envahi, il était uni ou sortait de plusieurs siècles d'union. Quand a eu lieu la grande offensive de Tardu ? Après la Réunification, pas avant.

— Tu oublies que le Milieu-du-Monde était divisé alors : des rébellions éclataient partout ! La tienne, par exemple.

— Pourquoi ? Parce que l'Empereur fou avait pris une folle décision ! Et que rien, personne, pas même ton père, n'avait pu s'opposer à sa volonté. Si l'Est était resté l'Est et le Sud, le Sud, jamais l'invasion de la Péninsule et tout ce qui a suivi n'auraient pu avoir lieu.

— Tu parles bien pour un paysan. Si tu ne devais pas mourir tout à l'heure, je proposerais à mon père de te nommer amuseur à la Cour.

— Je vais te dire pourquoi, poursuivit Jiande, insensible au sarcasme : la division ou, plutôt, si ce terme te dérange, la cohabitation de plusieurs royaumes indépendants et rivaux, régulièrement en conflit les uns avec les autres, est le meilleur moyen de maintenir le Milieu-du-Monde en vie. On peut être divisé, on peut même se faire la guerre, sans que l'ensemble s'affaiblisse, au contraire. Ce n'est pas agréable. Il faut des monarques sans cesse en alerte, soucieux de ne pas se laisser dépasser par le voisin, à l'affût de nouvelles armes, de nouvelles stratégies, de nouvelles sources de richesse. Leurs efforts ne se terminent jamais. Vous autres, partisans de l'unité, vous pensez que celle-ci est la réponse à tout, qu'une fois celle-ci obtenue, le Milieu-du-Monde pourra prendre du repos, qu'au fond, l'histoire s'arrêtera puisque régneront une paix et une prospérité éternelles.

— Ne sous-estime pas tes vainqueurs, Dou Jiande.

— Il n'est pas exclu que ton père soit un bon Empereur, puis son fils et – qui sait ? – peut-être aussi le fils de son fils, que le Milieu-du-Monde prospère sous eux. Cela ne durera pas. Sans même que vous vous en rendiez compte et malgré tous vos efforts sincères, le commerce, les arts, y compris l'art de la guerre, finiront par étouffer dans le système unifié que vous voulez imposer. Et, dans un siècle, ou dans trois, ou dans cinq – je ne sais pas –, quand l'Empire sera bien pourri de l'intérieur, il suffira qu'un Empereur incompétent monte sur le trône pour que tout s'écroule.

— Ni toi ni moi ne serons plus là alors.

— Mais on se souviendra des choix qui ont été faits. Les esprits clairvoyants, pour expliquer le désastre, tenteront d'en remonter les causes et où aboutiront-ils ? À vous autres, hommes de l'Ouest, à votre désir impérieux et puéril d'unité.

— Les historiens chanteront notre gloire. Je vais m'en assurer. Ils ne t'oublieront pas, je n'ai pas l'âme mesquine, je ne t'effacerai pas des annales. Simplement j'ordonnerai de te présenter comme un héros au grand cœur, à l'esprit dérangé.

— C'est ce que je suis pour toi ?

— Je ne sais pas. Je sais, en revanche, que j'ai un destin à accomplir et que réunir le Milieu-du-Monde en faisait partie. Les grandes idées me fatiguent. »

À quoi bon avoir discuté avec lui alors ? Le silence emplit de nouveau la pièce. Jiande s'attendait à ce qu'après ce vain échange où aucun n'avait su convaincre l'autre, Shimin prenne congé. Mais il ne partait pas, demeurait assis face à lui, l'observant à la lueur vacillante de la torche.

« Mon père a accordé la vie sauve à Wang Sichong. Il partira demain en exil pour le Sud, où il pourra continuer de vivre comme un simple particulier et se faire oublier. »

C'était donc ça. Il était venu le narguer, lui torturer l'esprit. Après l'avoir incité à débiter des phrases où Jiande mettait tout son cœur, toute sa foi, mais que lui n'écoutait pas ou trouvait ridicules, il dévoilait le véritable objet de sa présence : au moment où le condamné cherchait une impossible consolation, lui faire sentir l'étendue sans borne de ses échecs. Car même si Jiande s'était laissé étreindre par Wang Sichong lors de la reddition de la Capitale orientale, sa haine, son désir de vengeance contre celui qui avait exterminé sa famille et détruit son village n'avaient été que momentanément endormis. Or, ça aussi, il devait se résigner à ne pas l'accomplir. Pire, Shimin lui annonçait que le responsable du meurtre de ses parents vivrait, lui, que les Li lui avaient accordé un traitement de faveur : certes, une forme de prison élargie, une existence diminuée, loin des honneurs qu'il avait connus, mais une existence tout de même.

Jiande tenta de ne rien laisser paraître de son émotion. Ses lèvres frémissaient à peine.

« Je n'approuve pas cette décision, poursuivit Shimin. Je pense que Wang Sichong devrait mourir. N'es-tu pas d'accord ? »

Jiande eut un soupir dédaigneux. Il n'aimait pas ce petit jeu pervers et montra, par son silence persistant, qu'il ne souhaitait pas y entrer.

« Je pense aussi, dit Shimin, qu'il devrait mourir de ta main. »

Aucune ironie dans sa voix. Il fixait sur Jiande un regard où l'on ne lisait que de la franchise. C'était si troublant que Jiande, de nouveau, se mit à douter. Il comprenait pourquoi Shimin l'avait vaincu : il avait l'art de décontenancer les autres, de frapper là où l'on ne l'attendait pas. Ses pensées, ses mots, comme ses troupes, il leur faisait prendre des directions si imprévisibles, semblant anticiper ce que pensait l'autre et prenant plaisir à le déjouer à chaque fois.

« L'escorte qui l'accompagne dans le Sud ne sera guère nombreuse. Et elle a pour instruction de fuir à la première alerte. Ce sont mes ordres. »

Jiande n'y tint plus. Qu'importait que l'autre se moque de lui.

« Pourquoi me dis-tu tout ça ? »

Shimin se pencha vers lui et lui murmura à l'oreille : « Tu pourrais te trouver sur le chemin. Je te fais confiance pour choisir un endroit idéal d'embuscade. Je dispose de quelques hommes sûrs que je te prêterais volontiers pour l'occasion. Si tu m'autorises à te donner un conseil, la montée vers le col de la Perdrix bleue n'est pas mal : en fin de matinée, le soleil y éblouit ceux qui vont vers l'Est. Le convoi devrait y passer dans trois jours.

— Je serai mort alors. »

Shimin frappa dans ses mains. Deux gardes apparurent. Ils portaient une forme inerte dans leurs bras.

« Il dort. Il a été drogué », dit Shimin.

Jiande se vit lui-même, dans les habits qu'il portait en cet instant et qu'il était censé garder jusqu'à son exécution. Pendant quelques secondes, il crut qu'il rêvait. Puis il reconnut cet homme qui n'était pas lui.

« Il ne se réveillera pas avant l'aube et il restera sonné un bon moment après. La porte est ouverte. Personne ne t'inquiétera. Si tu pars avant le jour, il mourra à ta place, une balle de bois dans la bouche pour l'empêcher de parler.

— Pourquoi me laisserais-tu la vie ?

— Parce que je t'enlèverai tout le reste. Ton nom, ton passé. Tu ne seras plus rien, qu'un simple paysan errant que personne ne reconnaîtra. Demain, quelle que soit ta décision, tu seras décapité sur la place du marché. Cent mille personnes pourront témoigner qu'elles t'ont vu mourir. Et un million d'autres, qu'elles ont vu ta tête plantée sur une pique pendant une lune. Si tu t'avisais de vouloir redevenir Dou Jiande, on te prendrait pour un fou, un usurpateur. Et puis, même si tu réussissais à rameuter une poignée de convaincus, tu sais que je viendrais vous anéantir. Je t'ai battu à un contre dix. Cette fois, je ravagerais l'Est. Ce n'est pas ce que tu souhaites, non ? Tu peux vivre. Tu peux même vivre avec ton épouse, trouver un coin de terre à cultiver avec elle, finir ta vie dans l'obscurité. Voilà ce que je t'offre, Dou Jiande, parce que tu es un grand homme qui ne mérite pas de mourir demain sur la place du marché. Et que tu m'as offert ma plus belle victoire, une victoire qu'on chantera dans mille ans, que le Milieu-du-Monde existe encore ou non. »

Jiande ne savait pas comment réagir. Ce que lui proposait Shimin, c'était d'utiliser pour le sauver le même instrument qui lui avait permis de le perdre, un homme que, de loin, tout le monde prendrait pour lui.

« Dans la pièce à côté, sur le lit », ordonna Shimin à ses gardes avant de tendre à Jiande des habits de soldat pour qu'on ne le reconnaisse pas et de lui indiquer dans quelle auberge trouver ceux qui l'attendaient et l'aideraient non seulement à fuir, mais à se venger de Wang Sichong.

Jiande se demanda s'il souhaitait vraiment vivre en n'étant plus rien, plus personne. Mais Chan ? Il pourrait la retrouver, reprendre avec elle la vie que les tumultes du Milieu-du-Monde avaient comme détruite et qui n'était peut-être qu'interrompue.

« Il y a une condition. Tu t'en doutes, n'est-ce pas ? »

Jiande avait deviné, en effet.

« Ma sœur ne doit jamais apprendre que tu es vivant. Jamais. »

Épilogue

(623-648 après J.-C.)

75
Shimin

Le soleil apparaissait à peine. Des torches se consumaient encore le long de la muraille entourant le palais impérial. De chaque côté de la grande allée menant à la porte nord, les rangées d'arbres formaient une masse sombre aux contours indistincts. On ne voyait pas les hommes dissimulés derrière les troncs ou dans les branchages. Une bonne chose, bien sûr, qui malheureusement ne durerait pas. Bientôt le jour serait là et tout, révélé.

Shimin se força à ne pas paraître nerveux. Il adressa un sourire rassurant au soldat qui se tenait à sa droite, comme lui, arc en main, flèche prête à être décochée, puis caressa l'encolure de son cheval. La chaleur estivale était déjà épouvantable.

Cinquante hommes avaient pris position une heure plus tôt. Ils s'étaient rendus maîtres du secteur sans grande difficulté. Aucune effusion de sang. Le commandant de la porte, même s'il n'était pas dans la confidence de ce qui se préparait, était un partisan de Shimin. Il s'était contenté de lui demander : « Vous êtes sûr que votre père le prendra bien ?

— Mon père, j'en fais mon affaire », avait répondu Shimin.

Un problème après l'autre. Et puis, au fond, n'était-ce pas ce que désirait Li Yuan ? Des années qu'il laissait la situation s'envenimer, qu'il refusait de choisir. On ne pouvait mieux suggérer qu'on préférait laisser les autres trancher à votre place.

Huaji arriverait nécessairement par l'allée. Et il ne se méfierait pas. Ou, s'il se méfiait, il se croyait trop fort pour risquer quoi que ce soit. La capitale lui était globalement favorable. Il avait œuvré dans ce sens – avec succès, Shimin devait le reconnaître. Par ailleurs, il était comme tous les hommes : il voyait des limites, des règles là où il n'y avait que celles qu'on voulait bien suivre. Certaines actions lui semblaient impensables – comme assassiner un frère, de bon matin, au seuil du palais impérial.

Du mouvement au loin. Une troupe. Peu nombreuse. Shimin avait la voix prête à s'étrangler lorsqu'il ordonna : « Tenez-vous prêts ! » Pourquoi était-il si fébrile ? C'était comme s'il était redevenu le petit garçon qui n'avait pas osé tirer jadis sur le tigre blanc. Depuis, pourtant, il en avait tué des hommes, peut-être pas loin d'un millier de sa propre main. Il s'était amusé à calculer à son retour de sa dernière campagne. Et c'était sans compter les dizaines, les centaines de milliers d'autres, dont les ossements jonchaient les champs de bataille où il avait triomphé.

La plupart de ces hommes, cependant, il ne les connaissait pas, il n'avait jamais vu ne serait-ce que leur visage, ou à peine, l'espace d'un instant, dans le tumulte du combat, des bouches hurlantes, des yeux d'où s'échappait la vie, des grimaces. Ils n'étaient personne. Cette fois, c'était différent.

Il y avait eu Xuanba, bien sûr. Mais ça n'avait été qu'un accident dont les nomades étaient plus responsables encore que lui. Ce matin, tout était préparé, réfléchi, pesé.

Ensuite, il faudrait annoncer à Li Yuan ce qui s'était passé. Et là encore, ce serait pénible. Et là encore, il faudrait se souvenir que lui, Li Shimin, n'était que l'instrument du destin.

La troupe approchait. Son appréhension grandissait. Il sentait sur lui peser le regard d'une défunte, d'une mère qui continuait de le maudire. Ses imprécations, c'était comme s'il les entendait murmurer à son oreille. Plusieurs fois il eut l'impression qu'elle se tenait juste derrière lui, les yeux remplis de larmes et de colère. Il se retourna. Il n'y avait que ses soldats à lui, le front plissé, plus calmes et concentrés qu'il ne l'était lui-même, certains à pied, d'autres, comme lui, à cheval. La plupart suaient à grosses gouttes. Lui frissonnait, avait l'impression d'être exposé, en plein hiver, à un vent glacial, de retour à cette aube lointaine, en lisière de la Steppe, à la recherche d'un fauve assassin.

Reculer ? Il était trop tard. Dans un instant, Huaji serait là, à portée de flèches. Il verrait les hommes tapis dans l'ombre des arbres. Il verrait Shimin qui l'attendait à la porte nord. Il comprendrait.

Cinq ans plus tôt, Li Yuan avait cru trouver un équilibre satisfaisant en faisant de son fils cadet le régent de l'Est. Shimin venait de vaincre l'immense armée de Dou Jiande. Après un bref séjour à la Capitale occidentale, où il était revenu en triomphe, il s'était installé dans l'autre capitale, qu'il avait conquise, avait fini de mettre l'Est au pas et de le réorganiser. Puis on l'avait envoyé dans le Sud, proie facile maintenant que les Li contrôlaient tout le reste, et qui, de fait, était tombé comme un fruit mûr.

Ce n'était que l'année précédente que Shimin avait fait son retour dans la Capitale de l'Ouest. Il s'attendait, après avoir réunifié le Milieu-du-Monde, à y être fêté comme un héros. Au lieu de quoi, il découvrit une ville qui lui était hostile parce que son frère avait profité de son absence pour monter contre lui les principaux maillons de l'administration impériale. À la Chancellerie comme au Grand Secrétariat ou dans les principaux ministères, Huaji avait placé aux postes clés des individus qui lui étaient tout dévoués.

Au départ, Shimin pouvait compter sur les troupes qu'il ramenait. Or, son frère avait adroitement manœuvré pour qu'elles aussi lui soient retirées, qu'on les envoie au loin, le long de la Muraille-sans-Fin, surveiller la Steppe.

« Quelle raison avons-nous de les garder ici alors que les nomades restent la principale menace ? » avait-il argué.

Shimin n'avait rien eu à répliquer à ça. Il ne pouvait pas dire tout haut que ces troupes le protégeaient lui des menées de Huaji. Il avait donc dû se résigner à voir s'effriter la base même de sa puissance, partir ses régiments, ses plus fidèles lieutenants, fondre l'immense autorité que lui avaient valu ses glorieuses conquêtes. Et Li Yuan avait laissé faire. Bientôt, si Shimin ne réagissait pas, Huaji aurait fini de le marginaliser, d'accréditer l'idée que, le Milieu-du-Monde étant désormais soumis aux Li, son œuvre était terminée, que les guerriers devaient céder la place à des administrateurs comme lui.

Non, vraiment, Huaji n'avait rien d'une innocente victime. Au reste, quelques jours plus tôt, il l'avait convié à dîner et, en sortant de table, Shimin s'était senti mal. Il avait vomi. Il était convaincu que son frère avait essayé de l'empoisonner.

La troupe s'était arrêtée. Un peu trop tôt, un peu trop loin de la porte. Se doutait-elle de quelque chose ? Peut-être. En aucun cas Huaji ne devait s'échapper.

La crainte que son plan échoue balaya les derniers scrupules de Shimin. Il sortit de sa cachette, hurlant à pleins poumons : « Tuez ! Tuez ! », s'approchant au galop de la troupe immobilisée, tandis que des arbres partaient des flèches par dizaines.

Huaji était lui aussi à cheval, entouré de plusieurs de ses fidèles, qui tombèrent aussitôt. Mais lui était indemne. Il s'apprêtait à tourner bride. Il ne fallait pas le laisser faire. Shimin voulut hurler qu'on l'abatte lui aussi. Mais le temps qu'un de ses hommes se décide à obéir – il s'agissait tout de même d'assassiner un prince héritier –, Huaji pouvait fuir. Alors Shimin visa et relâcha la corde de son arc.

Son frère n'avait pas d'armure. Il se rendait au palais rencontrer leur père, sans doute lui dire du mal de Shimin. Il n'avait même pas de cotte de mailles sous sa robe. La flèche le perça de part en part, en pleine poitrine, et le fit basculer sur le sol.

D'autres soldats arrivaient au loin. Ce n'était pas prévu. Ils avaient dû être prévenus que quelque chose se tramait. Des partisans de Huaji.

Shimin descendit de son grand destrier et s'élança vers le corps de son frère. Quand il fut au-dessus de lui, il tira son sabre. Respirait-il encore ? Qu'importait. Shimin lui trancha le cou.

Les cavaliers étaient bien des troupes fidèles à Huaji. Ils étaient beaucoup plus nombreux que ceux de Shimin, peut-être cent hommes contre cinquante.

Ils s'arrêtèrent à une vingtaine de pas de Shimin qui avait posé le pied sur la poitrine sanglante de son frère.

« Vous arrivez trop tard », leur cria-t-il, seul au milieu du carnage.

Puis il brandit la tête.

« Ce qui est fait est fait. Rentrez chez vous ! »

Les nouveaux venus hésitaient. Plusieurs pointaient des flèches en direction de Shimin.

« C'est un ordre ! Un ordre du nouveau prince héritier ! »

Il devait être effrayant à voir ainsi, dégoulinant de sang, ses doigts crispés dans la chevelure de son frère. Il n'avait plus peur, plus froid, un incendie brûlait en lui. Il se sentait comme le tigre blanc qui lui était apparu, bien des années plus tôt, dans la clairière enneigée : invulnérable, indifférent aux arcs qu'on n'oserait pas employer contre lui. Dans un instant, quand ces hommes auraient fait demi-tour, il serait empereur de fait, revêtu d'une carapace étincelante de gloire et d'immortalité. Un tigre de feu.

« Qu'attendez-vous ? Voici ce qui reste de Li Huaji. On ne combat pas pour un cadavre ! »

Épilogue

Les arcs se baissèrent. Shimin avait gagné.

Une heure plus tard, il pénétra dans la salle du trône, tout armé, son sabre encore couvert de sang. Il fit face à son père. Il prétendit que Huaji, ce traître, complotait, s'apprêtait à le renverser et que lui, Shimin, n'avait fait que protéger l'État.

Li Yuan accepta ses explications avec une facilité déconcertante. C'était un vieil homme, songea Shimin, né dans un Milieu-du-Monde divisé, qui l'avait réunifié deux fois, avait vu s'élever et sombrer une dynastie, en avait fondé une lui-même et qui, plus que tout désormais, était las, presque soulagé peut-être qu'on gouverne à sa place.

Shimin se demanda ce qu'il voyait en lui : un mauvais fils ? Un monstre, comme sa mère ? Le plus apte à lui succéder ? En tout cas, Li Yuan n'eut d'autre choix que de le nommer nouveau prince héritier, avec pleins pouvoirs sur les affaires civiles comme militaires. Et, deux mois plus tard, il abdiquait en sa faveur.

Shimin lui concéda un beau palais d'où il ne s'éloigna plus guère que pour chasser et où il vécut encore près d'une décennie, honoré, comblé de jeunes concubines, admiratif – qui sait ? – des exploits de son fils.

76

Yicheng

Les dernières années de la Khatun Yicheng furent douces, sans grands drames, sans tristesse excessive. Nivar et elle vivaient de plus en plus éloignés l'un de l'autre. Souvent, ils n'occupaient même plus le même campement. Elle le laissait se vautrer dans une débauche vulgaire dont elle ne souhaitait pas être témoin. Lui la craignait et soupçonnait le rôle qu'elle avait joué dans leur départ précipité de la Capitale occidentale.

Quand il était retourné dans la Steppe mater la rébellion de son neveu, il avait constaté non sans amertume à quel point son autorité restait fragile. Il n'avait pas fallu grand-chose pour que plusieurs tribus embrassent la cause de Tulan et se retournent contre lui. « Ne suis-je pas leur Khagan ? N'ai-je pas été généreux avec ce petit traître en lui laissant la vie ? » répétait-il à Yicheng, la bouche écumante.

Il n'eut même pas la satisfaction de vaincre son neveu, qui se dérobait sans cesse et trouvait des intelligences chez tous ceux qu'avait lassés la cruauté gratuite de Nivar. On s'accorda finalement sur un compromis : Tulan reconnut la souveraineté nominale de son oncle, en échange de quoi, il obtint un vaste territoire à gouverner.

Dix ans passèrent, qui ne furent marqués, pour la Khatun Yicheng, que par un unique événement. Un jour arriva dans la Steppe un homme venant d'au-delà du Couchant. Il avait le teint clair, les cheveux bruns et ondulés, sous sa barbe des traits comme Yicheng n'en avait jamais vu, beaux, bien qu'abîmés. Et il lui manquait un bras. Il faisait partie d'une caravane attaquée par des voleurs quelques mois plus tôt. Malgré son bras manquant, il l'avait défendue avec une bravoure dont les marchands qui l'accompagnaient s'extasiaient encore.

Elle le convoqua sous sa yourte et l'interrogea. Son nom était incompréhensible : des sonorités ne ressemblant à rien de ce qu'elle avait entendu au Milieu-du-Monde, dans la Steppe ou même dans la bouche des marchands du Couchant. Heureusement, au cours de son long périple, il s'était familiarisé avec la langue des nomades et elle apprit qu'il venait d'un grand Empire à l'autre extrémité de la terre, dont elle n'avait jamais entendu parler. Ce qu'il lui en dit au cours des jours, puis des mois et des années qui suivirent, affola son imagination.

Cet Empire entourait une mer immense, bien plus vaste que le grand lac salé au bord duquel Yicheng continuait de passer la plupart des hivers. À l'en croire, il n'avait pas son pareil, même si lui aussi avait dû subir les assauts de nomades, la division, les guerres civiles. C'était une sorte de miroir – le miroir invisible – du Milieu-du-Monde.

L'Étranger, comme elle finit par le surnommer, ne voulut jamais révéler quelle avait été sa place exacte dans cet Empire, ce qu'il y avait fait, ni non plus pourquoi il l'avait quitté. Yicheng voyait bien qu'il avait dû y être un personnage important. Il détenait des informations auxquelles seul un homme né dans les sphères les plus hautes pouvait accéder. Il semblait avoir connu personnellement des Empereurs, des Impératrices, sans doute commandé des armées. Comme elle, il portait en lui des drames qu'il avait déjà sans doute trop ruminés pour juger utile de les confier à d'autres. Comme elle, il savait que rien ne l'en guérirait, que la mort.

La sœur de Yicheng ne parvint jamais à lire en lui comme elle le faisait pour tous les autres hommes. Le peu qu'elle pouvait en dire, Yicheng l'avait en général déjà deviné : une femme aimée et perdue, un destin, des ambitions contrariés… Souvent le soir, il venait les rejoindre toutes les deux, dans la yourte de Yicheng, et ils parlaient jusqu'à l'aube. Elles raffolaient de ses histoires si semblables, si différentes, de celles du Milieu-du-Monde. Plusieurs fois, elles le soupçonnèrent d'être l'un des héros dont il narrait les aventures.

Tout ce qui concernait le Milieu-du-Monde le fascinait autant qu'elles, les descriptions de sa lointaine patrie. Il avait envie de s'y rendre mais reportait sans cesse son départ, sur les instances de Yicheng. Un jour, presque un an après son arrivée, elle découvrit, au détour d'une conversation, qu'il avait connu Kang Mozhi. « Il m'a soigné et guéri dans sa ville natale. » Il ajouta que Mozhi était mort lors de l'attaque de la caravane où lui-même s'était illustré.

Ainsi le marchand-médecin du Couchant avait-il entrepris de retourner au Milieu-du-Monde, peut-être de la revoir elle, Yicheng, et n'y était pas parvenu. Cette nouvelle l'assombrit quelque temps. Puis elle en conçut pour l'Étranger une affection redoublée.

Même Nivar l'appréciait, pour des raisons, certes, très différentes : l'Étranger s'était révélé un stratège hors pair. Il aidait le Khagan dans ses démêlés avec les tribus indociles et, sans doute, par ses conseils, prolongea-t-il son règne de plusieurs années.

Il n'avait pas toutefois la maîtrise du ciel. Il ne put empêcher les chutes de neige dramatiques qui frappèrent la Steppe un hiver et décimèrent ses troupeaux, pas plus que les armées du Milieu-du-Monde d'en profiter l'été suivant pour détruire le Khaganat.

Yicheng eut pour consolation de le voir rester auprès d'elle jusqu'au bout.

Nivar était alors prisonnier déjà. L'ancienne Impératrice supplia Yicheng d'accepter les termes que proposait le jeune Empereur du Milieu-du-Monde.

« Il fera de moi sa concubine, répliqua Yicheng.

— Et alors ? »

L'épouse de trois Khagans déclara : « Je ne veux pas. Je veux finir en Khatun. » Elle accepta néanmoins que sa sœur aille rejoindre le camp du Milieu-du-Monde, elle. Sans doute Li Shimin se montrerait-il généreux : il la ramènerait dans la Capitale de l'Ouest et la laisserait y prendre l'habit de nonne. On racontait que sa sœur, Li Jun, l'avait fait dix ans plus tôt, après l'exécution du roi de l'Est, Dou Jiande. Peut-être les deux femmes se retrouveraient-elles dans le même monastère.

Yicheng dit donc adieu à celle dont elle avait tant souhaité se venger et avec qui elle s'était réconciliée. Elle regarda une dernière fois son beau visage ridé, encore si gracieux et délicat. Puis elle se prépara à mourir.

Le campement était pratiquement désert. N'y demeurait qu'une poignée de guerriers, dont l'Étranger. Li Shimin, fidèle à sa réputation, n'avait laissé aucune place au hasard. Les lignes de ravitaillement étaient coupées, le campement, encerclé, l'étau, prêt à se resserrer.

À quoi bon revenir au Milieu-du-Monde ? songeait Yicheng. Il était trop tard. Trop tard pour tout recommencer une nouvelle fois. Elle périrait là où elle avait passé l'essentiel de sa vie, dans la Steppe. Elle s'en voulait cependant d'entraîner l'Étranger dans son désir de mort. « Tu peux encore te sauver, lui dit-elle la nuit qui précéda l'assaut final.

— Oh, j'en ai vu d'autres.

— Avons-nous une chance ?

— Aucune. »

Il lui avait montré quelques mois plus tôt les blessures que Kang Mozhi avait soignées : des traînées profondes et rouges au niveau de la poitrine. Son corps n'était que cicatrices.

« Tu te moques de mourir, n'est-ce pas ? reprit-elle

— Je suis mort déjà, c'est différent. »

Jamais il n'en avait tant dit sur lui-même. Elle éprouva une brusque envie de s'enfuir avec lui.

« Ton pays, j'aimerais le découvrir. Pourrais-tu m'y amener ? »

Ils étaient l'un à côté de l'autre, à la lisière du campement, regardant les feux de l'armée ennemie qui brûlaient dans l'obscurité et formaient un anneau parfait autour d'eux.

« Je crois que c'est trop tard. Ce Li Shimin sait y faire. Il est méticuleux. La nasse qu'il a mise en place, nous n'en sortirons pas. Vous le connaissez, non ?

— Je ne l'ai vu qu'une fois il y a longtemps. Si j'avais su…

— Ne vous tourmentez pas. Il n'est plus temps de regretter et de haïr. »

Le matin, ils virent mieux l'armée gigantesque qui avait fini de prendre place à l'horizon. Des dizaines de milliers de fantassins bien disciplinés, plus de cavaliers que n'en avait jamais possédé le campement nomade, y compris au temps de sa splendeur, et même quelques catapultes, comme s'il s'était agi de prendre une ville.

Yicheng s'était préparée à combattre jusqu'au bout. Devant ce spectacle, elle renonça.

« Tout ça ne sert à rien », constata-t-elle.

Elle envoya un cavalier dire qu'elle se rendait, que le campement n'offrirait aucune résistance. Elle prévint le peu de guerriers qui lui restaient de laisser les troupes ennemies approcher, que celles-ci ne leur feraient aucun mal. Li Shimin avait la réputation d'être un vainqueur magnanime. Et ne prétendait-il pas désormais être le nouveau Khagan ? Il ne massacrerait pas ses nouveaux sujets.

« Maintenant, Étranger dont je n'ai jamais réussi à prononcer le nom, j'ai un dernier service à te demander », soupira Yicheng.

Elle le conduisit dans sa yourte. Là, de l'un des tiroirs de son meuble d'acajou, elle sortit un lacet de soie.

« Je ne retournerai pas au Milieu-du-Monde. Mon âme, mon cœur sont attachés à la Steppe. Je ne veux pas des bras d'un autre homme, fût-il le plus grand des Empereurs et des conquérants. Mon corps, cependant, m'a été donné par le Milieu-du-Monde. Il doit lui être restitué, dans le meilleur état possible. »

Elle lui tendit le lacet.

« T'en sens-tu capable avec ta seule main ? »

Il acquiesça sans un mot.

Elle s'allongea alors sur sa couche, posa sa tête sur l'oreiller en porcelaine que lui avait offert Tardu et attendit, les yeux fixés sur le plafond de toile.

L'Étranger se plaça à califourchon au-dessus d'elle, les genoux sur ses bras pour l'empêcher de se débattre. Après lui avoir délicatement soulevé la tête, afin de nouer le lacet autour de son cou, il s'en saisit fermement, puis interrogea Yicheng du regard.

« Vas-y », commanda-t-elle.

De son unique main, la droite, il tourna et le nœud se serra.

Plus d'air. Elle n'avait même pas pensé à prendre une dernière grande inspiration. Au loin, des bruits de chevaux, une troupe qui arrivait, peut-être Li Shimin venu s'assurer de sa personne. Quand il serait là, il la trouverait allongée sur son lit, belle encore, espérait-elle, apaisée.

Elle fut heureuse que le dernier visage qu'il lui soit donné de voir fût celui de l'Étranger.

« Qui es-tu ? eut-elle envie de lui demander. Maintenant tu peux me le dire. » Mais déjà les ténèbres avaient tout envahi.

77

Le Boiteux

Le Boiteux aimait contempler le ciel étoilé, surtout l'été, quand il avait l'impression d'être sous une toile immense, grignotée par des vers luisants.

De temps en temps, il s'endormait au milieu d'un champ et l'un de ses fils venait le réveiller ou le couvrir d'un manteau pour le protéger du froid. Le matin, sa jambe le faisait plus souffrir que de coutume. Mais il était heureux. Il retournait en claudiquant à ses poiriers et à ses mûriers. Tailler les arbres, en recueillir les fruits, les protéger du froid, cela restait à sa portée. Pour le soin des bêtes, il s'en remettait à ses trois fils. Maintenir un porc immobile pour l'égorger n'était plus de son âge.

On l'accusait de fuir le monde dans ses rêveries. Ses voisins croyaient qu'il perdait un peu la tête. Il y avait juste des pensées qu'il ne pouvait évoquer qu'avec lui-même.

Il avait appris à ses fils à lire et à écrire. L'hiver, il leur racontait ce qu'il savait de l'histoire du Milieu-du-Monde – bien plus que les autres villageois. Il restait toutefois toujours prudent.

Un homme qui était mort depuis de nombreuses années lui avait révélé des vérités dérangeantes. Le Boiteux tâchait de transmettre à son tour ce qu'il pouvait de cet enseignement, de ses préceptes pleins de bon sens et, malheureusement, quelquefois démodés. Il s'inquiétait des dérives de la religion nouvelle. Il disait à ses fils qu'elle avait tort d'enjoindre de respecter à tout prix la nature, y compris au détriment de l'homme, de mettre, par exemple, celui-ci sur le même plan qu'un moustique. La nature n'était pas une mère toujours bienveillante. Elle dévorait ses enfants. Il n'était que de voir comment, dès le printemps revenu, les mauvaises herbes proliféraient ou comment, en toute saison, loups et renards s'attaquaient impitoyablement au bétail. La seule chose pour laquelle il valait la peine de se battre, ce n'était pas la nature, mais tout ce qui permettait de s'élever au-dessus d'elle, d'être davantage que des êtres livrés à leurs seuls instincts. Son auditoire acquiesçait sans conviction.

Ses deux derniers fils lui ressemblaient. Pas le premier. Il ne l'en aimait pas moins. Il avait promis à leur mère qu'il ne ferait jamais aucune différence entre eux.

C'est l'aîné justement qui, ce soir-là, vint le rejoindre, s'asseoir à côté de lui dans l'herbe jaunie, au bord de la rivière où il laissait tremper ses mollets. La nuit s'installait à peine, l'air était encore chaud du soleil de la journée.

« Imagine, dit le Boiteux, que les étoiles sont non pas des vers luisants, mais de simples vers et qu'ils ne font que découvrir la lumière primordiale qui se cache derrière la toile sombre du ciel. »

Son fils ne répondit rien. Il soupira. Il devait se lasser des considérations oiseuses de son père.

« On dit que le Milieu-du-Monde va entrer en guerre », lui annonça-t-il brusquement.

Le Boiteux tressaillit. Il ne s'y attendait pas.

« Encore ? Tu es sûr ? »

L'Empereur avait conquis la Steppe vingt ans plus tôt, il s'était proclamé Khagan. Que voulait-il de plus ?

« Cette fois, nous devrons aller combattre, Père.

— Jamais. »

Il s'aperçut que ses poings tremblaient.

« Ce n'est pas parce que toi, tu n'as jamais combattu, que nous pouvons faire pareil. »

Aucun de ses trois fils ne savait comment il s'était fait sa blessure à la cuisse. Et leur mère n'était plus là pour le leur raconter. Ils croyaient qu'il boitait à cause d'une mauvaise chute.

« Je vous ferai exempter. »

Le Boiteux n'était pas originaire de la contrée où il vivait. Il s'y était installé à une époque lointaine où l'Est, encore en ébullition, regorgeait de déracinés, chassés par la guerre. Les paysans fuyaient par milliers l'avancée des troupes de l'Ouest. Il avait expliqué que sa ferme avait été brûlée, qu'il n'avait pu emmener que sa femme et son jeune fils. On manquait de bras ; on l'avait accueilli sans difficulté. Très vite, il s'était rendu indispensable. Il savait tout faire, avait sans cesse des idées ingénieuses. Il avait prospéré. Comme il possédait, par ailleurs, une autorité naturelle et bienveillante, au bout de cinq ans, on l'avait désigné chef du village. Pour faire exempter ses fils, c'était un avantage.

« Que tu le veuilles ou non, nous sommes trois garçons. L'un de nous au moins sera enrôlé », reprit son aîné.

Il avait peut-être raison.

« Votre mère… commença le Boiteux.

— Notre mère est morte. Ne la fais pas parler à ta place.

— Contre qui, cette fois…

— La Péninsule. »

Le Boiteux se releva, non sans difficulté. Il frissonnait.

« Jamais aucun de vous ne mettra les pieds dans la Péninsule », déclara-t-il.

Son fils s'était relevé lui aussi. Il lui faisait face.

« C'est à cause de gens comme toi que nous en sommes là ! De lâches qui n'ont pas soutenu Dou Jiande et défendu l'indépendance de l'Est, quand il en était temps ! Tu as préféré fuir, te cacher. Eh bien, voilà le résultat. »

Ces paroles firent mal au Boiteux, bien plus que ce que son fils imaginait. Parfois, au village, on se plaignait du gouverneur, un homme de l'Ouest qui ne pensait qu'à s'enrichir sur le dos des paysans. On évoquait avec nostalgie l'époque trop brève où Dou Jiande avait régné sur l'Est. Dans ces moments-là, le Boiteux baissait la tête. Lui évitait de dire trop de mal des autorités.

Il se força à rester calme et posa une main apaisante sur l'épaule de son fils. Mais celui-ci poursuivit : « Même quand Gao Shida a rassemblé les débris de la grande armée de l'Est, afin de continuer le combat, tu t'es tenu à l'écart. J'ai honte parfois.

— À quoi me battre aurait-il servi ? Je serais mort et tes frères ne seraient pas nés.

— Mais si tous ceux qui pensaient comme toi avaient eu du cran, nous aurions peut-être gagné, nous serions libres, nous n'aurions pas à aller nous faire tuer dans la Péninsule. Non, franchement, donne-moi une bonne raison pour laquelle toi, plus qu'un autre, tu devrais bénéficier de passe-droit ! Une bonne raison pour laquelle je ne devrais pas aller combattre dans la Péninsule. »

Le Boiteux se tut et resta au bord de la rivière, pensif, après que son fils se fut éloigné, les poings crispés.

Ainsi Li Shimin, au crépuscule de sa vie, avait-il déclaré la guerre à la Péninsule. Le Boiteux n'en revenait pas. Il en aurait ri aux éclats si la chose n'avait été si sérieuse.

Il irait parler plus tard à ses fils. Pour l'heure, il avait besoin d'être seul. Il savait maintenant qu'il avait eu raison. Pendant toutes ces années, il avait douté. Li Shimin était un Empereur brillant à qui tout avait réussi. On ne pouvait nier qu'il avait restauré l'ordre, limité les pillages, vaincu tous ses ennemis. Mais il venait, sans même s'en douter, de perdre un débat entamé dans une prison lointaine et resté suspendu trois décennies durant. L'unité ne pouvait mener qu'aux mêmes dérives. Tout recommençait.

On l'accusait de faiblesse, de complaisance avec l'occupant. Jamais, il est vrai, le Boiteux n'aurait reconnu devant ses fils que lui aussi avait été ému – et plus que quiconque – lorsque l'ancien bandit Gao Shida avait repris le flambeau de la révolte au nom de l'idéal défendu par Dou Jiande. Et à quel point son cœur avait saigné lorsque Li Shimin l'avait écrasé.

De la même façon, même s'il n'en pensait pas moins, il n'avait rien dit lorsqu'un de ses voisins, qui s'était rendu dans la ville la plus proche, en était revenu très en colère, annonçant qu'on venait d'y abattre la pierre des remèdes. Sous prétexte qu'elle relevait de la sorcellerie, le gouverneur avait exigé qu'elle soit brisée à coups de marteau par les soldats.

Le Boiteux avait aussi interdit à son fils cadet d'appeler l'un de ses enfants Jiande comme pourtant beaucoup de gens le faisaient à l'Est. « Personne dans notre famille ne s'est jamais appelé ainsi », avait-il argué.

Un jour son dernier-né avait prétendu que l'ancien roi de l'Est n'était peut-être pas mort. « Absurde ! » avait répliqué le Boiteux. Mais son fils avait insisté : « En tout cas, son fantôme s'est vengé du général sang-mêlé !

— Encore ces vieilles histoires sans queue ni tête.

— Comment expliques-tu alors qu'il ait été tué sur le chemin de l'exil ?

— Eh bien, des voleurs. À l'époque, il y en avait partout.

— De drôles de voleurs, qui n'ont rien volé, juste tué Wang Sichong ?

— Peut-être d'autres personnes arrivaient-elles à ce moment-là sur la route et ont-ils eu peur d'être surpris.

— Mais le cadavre du général Wang avait été mutilé : plus de cœur, plus de foie ! »

Le Boiteux avait eu un geste agacé.

« Ça suffit comme ça. Tu y étais ? Aucun de nous n'y était. Ne te fie pas à ce qu'on raconte. Surtout sur des faits qui remontent à si loin. »

Le Boiteux n'était pas le dernier, pourtant, à se tenir au courant des histoires qui circulaient. Dès qu'un étranger arrivait au village, il l'interrogeait. De temps en temps il se rendait aussi en ville rien que pour y glaner quelques nouvelles. Il était particulièrement friand de tout ce qui concernait la Cour et la famille impériale. Ses fils le taquinaient parfois, le traitaient de commère.

Il ne craignait plus de trop en dire. Quand sa femme était encore en vie, il arrivait qu'au matin, elle lui apprenne qu'il avait parlé dans son sommeil. Il avait crié un nom. Il s'en excusait. Mais elle ne s'en vexait pas. « Ne sommes-nous pas heureux quand même ? » Ils l'étaient en un sens.

Maintenant, si des paroles lui échappaient dans son sommeil, il savait qu'il n'y avait plus personne pour les comprendre, que les noms prononcés n'évoqueraient plus rien à quiconque.

En regagnant sa ferme de son pas claudicant, le Boiteux se demanda, comme il le faisait chaque jour depuis trente ans, si son choix avait été le bon.

Sur son lit de mort, sa femme l'avait attiré vers elle et, de sa voix jadis si belle et désormais presque éteinte, elle lui avait murmuré à l'oreille : « Écris-lui. Écris-lui. Si ça peut te rendre heureux, tu as ma permission. »

Il avait secoué la tête en souriant tristement.

À qui confier une telle lettre ? Il n'était qu'un paysan prospère, un chef de village dans un coin reculé de l'Est. La porter lui-même ? Le voyage prendrait des mois. Et jamais on ne le laisserait approcher de la destinataire.

De toute façon, il était trop vieux. Et puis il avait honte.

Il savait qu'elle vivait encore, qu'elle s'était retirée dans un monastère de la Capitale de l'Ouest. Sans doute s'était-elle façonné une existence supportable, comme lui l'avait fait. À quoi bon venir tout détruire ? Il n'aurait apporté que des regrets, peut-être de la colère et de l'incompréhension. L'aurait-elle seulement reconnu ?

L'histoire qu'elle croyait était la meilleure. Elle n'aurait pas compris son choix. Le choix de la vie.

Et de quoi auraient-ils parlé ? De ses trois fils, de ses huit petits-enfants ? De son quotidien fait de labourage, de sarclage, de taille ?

Elle avait aimé un tout autre homme, qui, même si sa cause était juste, avait échoué.

Le Boiteux voyait bien que la plupart des gens, à l'Est, n'étaient pas heureux. Ils ne se reconnaissaient pas dans ce Milieu-du-Monde trop grand. Ils ne se sentaient pas d'affinités avec les gens de l'Ouest ou du Sud, quand bien même ils les savaient plus proches d'eux que les nomades ou les peuples du Couchant. Ils n'avaient pas envie de combattre à leurs côtés. Alors ils se contentaient d'exister, sans rêves, sans grandes ambitions. L'élan et l'énergie qui avaient parcouru l'Est au temps de son éphémère indépendance s'étaient dissipés. L'unification avait tué tout désir.

On disait que l'Empereur cherchait désormais le moyen de prolonger sa vie au-delà des limites prescrites. Il faisait venir auprès de lui toutes sortes de mages et de médecins chargés de lui concocter des élixirs d'immortalité. Il y gagnerait sans doute de mourir empoisonné.

Trop de pouvoir dans les mains d'un seul homme.

Le Boiteux était arrivé devant le portail de sa ferme. Il allait tenter de convaincre ses fils de ne pas partir pour la Péninsule.

Même si un jour, même si dès ce soir, il leur disait la vérité, ils ne le croiraient pas, songea-t-il. Il sourit dans la nuit estivale, passa sa main dans sa longue chevelure blanche. C'était bien ainsi.

L'histoire derrière le roman

Ce roman prend des libertés considérables avec la vérité historique. Pour autant, Li Shimin, Dou Jiande et la princesse Yicheng ont réellement existé.

Le premier, passé à la postérité sous son nom d'empereur Tang Taizong, est l'un des plus grands personnages de l'histoire chinoise, général de génie, monarque brillant, cofondateur avec son père Li Yuan d'une dynastie, les Tang, qui devait régner trois siècles sur la Chine (de 618 à 907 après J.-C.) et laisser le souvenir d'un âge d'or inégalé. Son frère aîné ne s'appelait pas Huaji, mais Jiancheng (un nom que nous n'avons pas maintenu parce qu'il était trop proche de celui de Yincheng). Leur rivalité aboutit à un guet-apens, le 2 juillet 626, au cours duquel Li Shimin se débarrassa non seulement de Jiancheng, mais d'un autre de ses frères, Yuanji, dont il n'est pas question dans le roman. Après ce double assassinat, Shimin, qui avait alors 26 ou 27 ans (il était né vers 600), poussa son père à abdiquer en sa faveur.

Son attachement pour sa mère, qui mourut avant la prise de pouvoir de Li Yuan, est attesté. En revanche, les péripéties de cet amour filial, telles que nous les avons relatées, sont pure fiction. Quant à Xuanba, c'était bien le nom d'un frère cadet de Shimin, qui mourut jeune et, selon certaines sources, après s'être fait moine bouddhiste.

Le bouddhisme était, en effet, la religion montante de l'époque (c'est la « religion nouvelle » du roman). Il avait commencé de pénétrer en Chine un demi-millénaire plus tôt, non sans mal, tant ses conceptions y heurtaient le confucianisme traditionnel. Les troubles des siècles de division (*grosso modo* de 206 à 589) contribuèrent beaucoup à sa diffusion, tout comme au même moment, en Occident, le désarroi consécutif à l'effondrement de l'Empire romain nourrissait l'essor du christianisme.

Le « Réunificateur » correspond à Yang Jian, fondateur de l'éphémère mais formidable dynastie Sui. Son fils et successeur Yang Guang (l'empereur régnant des trois premières parties du roman), présenté par l'histoire officielle (écrite sous les Tang) comme un déséquilibré, a été réhabilité par les historiens modernes : ce visionnaire eut surtout le tort d'exiger trop et trop vite d'un pays éprouvé. Le désastre de ses campagnes contre la Corée (notre « Péninsule ») entraîna sa perte.

Pour dépeindre son épouse, nous nous sommes appuyé sur plusieurs éléments authentiques : l'impératrice Xiao était issue d'une des dynasties déchues de la Chine méridionale, pratiquait la divination, avait converti son mari aux raffinements de ce Sud, qui correspond au bassin du Yangtsé. Au VIIe siècle, l'implantation chinoise dans cette région était encore relativement récente et le centre de gravité du pays se situait toujours au nord, du côté du Fleuve jaune (que nous avons rebaptisé « Fleuve-de-Boue »). N'en demeure pas moins que les familles de ce Sud nouvellement colonisé y faisaient preuve d'un orgueil de race dont on aurait eu du mal à trouver l'équivalent au Nord. Elles prétendaient avoir la langue et les lignages les plus purs parce qu'elles ne s'étaient pas mêlées aux envahisseurs nomades qui avaient déferlé sur la Chine à partir du IIIe siècle. Les grands clans nobles du Nord, en particulier du Nord-Ouest (notre « Ouest »), étaient, eux, à l'instar des Sui et des Tang, en réalité sino-turcs.

Puisque nous évoquons les Turcs (les « nomades » du roman), passons à la deuxième des trois grandes figures du livre : la princesse Yincheng. Elle n'était pas la sœur de l'impératrice, mais appartenait au clan des Sui, auquel elle resta toujours fidèle. Parfois la réalité dépasse la fiction : elle épousa non pas trois khagans successifs, mais quatre. Ces derniers avaient d'autres noms que ceux que nous leur avons attribués (Tardu, Nivar, Tulan sont néanmoins des noms turcs de l'époque). Yincheng accueillit l'ex-impératrice dans la steppe après l'assassinat de l'empereur Sui. Elle mourut en 630 lorsque les Tang détruisirent le Khaganat des Turcs orientaux. Ses états d'âme, tout comme le détail d'à peu près tous les épisodes de sa vie tels que nous les relatons, sont le fruit de notre imagination.

Il en va de même pour Dou Jiande. On retrouve dans le roman les étapes essentielles de son extraordinaire destinée : c'était un paysan plutôt aisé du nord-est de la Chine (plus âgé toutefois que le jeune homme que nous présentons) ; il fut enrôlé pour aller combattre en Corée, déserta, devint hors-la-loi et bientôt l'un des plus puissants seigneurs de guerre du pays. Il eut bien sa famille massacrée par les autorités. Il se comporta toute sa vie comme un héros au grand cœur, ce qui lui valut le respect de ses ennemis et des historiens Tang. Tout le reste n'est que fiction, en particulier, bien entendu, sa fausse mort et sa survie en tant que paysan anonyme. Il y a peu de chances que les idées qu'il développe dans la quatrième partie du roman aient été les siennes : lui aussi comptait sans doute réunifier la Chine à son profit.

Son idylle avec la fille de Li Yuan est inspirée du fait qu'à un moment donné Dou Jiande fit prisonnière non pas la fille, mais une sœur de Li Yuan, qu'il traita avec générosité et relâcha vite.

Du reste, la fille de Li Yuan, la Li Jun du roman, a bel et bien existé : elle s'appelait Li Shi. Lors de la rébellion que son père lança depuis la ville de Taiyuan (dont l'un des surnoms est « ville du dragon », d'où notre « Bourg-Dragon »), elle réunit des troupes où se mêlaient bandits et proscrits, qui aidèrent sa famille à prendre le pouvoir à Changan (notre « Capitale de l'Ouest »). Son mari était l'honorable Chai Shao, qui servit fidèlement les Tang et n'a rien à voir avec le détestable Lu Cai.

Au registre des personnages réels fortement transformés, ajoutons Gao Shida et Liu Wuzhou, qui n'ont plus guère en commun avec leurs modèles historiques qu'un nom. Shida était un chef de bandits allié de Dou Jiande. Liu Wuzhou n'était pas le lieutenant de Li Yuan, mais l'un des très nombreux chefs rebelles du nord du pays et, à ce titre, un rival de Li Yuan.

Le Vieux Cui est une invention, mais non pas la famille Cui qui était effectivement l'une des quatre grandes familles « à l'est des montagnes », c'est-à-dire au nord-est de la Chine (l'« Est » du roman).

Quant à Wang Sichong, il condense deux individus en un. D'une part, Yuwen Huaji, qui assassina l'empereur Yang des Sui à Nankin (notre « Capitale du Sud ») le 11 avril 618. D'autre part, l'authentique Wang Sichong, général de ce même empereur, qui occupa la ville de Luoyang (notre Capitale de l'Est) et fut vaincu par Li Shimin. Il était bien d'origine étrangère, iranienne ou sogdienne (les Sogdiens correspondant à nos « hommes du Couchant »). Ses démêlés avec Dou Jiande sont imaginaires. Sa fin, en revanche, est presque authentique : Li Yuan lui avait fait grâce de la vie, ce qui déplut à un subordonné de Yuan dont Sichong avait exécuté le père. L'homme se vengea en l'assassinant. Wang Sichong avait des fils, mais notre Wang Renze et tout ce qui lui arrive relèvent de la fiction.

Même s'il est vrai que le Grand-Canal fut achevé à cette époque par le second empereur Sui, l'épisode de son inauguration est entièrement inventé. La plupart des batailles décrites dans cet ouvrage le sont aussi : celle de la passe des

Écureuils, comme celle des marais. En revanche, celle qui opposa Li Shimin et Dou Jiande, connue sous le nom de bataille de Hulao, s'est déroulée à peu près comme nous le racontons, l'épisode du sosie en moins, le 28 mai 621. Le siège des Oies-Sauvages (traduction de « Yanmen ») est également un événement véridique, quoiqu'on se doute que les raisons qui mirent fin à ce siège aient été en réalité un peu différentes de celles que nous racontons. Il eut bien lieu en 615. Les événements qui suivent (la chute des Sui et le triomphe des Tang) ont été, eux, quelque peu avancés et condensés par souci d'unité dramatique. De la même façon, c'est parce que le roman obéit à des règles qui ne sont pas celles du récit historique que beaucoup de personnages fascinants de la période, rivaux ou alliés des Li, ont dû être évacués.

Pour ceux qui aimeraient les découvrir et, plus généralement, en apprendre davantage sur l'époque foisonnante couverte par le roman, la meilleure initiation reste la biographie publiée à l'origine en 1935 par Charles-P. Fitzgerald, *Tang Taizong. L'Apogée de l'Empire chinois*. Outre ses qualités intrinsèques d'écriture et de clarté, elle a l'avantage d'avoir été traduite en français. Les autres ouvrages ne sont disponibles en général qu'en anglais. Comme il ne s'agit pas de citer ici tous les livres qui nous ont aidé à écrire le nôtre, contentons-nous de mentionner les plus remarquables à nos yeux. En premier lieu, *The Sui Dynasty. The Unification of China, A.D. 581-617*, d'Arthur F. Wright, l'un des auteurs du volume 3 de la *Cambridge History of China* (*Sui and T'ang China 589-906*), fort utile lui aussi. Du même Wright, une autre brillante synthèse : *Buddhism in Chinese History*.

Sui-Tang China and Its Turko-Mongol Neighbors. Culture, Power, And Connections, 580-800, de Jonathan Karam Skaff, est essentiel pour comprendre les relations entre la Chine et la Steppe. D'une grande aide également : *The Royal Hunt in Eurasian History*, de Thomas T. Allsen, qui, par le biais de la chasse, initie à la réalité de la vie et de la mentalité nomades.

Les aspects guerriers de la Chine médiévale sont très bien exposés par David A. Graff dans son *Medieval Chinese Warfare 300-900*.

Pour la vie quotidienne sous les Tang, *China's Golden Age. Everyday Life in the Tang Dynasty*, de Charles Benn est irremplaçable. *La Vie quotidienne en Chine à la veille de l'invasion mongole (1250-1276)* de Jacques Gernet reste pertinent, bien qu'il traite une période ultérieure.

Tout ce qui concerne la place des femmes et, plus généralement, le fonctionnement des familles chinoises et nomades doit beaucoup aux travaux novateurs d'Emmanuel Todd, particulièrement à son monumental *Origine des systèmes familiaux*.

Étienne de La Vaissière, l'un des grands spécialistes mondiaux des Sogdiens, est français. Pour quiconque s'intéresserait à ces mystérieux marchands d'Asie centrale parcourant ce qu'on n'appelait pas encore la route de la soie, on ne peut que recommander son *Histoire des marchands sogdiens*.

Notons, enfin, que les fiches Wikipédia des différents protagonistes de cette histoire sont souvent très riches (plutôt dans leur version anglaise), au point de receler des informations de détail qu'on ne trouve pas nécessairement dans les meilleurs ouvrages.

Remerciements

À Emmanuelle Hardouin qui a été mon interlocutrice privilégiée pendant toute l'écriture de ce livre. Sans son enthousiasme, sa patience, son éblouissant talent pour trouver un sens et une issue à ce qui me semblait souvent n'avoir ni l'un ni l'autre, rien n'aurait été possible. Elle a transformé le plomb en or. La construction des personnages lui doit tellement que je me demande parfois s'ils ne sont pas devenus autant les siens que les miens.

À Thierry Billard que j'aurais beaucoup gagné à rencontrer plus tôt. Son savoir-faire, son intransigeance, son art de mettre le doigt là où ça fait mal, c'est-à-dire là où je cédais à la facilité, ont transcendé ce texte.

À Susanna Lea qui est intervenue avec tact et clairvoyance aux instants décisifs.

À Marie, Léopoldine et Nathanaëlle qui m'ont appris à aller à l'essentiel.

Table des matières

Deuxième partie
Le miracle des Oies-Sauvages
(An 11 de l'ère des Grands Travaux, 615 après J.-C.)

Troisième partie
Trahir ou mourir
(An 13 de l'ère des Grands Travaux, 617 après J.-C.)

Quatrième partie
S'il n'en reste qu'un
(An 1 de l'ère de la Vertu martiale, 618 après J.-C.)

Épilogue
(623-648 après J.-C.)

Ce livre existe grâce au travail de toute une équipe.

Communication : Caroline Babulle, Solveig de Plunkett, Victoire Brulon, Inès Paulin, Adélaïde Yvert.

Coordination administrative : Martine Rivierre.

Studio : Pascaline Bressan, Barbara Cassouto-Lhenry, Joël Renaudat.

Fabrication : Muriel Le Ménez, Céline Ducournau, Bernadette Cristini, Sophia Paroussoglou, Isabelle Goulhot.

Commercial, relation libraires et marketing : Catherine Lauprêtre, Naïma Ruan, Anne-Laure Heugel, Élise Iwasinta, Armand Jamme, Solenn le Meur, Joséphine Saint-Paul, Aurélie Scart.

Cessions de droits : Elisabeth Stempak, Benita Edzard, Lucile Besse, Sonia Guerreiro, Costanza Corri.

Gestion : Sophie Veisseyre.

Services auteurs : Viviane Ouadenni, Jean-François Rechtman, Catherine Reimbold, Anita Sevenant.

Ainsi qu'à toutes les équipes d'Interforum et d'Editis qui participent à la création, la diffusion et la distribution de ce livre.

Canoros Vehit Canentes

pca
cmb
édition pré-presse
livres numériques

44400 Rezé

Imprimé en France par
CPI Brodard & Taupin
en janvier 2025

Pour plus d'information :
#lisez! engagé
www.lisez.com
Imprimé sur du papier issu de forêts gérées durablement.

N° d'édition : 67989/01 – N° d'impression : 3059843